Classée en tête des meilleures ventes du *New York Times*, Robyn Carr est célèbre pour ses romances contemporaines, un genre pour lequel elle a reçu le prix Romantic Times 2010 du meilleur auteur. Cette renommée, elle la doit au succès de sa série *Les chroniques de Virgin River*. Avec brio, elle a su créer une sympathique communauté au cœur de la Californie où fidélité et amitié sont les maîtres mots. Des personnages attachants que l'on retrouve d'un tome à l'autre, des histoires emplies de sensibilité et d'espoir, *Virgin River* nous offre une belle leçon de vie.

Paradis

Du même auteur
aux Éditions J'ai lu

LES CHRONIQUES DE VIRGIN RIVER

1 – Virgin River
N° 9308

2 – Refuge
N° 9361

3 – Murmures
N° 9406

4 – Nouveau départ
N° 10062

5 – Attirance
N° 10080

10116

Composition
FACOMPO

Achevé d'imprimer en Italie
par GRAFICA VENETA
le 7 octobre 2012.

Dépôt légal : octobre 2012.
EAN 9782290057353
L21EPSN000827N001

ÉDITIONS J'AI LU
87, quai Panhard-et-Levassor, 75013 Paris

Diffusion France et étranger : Flammarion

ROBYN CARR

LES CHRONIQUES DE VIRGIN RIVER - 6

Paradis

Traduit de l'anglais (États-Unis)
par Sophie Dalle

J'AI LU

Titre original
PARADISE VALLEY

Éditeur original
Harlequin Enterprises II B.V./S.à.r.l.

Chère lectrice,

Bienvenue de nouveau à Virgin River !

Nombre d'entre vous m'ont écrit pour me demander si Virgin River existait vraiment car si tel était le cas, vous aimeriez vous y installer ! Je suis navrée de vous décevoir mais Virgin River est le pur fruit de mon imagination.

Tout au long de cette série, vous renouerez avec d'anciens amis et vous vous en ferez de nouveaux. Comme dans la vraie vie, vous y découvrirez des histoires d'amour, de leçons durement apprises et d'adieux déchirants. Dans vos courriers, vous soulignez combien vous appréciez les hommes solides, beaux et virils de Virgin River. Vous admirez la beauté, la force intérieure et l'intelligence des femmes. Mais surtout, vous appréciez cet endroit où l'engagement fait loi – pas uniquement dans l'amour mais aussi dans les liens fraternels, la fidélité des voisins, les amitiés loyales.

Je sais que vous êtes nombreuses à compter des militaires dans votre entourage ; le fait que les hommes de Virgin River aient servi leur patrie en temps de guerre a grandement contribué à leur charisme. Outre leur sex-appeal, c'est leur aptitude à l'émotion qui vous séduit. Ces personnages incarnent des valeurs que nous considérons tous comme remarquables. Honorables.

Ainsi, bien que fictive, la ville de Virgin River trouve sa place dans tous les cœurs. C'est un lieu où le verre est à moitié plein, où les êtres grandissent en surmontant épreuves et défis, où ils font le bien tout simplement parce que cela va de soi.

Vous souhaitez vivre à Virgin River ? Fermez les yeux et ouvrez votre cœur.

Robyn Carr

Remerciements

Merci à ma consultante sage-femme diplômée Pam Glenn et à Sharon Lampert, infirmière spécialisée en gynécologie, pour nos longues conversations, leurs précieux conseils et surtout, leur extraordinaire amitié.

Le chef de la police de Fortuna, Californie, Kris Kitna est une mine d'informations relatives aux détails locaux, la justice locale, la chasse, la pêche et les armes à feu. Merci à vous qui ne vous lassez jamais de mes questions incessantes.

Toute ma reconnaissance à Debbie Gustavson, kinésithérapeute exceptionnelle, qui m'a tant aidée à comprendre les étapes physiques, émotionnelles et psychologiques inhérentes au processus de guérison. Vos patients ont beaucoup, beaucoup de chance de vous avoir. Quant à moi, je suis bénie de vous avoir comme amie.

Sans l'apport de Kate Bandy à chacun de mes nouveaux manuscrits, je serais complètement perdue. Merci à elle pour le temps qu'elle me consacre, ses commentaires judicieux, son soutien infaillible et son amitié depuis des décennies.

Merci à Michelle Mazzanti pour avoir lu mes premiers jets, pour ses encouragements et ses remarques toujours pertinentes.

Un merci tout particulier à Rebecca (Beki) Keene et Sokreatrey (Ing) Cruz, mes deux très chères amies Internet. Beki mérite des applaudissements pour m'avoir aidée à résoudre des problèmes d'intrigue et Ing a un talent inimitable pour inventer des noms de personnages. Votre soutien au travers de milliers de mails fut inestimable.

Merci encore à Denis et Jeff Nicholl qui ont relu et commenté les épreuves ainsi que pour leur soutien et leur amitié.

Toute ma reconnaissance à Colleen Gleason, auteur talentueuse et amie proche, pour avoir vendu tant d'exemplaires de la collection Virgin River. Une véritable femme-orchestre !

Enfin, merci de tout cœur à mon éditrice Valerie Gray et à mon agent Liz Dawson. Quelle équipe de choc ! Votre diligence et votre aide à chaque tournant ont rendu possible cette ville et ses habitants. Je vous en suis profondément reconnaissante.

Ce roman est dédié à mon fils, le Dr Brian Carr,
du corps médical de l'armée américaine.
Et à nos forces armées, à tous ces hommes,
toutes ces femmes qui veillent sur nous.
Je vous en suis personnellement reconnaissante.

1

Walt Booth se sentait seul. Il avait perdu son épouse plus de cinq ans auparavant alors que ses enfants avaient respectivement vingt-six et quatorze ans. À présent, lui en avait soixante-deux et les oiseaux avaient quitté le nid. Vanessa avait épousé Paul Haggerty et ils vivaient sur sa propriété, dans une maison située derrière les écuries. Tom achevait sa première année d'université à West Point. Shelby, la nièce de Walt, s'était installée chez lui un temps mais au mois de février, elle avait brusquement décidé de partir en vacances à Maui avant d'aller poursuivre ses études à San Francisco.

Toutefois, le vrai problème n'était pas là. Récemment, il avait entamé une relation avec sa voisine, une star de cinéma un peu plus jeune que lui, ravissante, vive et spirituelle, Muriel St. Claire. Leur liaison commençait à prendre une tournure intéressante quand Muriel avait été rappelée à Hollywood pour le tournage d'un nouveau film. Elle s'en était allée en lui laissant ses deux labradors et ses deux chevaux. Depuis qu'elle s'était envolée pour Los Angeles à bord d'un jet privé, il n'avait eu qu'un seul coup de fil perturbé par les bruits d'une fête. Musique, brouhaha de conversations, tintements de verre... Muriel semblait en pleine forme.

Elle était tout le contraire de ce qu'on pensait d'une star du grand écran. Et Walt était tombé amoureux d'elle. Arrivée à Virgin River l'année précédente, elle s'était installée avec ses animaux dans un vieux ranch qu'elle avait presque entièrement restauré de ses mains. Il ne l'avait jamais vue habillée autrement qu'en pantalon, le plus souvent un jean, parfois en salopette de peintre. Cavalière émérite, experte au tir, elle entraînait elle-même ses Retrievers à chasser le gibier d'eau. Une femme comme on n'en rencontre pas souvent, simple mais dotée d'un humour sophistiqué et d'une beauté naturelle inoubliable. En ce moment, lui était assis dans sa salle de séjour à caresser l'un des chiens et elle tournait avec Jack Nicholson. Reviendrait-elle un jour ?

Deux semaines plus tôt, il avait l'âme d'un adolescent de seize ans, impatient de voir Muriel chaque jour. Aujourd'hui, il se sentait vieux et à court de temps.

On sonna à la porte et il se leva pour ouvrir. En découvrant Luke Riordan, il fronça les sourcils. C'était bien la dernière personne qu'il avait envie de voir. Luke et Shelby avaient vécu une idylle qui avait mal tourné, certainement la cause du départ précipité de sa nièce.

— Bonjour, mon général, dit Luke en le saluant d'un bref signe de tête. Vous avez une minute ?

— Je suppose que oui, marmonna Walt en s'effaçant. Je vous sers un café ?

— Non, merci, mon général, répondit Luke en pénétrant dans le vestibule. C'est juste que... eh bien, je vous dois des excuses.

— Vraiment ?

Walt tourna les talons et regagna le salon. Reconnaissant Luke, les deux labradors se précipitèrent vers lui. Luce, à la robe chocolat, remuait si fort la queue que son corps tout entier en tremblait, et Buff, âgé de moins d'un an, se rua littéralement sur le nouveau venu.

— Buff ! Assis ! ordonna Walt – en vain.

— Du calme ! Du calme ! s'exclama Luke en riant.

Il s'accroupit pour jouer avec les bêtes qui s'allongèrent sur le flanc pour recevoir les caresses.

— Vous avez de la compagnie, à ce que je vois ?

— Ce sont les chiens de Muriel. Elle est absente, c'est donc moi qui m'en occupe.

— Absente ? s'enquit Luke en se redressant.

Walt s'assit dans son fauteuil et, d'un claquement de doigts, réussit à rappeler les animaux à ses côtés.

— Asseyez-vous, Riordan. Je vous écoute.

Luke s'exécuta, visiblement mal à l'aise.

— Voilà... Si Shelby est partie, c'est à cause de moi. Je viens vous demander pardon. Elle avait toutes les raisons de croire qu'elle n'avait pas d'avenir avec moi.

Walt se cala dans son siège. Shelby avait vingt-cinq ans, treize de moins que Luke. Dès le début, Walt avait pensé qu'elle ne pouvait que souffrir avec ce pilote d'hélicoptère coriace.

— Pourquoi n'en suis-je pas étonné ? railla-t-il.

— Je l'ai encouragée, mon général. Il me semblait que c'était mieux pour elle. Je ne tenais pas à ce qu'elle mise tout son avenir sur un type comme moi.

Walt ricana. Il ne l'aurait pas mieux dit.

— J'aurais dû vous abattre. J'y ai sérieusement songé.

— Je m'en doutais, mon général, avoua Luke en réprimant un rire.

Luke n'avait pas quitté l'armée depuis assez longtemps pour braver les usages. Un général demeurait général jusqu'à sa mort et avait droit au respect dû à son rang, quand bien même il l'avait menacé.

— C'est à elle que vous devriez présenter vos excuses, pas à moi.

— Je m'en suis déjà chargé, mon général. Croyez-le ou non, elle me pardonne.

— Vous lui avez parlé ?

— Oui, mon général. Elle est rentrée. Elle était folle de rage mais je m'en suis remis à son bon vouloir et elle m'accorde une deuxième chance. Cette fois, je compte me montrer à la hauteur.

Walt avait écarquillé les yeux.

— Elle est rentrée ?

— Oui, mon général. Elle ne va pas tarder à passer. Elle avait un problème à régler et je souhaitais vous parler d'abord.

— Pour me présenter vos excuses, grogna Walt. Si cela ne vous ennuie pas, j'aimerais voir ma nièce.

— Elle sera là bientôt. Mais il y a autre chose. Je suis venu vous demander la main de votre fille.

Walt serra les dents.

— Vous jouez avec le feu.

— Vous n'imaginez pas à quel point ! pouffa Luke malgré lui. J'aurai bientôt trente-neuf ans, il est temps pour moi de m'engager. Ce n'est pas elle qui a posé cette condition, c'est moi. Mon général, Shelby est tout pour moi. Je ne peux pas vivre sans elle. Je croyais pouvoir le faire, j'ai essayé mais il est trop tard. J'aime Shelby. Je l'aimerai jusqu'à la fin de mes jours.

Walter s'était redressé. Il s'avança sur le bord de son fauteuil.

— Et ses études ? La famille dont elle rêve ? Ma nièce veut des enfants. Or je vous ai entendu dire que ce n'était pas votre...

— Vous m'avez probablement entendu dire toutes sortes de choses que je croyais sincères mais qui ne l'étaient pas. Shelby pourra avoir tout ce qu'elle voudra, faire tout ce qu'elle voudra. Je la soutiendrai. Elle ne perdra pas son temps, mon général. Si elle accepte de m'épouser, je lui donnerai tout ce que j'ai, je la suivrai n'importe où. Plus jamais je ne la laisserai quitter ma maison convaincue de mon indifférence. J'ai failli commettre l'erreur la plus énorme de mon existence.

Walt ébaucha un sourire.

— Vous avez donc appris votre leçon, mon garçon ?

Luke hocha la tête.

— Oh, oui.

Walt se cala dans son fauteuil.

— J'aime vous voir ravaler un peu de votre fierté, Riordan. Et si je refuse ?

— Oh ! Ça ne m'empêchera pas de lui demander sa main. Je lui expliquerai que vous désapprouvez notre union et tenterai de la convaincre quand même. Toutefois, je souhaite m'y prendre comme il le faut, mon général. J'ai commis assez d'erreurs comme ça.

— Hmmm, murmura Walt. Ma foi, on peut encore me surprendre.

— Mon général ?

— Je ne vous croyais pas si clairvoyant.

Et vlan ! Luke ne se rebiffa pas. Il n'avait que ce qu'il méritait. Il avait mis dans son lit la nièce du général en lui annonçant d'emblée qu'il n'était pas du genre à se poser. Il s'était appuyé sur tous les raisonnements concevables pour s'en justifier tout en sachant que le général aurait du mal à l'avaler. Si Shelby avait été *sa* nièce, il ne l'aurait pas supporté. Walt allait vraisemblablement le torturer encore un bon moment. Luke n'aurait qu'à tenir bon.

La porte d'entrée s'ouvrit et Shelby fit irruption dans la pièce. Les deux hommes se levèrent d'un bond et Luke alla glisser un bras autour de la taille de la jeune fille.

— Mission accomplie ? s'enquit-il à voix basse.

— Oui ! J'ai réparé ma bévue, dit-elle en souriant.

Shelby avait quitté Virgin River sans dire au revoir à Art, le bras droit de Luke. Ce n'était pas un crime en soi, sinon qu'Art, âgé de trente ans et trisomique, avait pris sa disparition comme un abandon.

— Il n'était pas fâché contre moi – juste inquiet.

Shelby se tourna vers le général.

— Je suis désolée de ne pas t'avoir téléphoné pour te prévenir de mon retour, oncle Walt. Mais j'avais des comptes à régler avec Luke d'abord.

Walt contempla son beau visage, elle était radieuse. Ses yeux noisette brillaient et ses joues étaient rosies par l'amour. Mais le plus sidérant, c'était Luke. Il avait toujours eu un côté mauvais garçon, une aura de danger et une facilité à se rembrunir, voire même se mettre en colère. Plus maintenant. Les angles s'étaient arrondis et il affichait une expression de chiot obéissant.

Walt s'esclaffa et étreignit sa nièce avec ferveur.

— Shelby, Shelby…

Il la tint dans ses bras, la contempla le visage fendu d'un large sourire.

— On dirait que tu l'as dompté. Il est devenu doux comme un agneau.

— Dieu soit loué ! souffla-t-elle. J'étais à bout. Ça n'a pas été de tout repos. Mais Luke a encore besoin de travailler sur lui-même, aussi je vais m'installer chez lui. Je viendrai ici t'aider avec les chevaux chaque jour, comme avant.

— Ce serait bien. Ils sont nombreux. Muriel est absente et je dois m'occuper de tout.

Shelby se pencha pour gratifier chacun des labradors d'une caresse.

— Où est-elle ?

— À Hollywood. Elle tourne un film.

— Vraiment ? s'écria Shelby, enchantée. Waouh ! Super !

Son enthousiasme ne surprenait guère Walt. Il avait assuré à Muriel qu'il la soutiendrait dans tous ses projets mais au fond, son départ lui pesait. Un sentiment de jalousie le rongeait. Et la nouvelle du mariage de Luke avec Shelby ne faisait qu'amplifier son désarroi. Cependant, il s'efforça de paraître heureux.

— Luke ?

Lorsque celui-ci se tourna vers lui, Walt opina fermement. Aussitôt, le regard de Luke s'illumina.

À 1 heure du matin, Walt fut réveillé par son téléphone posé sur la table de chevet. Il pensa d'abord à Shelby. Pourvu qu'il ne lui soit rien arrivé. Il songea ensuite à Vanessa, à Paul et à Mattie, son petit-fils. Et Tom ? Mais il était peu probable que son fils l'appelle en plein milieu de la nuit en provenance de West Point.

— Walt ? Mon trésor, je suis désolée – je sais quelle heure il est.

« Mon trésor » ? Ah ! Tout le monde devait se donner du « mon trésor » à Hollywood.

— Ce n'est pas grave, marmonna-t-il d'une voix ensommeillée. Comment vas-tu ?

— Bien, bien. J'arrive enfin à t'appeler. Je mène une vie de dingue ici. Mais le tourbillon va se calmer. J'espère.

— Que se passe-t-il ?

— Une foule de choses ! La production organise de petites réceptions mondaines, histoire de créer un buzz sur le film. Naturellement, les acteurs doivent y assister. Je me documente sur mon personnage, je passe un temps fou avec le scénariste, je répète des textes qu'il s'empresse de modifier dès que je les connais par cœur, je rencontre les stylistes et les décorateurs. J'enchaîne déjeuners, apéritifs, dîners, digestifs et discussions jusqu'à minuit. Ensuite, je me couche et je dors comme une masse jusqu'à 5 heures, heure à laquelle je me lève et bondis sur mon tapis de course.

Walt secoua la tête, déconcerté.

— Un tapis de course ?

— Je dois me maintenir en forme, rétorqua-t-elle en riant. Je n'ai plus de chevaux ni de chiens pour m'y aider. J'ai engagé mon ancien coach pour me raffermir un peu. Je sais que je n'en ai pas l'air, mais je travaille d'arrache-pied.

— L'alcool doit te faire tourner la tête. Si tu buvais moins, tu te sentirais peut-être mieux.

— Avec les acteurs, les producteurs et autres promoteurs, je ne bois que de l'eau pétillante. Pas question de me jeter dans leur lit.

Il esquissa un sourire et se reprocha son attitude. Au fond, il était fier d'elle : elle était professionnelle jusqu'au bout des ongles – il aurait dû s'en douter.

— Bravo !

— Et toi ? Quoi de neuf ?

— Shelby est rentrée.

Un silence.

— Sans blague ! souffla enfin Muriel d'une voix étranglée.

— Oui, madame. Selon toute apparence, Luke a suffisamment rampé devant elle pour l'amadouer car elle s'est installée chez lui. Et pas plus tard que ce matin, il m'a rendu visite. Il voulait ma permission pour l'épouser.

— Pas possible ! Tu la lui as accordée ?

— Non. Je l'ai envoyé paître. J'aurais dû l'abattre. Ça, je le lui ai dit.

— Tu en serais bien incapable.

— Cette idiote semble amoureuse de lui. Quant à lui, le changement est impressionnant. Si on remontait sa chemise, je parie qu'on découvrirait des marques de coups de fouet dans son dos. Il est mou comme une nouille cuite.

— Ça m'étonnerait ! riposta-t-elle avec un rire. Tant mieux pour Shelby. Cette manœuvre n'a jamais fonctionné pour moi. Chaque fois que je suis partie en claquant la porte, les hommes se sont contentés d'un « Salut ! ».

— Et ce Jack Machin chose, comment est-il ?

— Tu ne prononceras donc jamais son nom de famille ? soupira-t-elle.

— Non.

— C'est un homme gentil. Consciencieux, ponctuel, doué et qui adore avoir les gens à ses pieds. Il le mérite car il a un talent fou. Je l'aime bien. Travailler de nouveau avec lui devrait être une expérience agréable.

— Muriel… quand reviens-tu à la maison ? murmura-t-il.

— Je l'ignore, Walt. Et oui, tu me manques.

Le bar-grill de Jack Sheridan était *le* lieu de rendez-vous de Virgin River. Et même si toute la communauté ne s'y retrouvait pas tous les soirs, on pouvait toujours s'attendre à y croiser un ami. Depuis que Jack, marine à la retraite, avait ouvert cet établissement, la population militaire s'était agrandie. L'un de ses meilleurs amis, John Middleton, s'était installé en ville peu après. Tout le monde l'appelait Vic, le Vicaire, parce qu'il était très à cheval sur les principes. Puis avait suivi Mike Valenzuela, qui avait servi avec Jack en Irak à deux reprises et était devenu le policier de la ville. Paul ensuite, le gendre de Walt, autrefois sous les ordres de Jack. Et enfin Luke Riordan, retraité de l'armée, qui avait été chaleureusement accueilli dans cette fratrie. C'était un endroit chaleureux où Walt se sentait à sa place.

Depuis le départ de Muriel, il avait fait profil bas, se contentant de se préparer un en-cas à la maison. Rassuré par la conversation téléphonique de la nuit, il avait décidé d'aller manger chez Jack ce soir. Il arriva tôt, avant le coup de feu. Le poste de télévision suspendu dans un coin était allumé pour que tous ceux qui le souhaitaient puissent suivre les informations et les événements en Irak.

Jack faisait le service tout en transportant son fils David dans un porte-bébé dorsal.

— Général ! Content de vous voir. Ça fait un bail.

— En effet, concéda Walt en se perchant sur un tabouret. Quelles sont les nouvelles du front ?

— Rick m'écrit toutes les deux semaines. Ses courriers sont plutôt rassurants mais les reportages de CNN et de Fox News me donnent des frissons. On annonce deux nouveaux attentats avec des morts dans chaque camp.

Rick était le jeune protégé de Jack. Âgé de dix-huit ans, il avait intégré le Corps des Marines et avait été envoyé en Irak après un an d'entraînement spécial. Jack l'aimait comme son fils.

— Vous allez rire, général. Je me mets enfin à l'Internet. Communiquer par mail est simple et rapide. Vic m'y poussait depuis des années. Et comme Melinda avait besoin d'un ordinateur à la maison... Bref, me voilà converti.

— Bienvenue au club ! ironisa Walt.

— Je suppose que vous étiez avec votre charmante voisine ? s'enquit Jack en posant d'emblée devant Walt une chope de sa bière préférée.

— Non, Muriel est absente et je m'occupe de ses bêtes, répondit Walt avec une pointe de fierté.

La production avait proposé de lui fournir un régisseur pour la durée du projet mais Walt tenait à s'occuper personnellement des bêtes.

— Elle est à Hollywood. J'imagine qu'elle viendra ici passer un long week-end de temps à autre mais elle en a au moins pour six mois.

— Pas possible ! Je n'étais pas du tout au courant.

— Ce n'était pas prévu. Elle ne voulait pas retourner là-bas. Jusqu'à la lecture d'un *très* bon scénario, il paraît. Les bonnes personnes ont été réunies autour du projet. Du coup, elle s'est envolée.

— Incroyable !

— Je n'en revenais pas, moi non plus. Je lui ai parlé au téléphone. Elle travaille dur. Au ranch, tout va bien.

— Vous avez donc du temps pour vous.

Walt acquiesça. Difficile, après toutes ces années, de vivre une nouvelle séparation. Après le décès de son épouse, il avait dû s'habituer à la solitude. Et il n'aurait jamais pensé trouver une autre femme qui comble ce vide. Maintenant, il avait Muriel et il était stupéfait de constater qu'il s'était très vite habitué à sa compagnie. Pendant qu'elle avait été là, à monter à cheval, à chasser, à restaurer sa maison, Walt s'était dit qu'ils étaient faits l'un pour l'autre. Pourtant, dès qu'elle avait reçu cet appel en provenance d'Hollywood, tout avait été remis en question. Sans le moindre état d'âme, elle avait emballé ses produits de beauté et sa lingerie fine, grimpé à bord d'un jet Lear et s'était envolée pour une autre vie.

— J'ai aperçu Shelby et Luke l'autre soir. Ils sont venus boire une bière et commander un repas à emporter. On dirait que tout est redevenu comme avant.

— J'en ai l'impression, affirma Walt. Ils vous ont paru heureux ?

Jack se pencha vers lui.

— Très... Luke a mis plus longtemps que je ne le croyais à mordre la poussière.

— Je veux seulement que Shelby soit entre de bonnes mains.

— N'ayez aucune crainte de ce côté-là, général. Luke a abandonné la partie. Il est entièrement à sa merci.

— Il a intérêt, grommela Walt. Sinon, je le descends.

Jack rit aux éclats. Walt avait terrorisé beaucoup d'hommes mais il ne les avait jamais malmenés physiquement. Il avait beau jouer les durs, ce n'était que du vent.

Mike Valenzuela entra par la porte de derrière et vint s'asseoir auprès de Walt. Puis arriva Paul, qui signalait toujours son entrée en tapant ses bottes boueuses sur le paillasson avant de franchir le seuil. Décidément, ici, tout respirait la convivialité, la camaraderie. Quelques copains savouraient une bière en cette fin de journée sous l'œil de Jack, le nez dans son café. Enfin, Melinda Sheridan entra, le bébé au chaud sous son manteau.

Après avoir salué tout le monde, elle s'adressa à Mike.

— Brie te rejoint ici pour dîner ?

— Pas ce soir. Elle veut coucher Ness tôt.

Melinda dévisagea Paul.

— Vanessa ?

— Non, elle nous concocte un plat maison.

— Et Abby ? demanda-t-elle, faisant allusion à la jeune femme qu'ils hébergeaient chez eux, le temps de sa grossesse.

Paul secoua la tête.

— Cameron devait la conduire à Grace Valley passer une échographie et a proposé de l'emmener à Fortuna manger un morceau, histoire de changer d'air.

— Ah ! dit Melinda. Je savais qu'il avait une course à faire : je suis de garde jusqu'à son retour. C'est gentil de sa part de s'occuper ainsi d'Abby.

Paul opina avant de se tourner vers Walt.

— Général, Vanessa m'a appris que Muriel était en voyage. Voulez-vous vous joindre à nous ce soir ?

Walt le jaugea, l'œil perçant. Pour une fois que son gendre et Vanessa avaient l'occasion de passer une soirée en tête à tête…

— Non, merci, même si la sincérité de cette proposition me bouleverse.

Tout le monde éclata de rire sauf Paul, qui s'indigna.

— Ça partait d'un bon sentiment !

— J'en suis profondément touché. Mais je préfère rester ici avec Jack.

— Où est Muriel ? s'enquit Melinda.

Walt était las d'expliquer la situation.

— À Hollywood, répondit-il d'un ton chagrin.

— Vraiment ? Comme c'est excitant ! Elle qui était partie pour une longue coupure… ce doit être un projet important.

— Apparemment. Jack Machin chose en est la vedette.

— Jack Machin… Jack *qui* ?

— Vous savez bien. La star. Le type de *Voyage au-dessus d'un nid de coucou*…

— Nicholson ? Merde alors ! s'écria Melinda.

— Melinda, on s'était promis de ne plus prononcer de gros mots devant les mômes, lui rappela Jack d'un ton patient.

— Oups ! J'avais oublié. Mais Walt… c'est formidable, non ? Cet acteur est une célébrité. Muriel doit être enchantée.

Une lueur menaçante traversa les prunelles de Walt.

— Elle est au septième ciel.

— Je comprends que vous soyez aussi morose, compatit Melinda avec un sourire… Jack, puisque tout le monde s'en va, je vais prendre un plat de Vic à emporter pour nourrir notre petite famille. Pourras-tu te libérer rapidement si jamais j'ai un appel d'urgence ?

— Pas de souci, Mel, intervint Mike. Je rentre à la maison, je peux assurer le renfort. Si tu dois sortir avant le retour de Jack, tu n'auras qu'à me prévenir. Je veillerai sur les petits.

— Merci, Mike. Jack ? Tu m'aides à charger la voiture ?

— Bien sûr, chérie. J'habille notre fils et je te file un coup de main. Walt, je vous sers votre repas dans une minute.

— Prenez votre temps. J'ai une bière à finir.

Et des plaies à panser, songea-t-il.

Cameron Michaels se trouvait dans une drôle de position : il courtisait une femme enceinte de ses jumeaux. Ils s'étaient connus quelques mois plus tôt à Grants Pass où les avait rassemblés une série de circonstances exceptionnelles. Une nuit de bonheur inoubliable. Ni l'un ni l'autre n'avait cru se revoir un jour.

Et Abby, installée à Virgin River le temps de sa grossesse, était tombée des nues en rencontrant le nouveau médecin de la ville.

Celui-ci avait des amis dans la région et adorait cet endroit. Seul dans sa vie, c'est sans hésitation qu'il avait décidé de remplacer le vieux Dr Mullins après sa mort, quelques mois auparavant. Il savait pouvoir compter sur Melinda et Jack Sheridan, Vanessa et Paul Haggerty. Il avait prévu de s'installer là pour un an, avait vendu sa maison de Grants Pass et changé radicalement de style de vie. Diplômé en médecine familiale et en pédiatrie, Cameron rendait à Virgin River des services inestimables. Quelle étrange coïncidence qu'il ait choisi justement la ville où Abby avait prévu de se cacher !

Personne ne devait être au courant de leur relation naissante. Abby venait tout juste de divorcer d'une célèbre rock star. Si sa grossesse venait à être découverte, adieu la pension – pension qui servait à payer *ses* dettes à lui !

Cameron faisait preuve d'une retenue exemplaire car les blessures d'Abby allaient mettre du temps à se refermer. Fragile, elle ne faisait plus confiance aux hommes. Un jour, il l'avait appelée :

— Melinda souhaiterait que tu passes une échographie et que tu rencontres le Dr Stone, l'obstétricien de Grace Valley. Si tu veux, je peux t'y conduire et, ensuite, nous pourrions dîner à Fortuna. Un petit restaurant tranquille. Cela te permettrait de prendre l'air. Et nous passerions un moment ensemble.

— C'est gentil mais j'aimerais autant y aller seule et rentrer sitôt après.

— Abby, cette échographie, je veux la *voir*.

Désemparé par son silence à l'autre bout de la ligne, il avait enchaîné :

— Melinda envoie toujours ses patientes chez le Dr Stone. Il ne verra rien de mal à ce que je t'y accompagne. Je garderai le secret autant que tu le voudras mais je veux être présent pour mes enfants. Nous allons être parents, nous devons apprendre à nous connaître. De nouveau.

Elle avait fini par accepter, méfiante. Elle n'avait aucune idée ce qu'il était, de ce qu'il vaudrait comme père. Mais elle n'avait pas le choix. Il savait que ces bébés étaient de lui et n'avait aucune intention de les abandonner. Il ne pouvait pas obliger Abby à s'ouvrir à lui, mais il aimait déjà ces petits êtres en elle et refusait de se soustraire à ses obligations. Ces enfants étaient aussi les siens.

Il aurait voulu qu'elle soit *sienne*. Mais il désespérait qu'elle tombe un jour amoureuse de lui.

Cameron avait réussi à obtenir le dernier rendez-vous de la journée. Ainsi, le fait de dîner ensemble allait de soi. Il était passé prendre Abby à 16 heures et sur le chemin, ils avaient entretenu une conversation tendue, à bâtons rompus. Pourtant, il s'était préparé : « Raconte-moi ton enfance. Raconte-moi ton métier d'hôtesse de l'air. Quels sont tes projets pour après la naissance ? »

Peine perdue. Abby avait attaqué d'emblée :

— Cameron, j'ai quelque chose à te dire. Vanessa est au courant. Elle s'est rappelé que je m'étais éclipsée au mariage de Nikki et Joe et, bien sûr, elle savait que tu vivais à Grants Pass. Sans doute est-ce la manière dont tu me parles, tes regards... toujours est-il qu'elle a deviné. Elle n'a pas tourné autour du pot. Elle m'a dit que tu étais un homme bon et que je devais te laisser ta chance.

Il en était resté bouche bée.

— Dieu bénisse Vanessa ! avait-il fini par souffler.

— Oui, eh bien, j'ai confiance en elle et en ses jugements mais cela ne règle pas la situation. Malgré cette nuit-là, je te connais à peine. Nous n'avons probablement aucun point en commun. Et à cause de ce contrat prénuptial qui m'oblige à me battre, je suis complètement fauchée. Enfin, et même si Vanessa a promis de se taire, je dois me tenir sur mes gardes si je ne veux pas que mon ex-mari ait vent de mon état.

— Voilà qui est clair et net.

— Je compte protéger ces enfants de mon mieux.

Il lui avait tapoté la main.

— C'est très courageux de ta part, Abby. Moi aussi.

Ils avaient effectué le reste du parcours en silence.

John Stone se montra cordial comme à son habitude, heureux de voir Cameron et enchanté de rencontrer Abby. Ils s'entretinrent un moment sur la manière dont il souhaitait suivre la grossesse – en collaboration avec Melinda car il pressentait une naissance précoce. Plusieurs échographies seraient nécessaires afin de s'assurer que les bébés étaient en bonne position pour un accouchement normal. John ne voulait pas qu'Abby soit trop éloignée d'une unité néonatale de soins intensifs en cas d'accouchement prématuré ou de césarienne. Il lui demanda de multiplier leurs rendez-vous par précaution.

Puis il l'installa sur la table.

— Souhaitez-vous connaître le sexe des bébés ? Il est encore un peu tôt pour savoir mais je peux essayer…

— Oui, bien sûr, répondit-elle.

À peine avait-il commencé l'examen qu'il rit tout bas.

— Ma foi, là devant, on a un beau garçon. Il cache son jumeau mais d'ici deux mois, ils seront plus gros et bougeront davantage. Nous aurons une meilleure vue.

Cameron, en dépit de toute son expérience, notamment avec les enfants, sentit qu'il perdait pied. Son regard se voila, son cœur battait la chamade. « Un fils ! Mon Dieu, un fils ! » Il tenta de retenir son émotion mais en fut incapable. Il s'empara de la main d'Abby et la serra.

— Regarde ! chuchota-t-il. Celui-là, celui qui se manifeste, c'est un garçon.

— Seigneur ! murmura-t-elle.

— Ils m'ont l'air parfaits, constata John. L'idéal serait de tenir jusqu'au 2 juillet mais si vous atteignez les trente-six semaines de grossesse, tout ira bien. Ils sont en pleine forme, Abby.

Cameron glissa le capteur sur le ventre rond, cherchant à déplacer les fœtus, dirigea l'appareil sur leurs organes internes, leurs membres, leurs crânes.

— Melinda vous fera une prise de sang afin de repérer toute anomalie génétique éventuelle. Toutefois, je vous rassure, l'optimisme est à l'ordre du jour.

Cameron et Abby se contemplèrent, les yeux pleins de larmes. Le futur papa essuya délicatement les joues humides d'Abby puis il releva la tête.

— John, quoi qu'il en soit, vous ne savez rien. Est-ce clair ?

— Je serai muet comme une tombe. Secret médical. Avez-vous besoin d'aide ?

— Non ! répliquèrent Abby et Cameron à l'unisson.

— Très bien, dans ce cas... Vous allez avoir un garçon au moins. Et mes lèvres sont scellées. Mais, félicitations ! ce sont deux beaux bébés. Je suis impatient de les voir. Pas vous ?

Les dix premières minutes du trajet entre Grace Valley et Fortuna se déroulèrent dans le silence. Enfin, les dents serrées, Abby éclata :

— Quel culot ! Je n'en reviens pas !

Il savait pertinemment à quoi elle faisait allusion.

— J'étais bouleversé.

Pas d'excuses. Pas d'explications.

— À présent, le Dr Stone est au courant.

— Et alors ? Je suis le *père* !

— Tu m'avais juré que tu ne dirais rien.

— Vanessa aussi est au courant.

— Parce qu'elle l'a deviné.

— Comme John, quand il a vu mes larmes versées pour *mon fils*.

— C'est *mon* fils ! Tu n'es qu'un donneur de sperme qui a voulu s'offrir un peu de bon temps avec une nana croisée dans un bar.

Cameron roula encore quelques centaines de mètres puis se gara en douceur sur le bas-côté. Il fit demi-tour.

— Qu'est-ce que tu fabriques ?

— Je te ramène chez toi.

— Parfait ! rétorqua-t-elle. Épatant !

Elle croisa les bras et fixa la route. Le trajet jusqu'à Virgin River fut interminable.

Cameron atteignit la propriété de Walt mais, plutôt que de suivre l'allée jusque chez Vanessa et Paul, il contourna la grange, coupa le moteur et se tourna vers elle.

— Te rappelles-tu le soir où nous nous sommes connus, Abby ? La conversation que nous avons eue avant de monter dans la chambre ? Tu te souviens de *la* liste ? Toutes les qualités qu'un homme devait posséder à tes yeux.

Elle lui lança un regard noir et opina à contrecœur.

— Tu apprécies – entre autres – les bonnes manières. Tu ferais bien de t'en souvenir.

— Écoute, Cameron, c'est toi qui m'as mise dans ce pétrin et…

— Je n'étais pas seul. Souviens-toi.

— Dépose-moi à la maison, s'il te plaît.

— Une seconde. J'aimerais que tu écoutes ce que j'ai à te dire, Abby. Si mes attentions et ma bonne volonté te hérissent, je peux le comprendre et me comporter autrement. Peu importe ce que tu prétends, je n'ai jamais eu l'intention d'être un « donneur de sperme ». Et ce n'est pas moi qui ai fui au petit jour. Je t'ai cherchée partout. Je voulais passer du temps avec toi, apprendre à te connaître. Pour moi, ce n'était pas une aventure sans lendemain. C'est toi qui as disparu, toi qui as coupé tout contact. Il est très important que tu comprennes ceci : je me plierai de mon mieux à tes désirs mais si tu essayes de me séparer de mes enfants, je me battrai. Je te poursuivrai. Par conséquent, je te déconseille d'essayer de ruser avec moi. Que tu le veuilles ou non, cette histoire nous concerne tous les deux.

— Ramène-moi chez Paul et Vanessa, je t'en supplie.

— Tu m'as bien compris ?

— Oui. Et maintenant, je veux rentrer.

Il regagna la route et se gara devant la demeure des Haggerty. Lorsqu'elle voulut sortir de la voiture, il l'agrippa par le poignet. Elle se tourna vers lui, légèrement paniquée.

— Abby, je ne peux pas te forcer à m'aimer mais je peux t'obliger à me laisser jouer mon rôle de père. Je connais toutes les ficelles. Ne l'oublie pas.

Sans un mot, elle s'arracha à son étreinte et descendit. Cameron la suivit des yeux tandis qu'elle gravissait les marches du perron. Il resta immobile un moment, inspira une grande bouffée d'air puis alluma le plafonnier pour consulter sa montre. 18 h 30. Melinda était de garde jusqu'à ce qu'il l'avertisse de son retour. Mais les appels étaient rares, surtout ces temps-ci. Le Dr Mullins avait réussi à travailler quarante ans en s'offrant un whisky à la fin de chaque journée et Cameron en avait bien besoin.

Il redémarra et fonça chez Jack.

Abby pénétra dans la maison et s'adossa contre la porte close. Vanessa et Paul se trouvaient dans la salle de séjour, tous deux assis par terre avec leur bébé. Devant cette scène si paisible, Abby éclata en sanglots. Aussitôt, ses amis se précipitèrent vers elle.

— Ma chérie ! s'écria Vanessa. L'échographie s'est mal passée ?

— Non. Tout va bien. Le Dr Stone dit qu'ils sont parfaits.

— Dans ce cas, pourquoi pleures-tu ?

— Je me suis disputée avec Cameron, hoqueta-t-elle.

— Cameron ? répéta Paul, abasourdi.

— J'étais ébranlée. Il a eu les larmes aux yeux. Il a vu nos bébés à l'écran, notre fils. Je lui en voulais d'avoir montré son émotion devant le Dr Stone. Je me suis emportée.

— Oh, Abby…

— Son émotion ? Cameron ? insista Paul, de plus en plus perplexe.

— Vanessa, je… je l'ai traité de donneur de sperme. J'ai été odieuse !

— Abby !

— Donneur de sperme ? s'enquit Paul, totalement désorienté.

— Il a mis les points sur les *i*. Il était furieux. Il ne me laissera pas tranquille. Il va me poser des problèmes – comme si je n'en avais pas déjà assez ! s'effondra-t-elle sur l'épaule de Vanessa. Il a dit qu'il ne pouvait pas m'obliger à l'aimer mais qu'il m'empêcherait de le priver des bébés.

— L'aimer ? Les bébés ? Décidément, je n'y comprends rien ! s'exclama Paul.

Vanessa lui jeta un coup d'œil.

— Cameron est le père. Surtout, ne le dis à personne.

— Surtout, ne le dis à personne, réitéra Abby.

Paul demeura silencieux un long moment tandis que Vanessa réconfortait Abby. Enfin, il recouvrit la parole.

— On se fiche de moi, ou quoi ?

— J'ai été maladroite, admit Abby. Ce sont peut-être les hormones qui me rendent aussi agressive.

— Absolument, ma belle, consola Vanessa.

— Une seconde ! Une petite seconde !

— Paul, c'est une longue histoire, l'arrêta sa femme. Je t'expliquerai plus tard, d'accord ? En attendant : motus et bouche cousue.

— Je croyais qu'ils venaient de se rencontrer !

— De toute évidence, ce n'est pas le cas, andouille. Nous en parlerons tout à l'heure, quand Abby sera calmée.

Paul s'en alla prendre le petit Mattie qui jouait sur le tapis.

— Ce doit être une longue histoire, en effet, marmonna-t-il. Une très, très longue histoire. Disons... d'environ cinq mois ?

— Abby, tu vas devoir lui présenter tes excuses. Tu n'as pas le droit de le traiter ainsi. Que tu ne l'aimes pas, d'accord, mais tâche au moins d'être courtoise. Il a des droits. Et ce n'est pas un mauvais bougre. C'est même un type très bien.

— Je sais, je sais. C'est juste que ça m'a ébranlée de penser que je porte ces enfants et d'imaginer les mettre au monde alors que je suis incapable de me contrôler. J'ai explosé.

— Tu le lui expliqueras et tout ira...

— Euh... mesdames ? interrompit Paul en se raclant la gorge. Vous en avez pour un moment, n'est-ce pas ?

— Oui, Paul. Désolée, répondit Vanessa.

— Mon Dieu ! craqua Abby. Vous alliez faire l'amour. Vous étiez enfin seuls et je suis rentrée plus tôt que prévu. J'ai tout gâché.

— Ne t'inquiète pas, ma chérie. Ce ne sont pas les occasions qui manquent.

Paul se frotta la nuque, dubitatif.

— À vrai dire...

Entre le bébé, une invitée à demeure et les visites incessantes du général, ils avaient peu de temps pour les câlins.

Paul poussa le petit vers sa maman.

— Vous savez quoi ? Je vais prendre l'air. Boire un café chez Jack, par exemple. Comme ça, vous pourrez discuter tranquillement. D'accord ?

— D'accord, approuva Vanessa en prenant l'enfant dans ses bras. Excellente idée... Abby, tu as mangé ? Je vais te préparer un en-cas et nous allons parler de tout cela.

2

Il y avait une douzaine de personnes attablées chez Jack et qui achevaient de dîner. Cameron s'installa au bar.

— Salut, Cameron ! lança Jack. Tout baigne ?

— Super, répondit ce dernier sans grand enthousiasme. Tu me sers un whisky ? Sec. Quelque chose de bon. Et de puissant.

— Pas de problème. Dure journée ? s'enquit Jack en sélectionnant une bonne marque parmi ses bouteilles.

— Oui. Ne t'inquiète pas – je dîne, je bois un café et je libère ton épouse de son astreinte.

— Tout est organisé, ne t'en fais pas. Mais je croyais que tu emmenais Abby au restaurant ce soir ?

— Ça ne s'est pas passé exactement comme prévu.

Jack rigola.

— C'est Paul qui doit être content. Il se réjouissait à l'idée de passer une soirée en tête à tête avec sa femme.

— Oui, eh bien, je n'y suis pour rien. Crois-moi.

— Tout va bien ?

— On ne peut mieux ! À ta santé ! railla Cameron en levant son verre.

Avant qu'il ait porté son verre à ses lèvres, Paul apparut. Il vint s'asseoir aux côtés de Cameron et posa les coudes sur le bar.

— Qu'est-ce que tu bois, Cameron ?

— Whisky.

— Jack, donne-moi un Crown Royal. Même recette.

Jack s'empressa de le lui verser.

— C'est drôle, il me semblait que tu avais d'autres projets pour ce soir, dit-il à Paul.

— Je le pensais, moi aussi. Mais Abby a débarqué, elle est en pleine crise émotionnelle et Vanessa s'est mis en tête de la consoler… Une vraie fontaine, ajouta-t-il en fusillant Cameron des yeux.

— Je n'y suis pour rien, gronda celui-ci. J'ai été on ne peut plus courtois. Attentionné. J'ai été *formidable*.

— Je sais, répondit Paul. Si j'ai bien compris, elle est seule responsable de la situation. Elle dit qu'elle s'est fâchée. Qu'elle a été odieuse avec toi… Il va falloir lâcher prise, mon vieux. Faire preuve d'indulgence. À cause de son état, tu comprends ?

Penché vers eux, Jack écoutait la conversation que – Dieu merci – les quelques clients ne pouvaient entendre.

— J'ai fait de mon mieux, assura Cameron.

— Elle prétend que toutes les responsabilités lui reviennent, porter les bébés et les mettre au monde mais qu'elle a l'impression de ne rien contrôler.

— Elle ? Ha ! railla Cameron.

— En tout cas, elle s'en veut terriblement.

— Pas possible ? Eh bien, devine quoi ? Moi aussi, je suis bouleversé.

Sur ce, il contempla son verre et, l'air abattu, se réfugia dans le silence.

— Allons ! Que t'a-t-elle dit ? voulut savoir Jack.

— Elle m'a traité de…

— De quoi ? poursuivit Jack d'un ton moqueur. De quoi une femme enceinte peut-elle t'avoir traité pour te mettre dans un état pareil ?

— Laisse tomber.

— Donneur de sperme ? proposa Paul.

Cameron le gratifia d'un coup d'œil furibond.

— Ah bah bravo ! On ne t'a jamais dit que tu avais une grande gueule ?

— Quand Vanessa m'a fait promettre de tenir ma langue, je ne l'ai pas prise au sérieux. Enfin quoi, tu sais ce que c'est…

Cameron observa Jack à la dérobée.

— Du calme, le rassura Paul. Jack ne répète jamais rien. Enfin, si – mais quand on lui demande expressément de se taire, il se tait.

— Quelle mouche l'a piquée de te sortir un truc pareil ? osa Jack, sur ses gardes.

— Pas la moindre idée, ronchonna Cameron.

— Si ça peut te réconforter, Vanessa m'a traité d'andouille quand je lui ai posé cette même question. Si je comprends bien, nous avons un problème. Monsieur le futur papa.

— Mince ! s'exclama Jack en se redressant.

Il s'empara d'un troisième verre et le remplit. Normalement, Jack attendait la fermeture pour se joindre aux copains mais il lui semblait naturel de témoigner sa sympathie à ces deux-là.

— Tout était normal à l'échographie ? demanda-t-il.

— Impeccable. Les bébés sont magnifiques.

— Et l'un d'eux est un garçon, renchérit Paul, sous le regard désapprobateur de Cameron. Quoi ? Ça, on ne m'a pas interdit de le dire.

— Tu es une andouille, en effet, rétorqua Cameron.

— Ah oui ? Figure-toi que l'andouille en question s'apprêtait à s'offrir une belle partie de jambes en l'air quand – à cause de toi – Abby a déboulé en larmes et…

Il se tut brusquement, hocha la tête.

— Messieurs, je propose un toast, intervint Jack. Buvons au silence. Cette conversation doit rester sous le sceau du secret, ou nous mourrons tous les trois. Écorchés vifs.

— Au silence !

— Bien, approuva Jack. Puisque nous avons fait un pacte, je veux maintenant savoir : quand et comment cela a-t-il pu se produire ?

Cameron posa son verre.

— Quand ? Pendant le week-end du mariage de Joe Benson à Grants Pass. Comment ? Vous connaissez le mode d'emploi.

— Tu n'étais pas invité à cette réception, fit remarquer Paul.

— J'avais un dîner au restaurant de l'hôtel ce soir-là. J'ai rencontré Abby au bar. Vous n'en saurez pas davantage. Et ne vous avisez pas d'aborder le sujet avec Abby. Ma situation ne ferait qu'empirer. Compris, Paul ?

— Que vas-tu faire ?

— Pardon ?

Paul scruta la salle pour s'assurer que personne ne pouvait les entendre puis se pencha vers Cameron. Jack, qui ne voulait pas en rater une miette, se pencha aussi.

— Elle est enceinte. Tu es le père. Il ne te vient pas une petite idée ? Le mariage, par exemple ?

— Paul, réfléchis deux minutes. Je n'ai même pas réussi à l'emmener dîner avec moi à Fortuna. Elle me déteste. Je me suis conduit en parfait gentleman lors de notre rencontre et aujourd'hui, mais elle me hait. Pour elle, je ne suis qu'un *donneur de sperme*.

— Pouah ! s'exclama Paul.

— Pouah ! renchérit Jack.

Tous trois levèrent leur verre au malheur.

Vanessa mit une bouilloire sur le feu. Pendant que l'eau chauffait, elle coucha le petit Mattie dans son berceau avec son biberon. Lorsqu'elle revint dans la cuisine, Abby se mouchait le nez et essuyait ses yeux. Vanessa laissa la tisane infuser et mit au four à micro-ondes une assiette de restes de rosbif, de pommes de terre et de carottes. Elle posa la tasse devant son amie, sortit une bouteille de bière du réfrigérateur et s'assit en face d'Abby.

— Tu as assez pleuré ?

Abby acquiesça.

— Désolée. Je ne sais pas ce qui m'arrive.

— Moi, si. Quand j'étais enceinte, j'étais carrément insupportable. On contrôle mal ses émotions.

— Je devrais avoir honte, renifla Abby. Pour toi, ça a été si dur.

— Aucun rapport. Pour l'heure, tu es sous pression. Entre le fait de te retrouver seule avec deux enfants à venir et toutes ces dettes à payer à cause de ce fichu contrat prénuptial, pas étonnant que tu sois un peu... sur les nerfs.

— Je me plains de ne pas être maître de la situation et, dans la seconde, je perds tous mes moyens. Ça n'a aucun sens.

— Abby, je suis moins connue pour ma sagesse que pour mes sautes d'humeur. Paroles de mon mari qui ne s'emporte jamais. Sache que je resterai à tes côtés et que je te soutiendrai quelle que soit la décision que tu prendras. Mais permets-moi de te donner mon avis. À ta place, j'irais au cabinet dès demain matin présenter des excuses à Cameron. Essaie d'avoir une conversation calme et franche avec lui sur la manière dont vous allez élever ces enfants. Vous n'avez qu'un engagement à prendre – envers eux. Ça ne peut pas durer. Tu ne t'en sépareras pas et lui non plus. Amis ou non, vous devez trouver le moyen de vous entendre. Toutefois, ça marche nettement mieux quand on reste amis. Pensez à eux. D'accord ?

Une larme roula sur la joue d'Abby.

— C'est juste que ça me rend furieuse !

— Quoi ?

— Qu'il ait atterri comme moi à Virgin River. Qu'il m'ait retrouvée. À présent, en plus de tout le reste, je suis obligée de composer avec lui. Tout ce que je voulais, c'était accoucher, emmener mes petits chez ma mère et avancer dans ma vie.

— Ah oui ? Ma chère Abby, tu n'as pas le droit de faire ça.

Un mouchoir en papier serré dans le poing, Abby dévisagea Vanessa.

— Je t'ai raconté que j'avais connu Cameron avant que Paul ne se décide enfin à m'avouer ses sentiments à mon égard. Enfin, *connu*, c'est beaucoup dire. Nous sommes sortis ensemble deux fois – une relation aussi courte que platonique. Toutefois nous avons beaucoup discuté et j'ai appris qu'il rêvait de se poser, de fonder une famille. C'est son amour pour les enfants qui l'a poussé à se spécialiser en pédiatrie. Il…

— Oui, je sais tout ça.

— Abby, écoute-moi. Nous sommes amies depuis longtemps, toi et moi. Nous avons travaillé ensemble, fait la fête ensemble, pleuré sur des minables ensemble. Quand je pense à certains de ces ploucs que nous avons cru pouvoir transformer en maris... j'en frémis. En tant qu'amie, je me dois d'être honnête avec toi. Et toi, en tant qu'amie, tu te dois de m'écouter jusqu'au bout. Et je te le répète, Abby, tu n'as pas le droit de le priver de ses enfants. Tu es aussi responsable que Cameron de cette situation. Il tient à jouer son rôle de père. C'eût été une tragédie pour lui si tu avais réussi à te volatiliser avec ses bébés. Il mérite d'avoir le bonheur d'annoncer à ses proches qu'il va être papa. Sa mère mérite de savoir qu'elle va être grand-mère. C'est peut-être compliqué et imparfait mais je suis sûre que c'est ce qui compte le plus pour lui en ce moment. Selon moi, si un problème survient, cela viendra de toi. Pas de lui.

Abby resta quelques instants à court de mots.

— Eh bien ! souffla-t-elle enfin.

— Je n'y vais pas de main morte, je sais. Mais c'est ainsi que je vois les choses. Rien ne t'oblige à l'épouser, ni même à l'aimer. En revanche, tu dois absolument lui accorder sa place de père. Il n'a rien à se reprocher. Ta colère à son encontre est injustifiée. Tu peux en vouloir à ton ordure de mari, Ross Crawford. Mais punir Cameron est injuste. C'est un homme remarquable. S'il n'avait pas débarqué ici, s'il ne t'avait pas croisée par hasard, je t'encouragerais vivement à le retrouver pour lui dire la vérité.

— Es-tu certaine que tu raisonnerais de façon aussi saine et logique si tu étais dans le même pétrin que moi ?

— Avec le temps, oui. Tu verras, tu y arriveras aussi. Car Cameron ne te fera jamais de mal. Vous élèverez vos enfants tous les deux même si c'est chacun de son côté et il sera un papa merveilleux. Sais-tu combien de femmes rêvent d'un compagnon comme lui ? Ressaisis-toi, Abby. Tu n'es pas à plaindre. Imagine ce qu'il en serait si tu étais enceinte de Ross ?

Elle se leva, s'approcha du four à micro-ondes, le remit en marche pour quarante-cinq secondes.

— Tu vas manger et t'offrir une bonne nuit de sommeil. Demain, tu iras voir Cameron.

Abby se coucha mais demeura éveillée un long, long moment, l'esprit en ébullition. Vanessa avait raison sur toute la ligne : Abby se devait de coopérer, d'autant qu'elle savait pertinemment que Cameron serait un bon père. Si elle n'en avait pas eu conscience lorsqu'ils s'étaient rencontrés quelques mois auparavant, aujourd'hui, elle en avait la certitude. Il supportait ses caprices, devançait ses moindres besoins, s'efforçait d'atténuer ses craintes, tout ça en restant assez à l'écart pour respecter sa vie privée. Il accordait cent pour cent de son attention au bien-être des enfants.

Justement. En dépit de ce qu'elle avait affirmé, ses souvenirs de leur nuit d'amour à Grants Pass continuaient à l'embraser. Cameron avait été un amant inégalable. Chacune de ses paroles, chacun de ses gestes l'avaient comblée. Il incarnait l'homme dont toute femme rêvait. Et elle rêvait de lui…

Sans doute se comportait-il ainsi avec toutes ses conquêtes, déployant charme, sensibilité, force, sens de l'humour… Après tout, il l'avait retrouvée et s'était bien gardé de lui dire qu'il l'aimait en apprenant qu'elle portait ses enfants. Il avait exigé ses droits paternels mais sans lui proposer de l'épouser.

Il avait promis de s'occuper d'elle. Il voulait qu'ils passent davantage de temps ensemble...

Elle se retourna dans son lit. Elle ne pouvait pas le blâmer d'avoir éludé les questions d'amour et de mariage. De toute façon, elle l'aurait envoyé promener. Épouser l'inconnu d'une nuit ? Pure folie.

Mais cet inconnu était quelqu'un de bien, et surtout dans son droit. Il avait respecté ses sentiments et elle avait réagi comme une harpie. Ses enfants seraient beaucoup plus heureux avec un père dont ils pouvaient être fiers que sans père du tout. Toutes ces réflexions la tinrent éveillée une bonne partie de la nuit.

Abby dormit peu. Elle se leva et constata que Paul l'avait devancée. Il buvait son café dans la cuisine alors que l'aube pointait tout juste à l'horizon. Il croisa son regard par-dessus sa tasse.

— Je te prie de m'excuser, lança-t-elle sans même lui dire bonjour. Hier soir, j'ai flippé mais, dès ce matin, je vais me rendre au cabinet pour voir Cameron et tenter de réfléchir avec lui sur notre... projet.

Paul esquissa un sourire.

— Bonne idée, je suppose. Tout compte fait.

— Tu en as une meilleure ?

— Abby, je ne connais rien à l'enfantement. Tout ce que je sais, c'est qu'en attendant la venue de Mattie, je me suis inquiété comme un fou. Vanessa était si nerveuse et si triste ! J'avais peur que cela ne déteigne d'une façon ou d'une autre sur le bébé. Je crois que Melinda se faisait du souci aussi mais elle m'a rétorqué que si l'angoisse provoquait des problèmes graves, il n'existerait pas un gamin en bonne santé dans le monde. J'aimerais tant que tu sois heureuse.

Il s'éclaircit la gorge avant d'enchaîner :

— Je parie que Cameron est de ton côté. Que lui aussi souhaite ton bonheur.

Elle inclina la tête et sourit.

— Tu as raison. Je dois me forcer à voir les bons côtés de ce qui m'arrive. Certes, j'ai des problèmes mais pour l'heure, je les gère à peu près. Je vais faire un pas vers Cameron. S'il ne me déteste pas trop…

— Oh non ! Enfin… je suis sûr que non, rectifia-t-il sous son regard étonné.

— Dommage que je sois privée de café, marmonna-t-elle en lorgnant la tasse fumante de Paul.

— Tu vois ! Levée et déjà un sacrifice que tu t'infliges pour être une bonne mère. Il y a de quoi te rendre grincheuse.

Quand Abby enfila son manteau dans l'entrée, Vanessa venait à peine de se lever avec le bébé. En se présentant au cabinet avant l'ouverture, elle espérait pouvoir parler tranquillement avec Cameron. Elle ignorait ce qu'elle allait lui dire, si ce n'est déjà « pardon ».

Elle dut frapper plusieurs fois avant de voir une ombre s'approcher du bout du couloir. Elle consulta sa montre. Il n'était que 7 h 30 et les consultations ne démarraient pas avant 9 heures. Lorsqu'il lui ouvrit, les premières paroles d'Abby tombèrent à point :

— Oh ! Pardon !

Il était en pantalon de jogging, torse et pieds nus, une serviette drapée autour du cou et les cheveux humides. Elle s'empourpra face à ce poitrail large et compact contre lequel elle s'était déjà pressée. Et ces bras musclés dans lesquels elle s'était lovée.

— J'arrive un peu trop tôt.

— Aucune importance ! la rassura-t-il en s'effaçant pour la laisser entrer. Tu vas bien ?

— Plus ou moins.

— Qu'est-ce qu'il y a, Abby ? s'enquit-il, aussitôt consterné. Tu as des nausées ? Des douleurs ?

— J'ai été détestable avec toi. Je voulais te présenter mes excuses.

— Ah ! souffla-t-il. Oublie ça. Tu étais bouleversée. Nous l'étions tous les deux. Attendre des jumeaux, c'est stressant. Laissons tomber.

— J'aurais voulu qu'on discute deux minutes si tu as le temps.

Il lui adressa un sourire timide.

— Veux-tu boire quelque chose ?

— Un irish coffee avec une montagne de chantilly ne serait pas de refus mais j'imagine que c'est hors de question…

Il eut un petit rire.

— Exact. En revanche, je peux te proposer une infusion. Melinda en a toujours en réserve pour les femmes enceintes.

— J'en suis. Elle n'en boit pas elle-même ?

— Non. Melinda est accro à la caféine. Elle l'absorberait par perfusion si elle le pouvait.

— Je comprends. J'ai du mal avec toutes ces petites indications. Pas d'alcool, pas de café. Je suis peut-être dans le déni. Ceci expliquerait cela.

— Viens à la cuisine. Tu as pris ton petit déjeuner ?

— Si ça ne t'ennuie pas, je préfère attendre la fin de notre discussion.

Il remplit la bouilloire tout en l'observant.

— Tu as mal au cœur ?

— Horriblement. Ça va passer, continua-t-elle en s'asseyant. J'ai déjà vomi ce matin, nous n'avons rien à craindre pour le moment.

Cameron mit la bouilloire sur le feu. Il ne pouvait le dire à Abby mais il regrettait de ne pas avoir été plus tôt à ses côtés pour lui éponger le front. Il aurait voulu l'accompagner dans ces premiers mois difficiles, qu'elle puisse le blâmer, le critiquer, passer ses nerfs sur lui. Elle ne se gênait pas sur ce plan mais il aurait voulu pouvoir la prendre dans ses bras, la réconforter. Si bête que cela puisse paraître, il aurait voulu la voir mal tout à coup, se ruer dans la salle de bains, en émerger quelques minutes plus tard blanche comme un linge et venir se blottir contre lui. Être son compagnon, pas son acolyte silencieux, pouvoir sentir son ventre arrondi contre lui, la nuit. Il se retourna et la dévisagea.

— Tu veux des biscuits salés ?

— Non, merci.

— Tu as encore des nausées à cinq mois de grossesse ?

— Malheureusement, oui. D'après Melinda, ça arrive. Certaines d'entre nous sont plus chanceuses que d'autres. Je le suis doublement. Mes hormones sont en effervescence.

Il déposa un sachet dans une tasse, remplit la sienne de café fumant et vint s'asseoir en face d'elle.

— J'ignore par où commencer. Cameron, j'ai été méchante, vraiment abjecte hier soir et je le regrette. J'ai perdu les pédales. Je ne suis pas en colère contre toi. Je suis sûre que tu seras un bon père. Mais je suis dans un tel pétrin… j'ai si peur de t'entraîner dans une spirale infernale. Et les bébés…

— Je comprends.

— Cette nuit-là, la nuit où…

Elle hésita et reprit sa respiration.

— J'étais paumée, déprimée, je ne savais plus vers qui me tourner. Je n'aurais jamais dû coucher avec toi. Tout est de ma faute.

— Abby, tu n'as rien à te reprocher.

Il voulut lui prendre la main mais la bouilloire se mit à siffler. Il se leva, prépara son infusion, le déposa devant elle, lui apporta une cuillère, du lait et du sucre puis reprit sa place.

— Nous sommes adultes. Ce soir-là, nous l'étions aussi et d'ailleurs, ce ne fut pas désagréable. Au contraire.

— C'était une erreur, insista-t-elle. Je n'ai pas l'habitude de coucher avec un homme avant de le connaître.

— J'en suis conscient. Il en va de même pour moi. Nous méritons une seconde chance.

Elle poussa un soupir.

— Précisément. Vanessa m'a prise entre quatre' z'yeux hier soir. Elle m'a fermement sermonnée. Nous serons bientôt parents, nous devons absolument nous entendre. Je ne peux pas te traiter en ennemi – tu t'es montré d'une grande gentillesse à mon égard. Mais comment allons-nous nous y prendre ? Comment pourras-tu jouer ton rôle de père tout en préservant notre secret ?

— Nous aurions dû en discuter. Parce que j'ai ma petite idée sur la question.

Elle écarquilla les yeux.

— Ah bon ?

— Oui.

— Alors vas-y, explique-moi tout.

— Déjà, rien ne nous oblige à expliquer quoi que ce soit à qui que ce soit. C'est essentiel. Nous pouvons entretenir des liens d'amitié sans éveiller les soupçons. Nous pouvons nous fréquenter, devenir amis. Abby, tu es belle, sexy et drôle. Tu portes des jumeaux et je suis pédiatre. J'adore les bébés et les belles femmes. Pourquoi me laisserais-je effrayer par ton statut de future mère célibataire ? Après ce que nous avons vécu chacun de notre côté, nous avons bien le droit à notre part de bonheur. Cela n'étonnera personne. Et quoi de plus réjouissant qu'un conte de fées à la fin heureuse ?

— Mouais, marmonna-t-elle, sceptique.

— En ce qui me concerne, je n'ai pas honte de ce qui s'est passé. Nous pourrions toujours raconter que nous nous sommes connus à Grants Pass alors que tu rendais visite à de bons amis, que nous nous sommes entendus à merveille, que nous avons été très vite attirés l'un par l'autre… Après tout, ce sont des choses qui arrivent. Les détails sont sans importance. Cette affaire ne concerne que nous.

— Ce sont des choses qui arrivent, répéta-t-elle en secouant la tête.

— Où est le mystère ? Où est le crime ? Jamais les quelques personnes de mon entourage qui sont au courant ne se mettront en tête d'alerter Ross Crawford, si c'est ce qui te terrorise.

— Quelques personnes ? Qui ?

— Melinda, Vanessa, le Dr Stone. Paul et Jack, puisque nous avons bu un verre ensemble hier soir. À mon avis, Jack est le seul joker mais il saura se taire rien que pour éviter toute querelle avec Melinda. Quant à Paul, il ne tient pas du tout à ce que Vanessa l'étrangle, il ne l'ouvrira pas.

— Ouf !

— Tôt ou tard, la nouvelle se répandra. En un sens, c'est assez rigolo…

— *Rigolo ?*

— Réfléchis : deux personnes qui ne se connaissent ni d'Ève ni d'Adam se rencontrent dans un bar et s'apitoient sur leur triste sort. Non seulement elles se consolent l'une l'autre mais en plus, elles fondent une famille. Et pas un bébé mais deux d'un coup ! Puis elles atterrissent dans la même bourgade isolée. Personne ne voudra y croire. Ce n'était pas prévu mais je ne regrette rien.

— Moi, si ! s'indigna-t-elle.

— Non. Tu as peur des complications qui en découlent mais tu vas donner naissance à des jumeaux et je pense que tu es heureuse de sentir ces vies grandir en toi. Quant à moi, je serai là pour t'aider. Nous attendons déjà un petit garçon. J'espère que l'autre bébé est une fille. Ce seront peut-être mes seuls enfants et j'aimerais connaître le bonheur d'avoir les deux sexes, conclut-il avec un sourire niais.

— Si tu avais comme moi une épée de Damoclès au-dessus de la tête, tu serais moins enthousiaste. Ma situation légale et financière est très critique.

— Nous devrions consulter un avocat.

— J'en ai un !

— Je ne suis pas certain qu'il soit à la hauteur. On t'a arnaquée.

— Cameron, je n'ai pas les moyens de m'offrir une nouvelle procédure en justice. La dernière m'a littéralement ruinée. J'ai vidé tous mes comptes épargne, échangé mes modestes actions contre des espèces, vendu mon appartement…

— Je paierai.

Elle le fixa, ahurie.

— En quel honneur ?

— Abby, il est dans mon intérêt de te débarrasser une fois pour toutes de ce minable. Une fois l'ardoise effacée, nous pourrons former une équipe... Du moins, je l'espère.

— Je n'y tiens pas. Je ne veux pas t'être à ce point redevable.

Il haussa les épaules.

— Que tu le veuilles ou non, je suis là. Ce sont mes enfants au même titre que les tiens.

— Quel cauchemar ! grommela-t-elle en portant sa tasse à ses lèvres.

Cameron demeura silencieux. Sourcils froncés.

— Quoi, encore ? glapit-elle.

— Tu n'as pas envie d'entendre les drames dont j'ai été témoin en ma qualité de médecin. Abby, tu te tourmentes pour de mauvaises raisons. Remercie plutôt le ciel. Les bébés sont superbes et en bonne santé.

Elle posa une main sur son ventre.

— Tu es d'un calme, d'un pragmatisme...

— Non, mon ange. Je suis désespéré. Toi, tu portes un cadeau du Ciel.

Jack rentra enfin à la maison après une longue journée. Il trouva les enfants endormis et Melinda devant l'ordinateur. Il l'embrassa puis se rendit dans la cuisine trier son courrier. Enfin une lettre de Rick.

Jack s'occupait de lui depuis qu'il avait treize ans. Il avait veillé sur lui et l'avait aidé à appréhender sa vie d'adulte avec force, courage et générosité. Un mélange d'orgueil et de désespoir avait poussé Rick à s'engager dans le Corps des Marines à dix-huit ans. Une décision qu'il avait prise seul. Jack n'avait pas cherché à l'en dissuader mais il aurait préféré que Rick aille à l'université – il avait d'ailleurs mis de l'argent de côté dans ce but.

À présent, Rick était en Irak où Jack avait lui-même servi à deux reprises en tant que marine. Rick lui écrivait assez régulièrement, parfois tous les quinze jours, en tout cas au moins une fois par mois. Le plus souvent, il adressait ses missives directement au bar afin que tout le monde puisse profiter des nouvelles fraîches. Il correspondait aussi avec Lydie Sudder, sa grand-mère et unique membre de sa famille, ainsi que sa petite amie Liz qui habitait à Eureka.

Cette fois, Rick avait envoyé son courrier au domicile des Sheridan. Jack s'empressa de déchirer l'enveloppe.

Cher Jack,

À toi je peux me confier et pardonne-moi d'avance de ce que je vais écrire mais je sais que tu comprendras, que tu as déjà connu ça. Je ne veux inquiéter ni mamie ni Liz. Même si elles se doutent des horreurs que l'on vit ici, je me dois de les préserver. La nouvelle a dû passer aux infos à l'heure où tu me lis. J'étais là pendant l'attentat. J'ai tout vu. Je les connaissais tous. On est entrés dans Haditha pour fouiller les maisons à la recherche d'insurgés al-Qaida quand l'un des escadrons juste devant nous a été pulvérisé par une bombe. Un camion piégé. Un seul des gars a survécu. C'était une équipe très soudée. Encore plus que la nôtre. Un survivant, Jack. Seigneur ! Je crois que je préférerais mourir plutôt que de voir exploser onze de mes meilleurs amis. Parmi eux, Sonny attendait un bébé, Gravis était fiancé. Dom était un jeune Italien pétri de trouille. Il avait tellement envie de rentrer chez lui qu'il en pleurait ! Mais ses camarades le soutenaient, prenaient soin de lui, lui remontaient constamment le moral. Quel que soit le problème, ils se serraient tous les coudes. Celui qui s'en est sorti a une petite amie qui l'attend et il va la rejoindre bientôt mais ce sera dur. En attendant, ils l'affectent à un autre escadron. Je prie pour qu'ils l'éloignent au moins de toute cette merde. C'est abominable.

Ils étaient juste devant nous, Jack. Deux minutes de plus, et c'est nous qui sautions. Depuis, je n'arrive plus à fermer l'œil. Nous avons tous été secoués. Deux de mes compagnons ont dégueulé, un troisième est tombé puis s'est relevé à toute vitesse. Il l'a nié mais à mon avis il était tombé dans les pommes. Tous ces cris – impossible de savoir si c'était moi ou les autres. On était dans un nuage noir. Et tout ce sang. J'aurais voulu mourir à l'instant. Je me suis jeté à plat ventre parce que ça tirait dans tous les sens. Pour un peu, j'aurais pu prendre une balle d'un de mes hommes.

Juste après, un Cobra a surgi et a bombardé l'un des édifices. Les débris ont volé – des blocs de ciment énormes, des bouts de bois qui fusaient dans l'air comme des missiles.

Je me dis que toi tu sais ce que je vis ici... Par moments, on a l'impression d'être en enfer. Encore pardon de te raconter tout ça, toutes ces atrocités sont du passé pour toi. Surtout, n'en parle à personne. Mamie et Liz seraient effondrées. J'essaie tant bien que mal de leur envoyer des courriers pleins d'espoir et d'optimisme.

Le pire – comme si ça ne suffisait pas – c'est que je crois que j'ai descendu un type. J'ai repéré un sniper et j'ai tiré. On n'a pas retrouvé le cadavre. S'il a réussi à s'éloigner en rampant, il n'a pas dû aller bien loin vu la mare de sang à l'endroit où il attendait. Je ne pensais pas pouvoir faire ça un jour. J'étais assez loin mais j'ai vu son regard. Et l'espace d'une seconde, je me suis demandé pourquoi c'était moi qui l'avais tué et pas le contraire ? La guerre n'a rien à voir avec la chance. Pas après l'entraînement auquel on se soumet.

Mon escadron s'en trouve bouleversé. Le bataillon entier est ébranlé. Depuis que je suis là, je n'avais pas encore vu mourir un seul Américain et là – onze d'un coup ! Je n'ai jamais rien vu d'aussi horrible, Jack. Et après ça, j'ai flingué un inconnu.

Pardon. Il fallait que ça sorte. Ne dis rien à personne. Brûle cette lettre.

Je n'ai pas peur. Mes nerfs sont mis à rude épreuve et parfois, je me sens envahi par une poussée d'adrénaline ; mais je vais bien. Je ne veux pas t'affoler ; je ne ferai pas de bêtises. Je me sers de ma peur pour rester lucide.

J'avais juste besoin de me confier à quelqu'un capable de comprendre. Ici c'est épouvantable et ça me bouffe de l'intérieur.

Rick

Les mains tremblantes, Jack s'était laissé choir sur une chaise. Il relut la lettre. Soudain, il sentit la main délicate de son épouse sur son épaule. Il leva les yeux vers elle.

— Qu'y a-t-il ?

— C'est Rick. Les nouvelles ne sont pas réjouissantes. Il ne veut pas que j'en parle.

— À moi, tu peux tout dire.

— Melinda, c'est vraiment atroce.

— J'ai besoin de savoir ce qui te met dans cet état, Jack. Les soucis, c'est ensemble que nous les surmontons.

— Oui, murmura-t-il, soudain envahi par un sentiment de lassitude… Tiens ! Lis.

Avant de parvenir à la fin, elle se mit à pleurer.

— Dieu du ciel ! chuchota-t-elle. Pauvre Rick… tous ces pauvres garçons.

Jack resta éveillé jusqu'à 3 heures du matin. Il écrivit à Rick, l'encouragea à lui confier tout ce qu'il avait sur le cœur, lui promit qu'il serait toujours là pour lui. Il s'efforça de remonter le moral du jeune homme en lui disant combien il était fier de lui, certain que Rick saurait prendre les bonnes décisions. Il le félicita pour sa capacité à compatir avec ses compagnons, ceux qui survivaient, ceux qui traversaient des moments difficiles. Et il ajouta : « Oui, fiston, nous avons tous connu des horreurs. À ton retour, tu apprécieras d'autant plus les petits bonheurs quotidiens. Je te le promets. »

Elle apparut quelques jours plus tard, aux alentours de 16 heures, avant le coup de feu du soir. Liz. La dulcinée de Rick. Elle resta sur le seuil et adressa un sourire à Jack. Il lui sourit en retour. L'ironie du sort voulait qu'elle apparaisse si peu de temps après l'arrivée de cette lettre, celle qui menaçait de le priver de sommeil tant que Rick ne serait pas revenu.

La première fois qu'il l'avait vue, Jack avait trouvé l'adolescente de quatorze ans provocante, affublée d'un tee-shirt moulant, d'une jupe minuscule, de bottes à talons hauts et outrageusement maquillée. Rick était tombé raide dingue amoureux. En dépit de toutes les mises en garde de Jack, Rick l'avait mise enceinte : il n'avait pas eu le temps de mettre son préservatif.

La fois suivante, elle avait une tout autre allure, l'air encore plus jeune. Une enfant enceinte. Une gamine de quinze ans au naturel, en jean et sweatshirt dissimulant son ventre rond, les cheveux rassemblés en queue de cheval. C'était la véritable Liz, celle que Rick aimait et soutenait coûte que coûte.

Jack avait éprouvé de la fierté à voir Rick prendre sa défense, l'épauler dans son épreuve. Malheureusement, le bébé était mort-né, une tragédie qui avait obligé le couple à grandir trop vite. Ils avaient fait preuve d'une telle force et d'un tel courage.

Aujourd'hui, à l'approche de ses dix-huit ans, Liz était si belle que Jack en eut le souffle coupé. Ses cheveux étaient longs, châtain clair. Ses mèches blondes éparses et ses yeux pétillants la rendaient rayonnante. Elle portait toujours des vêtements un peu trop ajustés mais elle avait pris l'habitude de les accessoiriser avec goût, comme cette jolie veste en daim beige. Elle n'était plus la nymphette au genre tapageur et séductrice d'autrefois. Désormais, son maquillage léger rehaussait la finesse de ses traits au lieu de lui donner un air de très jeune prostituée.

Elle s'approcha du bar, sauta sur un tabouret et se pencha vers lui pour lui faire la bise.

— Comment vas-tu ?

— Ne t'occupe pas de moi. Toi, comment vas-tu ?

— Bien. J'aurai mon bac en juin, j'ai des A partout. Rick sera content.

— Et toi ?

— J'en suis fière. Je ne croyais pas y arriver.

— Mais... tu ne l'as pas fait uniquement pour Rick, j'espère ?

— Au début, si, avoua-t-elle en hochant la tête. Mais maintenant, je me rends compte que ça me plaît. Pour Rick, tout était facile, il obtenait d'excellents résultats sans effort. J'aimerais croire que je suis aussi intelligente que lui, même si je dois travailler plus dur. À l'automne, j'irai à l'université.

— Bravo. Il faut se donner les moyens d'arriver à ses fins. Si cela peut te consoler, je n'étais pas un surdoué, moi non plus. Sais-tu ce que tu feras quand tu seras grande ? taquina-t-il.

— Aucune idée. Enfin, si… je veux vivre avec Rick. Quand il sera prêt… Oh, Jack ! Par moments, il me manque tellement.

— À moi aussi. Tu as eu de ses nouvelles récemment ? s'enquit-il en priant pour qu'elle ne lui pose pas la même question.

— J'ai reçu une lettre la semaine dernière. J'ai l'impression qu'il souffre. Il ne me raconte pas grand-chose mais je sens… quelque chose. Comment le décrire ? On dirait qu'il a du mal à coucher les mots sur le papier, il radote. Pourvu qu'il aille bien !

— Liz, les hommes qui servent notre patrie, même s'ils ne sont pas sur le front, reviennent toujours avec des séquelles. Tu comprends ce que je veux dire, ma grande ?

— Oui. J'essaie de ne pas y penser mais cela m'effraie.

— Il existe des groupes, des épouses de militaires qui se réunissent pour s'entraider. Tu devrais te renseigner.

— C'est impossible, Jack. Je ne suis pas mariée. Elles ne m'accep…

— Je parie que si, interrompit Jack avec un sourire. Tu n'es pas la seule petite amie à attendre le retour de son homme. Tu devrais tenter le coup, cela te permettrait de comprendre certaines réactions.

— Tu crois que ça faciliterait les choses pour Rick ?

Rien ne lui facilitera les choses, songea Jack.

— Possible. Tâche au moins de t'informer, de voir s'il y a un groupe dans ta région.

— D'accord. C'est payant ?

Il fronça les sourcils.

— J'en doute. Pourquoi ? Ce serait un problème ?

— J'économise tout l'argent que tante Connie me donne pour mes heures de travail à l'épicerie. Quand Rick aura sa permission, je veux aller le retrouver. J'irai n'importe où. J'ai un passeport.

Jack demeura à court de mots quelques instants. Il n'avait jamais imaginé que Rick puisse passer sa permission ailleurs qu'à Virgin River. Sa stupéfaction dut se lire sur son visage car elle sourit.

— Je ne suis jamais allée nulle part, murmura-t-elle.

— C'est un grand pas, non ?

— Plus grand que de passer mes nuits avec lui chez sa grand-mère ? Plus grand que d'avoir un bébé avec lui ? De lui promettre de l'aimer pour toujours ? Voyons, Jack ! Tu devrais t'y faire : nous sommes ensemble pour la vie.

Mon vœu le plus cher est que vous soyez heureux, pensa-t-il. *Vous le méritez*.

— Ma chère Liz, tout finit par s'arranger, tu verras. Tu dois conserver ta foi et rester optimiste.

3

Depuis qu'il avait transféré une partie de l'entreprise familiale de construction à Virgin River, les affaires de Paul Haggerty florissaient. Il travaillait sur un nouveau chantier, une demeure de cinq cents mètres carrés pour un couple originaire de l'Arizona. Ce serait leur résidence secondaire. De toute évidence, ces gens étaient pleins aux as. Paul avait raflé le contrat à un entrepreneur local en promettant une livraison rapide. Entre la réputation de sa société à Grants Pass et quelques visites de maisons achevées par ses équipes, l'affaire avait été rapidement conclue. Non seulement il avait décroché un gros contrat mais en plus, il avait réussi à convaincre ses clients de consulter son meilleur ami et architecte de Grants Pass, Joe Benson.

Il ne lui restait plus qu'à honorer ses engagements.

Il avait deux pavillons et trois rénovations en cours. Toutefois, sa réussite dépendait en grande partie de ses ouvriers. Il s'efforçait d'embaucher des hommes sérieux et aguerris sur lesquels il pouvait compter. Lorsqu'il tombait sur un gars qui bâclait son ouvrage, omettait de se présenter à l'heure ou refusait d'obéir aux ordres, il le renvoyait promptement. Résultat : Paul passait son temps à recruter.

Il avait installé son bureau dans une construction modulaire sur son dernier site, où il y avait le plus d'espace. Le printemps pointait son nez mais dans les montagnes, l'air du mois de mars était encore frais. Levant les yeux du planning sur son écritoire à pinces, il découvrit un homme qui venait à lui, un journal plié sous le coude. Encore un type qui allait postuler. Tant mieux. Avec un peu de chance, il conviendrait.

L'homme était grand, d'apparence solide. Coiffé d'un chapeau de cow-boy Shady Brady, vêtu d'un pantalon et d'un blouson en jean, chaussé de bottes, il se fondait parfaitement dans le décor. Il était rasé de près, impeccable. C'était bon signe.

Parvenu devant Paul, il s'immobilisa.

— Bonjour. Je cherche le patron de Haggerty Construction.

Paul lui tendit la main.

— Paul Haggerty. Enchanté.

— Dan Brady. Moi de même. J'ai lu votre petite annonce. Vous avez trouvé votre peintre ?

— J'en ai toujours besoin. Je vais vous chercher un formulaire et nous verrons si vous correspondez au profil.

Paul voulut regagner son bureau.

— Monsieur Haggerty !

Paul se retourna vers l'inconnu. Malgré sa position de chef, il ne s'habituerait jamais à ce qu'un individu de son âge, voire même plus vieux, lui donne du « monsieur ».

— Pas la peine de vous faire perdre votre temps ni le mien. J'ai purgé une peine de prison. Si ça vous refroidit, laissons tomber la procédure.

— Pour quel motif ?

— Disons que je cultivais des plantes… pas très orthodoxes.

— C'est tout ?

— Oui. Je me suis rendu.

— Avez-vous commis d'autres délits même mineurs ?

— Non. Ça ne vous suffit pas ?

Paul ne réagit pas. Personnellement, il préférait engager un ancien cultivateur de marijuana plutôt qu'un type alcoolique. Boire sur un chantier pouvait engendrer de belles catastrophes.

— Vous devez vous présenter à un contrôleur judiciaire ?

— Oui. J'ai été relâché plus tôt que prévu, si cela peut vous rassurer.

— Depuis combien de temps êtes-vous sorti ?

— Pas longtemps. Six semaines. J'ai rendu visite à ma famille et j'ai déménagé.

— Pourquoi ici ? s'étonna Paul.

— Parce qu'à Virgin River, on décourage la culture du cannabis.

— Sachez que mon périmètre d'activité ne se limite pas à Virgin River. Le boulot ne manque pas dans la région et j'accepte toutes les propositions à condition d'avoir le personnel adéquat sous la main. Je pourrais décrocher un contrat dans un endroit où les plantations de marijuana sont tolérées, Clear River, par exemple. Cela risque-t-il de vous poser un problème ? Ou à moi ?

Le visage de Dan se fendit d'un large sourire.

— Je doute que mes copains d'avant se soient remis dans le droit chemin. Ça devrait aller… Pourvu que l'un d'entre eux ne se mette pas en tête de construire une grande maison.

Paul rit malgré lui. Il ne traitait jamais de la main à la main et les cultivateurs de marijuana avaient une sainte horreur des banques. Cet homme devrait s'y faire. S'il l'engageait…

— Passons donc à l'étape suivante. Vous allez remplir le formulaire. Ensuite, nous discuterons.

— Merci, monsieur Haggerty. Merci infiniment.

Paul alla chercher le questionnaire et un stylo. Dan s'assit sur les marches du bungalow provisoire. Une trentaine de minutes plus tard, il tendit le document à Paul, qui le scanna.

— Vous avez beaucoup d'expérience dans le domaine du bâtiment, constata-t-il avec surprise… Tiens ! Vous avez appartenu au Corps des Marines ?

— Oui, monsieur. J'ai commencé dans le bâtiment à dix-huit ans, et dans le Corps des Marines à vingt-cinq ans.

— Une vocation tardive… La plupart d'entre nous se sont engagés beaucoup plus jeunes.

— J'ai mûrement réfléchi avant de me lancer. Les bénéfices militaires m'ont semblé intéressants.

— J'offre une assurance médicale à tous mes employés à temps plein.

— Ce n'est plus une priorité pour moi.

— Vous êtes domicilié à Sebastopol en Californie.

— Chez mes parents. C'est mon adresse permanente. Je n'ai encore rien trouvé ici pour me loger mais en attendant, je peux dormir dans mon pick-up.

— Je vois que vous êtes aussi charpentier. J'en manque.

— Le hic, c'est que j'ai une jambe qui déconne parfois. Depuis l'Irak. J'évite de travailler à plus de trois mètres de hauteur.

Paul réfléchit deux longues minutes. Sur le papier, cet homme était irréprochable. Certes, c'était un ancien taulard mais Paul avait combattu un incendie de forêt en tant que pompier bénévole aux côtés de détenus entraînés comme lui.

— Quelles sont vos chances d'obtenir une lettre de recommandation ?

— Elles sont minces. Mais le département du shérif acceptera peut-être de confirmer ma bonne coopération. Mon contrôleur judiciaire pourrait aussi défendre ma cause. Je pense le lui demander mais vous savez bien que cela ne garantit en rien mes aptitudes.

— Vous le voulez vraiment, ce job ? s'enquit Paul sans lever les yeux.

— Oh oui.

— Suffisamment pour vous soumettre à un test d'urine de temps en temps ?

— Bien sûr. Mais je vais vous faciliter la tâche. Je vous signerai une décharge afin que vous ayez accès aux analyses effectuées au hasard par mon contrôleur judiciaire. Cela vous épargnera les frais de labo. La drogue, ce n'est pas mon truc. Ça ne l'a jamais été, d'ailleurs.

— Mais alors... pourquoi ?

— Pour le fric, admit Dan en haussant les épaules. Juste pour le fric.

— Vous le regrettez ?

Dan marqua une pause.

— Oui, sans doute. Mais à l'époque, j'avais besoin de blé. Les temps étaient durs.

— Le sont-ils toujours ?

— Le passé est le passé. J'ai toujours besoin d'argent mais tout est différent, maintenant. La prison m'a changé, croyez-moi.

— D'après ce que je lis, vous savez tout faire : isolation, peinture, plomberie, électricité, installation de comptoirs, couverture…

— Les toitures, j'évite, c'est trop haut. Désolé mais je préfère vous dire la vérité. Ma jambe me lâche parfois par surprise. Je ferai tout ce que vous voudrez mais pas en hauteur. D'une part, je n'ai pas envie de me briser le dos ; d'autre part, vous n'avez que faire d'un ouvrier blessé.

— À quand remonte votre dernière chute ?

Dan se gratta le menton.

— Eh bien… il y a deux ans, je suis tombé dans la salle de bains de ma grand-mère. Je ne me suis pas fait mal mais une minute, j'étais debout et celle d'après, sur mon cul. Je peux monter sur un toit si vous y tenez vraiment mais j'essaie de rester sur terre autant que possible. Au cas où.

— Et le Corps des Marines ? Ça vous a plu ?

— La vérité ? Je n'étais pas une mauvaise recrue mais je n'y ai jamais pris mon pied. On m'a surtout confié des missions de merde. On m'a envoyé en Irak presque tout de suite, à une époque où la situation était dramatique. Le jour où j'ai été démobilisé fut le plus heureux de ma vie.

— J'ai servi quatre ans avant de devenir réserviste et j'ai dû retourner une deuxième fois en Irak. L'un de nous deux a été plus intelligent que l'autre. Je vote pour vous. Mais cette histoire de plantation clandestine…

— Je comprends…

— Si je vous donne une chance ? Vais-je le regretter ?

— Non. Je suis doué. Avant de gagner ma vie dans ce métier, j'ai aidé mon père à bâtir notre maison. Si vous le souhaitez, je pisserai pour vous dans un gobelet. Je ne vole pas, je ne me bagarre pas. Mais à votre place, je ne me confierais que des travaux au sol. J'y serai nettement plus efficace.

Paul sourit et lui tendit la main.

— Après tout, vous avez payé votre dette. Cependant, je vais me renseigner auprès de votre contrôleur judiciaire, histoire d'avoir son avis.

— Allez-y, monsieur. Il pense que j'ai du potentiel.

— Tant mieux pour nous. Si vous avez un quelconque talent, vous tombez à point. Cette entreprise est jeune et sur la pente ascendante.

— Bien, monsieur. Merci. Je ferai de mon mieux.

Dan Brady œuvra le reste de la semaine pour Haggerty Construction. Paul lui confia diverses missions afin de le tester : isolation thermique, installation de portes à vitraux, ponçage, pose de comptoirs de cuisine, et même électricité.

— Vous savez tout faire ! s'émerveilla enfin Paul.

— À peu près, répondit Dan en haussant les épaules. Mon père était le plus exigeant des patrons. Un véritable tyran, conclut-il avec un large sourire.

— Voici mon verdict : à condition de ne pas commettre de bêtises, vous ferez l'affaire, décréta Paul en le gratifiant d'une tape dans le dos.

Dan accepta sans rechigner de travailler aussi le samedi. Ils étaient pressés par le temps. Toutefois, à 14 heures, le chef de chantier renvoya tout le monde chez soi en leur donnant rendez-vous lundi aux aurores.

Dan disposait de moins de quarante-huit heures pour régler ses affaires. Il devait se rendre à la laverie, se ravitailler en victuailles non périssables et chercher un appartement ou une maisonnette à louer. Mais d'abord, il méritait une bonne bière. En faisant un saut à l'unique bar de Virgin River, il espérait interroger le gérant sur les logements disponibles dans les environs. Par principe, il refusait de s'adresser à son nouveau patron.

Il pénétra dans l'établissement et quelques secondes plus tard, Jack émergea de l'arrière-boutique.

— Seigneur ! soupira Jack. Shady Brady. Encore vous !

Dan ôta son chapeau et se ratissa les cheveux.

— Content de vous voir, moi aussi.

— Mince alors ! C'est donc vous que Paul a embauché ? s'écria Jack en plaquant les mains sur ses hanches. Il m'a signalé qu'il avait recruté un type coiffé d'un chapeau de cow-boy.

Dan secoua la tête en souriant.

— Qu'est-ce que vous avez contre moi ? Je vous ai déjà causé des soucis ?

— Non, non. J'ai juste l'impression que votre seule présence attire les ennuis.

— Oui, et parfois, quand je suis là, quelqu'un a besoin qu'on le trimballe en bagnole. Ne vous ai-je pas ramassé sur un chemin de terre en plein milieu d'une forêt en flammes ? Vous me servez une bière ou vous allez rester là à me fusiller des yeux ?

— Votre argent est propre, cette fois ? Je n'accepte pas les billets qui empestent le cannabis fraîchement coupé.

— Vous n'avez pas entendu la nouvelle ? Je suis réhabilité. Je bosse dans le bâtiment, point final.

Jack haussa un sourcil.

— Vous avez fait de la prison ?

— Un certain temps, oui. Paul ne vous l'a pas dit ? Incroyable… en plus de tout le reste, c'est un homme discret.

Se souvenant de la bière préférée de Dan, Jack sortit une Heineken du réfrigérateur, la décapsula et s'empara d'un verre.

— C'est un homme bien. Il travaille dur, il est honnête, il traite les gens avec respect. Il a une famille et de bons amis par ici… Je vous mets un Beam en plus ?

Dan avait l'habitude d'accompagner sa Heineken d'une dose de whisky.

— Non merci, pas la peine. Écoutez, tout ce que je veux, c'est aider votre copain. Il m'a proposé un emploi. J'en avais besoin… Dan Brady, ajouta-t-il en tendant la main.

— Brady ? Comme votre chapeau alors… Jack Sheridan.

— Oui, je sais. On peut passer à la suite ? On ne va tout de même pas se prendre la tête chaque fois qu'on se croise. J'ai décidé de m'installer ici. Du moins pour un temps.

— Pourquoi ? s'enquit Jack d'un ton soupçonneux.

— Ici, je ne risque pas de tomber sur mes anciens associés. Le barman refuse l'argent sale.

— Sous-entendu, on se comprend ?

— Je n'ai jamais eu de mal à vous comprendre, mon pote. D'ailleurs, si c'était mon bar, je n'aurais pas accepté mon fric. Mais tout ça, c'est fini. J'ai besoin de renseignements et vous pouvez me les fournir.

— Nous verrons.

— Je dors dans mon pick-up et ça ne me dérange pas mais j'ai pensé que vous pourriez m'indiquer un logement à louer.

Les possibilités étaient nombreuses. Luke Riordan avait récemment rénové six bungalows au bord de la rivière. Un couple en ville louait la chambre au-dessus de leur garage de temps en temps. Quant à Jack, il avait son chalet dans les bois. Toutefois, entre donner du boulot à un type et l'inviter à passer la nuit, la différence était grande.

— Navré, répondit Jack. C'est le hic, dans ces villes des montagnes. Les locations et les ventes de propriétés sont rares, c'est pour ça que l'affaire de Paul est en plein boum. Les gens sont obligés de construire ou de restaurer.

Le regard rivé sur celui de Jack, Dan comprit que ce dernier ne lui disait pas toute la vérité. Comment lui en vouloir ? Il allait mettre un certain temps avant de prouver qu'il n'était pas un criminel de bas étage. En se lançant dans le commerce de la marijuana, il avait su où il mettait les pieds. Il pourrait probablement solliciter l'aide d'un ancien collègue cultivateur mais il s'y refusait. Il avait tiré un trait sur le passé, une bonne fois pour toutes.

— D'accord, je comprends. Et je le répète, j'ai de quoi m'abriter. La nuit, je me gare sur les aires de repos. J'y ai de l'eau chaude et des toilettes. Quelles sont vos heures d'ouverture ? J'aurai besoin d'un repas chaud de temps en temps et d'un déjeuner à emporter sur mes chantiers.

— Aucun souci. D'habitude, je suis là vers 6 h 30 et Vic habite sur place. Il branche la machine à café dès 6 heures. Nous sommes ouverts jusqu'à 21 heures, plus tard sur demande. Si vous prévenez Vic à l'avance, il vous préparera un pique-nique chaque matin. Si vous avez besoin de…

Le téléphone sonna dans la cuisine.

— Une seconde. Je reviens.

— Prenez votre temps.

Jack parti, Dan se demanda – simple curiosité – si la caisse était verrouillée. Sinon, Jack Sheridan l'aurait-il laissé seul ? Lui faisait-il vaguement confiance ou pas du tout ? Dan ne pouvait guère lui reprocher sa froideur. Après tout, c'était la première heure de la première journée de leur relation légitime. Ils ne se connaissaient que très vaguement.

La première fois que leurs chemins s'étaient croisés, Dan était venu chercher la sage-femme du coin en urgence. Un accouchement prenait une mauvaise tournure sur une plantation illégale de marijuana. La sage-femme n'était nulle autre que l'épouse de Jack et l'épisode s'était mal passé. La fois suivante, Dan avait embouti la voiture de la même sage-femme alors qu'elle était enceinte de neuf mois. Là encore, l'ambiance entre eux avait été tendue.

Cependant, par la suite, il s'était plus ou moins rattrapé en se trouvant dans les parages alors qu'un groupe d'hommes de Virgin River recherchait Paige, la femme de Vic. Elle avait été kidnappée par son ex-mari, un type violent et dangereux. Devant le petit groupe démuni, Dan s'était dévoué et avait assommé l'ex avec une torche électrique et facilité le sauvetage.

Puis il y avait eu le feu de forêt, l'été précédent. Par la plus pure des coïncidences, Jack était assis sur le bord du chemin, blessé et déshydraté, alors que Dan prenait la fuite, poursuivi par des trafiquants en colère. Dan l'avait secouru.

Apparemment, Jack avait oublié ces précédents épisodes. Ou alors, il avait décidé qu'ils ne suffisaient pas.

Peu après l'incendie, la police avait lancé un avis de recherche à l'encontre de Dan et il s'était rendu. Il avait été condamné à trois ans de prison mais n'avait purgé qu'une peine de six mois en se montrant particulièrement coopératif. Mais qu'il le veuille ou non, il était et serait toujours un ancien détenu.

Sa chope était vide depuis longtemps. Le coup de fil devait être important, sans quoi Jack Sheridan n'aurait jamais laissé un type dont il se méfiait, seul dans son bar. Il n'accepterait même pas son fric s'il empestait le…

Jack réapparut, ce qui coupa court à ses réflexions. Livide, le regard hébété, un bout de papier serré dans le poing, il resta figé dans l'encadrement de la porte.

— Hé ! Sheridan !

Jack demeura pétrifié. Il était à mille lieues de là.

Dan se leva et s'approcha de lui avec prudence. Jack était dans un état bizarre, et bizarre rimait plus ou moins avec caractériel. Quant à caractériel…

— Sheridan ? Qu'est-ce qui se passe ?

Jack se tourna lentement vers Dan. Il s'humecta les lèvres et cligna des yeux.

— Mon garçon. Rick, chuchota-t-il d'une voix rauque.

— Quoi ? Qu'est-ce qui lui est arrivé ?

— Rick…

Jack brandit la feuille sur laquelle il avait gribouillé des notes. *Haditha, Al Anbar, état critique, Landstuhl, Allemagne*.

— Merde, mon vieux ! Ho ! Revenez sur terre ! Que s'est-il passé ?

Dan lui tapota la joue sans le gifler vraiment.

— Hé ! Mec…

Il s'empara d'une bouteille sur l'étagère, versa une dose d'alcool dans un verre.

— Tenez… Buvez ça. Ressaisissez-vous.

La main tremblante, Jack saisit le gobelet. Il ferma les yeux, le vida d'un trait et resta ainsi, paupières closes, un long moment. Lorsqu'il les souleva enfin, une lueur de fureur vacillait dans ses prunelles.

— Votre fils ?

— Non. Mais c'est tout comme. Il est en Irak.

— Oui, ça, j'ai compris, marmonna Dan en lisant le papier. Haditha, Irak. Landsthul. Je connais.

— Il est blessé. Il ne s'en sortira peut-être pas… Il faut absolument que je garde la tête sur les épaules.

« Seigneur ! gémit-il en vacillant.

Dan fonça dans la cuisine.

— Y a quelqu'un ? Houhou !

Un instant plus tard, une femme surgit. Il la reconnut aussitôt. C'était la kidnappée – Paige. La dernière fois qu'il l'avait vue, elle était enceinte.

— Filez-moi un coup de main !

Elle le rejoignit. Appuyé contre un placard, Jack semblait recouvrer ses esprits.

— Un certain Rick est blessé en Irak, expliqua Dan. Vous pouvez trouver la femme de Jack ? Lui téléphoner ?

— Je vais bien, déclara Jack – mais Paige se ruait déjà sur l'appareil… Il faut que je réfléchisse. Je figurais dans son dossier en tant que parent proche, sans doute parce que sa grand-mère est vieille et malade. Le soldat de première classe Sudder, m'ont-ils dit. Une grenade. Ils l'ont transporté d'urgence en Allemagne mais il est en mauvais état. Ils ont dû le ranimer à deux reprises et il va falloir le réopérer.

Dan lui resservit une rasade d'alcool.

— Buvez.

Jack s'exécuta, referma les yeux. Une larme coula sur sa joue. Il rouvrit les yeux, étrécis.

— Du Black Label, grogna-t-il. Vous vous comportez comme si vous étiez le maître des lieux.

— Ouf ! Un peu d'humour, vous voilà de retour parmi nous. Que comptez-vous faire ?

— Donnez-moi un peu d'eau.

Dan obtempéra et Jack but d'un trait. Lorsqu'il eut fini, Paige ressurgit sur le seuil. Dan jeta un coup d'œil vers elle.

— Vic – mon mari – est allé acheter des provisions. Les enfants font la sieste. J'ai averti Melinda. Elle arrive tout de suite. Nous sommes samedi et le cabinet est fermé.

— C'est bon, dit Jack. Je me sens mieux. Rick est gravement atteint : jambes, tête, torse… On l'a évacué en avion. Il faut que je prévienne Lydie Sudder et Liz… Liz est sa petite amie, ajouta-t-il à l'intention de Dan. Ensuite, il faut que j'y aille.

— Où ?

— En Allemagne. Tout est de ma faute. Ce môme n'aurait jamais intégré le Corps des Marines si mes copains et moi n'en avions pas parlé comme d'une gigantesque fête. Merde ! Il paraît que c'est sérieux. Qu'il ne survivra peut-être pas. Que je dois m'y préparer.

— Vous avez noté des numéros de téléphone. Dès que votre cerveau recommencera à fonctionner normalement, vous allez les composer pour qu'on vous en communique d'autres. Vous contacterez l'hôpital et vous aurez de ses nouvelles. Vous êtes sous le choc. Vous avez besoin de vous calmer.

— J'ai besoin d'une tasse de café. L'espace d'un éclair, je me suis demandé qui était le soldat de première classe Sudder. Mon Dieu ! Quel cauchemar.

— Asseyez-vous sur un tabouret, ordonna Dan. Je m'occupe du café.

Jack dévisagea Paige.

— Essaie de joindre Melinda avant qu'elle ne se mette en route. Dis-lui que je rentre bientôt.

Sans un mot, Paige tourna les talons.

Jack resta assis devant le bar, un endroit où l'on ne le voyait jamais. À sa place derrière le comptoir se tenait Dan, en train de remplir une tasse. Sans poser de questions. C'était inutile.

— Ricky a débarqué quand il avait treize ans. Je démarrais mon affaire. À l'époque, cet endroit était un trou à rats. Je dormais sur les gravats. C'était un petit garçon, le visage couvert de taches de rousseur et il parlait sans arrêt, raconta Jack en hochant la tête. Je ne l'ai pas chassé parce que ses parents étaient morts, il ne lui restait que sa grand-mère. Et ce petit malin a réussi à m'attendrir. Aujourd'hui, il a vingt ans. Les taches de rousseur ont disparu. Il mesure un mètre quatre-vingt-cinq. Baraqué...

— Concentrez-vous sur ça, conseilla Dan. Ne perdez pas espoir.

— Il n'aurait jamais dû intégrer les marines mais il a obtenu les meilleures notes dans toutes les matières, il était doué...

— Il l'est toujours, corrigea Dan. Secouez-vous, mon vieux.

— Il *est* doué, répéta Jack. Comment vais-je annoncer ça à Lydie et à Liz ?

— Vous allez leur dire qu'il est gravement blessé, à l'hôpital, et que vous courez à son chevet. Vous allez les encourager à prier, à espérer. Si le pire survient, vous aviserez. Mais vous ne devez pas évoquer le pire avant qu'il...

— Si vous l'aviez vu ! reprit Jack avec un sourire. Je lui ai appris à tenir un marteau, à pêcher, à tirer. Au début, il était tellement ballot, dégingandé, boutonneux... et ces fichus gloussements ! J'ai pensé qu'il ne changerait jamais. Mais il a grandi vite, presque trop. Je me considérais un peu comme son père.

— Vous vous *considérez* comme son père. Au présent.

— Oui.

Paige passa la tête dans la pièce.

— Melinda ne répond pas. Elle doit déjà être en chemin, Jack.

— Je n'aurais pas dû la déranger.

— Au contraire, c'est bien qu'elle soit là, argua Dan tandis que Paige se retirait de nouveau. Melinda vous accompagnera chez la grand-mère, chez la petite amie. Ensuite, vous irez voir Rick. Vous croyez que vous serez en mesure de voyager jusqu'en Allemagne ? Parce que si vous souffrez de symptômes post-traumatiques, si vous avez des flash-back, il vaut mieux éviter.

Jack but une gorgée de café et leva les yeux vers Dan.

— Je ne le laisserai pas tomber. Je crois que j'ai perdu la boule pendant quelques minutes.

— Oui.

Dan remplit de nouveau la tasse de Jack puis sortit une deuxième Heineken du réfrigérateur mais cette fois, il la but au goulot. Pendant un moment, ils parlèrent de Rick et de ce qu'il représentait pour Jack. De sa lettre la plus récente dans laquelle il décrivait les dangers auxquels lui et ses compagnons devaient faire face chaque jour.

Jack perçut un bruit de bottes à l'extérieur, descendit de son tabouret et se précipita vers l'entrée. Il ouvrit la porte, derrière laquelle se tenait Melinda, les yeux agrandis de stupeur, la bouche entrouverte.

— Rick ? chuchota-t-elle.

— Blessé. Il a subi une première intervention, j'ignore laquelle exactement. Il est atteint aux jambes, à la tête et au torse et on l'a transporté dans un hôpital militaire en Allemagne. Melinda…

— Et toi ? Ça va ?

— Mieux. J'ai accusé le coup. Où sont les enfants ?

— Mike veille sur eux. Ils dorment.

— Il faut que j'avertisse Lydie et Liz.

— Lydie d'abord, déclara Melinda. Ensuite, nous rentrerons et pendant que tu prépareras ta valise, je te réserverai tes billets d'avion par Internet. Puis nous irons voir Liz à Eureka. Nous prendrons deux voitures et j'emmènerai les enfants avec moi. Tu repartiras de ton côté pour l'aéroport, je reviendrai ici avec eux. À moins je ne t'accompagne en Europe… Le problème, c'est que les enfants ne figurent pas sur mon passeport. Merde ! Quelle idiote ! J'aurais pu y penser ! Pourquoi ne m'en suis-je pas préoccupée, surtout en sachant que Rick était en Irak ? Remarque, je pourrais peut-être venir malgré tout. Faire escale à Los Angeles, régler l'affaire dans la journée et…

— Melinda, tais-toi. Il n'est pas question d'embarquer les petits jusqu'en Allemagne. Allons-y ! acheva-t-il en lui ouvrant la porte.

En partant, elle jeta un coup d'œil vers l'homme derrière le bar.

— Je… euh… je laisserai quelques billets sur le comptoir, bredouilla Dan. Et j'aiderai la dame en cuisine en attendant le retour de son mari.

— Ne vous inquiétez pas pour le fric, sauf si vous avez envie de payer le Black Label que vous m'avez fait ingurgiter.

— Merci ! lança Melinda.

— De rien ! assura Dan en haussant les épaules. Content d'avoir été là.

Jack s'avança d'un pas, s'immobilisa, se retourna.

— Ce qui m'a mis au tapis, c'est… quand j'ai dit au sergent à l'autre bout du fil que je prenais le premier avion pour l'Allemagne, il m'a suggéré d'attendre que Rick soit sorti du bloc, qu'on en sache davantage sur son état, au cas où il ne survivrait pas. J'ai répondu qu'il était hors de question pour moi de me tourner les pouces ici. Que, soit je le serrerais dans mes bras, soit je le ramènerais à la maison dans un cercueil. Cette seule pensée m'a foutu par terre.

— Oublie ça, ordonna Dan. Va. Et rappelle-toi que Rick est un garçon solide.

— Oui, marmonna Jack. Oui.

— Jack. Toi aussi, tu l'es.

Lydie réagit exactement comme Melinda s'y était attendue. Elle poussa un cri, fondit en larmes et se tordit les mains en posant à Jack des questions auxquelles il était incapable de répondre. Puis elle releva la tête, redressa le dos et se mit à prier.

— Ne vous inquiétez pas pour moi, dit-elle avec courage. Quand vous arriverez là-bas, vous direz à Rick que sa grand-mère va bien et qu'elle prie pour lui. Il se fait trop de souci pour moi. Il faut qu'il se concentre complètement sur sa guérison.

— Je repasserai plus tard dans la journée, promit Melinda. Je sais que vous êtes bouleversée mais pensez à vous ménager, prendre votre insuline et manger. Promettez-le-moi.

— Je vous le promets. À présent, allez-y. Ne perdez pas votre temps ici. Il a besoin de vous.

Avec Liz, ce fut plus délicat. Après avoir réservé un billet d'avion et préparé le sac de voyage, Melinda et Jack se rendirent séparément à Eureka. Liz les interpella alors qu'ils n'avaient parcouru que la moitié de l'allée menant chez elle.

— Il est vivant ? s'écria-t-elle avant même qu'ils ne lui expliquent la raison de leur visite… Il est *vivant* ? insista-t-elle, les yeux écarquillés de frayeur.

Impossible d'entrer.

— Il est gravement blessé, Liz. Il est à l'hôpital, en Allemagne. Je vais le voir et dès que je serai là-bas, je te téléphonerai pour te…

— Je pars avec toi.

Sur ce, elle tourna les talons et se précipita à l'intérieur.

— Je l'ai senti toute la journée, lança-t-elle par-dessus son épaule. J'en étais sûre. Je n'ai pas cessé de penser à lui, l'estomac noué. Je m'inquiète toujours mais depuis quelque temps, c'était de pire en pire… J'ai un passeport, je…

— Non, Liz ! Calme-toi, ma grande, intervint Melinda. Laisse Jack…

— Pas question. Si Jack refuse que j'y aille avec lui, j'irai de mon côté. Je n'ai jamais pris l'avion mais je me débrouillerai. Il le faut. Je veux être près de lui, le…

— Au fond, ce n'est peut-être pas une mauvaise idée, convint Jack.

Melinda tira sur sa manche et lui glissa au creux de l'oreille :

— Jack, si Rick est mort à votre arrivée ? murmura-t-elle.

— Ce ne sera pas le cas. Et si cela peut aider Rick… eh bien, tant mieux… Liz, tu as un ordinateur ?

— Évidemment.

— Prépare-toi. Melinda va s'occuper de ton billet. Dépêche-toi. Nous devons rouler jusqu'à Redding.

— Je m'en suis doutée toute la journée, répéta-t-elle. J'ai économisé presque mille dollars.

— Où est l'ordinateur ?

— Dans ma chambre. Est-ce que ça va me coûter plus de mille dollars ? Parce que je peux emprunter le complément à ma tante Connie.

Jack prit le bébé des bras de Melinda et attrapa l'aîné par la main.

— Paie avec notre carte bancaire, Melinda. Essaie de la mettre sur le même vol que moi... Liz est sa chérie, enchaîna-t-il en voyant les points d'interrogation dans ses yeux. Il l'aime. Elle a eu un pressentiment. Ils sont liés l'un à l'autre. Il sera sans doute plus heureux de sa présence que de la mienne. Et puis, il va falloir apprendre à composer avec un grand blessé de guerre. Liz sera à la hauteur.

— Ta maman ne dira rien, Liz ? Tu vas rater les cours.

— Je vais l'appeler. Elle a son portable. Tant pis pour l'école, je rattraperai le retard. C'est Rick qui compte. Il faut que je sois auprès de lui.

— Liz, insista Melinda... Et si c'est horrible ? S'il ne va pas bien du tout ?

Liz jeta une valise sur le lit et dévisagea Melinda sans ciller.

— Raison de plus pour que je sois à ses côtés.

Melinda poussa un soupir et s'assit devant l'ordinateur.

Quand Melinda quitta Jack et Liz pour leur long périple jusqu'à Francfort, les enfants frisaient l'hystérie à force de siestes interrompues, d'avoir faim et d'avoir été trimballés ici et là. Le plus sage eût été de rentrer directement à la maison mais Melinda s'en sentait incapable. Elle devait à tout prix parler à Connie, la tante de Liz. Elle devait aussi voir Vic et Paul, des marines qui se sentaient proches de Rick.

Et prévenir Cameron, qui vivait au cabinet à deux pas de chez Lydie, afin qu'il veille sur elle.

Ensuite seulement, elle regagnerait sa maison déserte avec deux gamins énervés. Melinda n'avait pas coutume de céder à la fatigue mais elle était vannée. Elle aimait Rick autant que Jack.

Après une brève visite à Connie, elle se rendit au bar où Vic avait déjà appris la nouvelle par l'intermédiaire de son épouse. Il se demandait s'il ne devait pas fermer l'établissement.

— La nouvelle va se répandre très vite, répondit Melinda. Nous n'aurons pas d'autres informations avant au moins vingt-quatre heures. Occupe-toi. Tout le monde adore Rick. Personne ne se plaindra si ton repas est un peu moins bon que d'habitude ce soir.

— Plus j'ai de soucis, plus je mets de cœur à l'ouvrage en cuisine.

Après cela, Melinda passa chez Lydie, qui semblait tenir le coup. Mais lorsqu'elle arriva au cabinet pour discuter avec Cameron, les petits hurlaient et elle-même était en larmes.

— Hé ! Hé ! Hé ! murmura-t-il en dévalant l'escalier... Que se passe-t-il ?

Il prit immédiatement David dans ses bras afin qu'ils puissent chacun réconforter un enfant.

— Seigneur ! soupira-t-elle en reniflant. Tu nous as déjà entendus parler de Rick, n'est-ce pas ?

— Oui. Il a un problème ?

— En effet. Jack et Liz viennent de partir pour l'Allemagne, où il a été rapatrié. J'ai brinquebalé les enfants partout tout l'après-midi et là je craque, je n'en peux plus. Rick est presque un fils pour Jack.

Pour moi. Et ces deux-là m'exaspèrent… Il faut que je les berce, que je les nourrisse, que j'avertisse les amis de Rick et je…

Elle se remit à sangloter.

— J'ai tellement peur qu'il meure !

Cameron posa un bras sur ses épaules.

— Viens, Melinda. Pleure autant que tu veux si cela peut te faire du bien. Je vais te préparer un thé ou un lait chaud ou…

— Un thé ou un lait chaud ? Épatant !

— J'ai de la bière au réfrigérateur, proposa-t-il en lui essuyant les joues.

— Je préfère. Si je suis là, ce n'est pas pour me plaindre. Ça, je ne l'avais pas prévu. Lydie Sudder, qui habite au bout de la rue, est la grand-mère de Rick. Elle est sa seule parente. Et elle…

— Je sais. Elle est diabétique, elle n'y voit plus clair, et son cœur…

— Je veux simplement que tu gardes un œil sur elle. Je ne te demande pas de tambouriner à sa porte à 2 heures du matin pour savoir comment elle va. Mais j'ai fait un saut chez elle et je lui ai conseillé de nous appeler l'un ou l'autre au moindre problème. Je lui ai donné nos numéros de pagers. Il me reste encore à aller chez Paul et Vanessa.

Il l'entraîna dans la cuisine et s'empressa de sortir deux des biberons qu'elle conservait toujours dans le réfrigérateur, au cas où. Emma aurait bientôt un an, David en avait deux et tous deux se contenteraient volontiers de lait froid. Puis, avec un sourire, Cameron tendit une bière à Melinda.

— On les fait dîner ?

— Pour l'heure, ils sont exténués et ont surtout besoin de calme. Mais je ne peux pas traîner.

Cameron tint David dans ses bras tandis que Melinda serrait Emma contre elle. Les enfants burent goulûment, enfin rassérénés. Melinda renifla une ou deux fois mais même elle se sentait déjà mieux.

— Si tu avais vu Liz ! murmura-t-elle. Elle n'avait jamais pris l'avion, encore moins mis les pieds en Europe. En dix minutes, elle était prête. Elle m'a harcelée de questions pendant que je lui réservais son billet par Internet. « Sèche-cheveux ? » J'ai répondu : oui. « Quel temps fait-il ? », j'ai dit : « Froid. » Elle a préparé son bagage en un tournemain.

— Que sais-tu concernant ses blessures ?

— Pas grand-chose.

Elle lui répéta ce que lui avait expliqué Jack.

— Je l'aurais volontiers accompagné mais nos enfants ne figurent pas sur nos passeports. Pour finir, c'est Liz qui a pris ma place. Dix-sept ans. Je dois avouer que j'ai ressenti une certaine jalousie.

Cameron s'esclaffa.

— C'est sans doute ce qu'il y a de mieux pour Rick.

— C'est ce qu'a prétendu Jack. Mais tout à coup, je me suis sentie abandonnée. C'est stupide, j'en suis consciente, mais c'est ainsi.

— Ça n'a rien de stupide, Melinda. Malheureusement, on n'y peut rien. Si tu me laissais les enfants pendant que tu vas annoncer la nouvelle ?

Elle secoua la tête et ricana.

— Ce serait la solution la plus sage mais justement, je ne supporte pas l'idée d'être séparée de mes bébés. J'ai besoin de les avoir près de moi.

— Je vois. Voici ce que je te propose : je vais te suivre jusque chez les Haggerty et ensuite chez toi. Je t'aiderai à nourrir et coucher les petits. Nous mangerons un sandwich. Et quand tout sera calme, je m'en irai... Je n'avais aucun projet pour ma soirée. Et j'ai mon pager sur moi.

— J'ai de quoi faire manger les enfants. En revanche, pour les adultes, j'ignore ce qui me reste.

— Décidément, tu es incorrigible ! riposta-t-il en ricanant. Entendu. Je vais nous préparer un en-cas ici. Tu as des chips ?

— Aucune idée.

— C'est Jack qui s'occupe des courses, chez vous ?

— Oui, admit-elle en avalant une gorgée de bière.

Elle étreignit Emma, ravala ses larmes. Grâce à Cameron, elle surmonterait cette épreuve.

— Eh bien moi, des chips, j'en ai, annonça-t-il.

Elle lui sourit. Elle lui était tellement reconnaissante d'être là en tant que médecin qu'elle ne s'était pas rendu compte à quel point c'était un homme merveilleux.

— Tu es devenu un bon ami, Cameron. Comme le Dr Mullins autrefois.

— C'est gentil. Merci.

Une nuit et une journée interminables s'écoulèrent avant que le téléphone ne sonne enfin chez les Sheridan. Melinda se précipita sur l'appareil.

— Allô ?

— Ma chérie, répondit Jack de sa voix grave.

— Jack ! Alors ?

— Il va s'en sortir. Fêlure du crâne, ablation de la rate. Il est salement amoché mais au dire des médecins, sa vie n'est plus en danger.

— Il a été brûlé ? s'enquit Mel en pensant à la chaleur que pouvait dégager une grenade.

— Non. Propulsé dans les airs mais pas brûlé.

— Dieu soit loué !

— Melinda… il a perdu une jambe.

— Les dommages étaient trop sévères ? Ce n'était pas opérable ?

— L'explosion la lui a arrachée. C'est ce qui a failli le tuer. Il s'est vidé de son sang.

— Pauvre Rick. Où l'a-t-on amputé ? Au-dessus ou en dessous du genou ?

— Au-dessus. Mais ils ont réussi à sauvegarder une bonne partie de sa cuisse et du fémur. Il est en réanimation. Nous ne l'avons pas encore vu mais il va s'en sortir, Melinda… Melinda, reprit-il après une légère pause… C'est dur. Nous ne sommes pas des membres de la famille. Liz n'est pas son épouse et moi, je ne suis pas son père. On ne nous soutient pas beaucoup, si tu vois ce que je veux dire.

— Absolument.

— J'ignore s'ils vont nous laisser le rapatrier. Il risque d'être transféré dans un centre de rééducation militaire. Si j'étais son père, je pourrais probablement le ramener à la maison et le confier à l'hôpital le plus proche. Si seulement j'avais trouvé le moyen avec Lydie de l'adopter légalement avant que…

Melinda perçut son remords. Il avait l'impression d'avoir trahi Rick.

— Jack, vois-le, fais-lui comprendre que tu es là pour lui. Renseigne-toi précisément sur son état, la douleur, les traumatismes. Les décisions pour la suite se prendront en temps et en heure.

— Je sais.

— Et Jack ? Tâche de dormir. Tu es épuisé. Il faut que tu sois en pleine forme pour Rick. Tu ne dois surtout pas t'abandonner à la pitié ni à l'angoisse.

— Je serai fort.

— Comment va Liz ?

— Mieux que moi. Elle était si soulagée d'apprendre qu'il allait survivre qu'elle s'est mise à rire et à pleurer en même temps. Elle n'a pas encore complètement absorbé le fait qu'elle ne va pas le récupérer de sitôt. Et quand ce jour viendra, il ne sera plus le même.

— Restez avec lui. Il n'est pas près de se remettre. J'aurais tant voulu être là avec toi, Jack. Tu me manques terriblement.

— Les enfants vont bien ?

— Oui. Nous allons tous bien. Tu nous manques, voilà tout. Mais tu es là où tu dois être.

— Si je pouvais réussir à le ramener chez nous, je me sentirais beaucoup mieux.

— Ça viendra.

Melinda inspira profondément.

— Il va devoir surmonter la rééducation, la pose d'une prothèse. Il faudra qu'il suive une thérapie.

— Oui, je sais.

— Veux-tu que j'annonce la nouvelle ou préfères-tu t'en charger toi-même ?

— Tu veux bien t'en occuper, Melinda ? Lydie, Connie, les copains ? Si tu préviens Vic, Mike et Paul, ils prendront le relais. T'en sens-tu le courage ?

— Bien sûr, mon amour. Je le fais tout de suite. Tout le monde est sur le qui-vive… Quand tu verras Rick, dis-lui que je l'aime. Et que je suis fière de lui. Et dis-lui… non, il est encore trop tôt…

— Quoi ?

Elle reprit son souffle.

— Quand je vivais à Los Angeles, j'ai travaillé aux côtés d'un médecin urgentiste pendant presque un an avant de découvrir qu'il avait une jambe artificielle. Il était vif, assuré, énergique et très doué. On peut donc surmonter ce handicap. Simplement, le chemin pour y arriver est très dur.

Par chance, le lundi matin au cabinet fut particulièrement calme. Cameron dut recevoir deux ou trois patients sans rendez-vous mais Melinda put se consacrer à la paperasserie et aux enfants. À l'heure du déjeuner, un homme au visage familier franchit le seuil. Il ôta son Shady Brady.

— Bonjour !

Elle se leva derrière le comptoir de réception.

— Bonjour. Comment allez-vous ?

— Bien. Je me demandais si vous aviez eu des nouvelles de votre mari. Et du môme. Rick.

— Oui, répondit-elle en venant vers lui. Le traumatisme crânien est minime, on a dû lui retirer la rate, mais il n'est pas brûlé. En revanche, il a perdu une jambe dans l'explosion.

À cette nouvelle, Dan écarquilla les yeux. Puis, se ressaisissant, il demanda :

— Dessus ou dessous ?

Elle savait pertinemment à quoi il faisait allusion. Avait-il des amputés dans son entourage ?

— Au-dessus du genou. Apparemment, vous vous y connaissez.

— J'ai atterri à Landstuhl suite à une blessure et je m'y suis fait deux copains amputés. Sous le genou, c'était du gâteau en comparaison de… bref…

— La rééducation sera longue et pénible mais le pronostic est plutôt positif. Pour l'heure, il est sauvé.

— Mouais… Tant mieux. Pauvre gosse. Votre mari m'a dit qu'il avait combien… vingt ans ?

— À peine. Un garçon charmant. C'est gentil à vous de demander de ses nouvelles.

— Je repense à la scène. Jack était sacrément ébranlé. Nous ne nous sommes pas beaucoup fréquentés ces dernières années mais jamais je ne l'avais vu dans un état pareil.

— Rick a une place très spéciale dans son cœur. À propos de *ces dernières années*... je pense souvent à cet accouchement auquel vous m'avez traînée de force.

— Je suis désolé d'avoir dû vous mentir ; je n'étais pas le père. Je savais que son mari l'avait abandonnée, qu'elle avait des antécédents un peu douteux et que, comme la plupart d'entre nous, elle refuserait de se rendre à l'hôpital. Elle affirmait que tout allait bien mais quand je l'ai trouvée, elle était dans un drôle de pétrin.

— Pourquoi ne pas m'avoir dit la vérité ? Pourquoi m'avoir laissée entendre que vous étiez le papa ?

Il haussa les épaules.

— Je craignais que vous nous refusiez votre aide. Navré, mais je n'avais pas d'autre solution.

— Vous ne pouviez rien de plus, convint Melinda avec un sourire. Si vous n'étiez pas intervenu, il y aurait eu un drame. Elle et le bébé...

— Ouais, j'ai tenté le coup. Je suis content que ça ait marché. J'espère que tout s'arrangera aussi pour Rick.

— Que nous vaut l'honneur de vous voir ici deux fois la même semaine ?

— J'ai décroché un boulot dans une entreprise de construction. Haggerty, précisa-t-il avec un sourire.

— Un vrai job ? Déclaré et tout et tout ?

— Et tout et tout.

— Vous habitez dans les parages ?

— Parfaitement. Je dors dans mon pick-up aménagé en attendant de trouver un logement à louer. Si vous entendez parler de quoi que ce soit…

— Bien sûr ! Je m'informerai.

— Merci. Prenez soin de vous !

Il se détourna.

— Je ne connais toujours pas votre nom.

Il se tourna lentement vers elle.

— Dan. Dan Brady.

4

Vingt-quatre heures après l'intervention, Rick eut droit à une première visite. Jack et Liz durent négocier.

— Laisse-moi y aller, dit Jack d'un ton ferme. Je veux savoir à quoi nous devons faire face. Il souffre, il est encore sous l'effet des anesthésiants, le pronostic est bon de notre point de vue mais il a perdu une jambe et ça va être dur à avaler.

— Je veux juste le voir, le toucher, rien de plus, protesta Liz. Tout ce qui compte pour moi, c'est qu'il soit vivant.

— Je t'en prie, Liz. Je comprends ce que tu ressens mais j'ai déjà vécu ce genre d'épreuve et les marines blessés sont imprévisibles. Parfois ils sont simplement heureux d'être en vie, parfois, ils pètent les plombs. Si Rick est instable et en colère, il vaut mieux qu'il puisse se défouler sur moi d'abord.

— Tu lui diras que je l'aime ?

— Bien sûr, ma grande. On ne m'accorde que dix minutes auprès de lui. Je vais tâter le terrain. S'il me paraît mentalement prêt, je te céderai la place.

Elle se mordit la lèvre et opina à contrecœur. Il compatissait mais comment deviner la réaction de Rick en les voyant ? La logique voulait qu'il ait envie d'être entouré de ses proches. Toutefois, sauter sur une grenade et se réveiller dans une chambre d'hôpital pouvait vous retourner le cerveau.

La salle ne contenait que six lits – mais six lits là où il aurait dû n'y en avoir que quatre. Les hôpitaux qui prenaient en charge les blessés de guerre étaient débordés, même s'il y avait moins de patients qu'à l'époque de Jack. Ce dernier repéra tout de suite Rick. Sous perfusion, il était vêtu d'un pantalon de chirurgie vert coupé à mi-cuisse, torse nu, le drap repoussé. Il avait un bandage blanc autour de la tête, un autre sur la poitrine, un moignon pansé à la place de sa jambe droite. Pourvu qu'on lui administre assez de morphine pour atténuer ses souffrances !

Jack regarda autour de lui. Murs glauques, sol recouvert de linoléum blanc… On sentait le désinfectant à plein nez. Il vit un gars avec des pointes dans le crâne, un autre la jambe plâtrée. Le troisième était assis dans son lit et, même s'il paraissait indemne, un fauteuil roulant était placé à son chevet. Il y avait aussi un jeune au bras en attelle et un dernier, couché sur le dos, en traction. Et Rick. De toute évidence, c'était le service d'orthopédie. Jack salua les autres patients et ils lui répondirent d'un signe de tête morose.

Paupières closes, les joues maculées de larmes, la bouche entrouverte, Rick respirait lentement, profondément.

— Rick ? murmura Jack.

Il ouvrit les yeux.

— Jack…

— Tu as très mal, fiston ?

Il grimaça en acquiesçant.
— On t'a tout expliqué ?
— Oui... Quand est-ce arrivé ?
— Il y a plus de vingt-quatre heures. Ils t'ont transporté directement ici. Tu n'es plus en Irak mais en Allemagne. Tu le sais ?
Rick serra les dents et opina.
— Tu te souviens de quelque chose ?
— Je... euh... je me rappelle avoir entendu quelqu'un crier sur moi. Il braillait : « N'abandonne pas, pas question de laisser tomber ! » Le salaud. Si je le revois un jour, je le tue.
Jack faillit rire : Rick n'avait rien perdu de son esprit combatif.
— Liz est avec moi.
— Non, souffla Rick. Non.
— Si je ne l'avais pas amenée, elle se serait débrouillée pour venir de son côté. Elle a besoin d'être rassurée, Rick.
— Je ne veux pas d'elle ici ! Emmène-la !
— Écoute, dit Jack en se penchant sur le lit. Je ne pouvais pas plus la lais...
Comme il posait une main sur le matelas, Rick poussa un hurlement de douleur à faire trembler les murs. Jack eut un mouvement de recul, surpris et choqué, mais Rick continua à crier et à s'agiter. Une infirmière se précipita aussitôt.
— Je n'ai rien touché, se défendit Jack.
L'infirmière l'ignora et s'adressa à Rick.
— Respirez à fond. J'accélère un peu la perfusion. Respirez à fond, courage, la morphine va vous soulager très vite. Allons, respirez...
Malgré tout, Rick mit un moment avant de se calmer. Enfin, les plaintes s'estompèrent. L'infirmière se tourna vers Jack.

— Vous vous êtes assis sur le lit ?

— Non. J'ai juste posé une main sur le matelas.

— Douleur fantôme, proclama-t-elle. Vous avez dû effleurer l'endroit où était sa jambe. C'est effrayant mais on n'y peut rien. Il l'a senti et il a eu mal.

— Seigneur !

— Il vaut mieux vous tenir à l'écart. Les quarante-huit premières heures sont très dures mais il ira mieux bientôt. C'est votre première expérience avec un amputé ?

— Oui.

— J'ai des brochures explicatives. Je vous conseille de prendre quelques heures pour les lire attentivement. À présent, il faut qu'il se repose. Je viens de lui administrer un supplément d'antidouleur.

Jack la suivit jusqu'à son bureau, soulagé que quelqu'un accepte enfin de l'aider. Quand Liz les vit s'éloigner tous les deux, elle leur emboîta immédiatement le pas. Jack la pria de le laisser seul un instant avec l'infirmière et poursuivit son chemin.

— Vous vous occupez de beaucoup de gars comme lui ?

— À plein temps, répliqua la jeune femme en lui remettant plusieurs prospectus.

— Je m'interroge. Je viens de lui annoncer que j'avais amené sa petite amie et il s'est énervé. Il ne veut pas la voir. Avant cet accident, tout allait pour le mieux entre eux.

Elle fronça les sourcils.

— Les réactions de ce type surviennent en général un peu plus tard, quand le patient a pris conscience de son état. Pour l'heure, Rick est en phase de stabilisation, il essaie de surmonter la douleur et de comprendre ce qui lui arrive. Il est possible que ce soit la morphine. Mais plus tard... ce n'est pas inhabituel, malheureusement. Certains hommes, certaines femmes s'adaptent si bien à leur situation que c'en est renversant. D'autres sombrent dans le désespoir. Par peur de ne plus être aimés et pour s'épargner ce supplice supplémentaire, ils repoussent leurs proches. Il faut s'adapter autant sur les plans psychologique et émotionnel que physique. Vaincre la douleur, la peur, le manque de confiance en soi. Vous apprendrez à vous y faire mais il faudra de la patience.

— Combien de temps cela peut-il durer ? L'adaptation ?

— Question d'individu. En attendant, lisez ces documents, ils vous mettront sur la piste. Peut-être pourriez-vous aider la demoiselle ?

— Que vais-je lui dire ?

— Je déconseille toujours de mentir. Cette période n'est facile pour personne. Veillez à ce qu'elle ne s'emballe pas trop vite. Expliquez-lui que le soldat de première classe Sudder ne gère pas encore complètement ses sentiments. Il va avoir besoin d'aide. Toutefois, cette aide, il risque de la refuser. Le processus est souvent contradictoire.

— Quand allez-vous le lever ?

— Nous l'avons déjà levé brièvement. Il n'a pas apprécié. Il souffre énormément.

— Seigneur ! Si seulement mon épouse était là.

Jamais Melinda ne lui avait autant manqué.

— Merci... je me plonge tout de suite dans ces lectures.

Il alla rejoindre Liz. À l'instant où il prenait conscience qu'elle n'était plus là où il l'avait laissée, des cris perçants retentirent :

— Va-t'en ! Sors d'ici ! Je ne veux pas te voir ! Va-t'en !

— Mon Dieu, marmonna Jack en se mettant à courir jusqu'à la salle.

S'immobilisant sur le seuil, il se figea, glacé d'effroi. Liz se tenait près du lit de Rick, le visage caché dans les mains, ses longs cheveux pendant devant elle comme un rideau, les épaules secouées de sanglots pendant que Rick s'époumonait sur elle. Jack avança d'un pas vif, prit Liz dans ses bras et l'entraîna jusque dans le couloir. Là, il la serra contre lui tandis qu'elle pleurait toutes les larmes de son corps. Jamais il ne s'était senti aussi démuni. S'il s'accroupissait, il aurait pu ramasser les morceaux de son cœur brisé sur le sol.

L'infirmière revint vers eux.

— Je vais lui administrer un tranquillisant. Et lui dire que vous avez quitté l'hôpital pour l'instant. Donnons-lui de l'espace. J'insiste : les quarante-huit premières heures sont toujours très dures.

— Sans blague, grogna Jack. Viens, Liz.

Au rez-de-chaussée, ils trouvèrent un coin tranquille dans la salle d'attente. Jack lui tint la main tandis que Liz continuait à sangloter en chuchotant des « pourquoi » désespérés.

— Pourquoi m'a-t-il rejetée ? s'enquit-elle enfin. Pourquoi ?

Jack lui serra affectueusement le bras.

— Nous ne parlerons de cet épisode que lorsque tu seras calmée et que nous pourrons nous en aller d'ici. Prends tout ton temps.

— Je ne comprends pas, gémit-elle.

— Beaucoup de choses vont être difficiles à comprendre, répondit-il en lui caressant les cheveux. Et je ne suis malheureusement pas à même de répondre à cette question. C'est pourquoi nous avons de la lecture, ajouta-t-il en lui montrant la liasse de brochures. Nous allons éplucher ces documents, en discuter. Ensuite, nous nous restaurerons et nous dormirons. C'est essentiel pour tenir le coup.

Une heure plus tard, ils étaient assis dans un restaurant devant une choucroute fumante. Jack avait commandé une bière géante mais Liz se contenta d'un verre d'eau. Elle n'avait aucun appétit. Elle semblait avoir du mal à ne pas s'effondrer, et de temps en temps, une larme roulait sur sa joue. Elle n'avait de cesse de tripoter le brillant pendant à son cou, celui que Rick lui avait offert, le diamant de la promesse.

— J'ignore comment nous devons nous y prendre, avoua Jack. Voici ce que je te propose. Tu me diras si tu es d'accord. Demain, je retournerai à l'hôpital et je passerai un moment avec Rick. Je n'évoquerai pas l'incident d'aujourd'hui tant que la douleur ne sera pas atténuée. Si ça se trouve, une fois les produits anesthésiants évacués, il gérera mieux ses réactions.

— Et sinon ? S'il refuse de me revoir ?

Une fois de plus, son regard se voila.

— Nous pouvons difficilement juger de son état psychologique tant qu'il sera sur la planète Morphine. Mais il va vite retrouver sa lucidité. Ensuite, il acceptera de te voir. J'en ai la certitude. L'infirmière m'a expliqué que ce genre d'incident se produit souvent – bien que rarement aussi tôt. Certains patients deviennent collants, ont besoin d'être constamment rassurés. D'autres souffrent d'un tel complexe d'infériorité face à leur corps mutilé qu'ils repoussent les êtres aimés. Comme s'ils ne méritaient pas l'amour que leurs proches veulent leur offrir.

— Il pourrait appartenir à la première catégorie, non ? murmura-t-elle.

— Rick ? s'exclama Jack en riant. Il est beaucoup trop orgueilleux. Liz, ma grande, il n'y a aucune raison pour qu'il ne puisse mener une vie heureuse et accomplie. Avec une prothèse, il pourra faire quasiment tout ce qu'il voudra. J'en connais qui courent le marathon avec une jambe artificielle. Il s'en sortira. Mais tel que je le connais, il va nous pourrir l'existence tant qu'il n'aura pas retrouvé l'entière maîtrise de son corps et de sa tête.

Elle sourit à travers ses larmes.

— Melinda m'a raconté qu'elle avait travaillé pendant un an avec un médecin des urgences à Los Angeles avant de découvrir qu'il était amputé. Elle ne m'a pas précisé comment elle l'avait su. Or dans ces hôpitaux surchargés, il faut être rapide, solide et stable et Melinda est d'une exigence redoutable. C'était un des meilleurs... Que penses-tu de cela ? ajouta-t-il après avoir bu une gorgée de sa bière.

— Qu'il y a de l'espoir.

— Absolument. Mais ce sera terrible pour Rick. Il est blessé mais surtout, il a fait la guerre. Et si c'est éprouvant pour lui, ce le sera aussi pour nous. Je propose donc qu'on le laisse tranquille pour le moment. Tu es d'accord ?

— Je suppose que oui. Je suis désolée, Jack. Je suis tellement déçue.

— Je comprends, ma grande. Crois-moi, je ne m'attendais pas à une telle réaction de sa part.

— Je regrette que ma présence ne serve à rien. J'ai cru qu'il serait heureux de savoir combien je l'aime.

— Il le sera quand il aura surmonté le plus dur.

— Je ne sais pas, murmura-t-elle en hochant la tête.

— Sois patiente. Pas uniquement pour lui, Liz. Pour toi aussi.

— Mais je veux t'accompagner à l'hôpital. Je n'entrerai pas dans la chambre, promis. Je veux juste être là. Au cas où...

— Tu es sûre que tu sauras résister à la tentation ? Que tu arriveras à ne pas jeter un œil dans la pièce ?

— Je m'installerai sur une banquette au rez-de-chaussée. J'ai apporté mes cours. Et il y a une télévision – j'y ai vu une émission d'informations en anglais. Je m'efforcerai d'être patiente, je te le promets.

— Parfait. Tu as fini de manger ? Nous allons nous partager ces brochures. Ensuite, il va falloir que tu te reposes afin d'être en forme pour affronter cette épreuve.

— Oui, entendu.

Deux heures plus tard, Jack émergea de l'hôtel pour passer un coup de fil à Melinda sur son portable. Avec les neuf heures de décalage horaire, elle était au cabinet.

— Jack ! Tu l'as vu ?

Il reprit son souffle.

— Il va s'en remettre, Melinda, mais c'est traumatisant pour tout le monde. Je n'aurais pas dû amener Liz. Il lui a brisé le cœur.

En trente-cinq ans de carrière militaire, Walt Booth avait croisé des centaines de soldats blessés. Il avait rendu des dizaines de visites dans les hôpitaux, assisté à une multitude d'événements de handisport comme les matchs de basket en fauteuil roulant. Il n'éprouvait que de l'admiration et du respect pour ces femmes et ces hommes qui surmontaient leur handicap physique et en faisaient un atout.

Le cas de Rick Sudder le touchait tout particulièrement. Pourtant, il le connaissait assez peu. Mais c'était une simple question de génération. Son fils Tom était dans l'armée, Rick aussi. Les garçons n'avaient qu'un an d'écart et ils étaient devenus amis. L'idée d'un Rick revenant à la maison avec une seule jambe lui serrait le cœur et lui brouillait la vue. Il imaginait Tom à sa place et en perdait le sommeil. Pourtant c'était des peurs irraisonnées. Tom était en sécurité à West Point, il étudiait nuit et jour. Il n'était pas sur le front.

Walt était conscient de son mal-être et incapable de le cacher. Quand Vanessa s'en était inquiétée, il lui avait confié ses angoisses. Au téléphone, Muriel aussi l'avait senti perturbé.

— Cette guerre est effroyable, avait-il conclu après lui avoir exposé la situation. Malheureusement, il y en a toujours une quelque part dans le monde. Il faut avoir assez de recul pour ne pas craquer, je sais de quoi je parle. Mais Rick est un garçon si gentil, si fier et dévoué à sa patrie. Je ne supporte pas qu'il souffre.

Muriel l'avait apaisé, louant sa sensibilité. Mais il aurait préféré pouvoir la serrer contre lui. Quand l'occasion se présenterait-elle ?

Ils ne se parlaient pas tous les jours. Lorsque Walt prenait l'initiative de l'appeler, il tombait presque systématiquement sur sa boîte vocale. Quand c'était elle qui le contactait, c'était presque toujours aux aurores ou en pleine nuit. Parfois, elle était sur son tapis roulant, faisant d'une pierre deux coups, et sa respiration saccadée exaspérait Walt.

Il tenait bon. Il avait été formé à cela. Ces jours-ci, le bar-grill de Virgin River était plutôt calme mais il s'y rendait régulièrement, au cas où Jack aurait des nouvelles de son protégé. Parfois, il dînait avec Paul et Vanessa, chez eux. Et il s'occupait des chevaux de Muriel deux fois par jour. Après les avoir nourris, il les lâchait dans le manège. Puis il curait leur stalle, les brossait, inspectait leurs sabots.

Ce soir-là, il engloutit un sandwich avant de se rendre chez Muriel, les chiens sur ses talons. Ils adoraient rentrer à la maison. Dans le crépuscule, il remarqua une vieille voiture garée devant la véranda. À l'intérieur, toutes les lampes étaient allumées. Aussitôt, les chiens se mirent à aboyer. Craignant que quelqu'un soit entré par effraction, Walt alla chercher une fourche dans la grange et ouvrit la porte avec sa propre clé. S'il s'agissait d'un intrus, les chiens l'alerteraient tout de suite.

Ils bondirent à l'étage. Walt les suivit prudemment avant d'entendre un cri familier.

En jean et chemise à carreaux, il surgit sur le seuil de la chambre, son arme de fortune à la main, et contempla la ravissante femme sur le lit. Elle s'efforçait de maintenir le drap sur ses seins tout en riant et en caressant les bêtes.

— Eh bien ! Il était temps ! J'ai cru que tu ne viendrais jamais !

— Qu'est-ce que tu fabriques ici ? s'écria-t-il en appuyant sa fourche contre le mur.

Elle lui sourit et repoussa les chiens.

— Je suis là pour t'offrir joie et réconfort.

— Depuis quand es-tu arrivée ?

— Deux heures. Je suis nue depuis deux heures et je commence à avoir froid. Tu as fermé derrière toi ?

— Euh… non, bredouilla-t-il, sidéré.

— Si tu t'en chargeais ? Ça m'ennuierait que les chiens s'échappent.

— Muriel… Bon sang, tu es toute frémissante !

— Tu es à cran toi aussi, murmura-t-elle en fixant sa ceinture. À présent, va fermer la porte, d'accord ?

Il afficha un large sourire.

— Tout de suite !

Il dégringola littéralement l'escalier, pour revenir auprès d'elle au plus vite. Après avoir chassé les labradors de la chambre, il s'approcha d'elle. Les yeux brillants de bonheur, il dévisagea celle qu'il avait tant attendue. Elle était là. Enfin.

— Tu es différente.

— J'ai subi plusieurs teintures de cheveux. Ils ne sont pas encore satisfaits de la couleur. Regarde, j'ai de nouveau des ongles, enchaîna-t-elle en lui montrant ses mains. Et pour changer, je suis maquillée. Mais mon corps n'a pas changé. J'ignore si pour toi c'est une bonne ou une mauvaise nouvelle.

Il rit tout bas. En un clin d'œil, ses bottes et ses vêtements jonchèrent le sol. Puis il se glissa auprès d'elle et l'étreignit avec fougue.

— C'est une excellente nouvelle. Mon Dieu, Muriel ! Comme tu m'as manqué.

— Tu m'as manqué encore plus.

— Nous n'arrivions même pas à avoir une véritable conversation.

— Quelle folie, n'est-ce pas ? Mon emploi du temps est infernal. Cependant, j'ai essayé de te l'expliquer – il ne s'agit pas de jouer les vedettes mais de bosser comme une malade. Je n'ai pas une minute à moi.

— Pourtant, tu es ici.

— J'ai piqué une crise. J'ai droit à un caprice de temps en temps. Je suis experte en la matière, je sais choisir le moment et la méthode. Deux de nos jeunes starlettes n'avaient de cesse de louper les séances de lecture ou d'essayage. Du coup, je me suis énervée, j'ai dit que j'avais une propriété, des animaux et un fiancé dans le Nord et que j'en avais par-dessus la tête de perdre mon temps avec une bande d'incompétents. J'ai supplié qu'on m'accorde une journée de congé. L'un des producteurs a mis son jet à ma disposition.

— Il y a un Lear à l'aérodrome ?

— Oui.

— À qui appartient la voiture garée dehors ?

— À un contrôleur aérien actuellement en vacances. Il l'avait laissée sur le parking. J'ai sa permission.

— Combien de temps peux-tu rester ?

— Une nuit et une longue matinée. Je suis désolée. Il faut croire que je ne suis pas si douée que cela pour piquer une crise. Mais j'avais envie de te voir... Comment vas-tu, Walt ? s'enquit-elle en lui caressant les cheveux. Je m'inquiète.

— Là, tout de suite, je vais beaucoup mieux.

Soulevant le drap, il laissa courir une main sur son épaule, son sein, jusqu'à sa hanche.

— Tu es comme dans mon souvenir. La peau encore plus douce...

Il l'embrassa fougueusement.

— Je n'ai pas encore nourri les chevaux.

— Je m'en suis chargée. Je ne voulais pas qu'on soit interrompus... Oooh ! Que je suis contente d'être avec toi. As-tu une idée de l'effet que tu me fais ?

— Décris-le-moi, murmura-t-il en l'embrassant sur les joues, le cou, la gorge.

— Mmm... C'est presque aussi bon que tes lèvres sur...

— Muriel, ne me dis pas que tu es revenue uniquement pour une partie de jambes en l'air ? murmura-t-il en riant tout bas.

— Certainement pas, répliqua-t-elle, paupières closes, en se frottant contre lui. J'aimerais qu'on parle... Après, précisa-t-elle dans un soupir.

De nouveau, il rit.

— Si je t'avais dit ça, tu t'en serais offusquée. Un homme, lui, est rarement offensé d'apprendre qu'on désire ardemment son corps.

— Ouf ! J'en déduis que tu ne m'en veux pas.

— Au contraire, je suis flatté ! assura-t-il en se redressant au-dessus d'elle. J'espère que tu n'es pas trop pressée. J'ai l'intention de prendre tout mon temps.

— Merci, Seigneur.

— Muriel, c'est moi qu'il faut remercier !

— Voyons d'abord ce que tu as en toi. Ensuite, je déciderai si je dois oui ou non te remercier.

Plein d'amour, il se réappropria ce corps trop longtemps désiré. Il éveilla les sens de Muriel en parcourant sa peau d'une multitude de baisers enivrants, de caresses étourdissantes. Il la pénétra cherchant à lui faire émettre ces sons exquis, signe qu'elle approchait de l'orgasme. Quand, frémissante, elle atteignit le paroxysme du plaisir, il fut le plus heureux des hommes. Elle gémit délicieusement, se cramponnant à lui. Son plaisir à lui s'en trouva décuplé et il s'abandonna au délice de l'amour.

Encore entre ses jambes, les mains sur ses fesses rebondies, il chercha son souffle. Elle ne devait certainement pas imaginer combien ce lien entre eux lui était essentiel. Au fil des semaines, Muriel était devenue sa moitié. Lui parler, la toucher l'aidait à surmonter son désespoir du moment. Mais, en l'aimant comme elle venait de le faire, elle faisait de lui un homme.

— Merci, Walt, chuchota-t-elle.

— Je crois bien que je vais pouvoir recommencer une ou deux fois avant que ton Lear ne décolle, plaisanta-t-il.

— Ciel !

Il roula sur le côté, l'entraîna avec lui et la pressa contre lui.

— Est-ce normal ? À notre âge ? s'enquit-il.

— Oui.

— On aurait dû me le dire plus tôt. J'aurais pris davantage soin de ma personne.

— Tu n'as rien à te reprocher. Quant à moi, je suis lessivée. Tu m'as achevée. J'imagine les titres des journaux : « La célèbre Muriel St. Claire retrouvée dans sa vieille maison de ferme, inerte et nue ! Un seul suspect... »

— Je croyais qu'avec les années, surtout chez les hommes, le désir s'estompait.

— Tu ne subissais pas des contrôles médicaux à l'armée ? Le médecin ne t'a jamais parlé ?

— Si, de mon cœur, mes oreilles, mes yeux...

— *Quid* de cet abominable examen de la prostate dont j'ai entendu les pires rumeurs ?

— Il faisait partie du lot. Mais question entrejambe, mon toubib a seulement osé me demander si je parvenais encore à pisser par-dessus une jeep.

Elle gloussa et il repoussa une mèche de ses cheveux pour lui caresser la tempe.

— Ton enthousiasme me réjouit, Muriel. Pendant un temps après ton départ, j'ai eu peur de m'être fait des illusions concernant notre relation. Merci d'être venue. J'étais affamé de ton corps, de ton rire.

Elle s'accrocha à son cou.

— Je sais. Je suis contente d'être là pour toi. Je vais être franche et ça va peut-être te surprendre mais j'avais tout autant besoin de toi. Affreusement.

— Comment cela se passe-t-il là-bas ? Où en es-tu ?

— Le film ?

— Le film.

— Il est à peine démarré. Nous n'avons pas encore commencé le tournage mais le projet est en bonne voie. C'est un peu comme de mettre au monde un enfant. Je deviens une autre femme. Je la sens, je la canalise, je lui donne une chance de grandir. Quand ce sera terminé, si le montage est réussi, je verrai le fruit de ma gestation. Le personnage ne sera pas moi mais il sera aussi proche de moi que possible. Ce sera un être neuf que j'aurai façonné. J'y aurai mis tout mon cœur, toute mon âme. Pour toi, ce ne sera qu'un billet d'entrée au cinéma et deux heures de ton existence mais pour moi, c'est une véritable création.

Il resta silencieux quelques instants.

— Tu ne pourras donc jamais arrêter.

— Je l'ignore. J'ai été actrice pendant quarante ans et j'ai eu la chance de beaucoup travailler. Désormais, si j'accepte un contrat, ce sera pour défendre une cause qui m'est chère, qui vaut que je m'y investisse. Je donne beaucoup de moi-même dans ces rôles, je ne me contente pas de me présenter à l'heure sur le plateau. J'ai de la chance. J'aime ma vie ici et j'ai de quoi vivre. Pour une actrice, c'est un véritable luxe.

— J'espère que ce que je vais te dire ne va pas te vexer. Je te souhaite de t'épanouir ainsi. Tout en priant pour que ces occasions ne se multiplient pas.

— Nous trouverons un compromis, Walt. L'avenir est devant nous. Tu pourrais te mettre à voyager. M'accompagner.

Il se raidit.

— Franchement, Muriel, tu me vois sur un plateau de tournage ? Avec deux chiens sur mes talons et ma fourche à la main ?

— Je te vois à peu près n'importe où... surtout contre moi, répliqua-t-elle en pouffant.

Au bout de quarante-huit heures seulement, les médecins étaient parvenus à gérer la douleur. Tant qu'ils continueraient de lui administrer les doses adéquates d'analgésiques, Rick serait relativement soulagé. Il devrait patienter plusieurs mois avant de recevoir un appareillage définitif mais pour l'heure, il allait commencer sa rééducation. En attendant de lui trouver un institut plus près de chez lui, on allait le transférer au Naval Medical Center de Balboa, près de San Diego. Toutefois, Rick ne semblait pas enthousiaste à l'idée qu'on le rapproche de la maison :

— Si cela peut s'organiser, lui dit Jack, j'aimerais te ramener chez nous à Virgin River. Je te conduirai plusieurs fois par semaine chez le kinésithérapeute et…

Rick fixa ses cuisses. Comme chaque fois, la vue de son moignon le stupéfia.

— J'apprécie ton offre. Sincèrement. Mais j'ai déjà dit à l'assistante sociale que je me fichais de l'endroit où l'on me placerait. Je ne veux pas rentrer avec un déambulateur ou des béquilles. Sans jambe.

Jack demeura muet une seconde. Première nouvelle ! Il s'empara d'une chaise, l'approcha du lit de Rick et se pencha tout près de lui pour éviter que leur conversation ne soit entendue par les autres patients.

— Ce n'est pas un secret. J'ai téléphoné à Melinda, je lui ai décrit ton état afin qu'elle puisse rassurer tous ceux qui attendaient de tes nouvelles. Nous n'avions pas le choix.

— Je sais. Pas question de cacher quoi que ce soit. Je suis vivant et cela me suffit. Mais si je dois me battre, je ne tiens pas à ce que ce soit sous votre regard à tous.

— Tu es sûr ? Parce que, ce que je vois, ce ne sont que des gens qui cherchent avant tout à te soutenir. Nous sommes dans ton camp.

— Est-ce que je peux en décider moi-même ? Ce ne sera pas simple. Sais-tu ce qu'implique l'obtention d'une jambe artificielle ? D'après ce que j'ai appris ce matin, j'ai la nette impression que… que ce sera long, douloureux et pénible. En avez-vous conscience ?

— Absolument, confirma Jack. Liz et moi nous sommes renseignés. Nous avons lu des brochures, discuté avec des personnes qui connaissent le problème. Nous apprenons le b.a.-ba. Afin d'être là pour toi, selon tes envies et tes besoins.

Rick détourna la tête.

— J'ai besoin que vous me laissiez seul.

Jack resta muet.

— D'accord, ça suffit, déclara-t-il en se ressaisissant. Je laisse tomber. En revanche, tu dois accepter de voir Liz. Aujourd'hui. Il y a deux jours, tu…

— Je sais, marmonna Rick en évitant son regard. Je suis devenu fou. À cause de la douleur et de la morphine. Je veux bien la voir. Dis-lui que je regrette ma réaction.

— Regarde-moi, ordonna Jack d'un ton ferme.

Quand Rick y consentit, il poursuivit :

— Tu es en mauvaise posture actuellement mais ça va passer. Je t'envoie Liz. La moindre des choses, c'est de lui expliquer que tu n'étais pas conscient de ta violence, de la remercier d'avoir parcouru tout ce chemin et attendu toutes ces heures dans la salle d'attente, paniquée à l'idée de se montrer.

— Tu ne comprends donc pas, Jack ? Je suis maudit. Je porte la poisse.

— Qu'est-ce que c'est que ce délire ?

Rick hocha la tête.

— Mes parents sont décédés. Ma grand-mère est tombée gravement malade. La première fois que j'ai fait l'amour avec ma petite amie, je l'ai engrossée. Son bébé est mort-né. J'ai sauté sur une grenade. Je suis un désastre ambulant, railla-t-il. Non… je suis un désastre qui ne peut même plus marcher.

Jack s'inclina vers lui.

— Tu vas avoir une jambe artificielle qui fonctionnera presque aussi bien que celle d'origine et tu vas pouvoir avancer dans ta vie. C'est notre destin : nous devons surmonter les obstacles et aller de l'avant. Toi comme nous.

Rick reprit, obsédé :

— Tes parents sont-ils décédés alors que tu avais à peine deux ans ? Ton premier bébé est-il mort-né ? As-tu sauté sur une grenade ?

L'espace d'un instant, Jack faillit tomber dans le piège. Il ne s'attardait jamais sur les malheurs du passé – ils étaient déjà suffisamment difficiles à surmonter, à quoi bon les ressasser ? Voir toujours le verre à moitié vide était un écueil à éviter à tout prix. Il s'était toujours interdit de penser comme ça. Mais les questionnements de Rick étaient une sorte de défi qui le poussaient à se lever en criant : « Oui, j'ai tenu dans mes bras plus d'un marine agonisant que rien ne pouvait sauver. Oui, parfois, ça me détraque le cerveau. Moi, j'ai dû attendre l'âge de quarante ans pour rencontrer une femme qui me corresponde. Ma mère est morte trop jeune. Ma petite sœur a été violée et battue ! Mon épouse a failli mourir des suites de couches et ne pourra plus jamais donner la vie. Mon fils Rick a été blessé à la guerre. Des drames qui m'ont anéanti, moi aussi ! » Au lieu de quoi, Jack dévisagea Rick d'un air impassible.

— J'ai subi nombre de ces tragédies en même temps que toi – parce que j'étais là. Un jour, tu comprendras que quand un être aimé souffre, tu souffres avec lui.

— Justement, argua Rick. C'est pour cela que je veux être seul.

Jack se mit debout.

— Ce n'est pas si simple. M'envoyer balader ne m'aidera pas à me sentir mieux. Réfléchis. Avant d'en reparler, prends le temps de t'adapter à la situation. À présent, je vais chercher Liz. Sois gentil avec elle. Je dois la ramener en Californie et ça m'ennuierait qu'elle pleure pendant tout le voyage.

Rick grimaça. Mais devant les yeux plissés et les mâchoires serrées de Jack, il comprit qu'il devait obtempérer. Au fond, il était terrifié. Il se cramponnait à sa colère comme à une bouée de secours ; sinon, il risquait de craquer et de brailler comme une fille. Il *ne sangloterait pas* devant Liz. Il *ne sangloterait pas* devant ses camarades d'infortune.

— Bien, murmura-t-il. Je l'attends.

Rick prit plusieurs inspirations profondes avant de tourner la tête et de l'apercevoir dans l'encadrement de la porte. Seigneur ! Elle était encore plus belle que dans ses souvenirs, que dans ses rêves – qui l'obsédaient. Il grogna. Il n'était pas certain d'avoir la force de se dominer. Il la fixa, lui fit signe d'approcher. Elle s'avança lentement jusqu'à lui.

Un sentiment de haine le transperça à la vitesse d'un éclair. Il ne supportait pas de lire tant de souffrance dans son regard. Il avait envie de crier : « Tu trouves que ça fait mal de se faire crier dessus ? Mets-toi à ma place ! »

Il esquissa un sourire.

— Attention, Liz. Ne viens pas trop près. Si tu frôles le lit, je risque de sauter au plafond.

— Est-ce que je peux t'embrasser ? Si je ne te touche pas ailleurs ?

Mauvaise idée, songea-t-il. Mais il était coincé : tous les autres avaient l'œil rivé sur eux. Sans même le voir, il savait que Jack était aux aguets depuis le couloir, au cas où…

— Penche-toi. Tout doucement.

— Je sais ce que c'est qu'une douleur fantôme. J'ai lu des articles à ce sujet.

Inclinant la tête, il la dévisagea un instant. Elle ne semblait pas paniquée par son moignon. Une chose était sûre – elle l'aimait toujours, de toutes ses forces. Une grosse erreur.

Il tendit sa main gauche et l'attira vers lui. Elle l'embrassa brièvement sur la bouche. Paupières closes, il se rappela leurs ébats, avant et après le bébé qu'ils avaient perdu. Des moments merveilleux, magnifiques, fantastiques. En un éclair, les sensations lui revinrent : l'odeur de sa peau, le goût sucré de son corps. Et tout aussi rapidement, il s'imagina en train de lui faire l'amour sans sa jambe.

Il rouvrit les yeux, eut un mouvement de recul.

— Pardon d'avoir été si méchant avec toi, Liz. Je n'étais pas dans mon assiette.

— Aucun souci. Je suis triste que ma présence ne t'ait pas aidé autant que je l'espérais. Mais quand j'ai appris que tu étais blessé, je…

— On t'a expliqué ce qui va se passer maintenant ? interrompit-il d'un ton neutre.

— Plus ou moins. Tu vas suivre une rééducation.

— On me transfère au Naval Medical Center de Balboa. Certains vont ailleurs ensuite, d'autres restent là, en caserne, pour une durée de deux à trois mois. Ensuite, je serai déchargé ou mis à la retraite pour raisons médicales. Quand j'aurai appris à marcher avec une jambe artificielle.

— Une prothèse, rectifia-t-elle en repoussant ses cheveux.

— Peu importe. Pendant ce temps, tu vas t'occuper de tes études. N'est-ce pas ?

— Il ne me reste plus que deux devoirs à rendre et ma dernière série d'examens. J'aurai des A partout.

Il faillit sourire mais se retint.

— Je sais que tu veux m'aider mais la meilleure façon pour moi, c'est que tu comprennes… la rééducation est un parcours long et pénible. Je ne rentrerai pas à la maison avant d'être arrivé au bout.

— Mais nous garderons le contact, répondit-elle avec un trémolo dans la voix. Nous pourrons enfin nous parler au téléphone.

— Oui. Bien sûr.

— Rick… On se parlera au téléphone ?

— Oui, marmonna-t-il en lui serrant la main. Ne pleure pas, Liz, je t'en supplie. Je ne le supporterai pas. Il faut que tu sois forte parce que moi, je ne peux plus m'occuper de toi. J'ai déjà du mal à m'occuper de moi, continua-t-il en désignant son moignon. Reprends-toi.

Elle renifla et pinça les lèvres pour qu'elles évitent de trembler.

— Ne t'inquiète pas pour moi. Ce ne sera pas si long que ça. Au moins, tu n'es plus en Irak… C'est juste que j'ai du mal à te dire au revoir une fois de plus.

— Tu n'aurais probablement pas dû venir.

Devant son air décomposé, il s'empressa de nuancer :

— Mais c'est vraiment sympa d'avoir pris cette peine et je t'en suis reconnaissant. Pardon d'avoir été si méchant – j'étais sur une autre planète.

— Je sais. Ce n'est pas grave. Je t'aime, Rick.

Dis-lui que toi aussi, tu l'aimes, s'ordonna-t-il. *Te taire serait cruel.* Mais il ne voulait pas qu'elle se sente enchaînée. Puis il se rappela qu'il ne romprait pas avec elle ici, comme ça. Ce serait pour plus tard. Au bout d'un long moment – trop long – il souffla :

— Moi aussi, je t'aime, bébé.

Le « bébé » compenserait peut-être son moment d'hésitation.

— Pardon mais j'ai la cervelle en compote. Tous ces médicaments…

— Jack a dit que d'ici quelques jours, tu y serais habitué et que tu retrouverais toute ta lucidité.

— C'est ça… Allez, viens. Embrasse-moi, sois forte et on se reparlera plus tard, quand je serai installé au centre. D'accord ?

Elle le gratifia de nouveau d'un baiser… fraternel.

— Au moins tu es en sécurité. Tu vas me manquer, tu sais.

— Tu me manques déjà… Va-t'en. Ne prolongeons pas les adieux. C'est trop dur.

Il la regarda s'éloigner. À l'entrée, Jack le fusillait des yeux, furibond. Tant pis pour lui ! Au fond, tout le monde irait mieux s'il était mort. Il portait la poisse.

Il se tourna vers le mur, luttant furieusement pour ne pas s'apitoyer sur son sort. Il retenait sans cesse une envie de pleurer comme un gamin. Tous ces merveilleux souvenirs qui lui revenaient en mémoire… Les conversations téléphoniques avec Liz, les projets, les promesses… Il s'en voulait tellement d'infliger tant de désagréments à tous ces gens. Et comme si cela ne suffisait pas, la douleur le taraudait. Le vide où il aurait dû avoir une jambe et un pied lui faisait un mal de chien. Comment était-ce possible ? Un médecin lui avait expliqué qu'une partie de ses neurones continuaient à livrer certains messages de sensations à son cerveau. Imbéciles de neurones !

Il entendit un bruit. L'un de ses camarades de chambre, un gars de trente-cinq ans du nom de Steve, s'était accroché au trapèze au-dessus de sa tête pour se hisser en position assise et se transborder dans son fauteuil roulant. Puis Rick perçut le grincement des roues. Pourvu que Steve aille se promener dans le couloir !

C'eût été trop beau. Steve s'arrêta au pied du lit de Rick et le dévisagea. Il n'avait pas été évacué de Landstuhl car c'était son lieu d'affectation avant qu'il ne subisse une lésion à la colonne vertébrale. Steve avait ses deux jambes mais il ne pourrait plus jamais s'en servir.

— Intéressant, dit-il en fixant Rick. Une fille superbe qui t'adore et toi, tu la repousses. Tu as une tumeur au cerveau ?

— Possible, grommela Rick en détournant la tête. Il ne manquerait plus que ça.

— Je sais que ta jambe amputée te fait mal mais pas tes lèvres.

— Si tu te mêlais de tes affaires ?

— Cette salle est comme une petite ville. Tout se sait. Et tu es méchamment mal en point.

— Pas possible ! riposta Rick avec un sourire féroce. Fiche-moi la paix.

— Tu ne l'as peut-être pas encore compris mais il y a des gens qui tiennent à toi. Ils accourent à ton chevet depuis les États-Unis en apprenant que tu es blessé. Et quand tu rentreras, tu seras exactement comme avant. Sauf si tu décides de baisser ton pantalon ! Tout va s'arranger mais tu es trop nul pour t'en rendre compte. Tu vas les faire tous chier jusqu'à ce qu'ils te détestent ? Tu pourrais te féliciter de ta chance, non ?

Rick lui coula un regard noir.

— Non, Steve.

5

Jack envisagea de renvoyer Liz à la maison et de rester à Francfort jusqu'au départ de Rick pour San Diego mais finalement, il décida de partir avec elle afin de laisser à Rick la tranquillité qu'il réclamait. De son avis, l'attitude du jeune homme n'était ni logique ni intelligente : il se montrait têtu comme une mule, irraisonné. Néanmoins, Jack commençait à comprendre que ce type de comportement n'était pas rare chez les grands blessés de guerre. Après tout, il souffrait terriblement sur le plan physique.

— Ton transfert pour les États-Unis est prévu pour demain. Je prends l'avion ce soir. Je te contacterai par téléphone une fois que tu auras entamé ta rééducation, je viendrai te voir. Une visite très brève – inutile de mettre les petits plats dans les grands. Juste pour m'assurer que tout va bien.

— Tu n'es pas obligé, Jack. Je peux te tenir au courant de l'évolution de mon état.

— Il s'agit davantage de moi que de toi, rétorqua Jack. Et si tu as besoin de quoi que ce soit, si tu as envie de parler, appelle-moi. Compris ?

— Oui. Merci.

Jack posa une main dans la nuque de Rick et le tint serré contre son torse. Mais Rick était ailleurs. Il ne lui rendit pas son étreinte, se contentant de lui tapoter le bras. L'espace d'un instant, Jack regretta que Rick ne s'écroule pas, qu'il n'accepte pas son réconfort.

Quand le bébé de Rick et de Liz était mort-né deux ans plus tôt, Rick s'était appuyé sur Jack et Vic. Ces deux hommes devenus un peu des pères de substitution l'avaient soutenu, lui permettant de venir en aide à son tour à Liz. Ils avaient passé des heures à discuter avec lui, à le rassurer, à le fortifier de leurs propres expériences.

Pour le moment, Rick ne voulait rien accepter de personne et Jack en était profondément chagriné. Il avait l'impression d'être rejeté en tant que figure paternelle.

— Jack, murmura-t-il enfin. C'est gentil d'avoir fait tout ce chemin. Pardon de ne pas être de bonne compagnie.

Jack lui adressa un sourire empli d'indulgence.

— Je n'avais pas le choix, Rick. Que cela te plaise ou non, c'est ainsi que l'on agit envers ses meilleurs amis. Si j'étais à ta place, tu serais à mon chevet.

Une lueur d'émotion vacilla dans les prunelles de Rick. Éphémère.

— Merci. Rentre bien.

En d'autres circonstances, Rick lui aurait demandé de transmettre ses amitiés à Melinda mais il n'avait même pas demandé de ses nouvelles, pas plus que des enfants. Tout ce qui l'intéressait était de savoir si sa grand-mère tenait le coup. Il ne voulait parler à personne, voir personne, penser à personne. Cette obstination à s'isoler inquiétait d'autant plus Jack qu'il était lui-même passé par là. Il avait vécu plusieurs tragédies quand il faisait partie du Corps des Marines et son stoïcisme ne lui avait pas forcément rendu service. Toutefois, depuis, il s'en était remis. Il avait survécu aux traumatismes du combat.

Celle qui le surprenait le plus, c'était Liz. Jack avait craint de devoir traîner comme un boulet une adolescente de dix-sept ans au bord de l'hystérie. Mais Liz, bien que triste et perturbée, maîtrisait ses émotions.

— J'ai peur, tu sais, lui confia-t-elle dans l'avion. J'ai peur qu'il ne m'aime plus. Je n'aurai la réponse que plus tard, quand il ira mieux. Et il va s'en sortir. J'étais terrorisée à l'idée qu'en arrivant en Allemagne, on apprenne qu'il était…

Elle fut incapable de finir sa phrase. Jack lui serra affectueusement la main.

— Je comprends. Il a mal et il se sent paumé mais il est loin d'imaginer ce qui l'attend. Je lui ai proposé de le ramener chez moi et de le conduire à ses séances de rééducation autant de fois que nécessaire mais il a refusé. Il m'a expliqué qu'il ne voulait pas qu'on assiste à son combat pour remonter la pente. Avant de partir, j'ai échangé quelques mots avec l'assistante sociale. À San Diego, *tout le monde* aura les yeux rivés sur lui. Ils ont institué un nouveau programme de suivi des traumatisés de guerre baptisé C-5, avec un vaste service dédié aux amputés réunissant tous les soins orthopédiques, psychologiques et médicaux. Rick aura beau se plaindre et hurler, tant qu'il sera là, on s'occupera de lui. Ce n'est pas uniquement sa jambe manquante qui le tourmente.

— Qu'est-ce que c'est, alors ? Je ne suis pas certaine de cerner le problème.

Jack haussa les épaules.

— Tout est possible. Ce pourrait être ce que l'on appelle le SSPT – syndrome de stress post-traumatique.

En réalité, c'est le contrecoup après avoir assisté à des scènes épouvantables, commis des gestes contre son gré, un mélange de déni, de rage et d'effroi. Dans cet établissement, on pourra l'aider à surmonter ces sentiments contradictoires. Quant à toi et moi… Nous ne pouvons pas grand-chose pour lui. Son rejet nous est douloureux mais il est sans doute sain.

— J'espère qu'il va se retrouver. Parce que quoi qu'il arrive, je l'aimerai jusqu'à la fin de mes jours.

Elle posa sa tête contre l'épaule de Jack.

— Tu te rappelles, quand j'étais enceinte ? demanda-t-elle, les yeux baissés. Moi aussi, j'ai eu mal, j'ai eu peur, j'en ai voulu au monde entier. Heureusement, Rick a toujours été là pour moi. Tu sais quoi ? Je serais capable de me rendre en stop à San Diego, de me planter devant sa chambre et de crier, hurler, supplier.

— Eh bien !

— J'aimerais le faire mais je ne le ferai pas. Ça ne servirait qu'à empirer les choses.

— Tu t'es renseignée à propos des groupes de soutien ?

Elle poussa un soupir.

— Jack, quand on n'est pas mariée avec un marine, personne ne s'intéresse à vous. Point final.

— Je pensais que les adhérents pourraient peut-être…

— Contourner les règles ? Non, Jack. Cette fois, je dois me débrouiller seule.

Jack avait du mal à comprendre. Rick et Liz allaient finir par se séparer alors que leurs sentiments étaient intacts. Ils ne s'épaulaient pas comme le ferait un couple normal. Jack n'était pas sûr que les deux jeunes gens soient destinés l'un à l'autre en dépit de toutes les épreuves qu'ils avaient traversées.

Individuellement, c'étaient deux êtres exceptionnels. Mais à force d'événements aussi traumatisants, réussiraient-ils à se préserver ?

— Nous sommes là. J'expliquerai à Melinda que tu es livrée à toi-même. Si quelqu'un peut trouver une solution, c'est bien elle.

Jack estimait que réunir Liz et Rick n'était pas de son ressort. En revanche, s'il pouvait les aider à surmonter ce moment difficile afin que chacun puisse s'en remettre sans trop de dommages, il s'y efforcerait.

Jack et Liz durent faire escale à New York, puis à Denver avant d'atterrir enfin à Redding. Avant de se rendre à Eureka, ils s'arrêtèrent dans une boutique spécialisée où Jack acheta un téléphone portable. Dans les montages, il n'y avait pas de réseau et ils devaient se contenter de pagers ou de lignes fixes. Mais à San Diego, le problème ne se poserait pas. Il expédia l'appareil par *FedEx* au soldat de première classe Richard Sudder avec le message suivant :

Pour que je puisse te joindre et vice versa. Ainsi que tous ceux à qui tu aurais envie de parler. Jack.

Puis il ramena Liz chez elle à Eureka. Il porta sa valise jusqu'au perron de la maison. C'est là qu'elle l'étreignit, la tête sur sa poitrine, et pleura.

— Merci pour tout ce que tu as fait pour moi. Pour Rick. Je te le revaudrai un jour.

Il lui souleva le menton.

— Liz, si je l'ai fait c'est parce que cela me paraissait important. Ce n'était pas un prêt. Oublie.

— Mais tu as gaspillé ton argent pour moi.

— Pas du tout. Nous avions besoin de nous assurer qu'il était bel et bien vivant. Réfléchis – vivant et de mauvais poil, n'est-ce pas ce que nous pouvions espérer de mieux ? Gardons cela en tête. Pour le reste, on avisera au fur et à mesure.

Il marqua une pause avant de conclure.

— Rick a besoin de temps.

Sur ces mots, il regagna Virgin River.

Lorsqu'il se tracassait, il n'y avait qu'une personne à qui il aimait se confier : Melinda. Elle avait le don de repérer le fond du problème, de crever l'abcès avec pragmatisme, franchise et sagesse.

Mais cette fois, il fonça directement au bar à la recherche de Vic.

L'endroit était calme. Deux gars partageaient un pichet en jouant aux cartes. Jack entra dans la cuisine, où Vic s'affairait à trancher, tailler et émincer.

— Salut !

— Jack ! Salut, mon vieux. Quand es-tu rentré ?

— Il y a quelques secondes.

— Comment va-t-il ?

Jack secoua la tête.

— Il est dans un sale état, comme enragé. Il s'isole complètement, refuse la présence d'un ami. Il a à peine apprécié que Liz et moi ayons traversé cet énorme océan Atlantique pour le ramener au pays.

Contre toute attente, Vic sourit.

— Tant mieux. Il est en train de franchir la première étape.

— La première étape ?

— Et peut-être la deuxième. La colère et le déni. Il doit faire le deuil de sa jambe, des horreurs de la guerre, du temps perdu. En principe, on compte cinq phases.

Sourcils froncés, Jack se pencha sur le plan de travail.

— Comment es-tu au courant ?

— Je me suis renseigné sur l'Internet. L'ordinateur ne sert pas uniquement à échanger des mails, figure-toi.

— À quoi faut-il s'attendre maintenant ?

— Je n'ai pas mon antisèche sous la main mais il se pourrait que ce soit la négociation – « je ne commettrai plus le moindre péché si je survis ». Ce genre de chose. Nous sommes tous passés par là. L'essentiel, c'est d'aboutir à l'acceptation.

Jack se redressa.

— Combien de temps cela prend-il ?

— Le hic est là. Tout dépend de l'individu. Rick est tenace, ça pourrait durer un moment.

— Seigneur ! soupira Jack en se frottant la nuque. Tu ne cesseras jamais de me surprendre.

— Pour en revenir à Rick... son corps, sa santé, tout est sous contrôle ?

— On continue à lui donner des médicaments contre la douleur. En ce moment, il est en route pour San Diego. Le centre de Balboa. Son moignon va cicatriser et il pourra attaquer la rééducation. Soit ils le gardent jusqu'à ce qu'il ait sa prothèse définitive, soit ils le transfèrent dans un établissement plus petit.

— Il faut attendre la guérison complète, la stabilisation de la forme et du volume du membre résiduel. On va sans doute lui mettre une emboîture pour accélérer le processus de rétraction. Les séances de kiné lui permettront d'éviter les contractures musculaires et de désensibiliser le moignon afin de surmonter les douleurs fantômes.

Jack écarquilla les yeux.

— Comment sais-tu tout ça ?

Vic inclina la tête et ricana.

— D'accord, tu t'es documenté via l'Internet.

— Je voulais être à même de comprendre les nouvelles que tu risquais de nous annoncer.
— Et alors ?
— Dans le mille.

Rick entama son séjour au Naval Medical Center dans le service orthopédique, entouré d'autres jeunes hommes en convalescence. On évalua son seuil de douleur avant de lui préparer un programme de rééducation adapté. On lui fournit un déambulateur et un fauteuil roulant mais il n'avait aucune envie de quitter la salle.

Jaugeant l'état des patients autour de lui, il en conclut qu'il était impossible de prédire la manière dont on surmontait un tel traumatisme. Certains étaient joyeux, d'autres complètement déprimés. Lui-même se situait dans la moyenne – ni enjoué ni totalement abattu. On avait réduit les doses de narcotiques et il avait du mal à dormir. C'était un peu comme d'essayer de faire la sieste au beau milieu d'un amphithéâtre – trop de bruit, trop de lumière, trop de mouvement. La nuit, le silence était régulièrement troublé par des hurlements. L'un de ses compagnons d'infortune appelait constamment sa mère. Plaintes, gémissements et – incroyable ! – rires s'élevaient dans l'obscurité. Rick avait peur de succomber au sommeil au risque de trahir sa propre vulnérabilité.

Quand il reçut le portable, Jack avait déjà laissé un message sur la boîte vocale : *Rick, appelle-moi afin que je m'assure que tout fonctionne correctement. Téléphone autant que tu veux – c'est un forfait illimité.* Rick ne le contacta pas immédiatement. Il se promit de le faire bientôt mais quelques jours plus tard, l'appareil bipa, lui signalant l'arrivée d'un nouveau message. Plus péremptoire, cette fois : *Rick, si tu ne me rappelles pas, je saute dans ma voiture et je viens te voir*.

Pris au piège, Rick pianota sur les touches.

— Désolé, marmonna-t-il. Je n'avais pas envie de parler.

— Je comprends. Nous ne sommes pas obligés de nous éterniser. Comment te traite-t-on ? Raconte-moi où tu en es.

Rick poussa un soupir. Toutefois, mieux valait avoir Jack au bout du fil qu'en face de lui, aussi se résigna-t-il à jouer le jeu.

— Je suis toujours à l'hôpital mais on me transfère demain à la caserne. Je me déplace avec un déambulateur ou en fauteuil roulant. Surtout en fauteuil parce que c'est plus facile. D'ici une ou deux semaines, j'aurai une prothèse provisoire et je pourrai marcher.

— Provisoire ?

— Oui. C'est la première étape avant l'appareillage définitif.

— Ah. Comment vont les gars autour de toi ? As-tu rencontré quelqu'un avec qui tu puisses… euh… échanger ?

Rick marqua un temps.

— Ici, ça ne rigole pas beaucoup.

— Ça ira peut-être mieux à la caserne.

— Possible. Écoute, je suis fatigué…

— Vraiment ? Tu ne te sens pas encore assez reposé ?

Silence.

— D'accord, fiston, je te laisse. Je téléphonerai demain.

L'avantage, à la caserne, c'était que les hommes étaient à différentes étapes de leur convalescence.

Un type avec deux bras artificiels s'exerçait à nouer les lacets de ses chaussures, un autre fixait sa prothèse provisoire chaque matin en s'appuyant uniquement sur une canne. En revanche, fini les repas et la toilette au lit. Ici, il fallait se rendre à la cantine et aux sanitaires. Force lui était de l'admettre : une bonne douche faisait un bien fou même s'il devait envelopper son moignon de plastique pour protéger la cicatrice. Et s'asseoir sur un tabouret par précaution. N'empêche que se rendre à la cafétéria pour se restaurer en groupe ne le réjouissait guère.

Ici, les gars jouaient au poker, se passaient des photos de leurs épouses / fiancées / gosses et se prêtaient des magazines – pornographiques pour la plupart. « Faut bien déboucher les tuyaux ! » railla l'un d'entre eux en jetant une revue de filles nues sur le lit de Rick. De ce côté-là, les paraplégiques n'avaient plus aucun espoir. S'il avait pu maîtriser ses émotions, Rick aurait convenu qu'il était moins à plaindre que beaucoup. Mais son cerveau était obstrué par un profond sentiment de défaite qu'il était incapable d'exprimer – et donc de comprendre. Il savait seulement que c'était profond, comme si tout, de sa vie d'avant la guerre, son corps, ses rêves et ses objectifs, lui avait été enlevé sans qu'il ait pu rien y faire.

Il aurait voulu pouvoir en parler mais il n'en avait pas la force. Il savait qu'il s'effondrerait. Liz l'avait appelé à deux reprises et, s'il n'avait pas osé décrocher, il écoutait ses messages en boucle. Elle l'aimait, elle priait pour lui chaque jour, elle espérait qu'il allait mieux, qu'il reprenait confiance.

Il avait toujours pu discuter avec Liz. Ils étaient devenus amants dès le début mais étaient toujours restés amis avant tout. Le destin les avait plongés d'emblée dans le grand bain. Ils ne seraient sans doute pas restés aussi longtemps ensemble s'ils n'avaient pas réussi à formuler leurs problèmes réciproques et surtout à s'écouter l'un l'autre. Grâce à Jack, qui avait recommandé à Rick de ne pas forcément chercher les mots justes mais de laisser Liz lui confier ses craintes, de la rassurer. Jack avait-il eu une conversation avec Liz ? Lui avait-il prodigué les mêmes conseils ? Car Rick avait l'impression qu'elle en faisait autant pour lui.

Il ignorait comment elle s'était débrouillée pour pénétrer sur la base mais une nuit en ouvrant les yeux, il la découvrit, assise sur le bord de son lit. Il percevait des bruits autour de lui – reniflements, lamentations, fredonnements, ronflements – il était donc bel et bien réveillé.

— Qu'est-ce que tu fabriques ici ? s'exclama-t-il, paniqué.

Elle laissa courir ses doigts fins sur sa tempe, sa joue, son menton.

— J'ai pensé que tu avais peut-être besoin de moi, Rick. En tout cas, moi j'avais besoin de toi.

Elle se pencha vers lui et déposa un baiser sur sa bouche. Il inhala son parfum, savoura le goût de ses lèvres. La femme de sa vie. Avant elle, il avait flirté avec quelques filles mais Liz était son âme sœur. Au début de leur relation, ils avaient commis des maladresses d'adolescents mais à présent, ils se connaissaient, savaient anticiper les besoins et les désirs de l'autre. Leur vie sexuelle était riche, puissante et réjouissante.

Elle laissa échapper une plainte.

— Chut ! On va se faire engueuler.

— Ne t'inquiète pas. J'ai tiré le rideau.

Regardant autour de lui, il se rendit compte qu'ils étaient aussi isolés que possible de ses voisins, dont la plupart dormaient, d'ailleurs. Il réclama sa bouche si parfaite, si ronde et si douce. Il glissa une main jusqu'à sa hanche. Elle portait une minijupe en jean. Oooh ! Cette jupe ! Il poursuivit son exploration. En dessous, elle était nue. Prête. *Mauvaise idée*, songea-t-il. *Pas ici.* Mais lui aussi était prêt.

— Viens ici, mon bébé, murmura-t-il en la couchant sur lui. Viens… Tu me manques tellement.

Ils étaient serrés comme des sardines en boîte mais il se hissa sur un coude pour la contempler. Sa Liz… magnifique, loyale. Tout en continuant à l'exciter, de sa main libre il captura un sein sous son chemisier. Puis, incapable de résister plus longtemps à la tentation, il remonta le vêtement pour sucer son mamelon. Tant pis si elle gémissait. Il était au paradis.

Parfois, il n'en fallait pas davantage : Liz était une amante enthousiaste, un coup de langue autour du téton, un effleurement entre les cuisses suffisaient à la mener à l'orgasme.

— Ne m'attends pas, chuchota-t-il.

Elle fondit, brûlante dans ses bras, mouillée sous ses doigts, la respiration saccadée sur sa bouche. Il s'entendit rire tout bas. Puis il se positionna au-dessus d'elle, l'enfourcha, la pénétra. Dieu ! Que c'était bon !

— N'oublie pas…

Aussitôt, il chercha son clitoris. Il connaissait sa Liz, il savait ce qui la comblait.

— Si on ne nous surprend pas en flagrant délit, j'enfonce ma tête en toi et j'y reste pendant une heure, promit-il. Je ne me lasse pas de toi.

— S'il te plaît. S'il te plaît, s'il te plaît…

Il accéléra ses coups de reins et explosa comme au décollage d'une fusée, jouissant à en perdre haleine. Les yeux fermés, ruisselant de transpiration, il se retrouva sans comprendre sur le dos. Liz n'avait pas la force de le basculer… Il ouvrit les yeux et constata qu'il était seul.

Elle n'avait été là que dans son esprit, dans son rêve. Mais quel rêve ! Réaliste, merveilleux.

Il haleta quelques instants encore, reprit son souffle. Les rideaux autour de son lit n'étaient pas tirés. Toutefois, tous ses compagnons semblaient bel et bien endormis. Personne ne s'était assis pour l'observer. Pourvu qu'il n'ait pas parlé dans son sommeil ! Un bref examen lui confirma que tout s'était passé dans sa tête et sous son drap.

Puis il prit conscience que dans son fantasme, il avait ses deux jambes, intactes, qu'il s'était agenouillé entre les cuisses de Liz. Il ouvrit la bouche pour pousser un cri mais aucun son n'en sortit. De grosses larmes jaillirent de ses yeux, roulèrent sur ses tempes. « Oh, Liz ! Oh, mon bébé… »

Jack et Melinda avaient du mal à reprendre le rythme. Jack était de retour depuis deux semaines. Il avait parlé avec Rick mais il avait l'impression d'être dans une impasse. Rick décrochait son téléphone s'il était à proximité de l'appareil mais il n'appelait jamais de lui-même.

— Il va te falloir beaucoup de patience, lui dit Melinda. Il ne va pas se remettre de sitôt. Cela risque de prendre des mois. Voire des années.

— Des mois, imita-t-il… Des *années* ?

— Jack, quand bien même il n'aurait pas subi ce traumatisme, il aurait probablement du mal à se réadapter à la vie civile. Toutes les familles de militaires traversent ce genre d'épreuve. Tu es bien placé pour le savoir.

Toutefois, si Jack en avait conscience, il n'avait pas lui-même connu l'expérience de Rick. Il n'avait jamais été victime d'une blessure qui allait lui coûter un renvoi ou une mise à la retraite prématurée.

Melinda pensait tout autant que son mari à Rick mais elle avait d'autres préoccupations, et surtout des impératifs. Elle contactait régulièrement Liz et la voyait quand celle-ci venait en ville donner un coup de main à sa tante Connie dans son épicerie. Melinda avait réussi à la convaincre de revoir le thérapeute qu'elle avait consulté après son dramatique accouchement – un grand pas en avant. Elle avait aussi deux grossesses à surveiller et assistait régulièrement Cameron au cabinet.

À la fin du mois de mars, le printemps vint taquiner les montagnes. Tour à tour de belles journées ensoleillées et des tempêtes de verglas ou de neige fondue. Un après-midi, alors qu'elle était avec une de ses parturientes, elle perçut des éclats de voix dans la salle d'attente. S'y précipitant, elle vit un homme maigre d'une soixantaine d'années qui hurlait après Cameron en agitant frénétiquement les bras.

— Elle est mourante ! Je le sais ! Il faut que vous veniez ! Elle est mourante !

Cameron jeta un coup d'œil par-dessus son épaule.

— Melinda ?

Elle s'avança.

— Où allons-nous, monsieur ? s'enquit-elle d'un ton calme.

— À deux pâtés de maisons d'ici. Vite !

— Une seconde, le temps que je m'excuse auprès de ma patiente. Cameron, démarre le Hummer, installe ce monsieur. Je vous rejoins.

Elle tourna les talons et alla expliquer à la future maman qu'elle avait une urgence et qu'elle l'appellerait pour une autre consultation. Dans des cas comme celui-ci, ils ne prenaient pas la peine de verrouiller l'entrée. La pharmacie et les dossiers étaient sous clé. Melinda ayant plusieurs rendez-vous, les enfants passaient l'après-midi chez leur tante Brie. Elle n'avait donc aucun souci à se faire de ce côté-là.

Cameron suivit les instructions que lui donnait le sexagénaire et ils arrivèrent devant une maison que Melinda reconnut immédiatement. Elle s'y était déjà rendue, des mois et des mois auparavant, à l'époque où elle avait sorti Cheryl Creighton de l'alcoolisme en l'expédiant dans une institution spécialisée financée par le comté. Si Melinda n'avait pas vu son père – qui devait être ce monsieur – elle n'avait jamais oublié sa mère, une obèse morbide, fumeuse invétérée dont la respiration sifflait à chaque pas laborieux. Au premier coup d'œil, Melinda s'était inquiétée de l'état de son cœur.

— Quel est le prénom de votre épouse, monsieur Creighton ? demanda-t-elle.

— Dahlia. Dahlia Marie. Elle n'arrive plus à respirer, elle se tient la poitrine.

Cameron gara le Hummer, s'empara de sa trousse et se précipita à l'intérieur du bungalow délabré, Melinda sur les talons avec la sienne.

— Elle est sûrement dans la cuisine, devina Melinda.

La maison était un véritable taudis ; le ménage n'avait pas été fait depuis une éternité et l'atmosphère empestait le tabac froid. Tandis que M. Creighton les rejoignait, elle nota qu'il était lui aussi très essoufflé.

Comme elle l'avait prédit, Dahlia était affalée sur sa chaise préférée, un fouillis de livres de poche, magazines, journaux, canettes de soda, cendriers, paquets de gâteaux et autres friandises à portée de main. Elle avait les yeux exorbités, les lèvres bleutées, et sa peau blafarde luisait de transpiration.

— Nous allons tâcher de vous venir en aide, Dahlia, annonça-t-elle.

Cameron avait déjà son stéthoscope autour du cou et appliquait le pavillon sur la poitrine de la malade. Il n'écouta qu'une seconde avant de plonger la main dans sa mallette et de lui tendre un cachet d'aspirine.

— Pouvez-vous avaler ceci, Dahlia ?

Pendant ce temps, il fixa le brassard de tensiomètre autour de son poignet, le resserra, consulta l'écran électronique. Il souleva son bras et le rapprocha de son cœur pour une meilleure précision.

Melinda cherchait les médicaments qu'elle emportait toujours avec elle pour les urgences – atropine, épinéphrine.

— Melinda, est-ce que tu peux m'apporter la bouteille d'oxygène ?

— Bien sûr !

Elle se précipita dehors. Lorsqu'elle revint, Cameron était en train de glisser une tablette de nitroglycérine sous la langue de Dahlia. Melinda inséra les canules dans son nez.

— Ça va vous soulager, promit-elle.

— Il nous faut du renfort, dit Cameron.

— Je m'en charge.

Melinda décrocha le téléphone datant d'une autre ère près du réfrigérateur et composa le numéro sur le cadran rotatif.

— Vic, salut ! Cameron et moi sommes chez les Creighton. Il faut emmener Dahlia à l'hôpital immédiatement… Oui, c'est exactement ça – tous les deux. Merci.

Elle raccrocha.

— Jack et Vic ne vont pas tarder.

Cameron la dévisagea, esquissa un sourire, haussa un sourcil.

— Je vais chercher le brancard, ajouta-t-elle.

— Laisse-moi…

— Non, non. Mets-lui la perf. Je ne serai pas longue.

Le temps que Melinda sorte la civière du coffre, Jack et Vic surgissaient au coin de la rue. Ils piquèrent un sprint pour la rejoindre.

— De quoi s'agit-il ? s'enquit Jack, à voix basse.

— Probablement d'un infarctus, répliqua-t-elle tout aussi bas. Il faut la conduire à l'hôpital.

— Tu veux que je prenne le volant ? Tu pourras rester à l'arrière avec Cameron.

Elle eut un sourire.

— C'est drôlement pratique de vous avoir sous la main. Merci.

Jack et Vic poussèrent le brancard jusqu'au seuil de la cuisine et l'abaissèrent comme deux secouristes professionnels. Puis ils allèrent se placer de part et d'autre de la malade.

— Bonjour, Dahlia, dit Jack. Que diriez-vous d'aller faire un tour ?

Cameron souleva la bouteille d'oxygène et la pochette de perfusion.

Dahlia Creighton parut affolée.

— Laissez-vous faire, suggéra Jack. Vic et moi allons vous transférer sur la civière en un clin d'œil. Essayez de ne pas gesticuler, faites-nous confiance. D'accord ?

Elle opina mais elle n'avait pas encore prononcé un mot.

Jack et Vic se mirent en position, comptèrent jusqu'à trois et hissèrent ses 180 kilos sur le brancard.

— Vous avez de l'essence dans votre fourgonnette, monsieur Creighton ? demanda Melinda… Très bien. Vous vous sentez la force de conduire ? Il vaudrait mieux que vous nous suiviez afin de pouvoir rentrer chez vous plus tard.

Il acquiesça, farfouilla dans ses poches en quête de son trousseau de clés.

Durant cet intervalle, un incident se produisit que Melinda ne rapporterait jamais à personne mais qui la remplit de fierté. Dans sa terreur, Dahlia avait eu un petit accident : elle avait uriné sur elle et, en la déplaçant, Jack avait détrempé sa manche de chemise. Il n'avait pas relevé.

Cameron et Melinda s'installèrent à l'arrière. Melinda pria Vic de téléphoner à l'hôpital pour prévenir qu'ils étaient en route. Sans échanger une parole, Jack et Vic déboutonnèrent leur chemise et se les échangèrent. Jack nageait dans celle – propre et sèche – de Vic. Vic regagna le bar en tee-shirt sans manches, le vêtement souillé de Jack à la main. Dix secondes plus tard, Jack démarrait en trombe.

Mon Dieu ! s'émerveilla Melinda. Où trouvait-on des hommes aussi dévoués, prêts à aider n'importe qui, en n'importe quelle circonstance ? Elle avait choisi sa profession. On lui avait saigné dessus, fait dessus, vomi dessus et cela ne l'avait jamais découragée de prodiguer les soins nécessaires. Mais Jack était Jack, tout simplement. Et Vic était cuisinier ! Ils n'étaient ni médecins, ni infirmiers, ni secouristes, pourtant, on ne pouvait plus compter le nombre de fois où ils s'étaient démenés pour rendre service, quitte à se retrouver couverts de liquide amniotique, de sang ou d'urine.

De véritables perles.

Ils atteignaient le Valley Hospital quand Dahlia eut un arrêt cardiaque. On la ranima aux urgences et le cardiologue de service contacta un confrère dans un établissement mieux équipé où elle pourrait passer une angiographie et, éventuellement, subir un pontage.

Cameron, Jack et Melinda ne s'attardèrent pas – ils ne pouvaient plus rien pour elle. Le trajet de retour jusqu'à Virgin River fut long et silencieux. Il était trop tard pour rouvrir le cabinet. Jack se gara devant.

— Je cours chercher un seau d'eau savonneuse pour nettoyer la voiture, décréta Melinda.

— Je vais t'aider. Ce ne sera pas long, intervint Cameron.

— Besoin d'un coup de main ? proposa Jack.

— Non, répondit Melinda. C'est bientôt l'heure du coup de feu au bar. J'y ferai un saut avant d'aller chez Brie récupérer les enfants.

Melinda et Cameron se mirent au travail, la première se chargeant de la civière pendant que le second lessivait la banquette arrière. Quand tout fut rutilant et les boîtes à pharmacie remplies, ils déversèrent l'eau sale sur les plates-bandes autour de la véranda.

— Je voulais te parler, murmura Cameron. Je vais devoir modifier mon emploi du temps. Il va falloir que je trouve un autre boulot dans les mois à venir pour subvenir aux besoins de ma famille.

Elle lui sourit en s'essuyant les mains.

— Je me doutais bien que certaines choses allaient devoir changer.

— J'ai invité Abby à dîner ce soir. Je veux discuter avec elle. J'aimerais la convaincre de devenir ma colocataire.

— Comme c'est romantique ! railla Melinda.

— Oui, eh bien, elle ne m'aime pas mais je veux ce qu'il y a de mieux pour ma famille. Qu'elle le veuille ou non, elle en fait désormais partie. D'ici un mois, elle se rendra compte à quel point elle a besoin de moi. Une fois que les jumeaux seront nés… elle aura doublement besoin de moi.

— Quel est ton plan ?

— Je ne veux pas laisser tomber les habitants de Virgin River. Mais si je pouvais trouver un hôpital ou un cabinet à proximité qui a besoin d'un médecin à mi-temps, je pourrais vivre à Virgin River et continuer les consultations. J'aimerais me rendre disponible soit le matin, soit l'après-midi et réserver les soirées et week-ends aux visites à domicile. Mon souci, ce sont les urgences.

— Cameron, nous avons tout au plus trois à quatre cas extrêmes par an. Tu pourrais parfaitement être en congé ou en voyage le jour où ça tombe. Inversement, il y a autant de chances pour que tu aies un poste à Fortuna ou à Eureka mais que tu sois ici… le jour où ça arrive. Ce dont j'ai besoin, c'est d'un médecin qui assure ses rendez-vous et accepte d'effectuer quelques visites à domicile, pas d'un urgentiste. Nous sommes en pleine campagne, nous avons l'habitude de nous adresser au département du shérif ou au Samu. C'est peut-être un peu plus long mais ça marche. Nos concitoyens le comprennent. Si tu n'avais pas été là aujourd'hui pour Dahlia, j'aurais appelé Mercy Air, la compagnie aérienne de transports médicaux.

— Possible, admit-il avec un haussement d'épaules. Au fond, l'endroit où je vivrai ne dépend pas de moi. Je ne les laisserai pas partir. Si Abby insiste pour s'installer dans un trou perdu comme Londres, je la suivrai.

Melinda ne put s'empêcher de rire aux éclats.

— Londres, un trou perdu ? Je donnerais mes yeux pour passer un an à Londres !

— Tu vois ce que je veux dire.

— Je comprends, oui. Tu t'es mis en tête de devenir médecin de famille en milieu rural, de mener une vie sans trop de stress et vlan ! – te voilà bientôt papa… Bon, alors, explique-moi ton plan. Je sais que tu en as un.

— Je suis en train de l'échafauder. J'ai de l'argent. Je ne serai pas aux abois avant la fin de l'été mais je dois me mettre à la recherche d'un deuxième poste dès maintenant. Je veux rester dans les parages parce que ces bébés pourraient naître d'ici deux mois – pas plus tôt, j'espère. Après leur naissance, je veux pouvoir aider Abby avant d'être débordé par mon travail. Elle peut loger avec moi au cabinet le temps que je trouve une location. Elle dormira dans mon studio et moi, dans la chambre médicalisée. S'il y a un Dieu là-haut, je dénicherai un appartement confortable dans les environs.

— Je peux te proposer le chalet. Il est vide. Deux chambres, une mezzanine, à dix minutes du centre-ville.

— Tu n'en as pas besoin pour vos familles, vos amis ?

— Maintenant que Luke Riordan a restauré tous ces bungalows au bord de la rivière, non. Les Sheridan débarquent de temps en temps mais nous avons de quoi les loger. Nous avions acheté le chalet pour les circonstances exceptionnelles. Tu corresponds au profil.

Il baissa la tête, la secoua.

— Tu dois me prendre pour un idiot.

— Moi ? s'esclaffa-t-elle. Cameron, toutes mes grossesses m'ont prise par surprise et je suis censée être une spécialiste ! Réfléchis.

Il sourit.

— Je vous paierai un loyer, à toi et à Jack.

— Tu plaisantes ? Tu travailles pour presque rien. Plus longtemps tu resteras, mieux nous nous porterons. D'ailleurs, ce chalet porte bonheur. C'est là que j'ai mis David au monde.

Un frisson le parcourut et elle pouffa. Sans doute s'imaginait-il y accouchant les jumeaux. Elle posa une main sur son bras.

— Arrange-toi au mieux, Cameron. Le chalet est à toi aussi longtemps que tu en auras besoin.

— Tu veux que j'en parle à Jack ?

— Pitié ! railla-t-elle. Jack fait tout ce que je lui demande. D'ailleurs, cette solution va lui plaire. Si elle te convient.

6

Sur le seuil de la salle de bains, les bras croisés, Vanessa regardait Abby prendre des poses devant le miroir.

— Même mon *visage* est bouffi ! se lamenta cette dernière.

— Pas du tout ! objecta Vanessa. Tu es magnifique. Resplendissante. Et énorme.

Cameron l'avait invitée à dîner chez lui ce soir-là. Il souhaitait discuter avec elle de divers sujets, ce qui était parfaitement raisonnable. Abby tira sur la tunique de maternité que lui avait prêtée Vanessa.

— Tu es sûre d'avoir mis ça lors de ta dernière grossesse ?

— N'oublie pas que je ne portais qu'un seul bébé. Abby, tu es superbe. C'est le but, non ?

— Vu mon état, si je ne lui coupe pas l'appétit, ce sera un miracle, marmonna-t-elle.

Cependant, elle se pencha vers la glace pour tracer soigneusement le contour de ses lèvres au crayon. Puis elle peigna une dernière fois ses cheveux soyeux. Enfin, elle se mouilla le doigt pour lisser ses sourcils.

— Mouais, murmura Vanessa d'un ton dubitatif. Qu'avez-vous prévu ? De quoi veut-il te parler ?

— Je n'en suis pas certaine, répondit Abby en caressant son ventre arrondi. La liste est plutôt courte. Je ne suis enceinte que de six mois et on dirait que je vais pondre mes bébés demain. Ma peau ne va pas s'étirer indéfiniment !

— Bien sûr que si ! rétorqua Vanessa en riant… Je ne t'attendrai pas ce soir.

— Je rentrerai tôt.

— Pas à cause de moi, j'espère ? Si tu faisais fi de toute prudence, pour une fois ? Essaie de profiter de l'instant… Vous avez partagé un moment agréable, pourquoi ne pas retenter le coup ? Cameron est un type formidable.

Abby en était consciente et pas uniquement parce que Vanessa n'avait de cesse de le lui rappeler. Elle s'était fait engrosser par un inconnu et elle avait eu de la chance de tomber sur un homme comme lui. Quel dommage que leur relation soit la proie de tant de complications et d'interrogations ! Seules certitudes : Abby était une fille bien, Cameron, un gars épatant et deux enfants allaient venir au monde d'ici deux mois. Car elle savait d'ores et déjà qu'elle n'atteindrait pas le terme.

Abby se présenta à 18 heures précises devant la porte du cabinet.

— Coucou ! lança-t-elle en pénétrant dans le hall.

Cam surgit de la cuisine, un tablier blanc autour du cou et une cuillère à la main.

— Bonsoir ! Pousse le verrou, Abby. Après les heures ouvrables, les patients doivent frapper.

— Entendu.

Lorsqu'elle le rejoignit, il s'était débarrassé de son ustensile. Il l'aida à enlever son manteau, qu'il accrocha à une patère derrière la porte.

— Tu es ravissante.

— Merci. Je suis énorme.

— Tu es magnifique. En pleine forme, épanouie et très, très enceinte... Comment te sens-tu ?

— Bien.

À vrai dire, elle avait mal au dos, ses chevilles étaient enflées et elle ressentait des douleurs mystérieuses dans le bas du ventre – rien de grave selon Melinda et John Stone, une simple conséquence de l'étirement des ligaments. Elle avait de plus en plus de mal à dormir et souffrait d'atroces brûlures d'estomac.

— J'ai pas mal de reflux gastriques. Une bonne excuse pour me gaver de crème glacée le soir. Que nous as-tu concocté ?

— Spaghettis aux boulettes de viande et à la saucisse. Je n'ai pas de crème glacée mais j'ai des pastilles antiacides. Je suis désolé, je n'avais pas pensé à ce symptôme.

— J'irai doucement sur la saucisse mais j'adore ça, déclara-t-elle en s'asseyant.

Il avait sorti un assortiment hétéroclite de vaisselle en grès. Abby laissa courir un doigt autour de l'assiette devant elle.

— L'ancien service du Dr Mullins, expliqua-t-il. Si j'avais su qu'il était aussi mal équipé, j'aurais apporté mes affaires. Je ne rechigne pas à cuisiner, je suis même plutôt doué. Pour l'heure, tout mon matériel culinaire est entreposé dans un box.

— Le mien aussi. Nous vivons tous deux comme des bohèmes, n'est-ce pas ?

Elle se cala dans son siège et se frotta le bas du dos.

— Un verre de cidre ? proposa-t-il en jetant un coup d'œil sur ses pieds.

Son pantalon était juste assez remonté pour qu'il remarque ses chevilles.

— Volontiers. Et de l'eau, s'il te plaît.

Il lui apporta les deux et s'installa à ses côtés.

— Brûlures d'estomac ? C'est tout ?

— Ma foi…

— Mal de dos, reflux gastriques, œdème… Quoi d'autre ?

Elle but une gorgée de cidre.

— Des douleurs ligamentaires qui me déchirent l'abdomen.

Il grimaça.

— Je fais pipi toutes les trente minutes.

Il rit.

— Tu trouves ça drôle ? Dans quelques années, quand tu auras des problèmes de prostate, tu rigoleras moins.

— J'espère que ce ne sera pas avant de nombreuses années.

Avec un sourire, il effleura sa main, la serra brièvement. Puis il se leva et alla se planter devant ses fourneaux. Il versa les pâtes dans l'eau bouillante, remua la sauce avant de revenir avec une salade verte et un bol de vinaigrette.

— Tu peux mélanger ?

— Avec plaisir… Alors ? De quoi voulais-tu me parler ?

— Eh bien, pour commencer, si on réfléchissait à des prénoms ? Pour les enfants ?

— Tu es sérieux ?

— Évidemment. Si tu étais à ma place, n'aurais-tu pas envie de participer ? Ou est-ce que tu prendrais la poudre d'escampette en faisant mine de ne pas être au courant ?

Aïe ! Elle se figea. Comment réagirait-elle ? S'enfuirait-elle à toutes jambes ? L'abandonnerait-elle complètement ? Bien sûr que non. Elle déglutit. N'était-ce pas précisément ce qu'elle avait espéré de la part de Cameron ? Qu'il s'en aille et lui fiche la paix ?

— Euh… tu as des idées ?

— Mes grand-mères s'appellent Alice et Eleanor. Elles sont extraordinaires et ce sont de jolis prénoms…

— Alice et Eleanor ? répéta-t-elle en fronçant le nez.

— Alias Ally et Elly. Attends un peu de les rencontrer – tu seras sous le charme.

— Mais nous ne savons même pas si nous aurons une fille. Nous…

Elle se tut. Soulevant la marmite, il versa les pâtes cuites dans la passoire qu'il avait placée dans l'évier. Il jeta un coup d'œil vers elle, hilare, et Abby prit conscience de ce qu'elle avait dit.

— Je serais heureux d'avoir un garçon et une fille, mais deux garçons, pourquoi pas ? J'adore toutes ces activités de petits mecs – le base-ball, le soccer, la chasse aux insectes.

— J'ai joué au base-ball quand j'étais petite, murmura-t-elle. Au soccer, aussi. Et nous passions nos vacances au bord d'un lac où j'emprisonnais des dizaines de lucioles dans un bocal que je posais sur ma table de chevet la nuit… Si j'avais su que je les tuais, je ne l'aurais jamais fait.

— Tu vois ! Filles ou garçons, quelle importance ? Les deux sexes nous conviennent. Mais il leur faut un prénom.

Ramassant son assiette, il la servit.

— Ne mange pas ce que tu as peur de mal digérer, recommanda-t-il avant de se servir à son tour et de s'asseoir... Goûte, Abby. C'est une vieille recette de famille.

Elle s'exécuta, savoura, inclina la tête.

— Mmm !

— Je n'ai pas songé à éliminer la saucisse mais j'ai utilisé moins d'épices que d'habitude. Pour toi.

— En temps normal, je suis une adepte des plats relevés. Mais pas en ce moment... Quoi d'autre ? s'enquit-elle en leur servant de la salade.

— Tu es pressée d'en finir ?

— Non, convint-elle, surprise et vaguement gênée. Je suis juste... Nous communiquons régulièrement mais cette fois, j'ai eu l'impression que tu étais préoccupé.

Il planta sa fourchette dans une feuille de laitue, mâcha longuement, avala.

— On discute quelques minutes au téléphone, on se croise de temps en temps chez Jack. Certes, on ne s'envoie plus de piques, ce qui est un net progrès mais on n'aborde jamais les sujets importants. Abby, nous allons avoir deux bébés dans deux mois, trois tout au plus. As-tu songé à l'avenir ?

— Euh... bien sûr. Plus ou moins.

Il se pencha vers elle avec un sourire aimable.

— Tu veux me dévoiler tes projets ?

— Que veux-tu savoir ?

— Eh bien... rien ne laisse présager une grossesse à haut risque mais il est assez courant que les mères de jumeaux soient obligées de s'aliter afin de retarder au maximum l'accouchement. Et prendre soin de deux nouveau-nés requiert beaucoup d'énergie. Par ailleurs, ta situation financière te tourmente. Sans oublier…

— D'accord, d'accord ! Pfff ! L'obligation de me reposer ne m'effraie pas, je suis en excellente santé, Vanessa et Melinda sont là pour moi. John Stone me surveille de près. Ma mère va venir dès la naissance et…

— La mienne aussi, coupa-t-il.

Elle plaqua les deux mains sur son ventre.

— *Pardon ?*

— On réussira peut-être à la faire patienter une semaine mais il s'agit de ses petits-enfants et elle n'a jamais loupé l'arrivée d'un descendant.

— Elle est au courant ? glapit Abby, atterrée.

— Pas encore, admit-il. Mais ça ne saurait tarder. Ce sera déjà difficile de lui expliquer pourquoi je ne lui ai pas annoncé la nouvelle plus tôt et pourquoi je ne t'ai pas présentée à la famille. Ces petits ne sont pas seulement nos enfants, Abby. Ils ont des grands-parents, des tantes, des oncles et des cousins, de ton côté comme du mien.

— Mon Dieu ! soupira-t-elle en lâchant son couvert. Je me sens mal.

— Détends-toi. Tu n'as pas à t'inquiéter. Ce sont des gens fantastiques et tu seras heureuse de les compter dans ton entourage, crois-moi.

— Mais ne vont-ils pas penser que… Après tout, nous ne sommes pas mariés et…

Haussant les épaules, il se leva pour aller chercher une bière dans le réfrigérateur et la décapsula avec le dessous de sa chevalière.

— Cette situation est relativement commune de nos jours. Un homme et une femme sont ensemble et ont des enfants, simplement. Mais annoncer la nouvelle à mes proches n'est qu'un point de la liste et celle-ci est longue. Nous avons tant de choses à régler avant le grand jour. Et peu de temps pour tout boucler.

Le coude sur la table, elle posa le front sur la paume de sa main.

— Vas-y, lâche la prochaine bombe. À quoi penses-tu ?

— Avons-nous des berceaux ? Des vêtements ? La panoplie indispensable – sièges-autos, couches et *tutti quanti* ?

— Il faudrait que je fasse un saut au centre commercial, répondit-elle distraitement. Tu as raison. Il est temps que je me bouge. Mais j'ai eu une conversation avec ma mère et nous avons décidé de ne rien dire aux amis ni à la famille pour l'instant. Nous enverrons des faire-part plus tard. J'envisage même de falsifier la date de naissance. Ça m'ennuie un peu mais… Donc, pas de fêtes, pas de cadeaux à l'avance. J'achèterai de quoi assurer les premiers mois. C'est le seul moyen de…

— Où en es-tu de la dette de ton ex ?

— J'ai presque tout remboursé, proclama-t-elle fièrement, en se redressant. Je touche au but. Avec la pension qu'il m'a octroyée, j'ai payé tous les crédits, en ai gardé un petit peu pour les situations d'urgence. Il ne me reste plus que six mille dollars à rembourser.

Radieuse, elle mangea un peu de spaghettis, un peu de salade.

— Je n'aurais pas dépensé son fric ni celui que mes parents ont à tout prix voulu me donner si j'avais eu le choix. J'avais besoin de vêtements de maternité… Tu vois ce haut ? Je l'ai emprunté à Vanessa, c'était ce qu'elle avait de plus ample, et bientôt il sera trop serré.

Cameron s'assombrit. Il secoua la tête, but une gorgée de bière.

— Ross Crawford est millionnaire ! Comment peut-il infliger cela à une femme innocente ? Il mérite de brûler en enfer !

— Cameron ! Je t'en prie… Remarque, je suis de ton avis, ajouta-t-elle en gloussant.

— Commençons par là, ensuite nous nous concentrerons sur nos mères respectives. J'aimerais que tu cesses d'endosser ses chèques et que tu me laisses combler la dette. Nous…

— Non, non ! protesta-t-elle. J'ai tout planifié. Je n'en ai plus pour longtemps. D'ici un mois ou deux…

— Abby, j'ai discuté avec Brie Valenzuela. Elle t'attend quand tu veux. Je t'y accompagnerai volontiers. Voici son point de vue : ton ex t'a probablement refilé ces factures sur le conseil de son avocat. En tout cas, la dette faisait partie de la dissolution de votre mariage, elle relevait donc d'une injonction judiciaire et tu étais obligée de l'honorer. Mais s'il s'amuse à revenir sur le contrat prénuptial et tente de prouver que tu as eu une relation sexuelle avant la finalisation du divorce, il devra te traîner devant un tribunal civil. Ce n'est pas un crime, on ne peut pas te poursuivre en cour d'assises. Cela lui coûterait plus cher de t'intenter un procès que ce que cela lui rapporterait s'il gagnait. Et s'il entame une procédure juridique, il aura du mal à défendre sa cause. Il te plaque au bout de six semaines de mariage, il ne t'a jamais versé un cent pendant les neuf premiers mois de votre séparation tout en vivant ouvertement avec une autre femme et il exige que tu paies quarante mille dollars sur des cartes de crédit que tu n'as jamais utilisées ? Alors qu'il est plein aux as ? Dans ses rêves !

— Ce n'est pas ce qu'affirme mon avocat.

— J'en ai consulté un autre. Brie a été procureur, elle a de l'expérience et elle a vécu l'épreuve du divorce.

— Oh non ! Encore une qui est au courant.

— Du calme. Ça reste entre nous. Clause de confidentialité. Elle ne traite pas les divorces dans son cabinet mais elle a beaucoup de relations et a donné quelques coups de fil. Si tu rembourses la dette et que tu refuses son argent, le dossier sera clos. À moins qu'il ne te haïsse pour des raisons personnelles…

L'éclat de rire d'Abby l'interrompit.

— Me haïr pour des raisons personnelles ? Il ne se souvient sans doute même pas de mon prénom. Il en est à sa quatre-vingt-douzième conquête au minimum. Il a été marié trois fois et il est probablement trop bête pour s'arrêter là. Par ailleurs, je le soupçonne de se droguer et de s'imbiber d'alcool.

Elle reprit une bouchée de spaghettis.

— C'est vraiment délicieux, Cameron… Brie pense-t-elle qu'on me fichera la paix si je respecte l'ordonnance du tribunal ?

— Absolument. En cas de souci, elle est prête à intervenir. N'oublie pas que Crawford est en tournée. Je doute qu'il ait l'énergie de se battre.

— Et ses conseillers juridiques ?

— Là, ça pourrait coincer. Ils pourraient inventer de nouvelles requêtes, histoire de se remplir les poches. Selon Brie, le mieux serait de rédiger un courrier aimable mettant un terme à toute cette affaire.

— Hmmm… Cela me paraît raisonnable. Autre chose ?

— Une fois ce problème résolu, je t'entretiendrai.

— Ah non ! Pas question !

— Très bien, alors je vais porter les bébés et toi, tu vas m'entretenir, riposta-t-il avec humour.

— Marché conclu !

Elle se massa le bas du dos. Cameron continua de manger en lui parlant, d'ami à amie.

— Bien… Voici ce que je te propose. Tu ne peux pas vivre d'amour et d'eau fraîche. Tu vas avoir besoin de te nourrir, de te vêtir. Tu as des meubles et des accessoires à acheter. Que tu le veuilles ou non, je suis le papa de ces jumeaux. Mauvaise pioche pour toi, peut-être, mais je pourrais me révéler un père modèle. Les enfants, ça me connaît. Une grossesse gémellaire, c'est toujours délicat. J'aimerais être là, pouvoir garder un œil sur toi et les bébés. Après tout, je suis médecin, ça peut rendre service, non ?

Il haussa un sourcil.

— Le mieux serait qu'on se voie quotidiennement pour évoquer ces sujets et d'autres… les prénoms, par exemple. Ce serait bien de les avoir choisis avant la naissance, non ?

— Oui, pourquoi pas ? Tu as mon numéro.

— Si nous nous installions ensemble ? En attendant l'heureux événement ?

Elle déglutit.

— Pardon ?

— Débarrassons-nous de la dette et de Ross Crawford. Je prends le relais de Paul et de Vanessa pour la nourriture et le logement et nous évoluerons vers… Nous n'avons rien à expliquer, dit-il en se raclant la gorge. Les gens diront simplement : « Le Dr Michaels aime bien cette femme enceinte. » Nous aurons une maison. Je serai ton colocataire. Tu auras ta propre chambre. Tu…

— J'avais l'intention de rentrer à Seattle. Chez mon père et ma mère.

— Ils ont de la place pour moi ?

— Pour l'amour du ciel ! Tu ne prévois tout de même pas de me suivre partout ?

— Non. Je ne suis pas un obsessionnel. Mais Abby, je ne veux rien rater ! Sais-tu à quel point les nourrissons changent entre deux et six semaines ? Je ne supporte pas l'idée que tu puisses les éloigner de moi. Ce sont aussi…

— Je sais. *Les tiens !*

— Oui. Les nôtres. Je te jure devant Dieu que je ne chercherai jamais à t'en séparer. Ce serait cruel.

Il venait de tirer une flèche sur son sens de la justice. Cela dut se lire dans son regard et il s'excusa d'un sourire.

— Vivre ensemble ?

— Voici ce qui risque de se passer si tu restes chez Paul et Vanessa : vers la fin, tu deviendras insomniaque et tu seras debout toute la nuit. Le jour, tu seras fatiguée mais tu auras leur gosse dans les pattes. Sans compter les petits maux de la fin de grossesse. Ta chambre sera remplie jusqu'au plafond de matériel de puériculture. Ensuite viendront les bébés – et les grand-mères. Les nouveau-nés pleurent parfois pendant des heures. Ils vont réveiller Paul et Vanessa. Non, franchement, ce n'est pas une solution. D'autant que c'est à moi de t'aider, pas à Paul.

— Où veux-tu que nous vivions ? Pas *ici*, j'espère ?

— On n'y est pas si mal. Ceci étant, Melinda et Jack nous prêtent leur chalet. Il est agréable. Deux chambres, une mezzanine, à dix minutes du centre-ville. Idéalement, nous devrions nous mettre en quête d'un logement pouvant accueillir un homme, une femme, deux nourrissons, deux grand-mères et… Nous ne sommes pas obligés d'accueillir les avocats, j'espère ?

— Très drôle, railla-t-elle en croisant les bras.

— Abby, le temps presse. Une expédition au centre commercial ne suffira pas. Prévenir nos familles me semble la moindre des choses. Nous devrions dîner ensemble chaque soir, ne serait-ce que pour échanger, partager nos craintes et nos joies. Je veux être auprès de toi. Si tu t'imagines que je ne vais pas m'occuper de toi dans ton état…

— Je commence à en avoir assez qu'on me parle de mon « état »… Tu as une fortune cachée ou quoi ?

— Non. Je viens à peine de rembourser mes études de médecine. J'ai quelques économies. Pas grand-chose. D'ailleurs, bientôt je vais me mettre à la recherche d'un deuxième poste dans une ville un peu plus grande afin d'augmenter mes revenus. Je m'installerai dans les alentours afin de ne pas laisser tomber mes patients ici. J'ai promis de rester un an. Je ne reviendrai pas là-dessus. Les habitants de Virgin River ont besoin d'un médecin.

— Tu veux que je m'enracine ici ?

— Tout ce que je veux, Abby, c'est m'occuper de toi et des enfants, te rendre suffisamment heureuse pour que tu m'accordes une petite place dans ta vie. Car je tiens énormément à toi. Je… je ne t'abandonnerai jamais, Abby. Mais si tu préfères t'en aller d'ici, quelle qu'en soit la raison, je trouverai du travail là où tu iras.

Mince ! songea-t-elle. Voilà qu'elle avait les larmes aux yeux ! En quel honneur ? Il mettait tant d'ardeur à la convaincre. Mais il lui proposait de devenir sa *colocataire*.

Il avait aussi offert de la soutenir pour tout le reste, de ses finances à sa santé. Et n'avait-il pas sous-entendu qu'il était prêt à calmer les bébés la nuit ?

— Ton idée est complètement farfelue.

— Comme nous, répliqua-t-il avec un grand sourire. Nous sommes des marginaux, toi et moi. Réfléchis. Ça pourrait marcher... À présent, finis tes spaghettis. J'ai un cheesecake au frigo.

— Pour quand veux-tu ma réponse ?

Cameron pria pour que son expression demeure impassible. Il était enchanté par la tournure qu'avait prise la soirée. Il s'était attendu à ce qu'elle lui jette le plat de pâtes à la figure en entendant sa suggestion mais elle semblait y réfléchir sérieusement.

— Prends ton temps. Il n'y a pas d'urgence... Avant une ou deux semaines.

— Je crois que j'ai perdu l'appétit.

— Mais non ! Pourquoi ? Je ne t'ai ni menacée ni suppliée. Je t'ai offert mon aide. Nous avons connu des hauts et des bas mais dans l'ensemble, nous nous entendons bien. J'ai vraiment envie de participer à ce bonheur. Tu as une place particulière dans mon cœur. Continue à manger et parle-moi des lucioles que tu capturais dans ton enfance. Raconte-moi tes vacances en famille au bord du lac.

Elle se lança. Il lui fallut deux ou trois minutes pour se lâcher complètement mais très vite, les anecdotes se succédèrent. Sans crier gare, ce moment ressemblait de plus en plus à leur première – leur unique – nuit passée ensemble. Ils ne se connaissaient pas pourtant, au bout d'une heure, ils s'étaient confiés l'un à l'autre, se relatant leurs histoires de jeunesse, leurs secrets, riant aux éclats, se prenant la main comme de vieux amis. Comme des amants.

Elle l'interrogea à son tour sur son enfance et sa famille. Il répondit à ses questions et elle se rendit compte tout à coup à quel point il lui avait manqué depuis cette nuit fatidique. Ils avaient tant de points en commun.

Enfin, ils se levèrent, ramassèrent les assiettes, les lavèrent. Abby dégagea la poubelle du placard sous l'évier mais avant d'y jeter ses restes de saucisse, elle se mit à rire si fort qu'elle se plia en deux – autant que possible. Elle plongea sa fourchette dans un bocal ouvert, l'extirpa des ordures et lut l'étiquette : Sauce bolognaise Ragú®.

Il grimaça.

— Recette de famille, m'as-tu dit ?

— Les Ragú sont une très vieille famille. Paraît-il.

— Quel menteur ! glousa-t-elle.

Le lendemain matin, Abby sauta dans sa voiture et se rendit au cabinet. Elle s'était pomponnée puis longuement sermonnée à propos de sa situation.

La proposition de Cameron était à la fois raisonnable, généreuse et honorable. Qu'ils se soient choisis au départ ou non, ils allaient avoir des jumeaux. Des enfants qui auraient besoin de parents. Des parents qui devraient pouvoir compter l'un sur l'autre et s'entendre et se connaître. Quel meilleur moyen que de devenir colocataires ? Elle contempla son gros ventre. Aucune chance pour qu'ils redeviennent amants.

Mais ce n'était pas tout. Si Paul et Vanessa l'avaient accueillie à bras ouverts, ils méritaient de vivre leur vie. Elle n'avait pas eu l'intention de s'imposer jusqu'à son terme mais plutôt de louer un appartement et de s'assumer seule. Cinq minutes lui avaient suffi pour s'apercevoir que la solitude n'était pas la solution. En revanche, elle pouvait s'installer ailleurs et voir Vanessa tous les jours si elle en avait envie. Paul et Vanessa avaient besoin de leur espace, mais elle aussi.

Chez Vanessa, il y avait toujours du monde : un enfant qui braillait ou poussait des cris de joie ; Walt qui s'invitait régulièrement ; Shelby et Luke qui débarquaient à l'improviste, le plus souvent en compagnie de Art, le bras droit de Luke. Quand la maison n'était pas pleine, ils allaient tous chez Jack et s'inquiétaient si Abby refusait de les suivre. Pour finir, elle cédait. Elle n'avait pratiquement jamais un moment pour elle.

Avec Cameron, au moins, ce serait plus simple. Il passerait ses journées au cabinet. Il ne la harcèlerait pas le soir. Et elle pourrait se réfugier dans sa chambre si elle en éprouvait le besoin.

Oui, vraiment, la proposition était sensée. Mais la situation serait tellement bizarre.

Quant aux ragots qu'elle susciterait…

En franchissant le seuil, elle trouva Melinda derrière le comptoir de réception, absorbée par la paperasserie.

— Abby ! s'exclama-t-elle avec un sourire. Comment allez-vous ?

— Bien, merci. Je suis venue voir Cameron. Il veut me montrer le chalet.

Melinda arbora une expression nostalgique.

— J'espère qu'il vous plaira.

— Vous êtes sûrs que ça ne vous ennuie pas ?

— Au contraire ! Nous sommes ravis de vous le prêter ! Ce chalet a bouleversé ma vie. J'y ai vécu jusqu'à ce que j'épouse Jack, ensuite nous y avons habité ensemble en attendant que notre nouvelle maison soit achevée. Quand il fera meilleur, vous verrez des biches dans le jardin. Et des faons au dos moucheté. David y est né. C'est Jack qui l'a mis au monde.

Une lueur de terreur vacilla dans les prunelles d'Abby.

— Je n'ai pas l'intention de me rapprocher à ce point de la nature, bredouilla-t-elle.

— Moi non plus, répliqua Melinda en riant. Ce n'était pas prévu. Jack s'y attendait encore moins. Mais tant que Cameron veillera sur vous, vous n'aurez rien à craindre. Vous êtes entre de bonnes mains.

— Melinda, je suis un peu inquiète au sujet de…

— De quoi ?

Elle inspira profondément.

— Des commérages. Tout le monde parle de nous.

— Abby, vous êtes une célibataire enceinte de jumeaux et vous passez du temps en compagnie de notre pédiatre. Il ne loupe pas une occasion de s'asseoir à vos côtés chez Jack. Il va falloir vous y faire. Les rumeurs ne manquent pas.

Abby laissa échapper un cri. Elle se pencha en avant pour chuchoter d'un ton conspirateur :

— Les gens pensent qu'il y a quelque chose entre nous ?

Amusée, Melinda haussa un sourcil.

— Non, ils *l'espèrent*.

— Seigneur !

— Je sais, je suis passée par là. Toute la ville m'avait mariée à Jack avant notre premier baiser… Laissez tomber, ajouta-t-elle en agitant la main. Ils ne sont pas méchants, juste curieux. J'ai surmonté cette épreuve. Vous finirez par vous y habituer.

Des bruits de pas retentirent dans l'escalier.

— Salut ! lança Cameron d'un ton enjoué. Tu arrives tôt – merci. J'ai des patients dans la matinée. Prête pour la visite ?

— Oui, murmura-t-elle tout en se demandant quelle folie elle était en train de commettre.

Dix minutes plus tard, ils se garaient dans une clairière devant une adorable maisonnette entourée d'arbres centenaires. La demeure était coiffée d'un toit pointu et des fauteuils en bois meublaient la véranda. Abby imagina les biches, les plates-bandes remplies de fleurs multicolores. Un rayon de soleil dansait à travers les feuillages.

— Qu'est-ce que je fiche ici ? s'exclama-t-elle tout à coup.

— Tu couves, rétorqua Cameron en riant. Viens !

Il contourna le véhicule pour l'aider à descendre de la voiture.

Il lui ouvrit la porte de la maison et s'effaça. L'intérieur se composait d'un espace comprenant le salon, la cuisine et le coin petit-déjeuner. Un canapé, un fauteuil rembourré, un rocking-chair et un pouf entouraient la cheminée en pierre. Un vieux coffre en bois ciré servait de table basse et une lampe trônait sur un guéridon d'un côté du divan. Derrière la cuisine se trouvaient une machine à laver, un sèche-linge, le chauffe-eau, un placard à provisions et l'escalier menant à la mezzanine. L'ensemble était charmant, impeccable. Adorable. *Petit*.

Les chambres étaient de taille modeste, séparées par la salle de bains. La mezzanine n'était délimitée que par une balustrade.

— Tu dormiras ici et moi, là-haut, décréta Cameron. Je prendrai un jour de congé et nous irons à Eureka acheter des meubles pour la nursery. Voici ce à quoi j'ai pensé, si cela te convient. Pour commencer, on se débarrasse de la dette. Ensuite, on demande à Brie de rédiger une lettre dans laquelle il est précisé que tu as payé tout ce que tu devais, que tu ne veux ni pension alimentaire ni aucun contact avec ton ex. Enfin, je t'ouvre un compte… Tâche simplement de te rappeler que je ne suis pas une star du rock odieusement riche mais un pédiatre et médecin de famille relativement pauvre souvent rémunéré en haricots verts du jardin. On va meubler cet endroit. Nous sommes un peu isolés. Si tu es obligée de t'aliter, nous retournerons en ville. Hormis le choix des prénoms, il me semble que tout est sous contrôle. À condition que tu te plaises ici. Personnellement, je trouve que c'est chaleureux. Mignon, conclut-il en pivotant sur lui-même pour scruter le décor.

Lorsqu'il se retourna vers elle, elle avait les joues ruisselantes de larmes.

— Oh, Abby ! s'exclama-t-il en la serrant contre lui. Tu détestes ?

— Non, non, hoqueta-t-elle. Au contraire, j'aime beaucoup.

— Ce peut être une solution provisoire, le temps de trouver mieux.

Elle hocha la tête, chercha ses mots.

— Dans quel pétrin t'es-tu mis ?

— Je comprends que ce soit dur pour toi. Si tu préfères retourner chez Vanessa, je suis certain qu'elle t'accueillera à bras ouverts. Mais Abby, je… mon ange, je veux t'aider, être auprès de toi.

— Je n'avais jamais imaginé finir ainsi. Cela paraît si… si *calculé*. Si pragmatique.

— Laisse-moi au moins une chance. Si tu as une meilleure proposition, soumets-la-moi. Je ferai tout ce que je peux, ajouta-t-il en caressant son ventre rond.

La tête sur son épaule, elle huma son parfum, se remémora leur nuit d'amour. Elle ferma les yeux. Quel magnifique souvenir !

Il sentit l'un des bébés qui donnait des coups de pied.

— Ce chalet présente quelques inconvénients, dit-il. Il n'y a pas de télévision. Melinda et Jack n'ont pas jugé utile d'installer une antenne satellite. Personnellement, je ne la regarde presque jamais. Les informations, je peux les avoir chez Jack. Je préfère écouter de la musique et je lis beaucoup.

Elle le repoussa légèrement et le regarda dans les yeux.

— J'ai un lecteur portable. Vanessa me prêtera des DVD, elle en a des tas. Je visionnerai un film de temps en temps mais moi aussi, je suis une passionnée de lecture. Je dévore deux bouquins par semaine – ces derniers temps, ils traitent presque tous de la maternité. Tu n'as pas grand-chose à apprendre là-dessus.

— Je suis à peu près à niveau. Mais je ne rechignerais pas à y jeter un coup d'œil.

— Si tu es très gentil, je te laisserai peut-être regarder un film avec moi.

Il lui sourit.

— Je parie que ce ne sont que des histoires de filles qui font pleurer.

— Cameron, en ce moment, un rien m'émeut. Tu ne t'en es pas rendu compte ?

— Normal. Les femmes enceintes ont la larme facile. Quand veux-tu que nous emménagions ? Il n'est pas question que tu restes ici toute seule, j'arriverai donc en même temps que toi. Après t'avoir aidée à transporter tes affaires.

— D'ici un jour ou deux ? Je n'ai que des vêtements. Aurons-nous une sorte d'emploi du temps ?

— Oui. J'irai travailler. Toutefois, mes horaires sont flexibles. Quand je n'ai pas de patients, je suis libre de mes mouvements mais je te promets de ne pas traîner ici et te rendre folle. Tu feras ce que tu voudras. Nous dînerons ensemble quand tu en auras envie. Nous discuterons comme deux amis. Nous choisirons des prénoms pour nos enfants. Quand tu m'en donneras la permission, j'appellerai ma mère, qui sautera au plafond.

— J'en tremble d'avance !

Il l'étreignit.

— Tout va bien se passer. Elle sera peut-être un peu choquée qu'on ne soit pas mariés mais les jumeaux la feront fondre. Quand tu estimeras que je l'aurai mérité, nous regarderons un DVD ensemble.

— Et après la naissance ? Quand viendra le temps pour moi d'aller de l'avant ?

— Nous en parlerons le moment venu. Tes désirs seront les miens. Je verrai comment je peux me glisser dans ta vie en tant que papa. Mais attendons un peu avant d'en reparler. Une chose à la fois. Je te promets de ne pas te mettre des bâtons dans les roues.

— D'accord. Une étape à la fois. Tu ne crains pas les médisances ?

— Certainement pas ! Je ne suis ici que depuis quelques mois mais j'ai appris des dizaines d'histoires croustillantes. Les gens d'ici en raffolent. Si j'avais la moindre inquiétude de ce côté-là, je ne t'aurais jamais soumis ma proposition.

— Quel genre d'histoires croustillantes ?

— J'aurai tout le loisir de te mettre au courant des chroniques locales : Melinda et Jack, Vic et Paige. En ce qui concerne Paul et Vanessa, je suppose que tu sais déjà tout… L'essentiel, c'est que tu sois en bonne santé et que nous fassions de notre mieux pour être de bons parents. Il faudrait être un imbécile pour nous lancer des pierres, non ? Au diable, les imbéciles !

Elle ébaucha un sourire. Elle comprenait maintenant ce qui l'avait poussée à monter avec lui dans cette chambre d'hôtel.

7

Dix jours après que Melinda et Cameron avaient emmené d'urgence Dahlia Creighton au Valley Hospital, sa fille Cheryl vint à Virgin River. Melinda avait entendu dire que Dahlia n'avait pas survécu assez longtemps pour subir un pontage. Elle accumulait trop de problèmes de santé annexes pour supporter ce qui, en d'autres circonstances, aurait été une intervention banale.

C'était la deuxième fois seulement que Melinda revoyait Cheryl depuis que celle-ci avait intégré un programme de désintoxication six mois auparavant. Elle était métamorphosée. Lorsqu'elle se présenta au cabinet, Melinda dut maîtriser sa réaction de surprise et de joie. Le moment se prêtait mal aux grands sourires mais Cheryl paraissait en pleine forme – fraîche, pleine d'énergie et même… jolie. Difficile de l'imaginer telle qu'elle était quand Melinda l'avait rencontrée la première fois – voûtée, sale, affublée de vêtements d'homme, anéantie physiquement et psychologiquement.

— Bonjour, madame Sheridan. Avez-vous appris la nouvelle concernant ma mère ?

— Oui, Cheryl. Toutes mes condoléances. Nous avons fait tout ce que nous pouvions.

— Bien sûr, ainsi que les autres médecins. Maman était très malade. Elle n'avait aucune chance de s'en sortir. Elle n'avait jamais voulu se soigner avant. Pour être franche, je pense qu'elle ignorait tout de son état. Quant à mon père et moi, nous n'avons pas été suffisamment vigilants ou intelligents pour nous en rendre compte.

— Vous vivez sans doute une période particulièrement difficile.

— En effet. Stimulante, aussi, car j'ai plus ou moins échafaudé un plan. Mon père est allé s'installer chez son frère à Yuba City, de l'autre côté des montagnes. À moi de m'occuper de la maison. Elle m'appartient maintenant. Je ne peux pas entretenir mon père, qui croule lui aussi sous les problèmes de santé – emphysème pulmonaire, entre autres. Il est donc mieux là-bas car son frère bénéficie de la sécurité sociale.

— Vous allez emménager dans le pavillon de vos parents ?

— Oh non ! Je n'y habiterai plus jamais. J'ai fait une croix sur cette partie de mon passé. J'ai un boulot correct à Eureka et peut-être qu'un jour, j'aurai les moyens de m'offrir mon propre chez-moi.

— Vous êtes toujours dans votre foyer ?

— En colocation. Nous suivons toutes la même thérapie, c'est donc un peu comme un foyer collectif mais pas officiel. Je me débarrasserais bien de la maison, malheureusement elle est invendable. Elle tombe en ruine. Je vais la vider de tous ses détritus. J'ai amené des amis pour me donner un coup de main, ajouta-t-elle en désignant la rue d'un signe de tête. Je vais faire un saut chez Jack lui demander la permission de remplir sa benne à ordures. Nous mettrons les encombrants dans le pick-up et les transporterons à la déchetterie.

— Je suis certaine que Jack vous prêtera sa benne si cela peut vous rendre service.

— Du moment qu'on peut fermer le couvercle quand ce sera fini. Sinon, les animaux sauvages du coin risquent de s'en donner à cœur joie.

— Ensuite ? s'enquit Melinda.

Cheryl haussa les épaules.

— J'abandonnerai peut-être tout simplement la propriété. De toute façon, si je ne parviens pas à payer les impôts fonciers, on finira par me la confisquer. En attendant, si dans votre entourage quelqu'un a besoin d'un abri, n'hésitez pas. À condition que ce ne soit pas des alcooliques ou des drogués. Ça, je ne l'accepterai pas.

— Vous suivez toujours aussi sérieusement votre traitement, devina Melinda avec un sourire.

— Incroyable, n'est-ce pas ?

— Pas vraiment. Vous étiez prête.

Cheryl rit aux éclats. Son visage était si beau, ses cheveux pleins de vitalité !

— Plus que prête. C'est grâce à vous et je tenais à vous en remercier.

— Vous allez nous manquer.

— Je reviendrai probablement une ou deux fois avant d'en avoir terminé ici. Je vous laisse mon numéro de téléphone, au cas où quelqu'un aurait désespérément besoin d'un toit. Si le cas se présente, sachez que j'aurai tout vidé mais rien nettoyé. Ce n'était pas ma maison. Je suis honteuse de l'état dans lequel elle se trouve aujourd'hui mais pas au point de passer mes journées à la récurer. Le seul fait d'y entrer ravive des souvenirs pénibles.

— Je comprends, murmura Mel en lui tendant un bloc-notes.

Cheryl y gribouilla ses coordonnées à Eureka.

— J'aimerais tant pouvoir vous rendre ce que vous m'avez donné. Je vous dois la vie. Sincèrement.

Mel posa une main réconfortante sur son bras.

— J'ai passé quelques coups de fil, rien de plus. C'est vous qui avez accompli le plus dur.

— Justement… avant vous, personne n'avait jamais passé le moindre coup de fil pour moi. J'étais l'ivrogne du coin et personne ne s'imaginait que j'avais une chance de changer. Jusqu'à ce que vous arriviez. C'est la pure vérité.

Mel contint son émotion.

— Ma foi, les gens devaient être aveugles. De toute évidence, l'avenir vous réserve le meilleur.

Plus tard, aux alentours de 17 heures, Melinda se rendit avec ses enfants au bar-grill. Depuis qu'il avait emménagé dans le chalet avec Abby, Cameron était pressé de rentrer chaque soir quitte à renoncer à son repas gratuit chez Jack. Melinda n'en était pas étonnée.

Jack vint lui prendre David des bras.

— Salut, mon bonhomme ! Tu veux faire un tour sur le dos de papa ?

Melinda se percha sur un tabouret.

— Quelques minutes seulement, Jack. Sers-moi un soda light, ensuite je ramènerai ces monstres à la maison. Tu nous apportes le plat du jour de Vic plus tard ?

— Aucun problème, ma chérie.

Il lui servit son soda pression d'une main, David calé sur une hanche. Mais le petit n'était pas d'humeur à rester tranquille. Âgé d'un peu plus de deux ans, il était en pleine crise d'indépendance. Il cambrait le dos, agitait les jambes, gémissait.

— On se calme, fiston, grommela Jack, car il était hors de question de le lâcher dans le restaurant.

Une voix s'éleva à quelques tabourets de Melinda.

— Vous avez des chips ou du pop-corn ?

Se retournant, elle reconnut Dan Brady qui savourait une bière.

— Si vous me confiez votre progéniture et que vous nous apportez un petit en-cas, vous pourrez profiter de votre épouse seul à seule quelques minutes, proposa-t-il en tendant les bras vers David… Je suis revenu dans le droit chemin. Et je sais m'y prendre avec les gamins endiablés.

Jack haussa un sourcil.

— Pas possible ? Décidément, avec vous, on n'est jamais au bout de ses surprises. Je vous croyais incapable de faire autre chose que de cultiver le cannabis. Tenez, prenez-le.

Au début, David poussa un hurlement de colère mais Dan le saisit et le posa sur ses genoux.

— Dis donc, toi, on reste calme, dit-il en le faisant rebondir sur ses cuisses. C'est bien parce que cette ville ne compte que six cents habitants que tu as le droit d'entrer dans un bar à ton âge. Tu devrais apprécier ta bonne fortune.

Jack remplit un bol de biscuits salés en forme de poisson.

— Ses préférés, expliqua-t-il.

— Parfait ! proclama Dan avant de concentrer de nouveau toute son attention sur David. Alors, bonhomme, tu en veux un ?

Il en glissa un dans sa bouche.

— Là ! Et maintenant, tu m'en donnes un ? S'il te plaît ?

David réfléchit une seconde avant de s'exécuter.

— Mmm ! approuva Dan. À ton tour.

Il en choisit un, le brandit sous son nez, l'éloigna à la dernière minute, ce qui fit rire David.

— Ah ? Tu le veux ? Tu peux dire s'il te plaît ?

David secoua vigoureusement la tête, raidit le dos, se frotta les yeux avec ses poings et fit la moue. Dan engloutit le biscuit, en prit un autre.

— On va réessayer... S'il te plaît ?

— Plaît, bougonna David.

— Épatant !

— Vous êtes doué, marmonna Jack. En ce moment, il se comporte comme un affreux jojo. Un vrai chieur.

— Jack ! On s'était promis de surveiller notre vocabulaire ! s'insurgea Melinda.

— Oui, je sais. À ce propos, j'ai l'impression d'y arriver mieux que toi. Mais avoue qu'il est odieux, non ?

— Il n'y peut rien. C'est une étape à franchir. Emmerder tout le monde, surtout les parents.

— Tu vois ? riposta Jack en riant. Tu ne peux pas t'en empêcher.

— Avant de te connaître, je n'avais jamais prononcé le moindre gros mot.

Dan s'adressa à David.

— Tes parents sont en train de flirter. Je te conseille de manger encore un poisson. Ça risque de durer.

Jack le dévisagea.

— Vous avez de l'expérience.

— Un peu... David ? À moi. S'il te plaît.

Il ouvrit grande la bouche.

— Vous avez des neveux, des nièces ?

— Si l'on veut... David, à toi. Dis « s'il te plaît ».

— Plaît.

— Comment va le garçon ? Rick ?

— Aucune idée. Melinda et Vic prétendent qu'il progresse mais il n'est plus le même. Il ne m'appelle pas, il n'appelle pas sa petite amie. Il était dingue d'elle ! Aujourd'hui, il l'évite.

— Ce doit être dur pour lui, dit-il en avalant un poisson. David ? C'est ton tour. Dis « s'il te plaît ».

— Plaît !

— Et la fille ? Elle tient le coup ?

— C'est curieux, je n'ai pas eu une conversation avec vous depuis trois ans et là, vous m'interrogez comme si on était voisins depuis toujours. Non, comme un psy.

Dan sourit et ouvrit la bouche.

— Plaît ! s'écria David.

— Elle s'efforce de comprendre, intervint Melinda. Elle souffre beaucoup mais elle est d'une patience et d'une indulgence exemplaires pour une fille de son âge. Elle a accepté de consulter un thérapeute à qui elle avait parlé autrefois. C'est déjà ça, poursuivit Melinda avant de déposer un baiser sur la joue rose d'Emma... Elle n'est qu'en terminale. Elle vient d'avoir dix-huit ans. Ils se sont aimés trop jeunes.

— Quel âge a Rick, déjà ? Vingt ans ? Ça risque d'être long mais ils ont le temps de voir venir. Ce sont des gamins.

— Ils ont si mal, soupira Melinda. Je ne le supporte pas.

— Personne ne traverse les... Ah ! Pardon, David...

— Plaît !

La porte du bar s'ouvrit et Cheryl Creighton apparut.

— Jack, nous avons vidé les détritus et votre benne à ordures déborde. La maison est en piteux état mais elle est à peu près propre. Je vais vous laisser une clé.

Si quelqu'un veut y loger provisoirement, prévenez-moi, d'accord ? Melinda a mes coordonnées. Je ne sais pas encore ce que je vais en faire. Cependant…

— Maison ? interrompit Dan. Caravane ? Appartement ? Chambre ? Cabane ? Appentis ?

— Le pavillon de Cheryl est vide, expliqua Melinda.

— Je peux le visiter ?

Cheryl fronça les sourcils.

— Vous savez, il est délabré et…

— Il y a de l'eau chaude ? Des toilettes qui fonctionnent ? Des lumières qui s'allument et qui s'éteignent ?

— Oui, mais pas grand-chose d'autre.

— Je peux le visiter ? répéta-t-il. Il est à louer ?

— Déjà, vous allez vous rendre compte au premier coup d'œil que vous seriez mieux dans votre bagnole. Et je ne vous autoriserai à y séjourner que sur approbation des Sheridan. Je me fiche pas mal qu'il soit détruit par un incendie mais je refuse qu'il soit victime de la racaille.

Dan esquissa un sourire.

— Je dors déjà dans mon pick-up. Et je pourrais demander à mon patron de rédiger une lettre de recommandation. Il semble m'apprécier.

— Je me porte garant pour lui, Cheryl, intervint Jack. S'il décide de le louer.

Dan eut du mal à dissimuler sa surprise mais son attention fut momentanément détournée par David qui lui fourra un autre biscuit salé dans la bouche.

Cheryl réfléchit une seconde puis elle haussa les épaules.

— En tout cas, ça ne vous ruinera pas si vous êtes intéressé. Mais vous ne le serez pas. Allons-y tout de suite. Je suis pressée de rentrer chez moi.

Sur ce, elle tourna les talons et sortit. Dan se leva, remit David dans les bras de Jack.

— Mazette ! On dirait que la chance me sourit de nouveau.

— Si je me porte garant, sachez que je ne vous quitterai pas des yeux, prévint Jack.

— Bon sang ! J'y compte bien !

Dan monta dans son véhicule et suivit Cheryl. Trois personnes étaient assises à ses côtés dans l'habitacle de son pick-up – un homme et deux femmes. Le plateau arrière était rempli de meubles recouverts d'une bâche fixée avec des tendeurs. Sans doute avait-elle dû faire appel à des copains pour l'aider à débarrasser les lieux.

Il commença par étudier le quartier dans son ensemble – plutôt modeste. Les bâtisses étaient petites et le plus souvent mal entretenues. Toutefois, quelques-unes se démarquaient, impeccables et entourées de jardins fleuris. Quand Cheryl se gara devant sa maison, les défauts sautèrent aux yeux de Dan – la véranda, à laquelle manquaient des planches, semblait sur le point de s'écrouler ; l'une des vitres était remplacée par une feuille de plastique grossièrement maintenue par du ruban adhésif ; une bonne moitié des tuiles du toit étaient pourries. Il ne s'aventurerait pas là-haut. Mais il travaillait pour un entrepreneur qui employait des charpentiers. Peut-être réussirait-il à obtenir une ristourne, histoire d'être à l'abri de la pluie.

L'intérieur était en meilleur état qu'il ne l'avait imaginé. Une odeur nauséabonde emplissait l'atmosphère mais un seau d'eau savonneuse suffirait pour remédier à ce problème. Il pénétra dans le salon-salle à manger : la peinture était craquelée, le parquet méritait un bon coup de ponçage ; il faudrait remplacer la fenêtre et rénover le circuit électrique. Toutefois, la pièce était claire et munie d'une vaste cheminée en pierre.

La cuisine, qui pouvait à peine contenir une table et quatre chaises, était décorée dans le plus pur style 1950. Le linoléum était usé, fendillé et maculé de taches indélébiles ; il manquait les portes à deux placards ; la cuisinière et le réfrigérateur étaient au moins aussi vieux que lui. Apparemment, il y avait une autre pièce à l'arrière de la maison, une extension de piètre qualité et qui n'était même pas à niveau avec le reste de l'édifice. Dan enjamba prudemment la marche et poussa la porte.

— Vous avez une chambre plus grande qui jouxte la salle à manger, dit Cheryl. La salle de bains est par là.

Elle pointa le doigt vers la droite de la cuisine.

Il y jeta un coup d'œil. Elle était relativement spacieuse, équipée d'une douche hideuse qui ressemblait davantage à une casserole géante trouée, avec un rideau ignoble suspendu à une tringle arrondie. Le front plissé, il examina l'étrange invention.

— Ma mère était très corpulente, commenta Cheryl comme si elle avait lu dans ses pensées. Elle ne pouvait pas grimper dans la baignoire. Mon père, qui de toute évidence manquait de talent pour ce genre de chose, lui a bricolé cette douche. Elle est horrible, je sais. Mais je ne m'attendais pas à ce que quelqu'un la voie. Je n'ai malheureusement pas les moyens d'entamer des travaux. C'est à prendre ou à laisser.

— Y a-t-il par hasard une machine à laver et un sèche-linge ?

— Oui. Et qui fonctionnent, en plus. Derrière, sur la véranda. Elle est fermée. Quant au chauffe-eau, il est assez récent, il devrait tenir le coup.

Dan inspecta brièvement ce que l'on aurait pu appeler la chambre parentale. L'ensemble était petit et moche mais avait du potentiel. Il pourrait vérifier la structure de base plus tard mais pour l'heure, un peu d'huile de coude suffirait à rendre cette maison habitable, voire accueillante.

— Combien ?

Elle le fixa, ahurie.

— Vous plaisantez.

— Je pourrais peut-être l'arranger si vous me proposez un loyer raisonnable. Je travaille dans le bâtiment. Vous comptez la vendre un de ces jours ?

— Je l'ignore. Je sais que je ne veux pas m'y installer – j'ai un emploi à Eureka. Mais je viens d'en hériter, alors soit je vais la louer, soit je vais la vendre, soit encore l'État me la reprendra parce que je n'arriverai plus à payer les impôts fonciers.

— Ma foi, vous allez devoir réfléchir sérieusement au problème. Voici ce que je vous propose. Je vous paie un petit loyer et je prends à ma charge les frais annexes. J'essaie de la remettre en état. Si vous décidez de vous en séparer et que je vous fais une offre, vous déduisez du prix le montant des matériaux et du temps que j'y aurai consacré. Qu'en dites-vous ?

— Deux cent cinquante dollars par mois. Vous avez carte blanche.

— Deux cents. Cela devrait couvrir les impôts fonciers. Prenez le temps avant de me donner votre réponse. Mais il faudra que je puisse rester un an.

Elle lui tendit la main.

— Marché conclu.

— Vous voulez qu'on signe un papier ?

— Non. Comportez-vous en honnête homme. Si vous décidez que vous en avez marre, fermez tout et avertissez Jack. Mme Sheridan a mon numéro de téléphone.

— Ça alors ! souffla-t-il en enlevant son chapeau et en passant une main dans ses cheveux. Vous ne voulez pas connaître mon nom ?

— Si, bien sûr. Comment vous appelez-vous ?

— Dan Brady.

— Et moi, Cheryl Creighton. Soyez un bon voisin, d'accord ? J'ai l'impression que vos prédécesseurs ont semé le trouble dans le voisinage.

— Qui étaient-ils ?

— Moi. Nous. Mes parents et moi.

Il rit tout bas.

— Voulez-vous que nous scellions notre pacte autour d'un verre ?

— Non, merci. Je ne bois pas. Et vous ?

— Moi ? Une bière de temps en temps.

— Vous arrive-t-il de vous soûler ?

Il fronça les sourcils, perplexe.

— Jamais. Trop compliqué. Mais je m'offre volontiers une bière par-ci, par-là. Cela vous pose un problème ?

— Vous avez de la chance.

— Hein ?

— Occupez-vous tout de suite des démarches administratives... Eau, électricité. Mettez les contrats à votre nom. Je reviendrai d'ici quinze jours, un mois, prendre de vos nouvelles. Vous me remettrez votre chèque et je vous donnerai l'adresse à laquelle vous devrez expédier les suivants.

Elle ôta une clé de son trousseau.

— Si vous changez d'avis, apportez-la à Jack.

Pas d'avance ? Pas de caution ? Certes, vu l'état pitoyable des lieux, exiger une caution serait ridicule.

Il s'empara de son portefeuille et en extirpa dix billets de vingt dollars.

— Tenez. Voici pour commencer. Ne vous inquiétez pas, je ne saccagerai pas votre bien. Et je bosse pour un type d'ici, je ne vous volerai donc rien.

Elle s'esclaffa. Qu'aurait-il pu lui voler ? Un réfrigérateur et une cuisinière vieux de quarante ans ?

— Parfait. Au moins, vous allez avoir droit à la douche chaude la plus répugnante de votre vie.

— Excellent.

Elle le salua d'un bref signe de tête et disparut. Dan resta cloué sur place un moment, désarçonné. En dépit de ses vêtements maculés qu'elle avait dû revêtir pour le grand nettoyage, elle était jolie, mince. Mais derrière cette façade, il sentait une femme profondément triste.

Il entendit le pick-up démarrer. Elle n'avait plus rien à faire là.

Depuis son escapade d'un jour à Virgin River, Muriel et Walt se parlaient presque chaque jour au téléphone. À la mi-avril, alors qu'elle travaillait déjà depuis deux mois sur le film, le début du tournage avait commencé en studio. Mais le plus dur restait à venir car l'équipe devait maintenant se rendre dans le Montana pour les extérieurs. L'occasion idéale pour planifier une deuxième visite éclair à Virgin River, en attendant que tout soit prêt sur place. Vu son expérience et son professionnalisme, Muriel estimait pouvoir s'accorder un congé. Cette fois, elle prit un billet à bord d'un avion d'une compagnie privée jusqu'au tout petit aéroport de Garberville. Là-bas, un membre du personnel au sol la conduisit chez elle en voiture.

Depuis un certain temps, Walt lui semblait un peu réservé. Peut-être était-ce la solitude qui le rendait distant. Peut-être se mettait-il volontairement en retrait pour ne pas la freiner dans son ascension. Ou peut-être, malgré ses dires, lui en voulait-il de ne pas avoir refusé cette opportunité pour rester auprès de lui. Très courtisée, indépendante, elle aurait pu l'envoyer balader. *Après tout, tout le monde a le droit de prendre du bon temps, les hommes comme les femmes*.

C'était exactement ce qu'elle lui dirait si elle se rendait compte qu'il n'était qu'un homme comme les autres, cherchant systématiquement à passer avant son métier d'actrice, ses désirs d'épanouissement, son besoin de créer. Mais Walt était différent, elle l'avait su dès leur première rencontre. Il était baraqué, solide, héroïque, dominateur, un mâle comme elle les aimait. Mais derrière son allure imposante se cachait un être si sensible, si tendre, si loyal et fiable qu'elle s'était vite accrochée à lui. Elle avait besoin de lui.

Elle s'octroyait donc dix jours de vacances à Virgin River dans le but de s'assurer qu'elle ne s'était pas trompée. Elle méritait cet interlude. Quant à Walt, il méritait le bénéfice du doute.

Enfin arrivée, elle tenta de joindre Walt mais il ne décrocha pas. Grrr ! Hollywood était peut-être le paradis des paillettes mais au moins, tout le monde avait un portable !

Elle récupéra les clés qu'il lui avait confiées et fila en ville. Ah ! Il était là – son Tahoe était garé parmi plusieurs autres véhicules devant le bar-grill. Elle consulta sa montre : ce devait être le coup de feu du dîner. Elle pénétra dans un murmure de conversations civilisées : chez Jack, l'ambiance était plutôt tranquille. Elle ôta son chapeau, s'ébouriffa les cheveux et scruta la salle. Puis elle le repéra, de dos, assis au comptoir en compagnie de sa nièce Shelby. Luke se tenait juste derrière la jeune femme, une main sur son épaule. De l'autre côté de Walt, Paul levait sa chope de bière.

— Tiens ! Tiens ! s'exclama Jack.

Tout ce petit monde se tourna vers l'entrée.

Muriel avait appris très tôt à cerner les autres. Dans son métier, il était indispensable de savoir détecter le langage du corps et des yeux. Un léger sourire souleva les lèvres de Walt et son regard brilla instantanément de joie. Pourtant, ce fut Shelby qui bondit de son tabouret.

— Muriel ! Que fais-tu ici ?

Elles s'étreignirent chaleureusement.

— Je m'offre quelques jours de congé. Comment vas-tu ?

— En pleine forme. Et toi ? C'est terriblement excitant, non ?

— Non, ma biquette. C'est banal. Ça vous remplit seize heures de votre journée et c'est épuisant.

Bras dessus, bras dessous, elles s'approchèrent du bar.

— Walt, j'ai essayé de te téléphoner. Tu n'étais pas chez toi, alors je suis venue directement ici.

— Bonne initiative, approuva-t-il en se penchant vers elle.

Il la prit par la taille et la gratifia d'un baiser sur la joue.

Ah ! Retrouver cette sensation de son bras contre sa peau. Il était heureux de la voir. Peut-être soulagé.

Ne voulant pas se faire remarquer en se jetant à son cou, elle se tourna vers Luke.

— Comment vas-tu ? Je constate qu'il ne t'a pas encore tiré dessus.

Luke rit en secouant la tête.

— Pas encore. Mais je guette le déclic du fusil que l'on arme.

— Moi aussi ! renchérit Paul.

— Muriel, que veux-tu boire ? demanda Jack.

— Pourquoi pas une bière ? Sers-moi ce qui, d'après toi, me fera plaisir.

— Ça marche !

— Ta famille ?

— Exceptionnelle. Melinda est exceptionnellement belle et exigeante, Emma est exceptionnellement jolie et David est exceptionnellement odieux.

— Il est à un âge difficile, ça passera… J'espère que vous avez plein de potins à me raconter. Vous m'avez manqué, tous autant que vous êtes.

— Je pense que nous avons de quoi te divertir un petit moment, répondit Shelby.

Pendant près d'une demi-heure, Muriel eut droit à un récapitulatif de toutes les anecdotes locales, heureuses et malheureuses. Shelby avait accepté la demande en mariage de Luke, la date de la cérémonie n'était pas encore fixée. Cameron le pédiatre habitait avec Abby – en tout bien tout honneur –, l'amie enceinte de Vanessa. Jack avait du mal à obtenir des nouvelles de Rick mais il devait aller le chercher à San Diego d'ici deux semaines et le ramener à la maison. Quant à David, il avait une énorme bosse violette sur le front car, en pleine crise de colère, il s'était jeté par terre et avait percuté le sol.

Walt coupa court à la conversation quand Jack lui remit un sac des mets concoctés par Vic. Il se leva, haussa un sourcil et indiqua la sortie d'un signe de tête.

— Tu dois être affamée, Muriel, murmura-t-il.

Si quelqu'un d'autre avait usé de ce stratagème, les rires et les moqueries auraient fusé. Ici, personne ne pouvait s'éclipser en cachette. Mais Walt était général et même Shelby, qui le menait par le bout du nez, demeura sur ses gardes. Respectueuse.

— En effet, répondit Muriel… Mes amis, je suis là pour une dizaine de jours. J'aurai le temps de vous voir tous. Jack, transmets mes amitiés à Melinda.

— Avec plaisir.

Dehors, Walt glissa un bras autour de sa taille et posa sa joue rugueuse contre la sienne.

— Tes chevaux sont nourris. Viens chez moi. Les enquiquineurs habituels savent qu'ils n'ont pas intérêt à y mettre le pied.

Quelques minutes plus tard, elle éclatait de rire plaquée contre le mur du vestibule par un Walt fou d'amour et entourée de ses labradors tout aussi fous de la revoir. Quel bonheur d'être chez soi !

— Dix jours ? demanda-t-il d'une voix rauque.

— Dix.

— Comment veux-tu les occuper ?

— Je veux monter à cheval, promener les chiens, m'asseoir dehors avec toi pour admirer le coucher du soleil en dégustant un verre de vin. Admirer le lever du soleil en buvant le café… Et ceci, ajouta-t-elle en laissant courir les mains sur ses épaules… Je veux me blottir contre toi.

— Ça me paraît envisageable. Si on commençait par un orgasme exquis et décontractant ? Ensuite, on échafaudera nos plans en mangeant.

— Parfait, approuva-t-elle en l'embrassant.

Rick Sudder était au Naval Medical Center près de San Diego depuis un peu plus d'un mois. Transféré de l'hôpital à la caserne plusieurs semaines auparavant, il était maintenant appareillé d'une prothèse provisoire – une emboîture en résine fixée à un genou mécanique et à une tige en titane, elle-même rattachée à un pied en plastique. Il devrait patienter encore deux mois avant de recevoir sa prothèse définitive – une jambe artificielle mais qui aurait au moins l'avantage de ressembler à une jambe et non à une broche empalée dans une basket. Justement, les baskets... Il n'en mettait *jamais* sauf pour faire du sport. Il portait des *bottes*. Mais cette solution était plus sûre, plus stable, la hauteur de la semelle devant correspondre à la longueur de la tige pour assurer un bon équilibre.

Il était encore en phase d'adaptation. Il devait apprendre à maîtriser un genou mécanique. Franchement, il aurait préféré un fauteuil roulant ou des béquilles. Mais en fauteuil, il aurait dû trouver un nouvel équilibre de manière à ce qu'il ne se renverse pas en arrière, sa jambe manquante ne fournissant plus le contrepoids nécessaire. Quant aux béquilles, elles manquaient de stabilité. On lui avait donc fourni un déambulateur et il avait l'impression d'être un vieillard. Il souffrait encore le martyre. Son pied inexistant le démangeait à en perdre la raison. La nuit, les douleurs fantômes étaient pires que tout. Et il n'y avait pas de remède miracle. Le processus était long et fastidieux. Pour l'heure, il avançait au milieu des barres parallèles avec le déambulateur.

Pour commencer, il avait dû apprendre à prévenir les contractures – le raccourcissement des muscles de la cuisse. On lui avait montré des exercices en lui conseillant de les refaire de son côté mais il n'en avait pas eu le courage. Il n'était pas assez motivé et en avait conscience tout en sachant qu'il le regretterait plus tard.

La thérapie de groupe lui était carrément insupportable. Se rassembler pour parler de ce que l'on ressent quand on perd ses membres ou que l'on est paralysé à partir de la taille, qu'est-ce qu'on *s'amuse* ! Si l'on discutait de ce que l'on éprouve après avoir pris une balle / sauté sur une mine / été écrasé ? Ou encore, si l'on pleurait un bon coup avant de s'étreindre les uns les autres ? Sans oublier la cerise sur le gâteau, le moment où le médiateur – qui avait ses deux bras, ses deux jambes et pas besoin d'un fauteuil pour circuler – vous félicitait de vous être lâché devant les gars ?

Rick était à bout. Mais de là à rentrer à la maison, la cervelle en compote et une jambe encore plus monstrueuse que celle du capitaine Achab dans *Moby Dick*...

Force lui était d'admettre que la vie à la caserne était plus agréable qu'à l'hôpital car il y était libre de ses mouvements. Tous les hommes souffraient d'un handicap ou d'un autre, effectuaient des allers retours entre leur chambre et le service de rééducation. Toutefois, ils pouvaient aussi se rendre à la boutique pour acheter des friandises ou des livres de poche, au cinéma de la base, sortir avec des amis ou des membres de leur famille. Ses camarades de dortoir étaient plus détendus, plus francs. Il s'était même rapproché de plusieurs d'entre eux. Ils étaient comme les membres d'un escadron. L'escadron des éclopés. Mais ils pouvaient se plaindre entre eux de ces terroristes de la forme physique et autres psys, de leurs proches ou des copains qui, décidément, ne comprenaient rien à rien.

Question climat et nourriture, il était gâté. Jamais il n'avait aussi bien mangé depuis qu'il avait intégré le Corps des Marines. Au mois d'avril, San Diego était un véritable paradis. Le temps était radieux, la brise tiède avait un parfum d'océan, les nuits étaient claires. Rick passait autant de temps que possible dehors, assis sur un banc dans la cour ou devant la caserne, à s'imbiber de soleil. Celui de la Californie était tellement plus doux que celui du désert irakien.

À Virgin River, il n'en avait jamais vraiment profité. Là-bas, on portait une polaire onze mois sur douze. L'air de la montagne était frais tout au long de l'année.

Son portable sonna dans sa poche et il l'en sortit pour lire le nom de son interlocuteur. Numéro masqué. Liz avait déjà tenté le coup dans l'espoir qu'il décrocherait. Jack n'y avait pas pensé parce qu'il n'était pas une adolescente futée. Il laissait un message sur la boîte vocale. Liz lui envoyait des colis au moins deux fois par semaine. Remplis de trucs idiots. Des cookies qu'elle avait faits elle-même et qui n'étaient pas si bons que ça, des magazines écornés, de l'eau de Cologne pas chère, des savonnettes enfilées sur un cordon et des rasoirs. Une médaille de saint Christophe. Pour quoi ? Pour qu'il veille sur lui à partir de maintenant. Oui, vraiment, rien que des babioles. Et chaque fois, Rick en avait les larmes aux yeux, touché par ses attentions.

Une voiture se gara devant la caserne, une femme en descendit et se précipita pour ouvrir la portière du côté passager. Elle portait une jupe à volants très courte, un haut moulant. Ses jambes étaient longues et joliment galbées. Et ce cul ! Rond, ferme, adorable. La nana d'Aaron. Aaron était un de ses compagnons de chambre. Il avait à peu près une semaine d'avance sur Rick dans le programme de rééducation.

Elle tendit la main tandis qu'Aaron se dressait sur sa prothèse – provisoire. Une fois qu'il eut trouvé son équilibre, il la serra tout contre lui, les mains plaquées sur ses superbes fesses.

Aaron avait environ trente ans et cette fille était sa fiancée. Quelle chance il avait de continuer à vivre comme si de rien n'était. Lui aussi avait été blessé en Irak : une balle lui avait éclaté le genou. Il avait subi une amputation mais à l'observer, à l'écouter, on aurait cru que ce n'était qu'un inconvénient mineur. Rick oscillait entre l'admiration et la haine à son égard.

Pendant qu'Aaron embrassait sa copine, son cellulaire bipa, annonçant l'arrivée d'un message. Mais Rick avait les yeux rivés sur Aaron. Celui-ci lui avait annoncé qu'il allait faire quelques courses avec elle et que si la chance était de son côté, il parviendrait à la convaincre de passer une partie de l'après-midi dans un hôtel adapté aux handicapés, ha ! ha ! ha ! En tout cas, il paraissait enchanté, parfaitement décontracté.

— Tu veux que je t'accompagne jusqu'à l'entrée ? lui proposa sa fiancée.

Il saisit la canne sur le siège avant.

— Non, pas la peine, mon amour. C'est bon. Je t'appelle ce soir… Je suis content qu'on ait réussi à tout faire.

— Moi aussi… Entraîne-toi bien pour pouvoir revenir bientôt à la maison.

— Compte sur moi !

Doux Jésus ! pensa Rick. *Quelle mièvrerie ! Tu es un putain d'invalide ! Tu n'as pas remarqué qu'il te manque une jambe ? Et celle qu'ils t'ont donnée à la place – elle ne marche pas si bien que ça.*

Elle lui lâcha la main et s'éloigna à reculons, lentement, comme s'ils ne supportaient pas d'être séparés. Rick eut l'impression qu'un étau se resserrait autour de sa poitrine. Vaguement, dans les tréfonds de son âme, il se souvint d'avoir agi de la même manière avec Liz avant de partir pour l'Irak.

Il s'empressa de chasser l'image de son esprit.

Aaron s'approcha péniblement de Rick.

— Comment ça va ?

— Génial ! répondit Rick, car il connaissait le refrain.

Il faut lutter ! Penser positif ! Se comporter comme si le coup de la prothèse était un rêve devenu réalité !

— Comment s'est passé ton après-midi ? Ce n'est peut-être pas la peine que je te pose la question.

— Très bien, répliqua Aaron sans mordre à l'appât. On a réglé plein de trucs. Sandy a tout prévu pour le mariage. Tout ce que j'ai à faire, c'est dire « ça me botte »... Elle est formidable, ajouta-t-il avec un sourire un peu triste.

— Tu as eu droit à un peu de bon temps ?

— Tous les moments que je partage avec Sandy sont merveilleux.

— Simple curiosité... n'est-ce pas légèrement compliqué ?

Aaron s'était planté face à lui, l'obligeant à relever la tête.

— Quoi, exactement ?

— Tu sais bien.

— Faire l'amour ?

Rick demeura sans voix pendant quelques secondes. Aaron n'avait pas la langue dans sa poche, surtout sur ce genre de problème.

— Euh… oui.

Aaron éclata de rire.

— J'ai eu beaucoup plus de mal à apprendre à me doucher.

— Où mets-tu ta jambe ?

— Contre le mur, camarade… C'est ça qui t'inquiète, mon frère ?

— Je suis curieux.

— Inutile de tourner autour du pot. Je l'enlève. Apparemment, la plupart des hommes optent pour cette solution. Et je vais m'adapter à cette prothèse aussi vite que possible. Je veux mener Sandy à la sortie de l'église et danser avec elle à la réception. Je n'aurai pas l'élégance de Fred Astaire mais si je ne me retrouve pas assis sur le postérieur, je serai sacrément heureux.

Rick sourit mais il pensait : *Pauvre bougre.*

— Bravo ! dit-il, car c'était ce que l'on attendait de lui.

— Tu as une copine, n'est-ce pas ?

— Non, marmonna Rick.

— J'avais cru comprendre que tu avais une petite amie dans ton bled.

— Non, non. On est sortis ensemble quelquefois, rien de plus.

— Dans ce cas, tous les espoirs sont permis. J'avais vingt-six ans quand j'ai rencontré ma Sandy.

Mais à l'époque, tu avais tes deux jambes, non ?

Lorsque Aaron fut parti, Rick écouta son message.

— *Salut, Rick, c'est moi. Tu ne décroches jamais et j'ai renoncé à attendre que tu me rappelles mais j'avais envie de te parler, de te dire que je pense à toi tout le temps. J'aurai mon bac dans moins de deux mois. Incroyable, non ? Moi, la fille que tu as dû supplier de ne pas arrêter ses études ! Et devine quoi ? J'ai des*

A partout. Mais j'ai déjà dû te le dire au moins cent fois. Enfin... si tu écoutes mes messages. Peut-être que tu les effaces systématiquement. Bref, je sais que tu vas bientôt rentrer et ce serait... génial... si tu pouvais assister à ma remise de diplôme. Je serais si fière de t'avoir à mes côtés. Je suppose que je n'aurai pas de réponse tant que tu ne m'auras pas rappelée... Au fait ! Je t'ai envoyé un petit quelque chose. J'espère que ça te plaira.

Rick éteignit l'appareil. Puis il le ralluma, réécouta le message. Encore. Et encore. Il en écouta un autre, plus ancien, et son regard se voila. Elle lui manquait tellement ! Mais il ne pouvait pas... ne pouvait pas... ne pouvait pas...

C'est ça. Comme si j'allais venir à ta remise de diplôme, ton petit ami avec une jambe artificielle et des baskets ridicules. Arrête de délirer !

Il rangea le téléphone dans sa poche.

8

Abby téléphona à Cameron vers 15 heures.

— Ne mange pas chez Jack ce soir – je nous prépare un dîner de fête.

— Entendu. Tu veux que je t'apporte quelque chose ?

— Non, je suis passée au supermarché de Fortuna. J'ai fait des courses toute la journée pour les bébés. J'ai pris juste l'essentiel et des couleurs neutres en attendant de connaître le sexe du deuxième. Je suis impatiente de tout te montrer.

Elle était si heureuse, si excitée que Cameron sourit comme un gamin. Il lui restait deux heures à tuer au cabinet où il n'avait plus rien à faire. Mais il ne voulait pas rentrer trop vite au risque de gâcher le repas-surprise d'Abby.

Toutefois, il partit plus tôt que de coutume et roula jusqu'à Grace Valley pour lui acheter un bouquet de fleurs. Il se promit de suggérer à Connie d'en stocker quelques-uns de temps en temps à l'épicerie – il n'était sûrement pas le seul mari à avoir envie de gâter son épouse. *Ah oui ! C'est vrai*, songea-t-il, amusé. *Je ne suis pas un mari, Abby n'est pas mon épouse*. Ils jouaient au papa et à la maman, voilà tout. Cependant, ils y jouaient à la perfection. Une fois les vêtements d'Abby rangés dans l'armoire de sa chambre, ils s'étaient précipités à Eureka où ils avaient acheté deux berceaux, une table à langer et une petite commode. Ils passaient des heures à consulter le site de *Babies'R'Us* afin qu'Abby y choisisse ce qu'elle voulait.

Qu'avait-elle dit ? Qu'ils seraient totalement incompatibles ? Au contraire. Ils se déplaçaient dans le petit chalet avec une telle aisance qu'on aurait dit qu'ils vivaient ensemble depuis des années. En à peine deux semaines, ils étaient devenus bons amis et formaient presque un couple. Cameron avait espéré dès le départ qu'ils s'attacheraient ainsi l'un à l'autre. Ils avaient de l'affection l'un pour l'autre, ils discutaient de toutes sortes de sujets, suffisamment détendus pour s'effleurer la main, le bras, l'épaule. Parfois même, ils s'embrassaient sur le front ou sur la joue. Cameron avait commencé mais Abby n'avait pas tardé à suivre le mouvement.

Pour atteindre le comble du bonheur, il ne leur restait plus qu'à fonder une véritable famille – le mari, la femme et les enfants. Ce projet était encore en gestation car Abby avait besoin de temps. Cependant, elle l'aimait bien, il en avait la certitude. Elle ne s'en cachait pas. Elle l'appréciait, elle lui faisait confiance et elle le respectait. Ils allaient dans la bonne direction.

En pénétrant dans le chalet, il tomba sur une collection de casseroles sur le feu, les ingrédients d'une salade en cours de préparation disséminés sur le comptoir et Abby allongée sur le canapé, les pieds sur l'accoudoir. Il se pencha sur elle.

— Ça va ?

— Je ne sais pas. Pas vraiment.

— Que se passe-t-il ?

— Mes chevilles gonflent de plus en plus et pendant que je préparais le repas, j'ai ressenti une vive douleur dans le dos. Ensuite, j'ai eu une contraction. Je l'ai *sentie*. Très forte, très longue. J'ai donc tout arrêté et je me suis allongée. Depuis, j'en ai eu d'autres.

— Tu as bien fait, dit-il en jetant ses fleurs sur le plan de travail avant de s'asseoir sur la table basse. Tu t'es surmenée aujourd'hui, tu t'es déshydratée… ce qui peut engendrer de fausses contractions. Tu portes une sacrée charge pour courir les magasins toute la journée.

— J'ai l'impression d'être un éléphant. Je ne tenais plus debout.

— Comment va ton dos, à présent ?

— Rester couchée me soulage. Mais Cameron, j'ai encore six semaines à tirer et si je continue à enfler comme ça, je vais finir par exploser.

Il ouvrit sa trousse, qu'il avait posée près du divan.

— Ne t'inquiète pas, la nature fait bien les choses. Je vais prendre ta tension par précaution mais je parie que c'est un simple coup de fatigue. Tu vas devoir te surveiller. Mets-toi sur le côté gauche – la position à plat a tendance à stresser les bébés.

Il fixa le tensiomètre autour de son bras et consulta l'écran lorsque l'appareil bipa.

— Ta tension est un peu élevée. Quant à ton cœur, il bat à toute allure. Calme-toi. Tout va bien.

Les larmes montèrent aux yeux de la future maman.

— Et si le travail commence trop tôt ? Si j'ai un problème ?

— Écoute-moi attentivement, mon ange. Si tu accouches avant trente-cinq semaines, nous te transporterons par les airs jusqu'à Redding où ils ont un service néonatal. Mais rien ne le laisse présager. Tu es en parfaite santé mais tu es enceinte jusqu'au cou et ton corps se rebelle. N'oublie pas de boire beaucoup. Je te conseille de rester allongée ainsi une vingtaine de minutes toutes les deux heures afin de maîtriser les gonflements. Ce n'est pas si difficile.

— C'est atroce ! Pas du tout commode.

Il haussa un sourcil.

— Tu préfères qu'on te prescrive l'alitement jusqu'au terme ? Ce n'est pas rare dans les cas de grossesse gémellaire.

— Je crois que j'ai envie de voir ma mère.

Il repoussa une mèche de ses cheveux.

— Tu ne peux plus voyager, Abby. En revanche, si tu le souhaites, nous pouvons l'appeler et lui proposer de venir ici. Je lui laisserai mon lit et j'irai dormir au cabinet. Réfléchis-y mais n'oublie pas qu'elle voudra être là pour l'accouchement. C'est pour bientôt, Abby. Même si tu tiens aussi longtemps que l'espèrent Melinda et le Dr Stone.

— C'est juste que… elle sait m'apaiser quand je me mets dans tous mes états.

— Eh bien, j'aimerais postuler pour cet emploi, histoire de voir si j'ai ne serait-ce qu'un petit talent dans ce domaine.

— Oh ! Cameron ! Aïe ! Encore une ! s'écria-t-elle, une main sur l'abdomen et les yeux ronds de frayeur.

Il remonta délicatement sa tunique et palpa son ventre.

— Je ne les invente pas, murmura-t-elle.

— Fausses contractions. Si tu en as trop, elles pourraient ramollir le col, ce qui pousse certains obstétriciens à affirmer que plus on en a, plus facile sera le travail. Ceci étant, j'ignore s'il existe des recherches sérieuses à ce sujet. Ah ! constata-t-il, satisfait. Pas plus de trente secondes… Tout va bien, ma chérie. Tu n'as rien à craindre.

— Tu en es sûr ?

— Si tu veux, je peux vérifier si le col s'efface ou se dilate mais je ne pense pas que ce soit nécessaire. Pas encore.

— Oh non, je t'en prie. C'est tellement… intime.

Il se moqua d'elle.

— Abby, si nous en sommes là, ce n'est pas pour avoir bu dans le même verre.

— Je sais, mais… c'était… il y a une éternité.

— Trente semaines, répliqua-t-il avec un sourire chaleureux. Reste calme, ajouta-t-il en déposant un baiser sur son ventre avant de rabaisser sa tunique… Ma douce.

— Tu as annoncé la nouvelle à ta mère ?

— Pas encore. Il serait peut-être temps d'y penser, n'est-ce pas ?

— Probablement. Que vas-tu lui dire ?

— Justement, je m'interroge sur la manière de m'y…

— Si tu y allais franco ?

— Ha ! « Maman, j'ai rencontré une femme extraordinaire, j'ai eu une relation merveilleuse mais beaucoup trop courte avec elle et nous avons découvert par la suite que nous attendions des jumeaux… Félicitations, Granny. »

— Et si elle te répond : « Cameron Michaels, tu as intérêt à te marier immédiatement, sinon… » ?

— J'ai trente-six ans, Abby. Ma mère n'a plus d'ordres ni de conseils à me donner. Les décisions que nous prenons ne concernent que nous.

— Exact, approuva-t-elle tout bas. Tu ferais mieux de lui parler sans tarder.

— Au fait, enchaîna-t-il en changeant habilement de sujet, tes dettes sont remboursées. Tu ne dois plus rien à ton ex-mari. Brie prépare une lettre pour lui signifier que tu n'accepteras aucune pension de sa part et que tu souhaites clôturer définitivement ce dossier. Il serait peut-être bien que tu la rencontres afin qu'elle t'explique exactement dans quelle mesure elle peut intervenir. Toutefois, j'ai l'impression que tu en auras bientôt fini avec lui.

— Tant mieux ! J'ai hâte que ce soit derrière moi. Crois-tu que je risque encore d'être pénalisée pour avoir… tu sais… cassé le contrat prénuptial ?

— J'en doute. Ross Crawford a d'autres chats à fouetter. En cas de problème, nous demanderons à Brie de négocier avec lui, quitte à lui verser cinquante dollars par mois en guise de compensation. Mais sache que même le pire des scénarios n'aura rien d'un drame. Allons de l'avant.

— Voilà un projet qui me plaît.

— Si je prenais le relais pour le dîner ?

— Ça ne t'ennuie pas ?

— Qu'est-ce que tu avais prévu ?

— Poulet basquaise.

— Pfff ! Tu n'aurais pas pu te contenter d'une simple omelette ou de hamburgers ?

— Il ne reste plus grand-chose à faire, le rassura-t-elle en riant. Faire chauffer ce qu'il y a dans la poêle à petit feu, cuire les pâtes et assaisonner la salade.

Il se leva.

— Tu devais avoir drôlement faim quand tu t'y es mise. Et tes brûlures d'estomac ?

— J'ai supprimé les oignons et les piments, j'ai réduit la quantité d'ail. Ce sera peut-être infect.

Il lui effleura le bout du nez.

— Va te changer, mets-toi à l'aise. Prends ton lecteur portable et sélectionne quelques DVD. Nous mangerons sur le canapé en regardant un film.

— Excellente idée. Désolée pour le repas.

— Désolé pour le mal de dos et les…

— Les poteaux, compléta-t-elle.

— Les poteaux ?

— Mes jambes… je n'ai plus de chevilles.

Quand tout fut prêt, Cameron dressa un plateau et le lui apporta. Elle le prit dans ses mains et le maintint devant elle quelques instants : où le poser ? Amusé, il le lui reprit, le plaça sur la table basse et lui présenta l'assiette de salade. Instinctivement, elle la plaça sur son ventre.

— On devrait prendre des photos un de ces jours, fit-il remarquer.

— Oh non ! Pitié !

— Plus tard, quand tu auras récupéré ta ligne, tu regretteras de ne pas en avoir. Melinda est une experte en la matière. Après tout, poursuivit-il en lui coupant son poulet en morceaux, nous avons largement dépassé le stade des remises en cause, non ? Enfin, je te le souhaite. Personnellement, je n'ai pas déploré cette situation une seconde.

— Qu'est-ce que tu fabriques ?

— J'essaie de te faciliter la tâche.

— Je commence à me sentir l'âme d'une invalide.

— Essaie plutôt de te sentir l'âme d'une femme qui mérite d'être dorlotée.

Il se leva pour aller chercher sa part dans la cuisine.

— Alors ? C'est bon ? Je n'ai pas gâché ta recette ?

— Pas mauvais. Un peu fade mais mangeable.

— Si ça ne passe pas, il reste de la crème glacée. Quel film as-tu choisi ?

— *Ce que veulent les femmes*. Mel Gibson.

— Je ferais mieux d'en prendre de la graine. Il semble que je sois défaillant en ce domaine.

Lorsqu'ils eurent terminé, il ramassa la vaisselle.

— Tu peux commencer sans moi ou attendre que j'aie rangé la cuisine. À ta guise.

— Je t'attends… Et tu n'es défaillant en rien, ajouta-t-elle tout bas lorsque le robinet se mit à couler.

Seule la lumière vacillante diffusée par le lecteur de DVD éclairait le chalet. Abby l'avait mis en mode « lecture en boucle » et n'avait aucune idée de l'heure à laquelle ils s'étaient endormis mais les mouvements des bébés venaient l'arracher à son sommeil. Cameron s'était glissé sous ses jambes pour qu'elle puisse les garder surélevées et avait calé ses propres pieds sur la malle / table basse. Elle le contempla et étouffa un fou rire : une main baladeuse s'était aventurée sous sa tunique. Cependant, les gesticulations des jumeaux n'avaient pas réveillé le futur papa. Pas encore.

Elle pressa une main sur la sienne et l'observa. Il souleva les paupières, ferma la bouche, se redressa en rencontrant son regard.

— Oh, pardon ! Je dormais, je ne me suis pas rendu compte.

— Ne t'inquiète pas, le rassura-t-elle. As-tu une idée de l'heure ?

— Aucune ! soupira-t-il en bâillant. Le film t'a plu ?

— Je n'ai rien vu. Nous nous sommes tous deux assoupis. Mes enfants sont éveillés, soupira-t-elle.

— Mauvais signe. Il vaudrait mieux qu'ils dorment en même temps que nous.

— Nous devrions nous coucher. Il pourrait être 3 heures du matin. Je n'ose pas vérifier.

Cameron se leva et lui tendit le bras.

— Viens, mon zombie.

Une fois debout, face à lui, elle le dévisagea d'un air grave.

— Veux-tu finir la nuit auprès de tes enfants ?

Il écarquilla les yeux, visiblement surpris.

— Ce ne sera pas comme la dernière fois, s'empressa-t-elle de lui promettre.

— Ce sera encore mieux, murmura-t-il en caressant son ventre… Waouh ! Ils sont en pleine forme.

— À toi de décider.

— Pour rien au monde je ne refuserais une telle invitation. Je serais heureux de t'avoir blottie contre moi.

— Alors allons-y.

Abby passa la première dans la salle de bains. Quand Cameron en sortit à son tour, elle avait revêtu un immense tee-shirt qui lui tombait aux genoux et, vraisemblablement, une culotte. Il se mit donc en caleçon et s'allongea tout contre elle.

— Mmm, délicieux, chuchota-t-il dans sa nuque.

— Mmm, approuva-t-elle en se pelotonnant contre lui.

Heureux et confiant pour la première fois depuis des semaines, Cameron sombra dans un sommeil profond. Tout allait s'arranger. Il en avait la certitude.

Il se réveilla aux aurores, face à elle, ventre contre ventre. Une main sous son tee-shirt, sur son sein… et en proie à une imposante érection matinale. Il s'écarta le plus délicatement possible. Mince ! S'il ne se maîtrisait pas, Abby lui interdirait son lit à l'avenir ! Mais que faire ? Comment contrôler l'incontrôlable ? Il devait y avoir un moyen de lui expliquer qu'il ne... qu'il était conscient de son état... que ce n'était pas forcément ce qu'il voulait... Sauf qu'il avait envie d'elle, mais de là à... Au secours ! Comment s'extirper de cette situation embarrassante sans l'offenser ? Ou la paniquer ?

Tout doucement, il descendit du lit et fonça sous la douche.

Ce matin-là, Cameron arriva avant Melinda au cabinet. Elle était d'excellente humeur alors que lui paraissait sombre, s'affairant devant son ordinateur.

— Tu cherches quelque chose ?

— Les sièges auto. Il nous en faut deux et Abby s'est épuisée à courir les magasins hier à Eureka. Je lui ai promis de me renseigner en ligne.

— Bonne idée, approuva Melinda. Tu es pédiatre, tu dois savoir ce qu'il y a de mieux.

Deux heures et deux patients plus tard, il semblait toujours aussi renfrogné. Fidèle à sa nature, Melinda alla droit au but.

— Qu'est-ce qui te tracasse ? Tu es bizarre, comme si tu avais un souci avec Abby.

Il baissa le nez.

— Ah ! J'ai deviné juste. Que se passe-t-il ? Je peux me rendre utile ? La grossesse se déroule bien ?

— Je crains que tu ne puisses rien pour moi, marmonna-t-il en allant se réfugier dans la cuisine.

Elle lui emboîta le pas.

— Mais tu n'en sais rien, n'est-ce pas ? Tant que tu ne m'auras rien dit ?

— C'est un peu gênant, avoua-t-il en restant le dos tourné.

— Pour l'amour du ciel, Cameron ! Mon métier tourne presque exclusivement autour du sexe. Rien ne peut m'embarrasser.

Il se tourna vers elle.

— Je pensais plutôt à moi, admit-il.

— Remets-toi. Je suis votre sage-femme.

Il inspira profondément.

— Abby et moi nous entendons à merveille. C'est incroyable. Bien mieux que je ne l'imaginais. Hier soir, je me suis endormi auprès d'elle et de mes bébés.

— Comme c'est mignon ! Je suis si heureuse pour toi, Cameron.

— Et ce matin, au réveil, j'avais une main sous son tee-shirt et une terrible érection.

Melinda le fixa d'un air momentanément perplexe.

— Excuse-moi. Était-il nécessaire de me préciser ce détail ?

— Je suis sidéré de constater à quel point le seul fait d'être à ses côtés me met en émoi. J'ai peur qu'elle se dise... Enfin... Je lui ai fait comprendre qu'elle n'avait rien à craindre de moi et... merde ! Je suis incapable de me maîtriser. Quel cauchemar.

— Du calme, Cameron. Tu ne peux pas grand-chose contre la nature. Je suis certaine qu'Abby en a conscience.

— Ça n'arrive pas uniquement pendant que je dors. J'ai un sacré problème. J'ai désiré cette femme dès l'instant où j'ai posé le regard sur elle mais elle n'est pas en position de l'accepter. Quelle sorte d'homme serais-je si je... Je ne la toucherai pas, je le jure. Mais si elle a l'impression que je me laisse dominer par mes instincts, elle va me réexpédier illico dans la mezzanine. Ce que je ne veux surtout pas !

Il reprit son souffle, hocha tristement la tête.

— Je devrais peut-être en prendre l'initiative de toute façon.

Le visage de Melinda se fendit d'un large sourire.

— Mon Dieu ! Le syndrome de Madonna ? *Toi ?*

— Quoi ?

— La mère de tes enfants n'est pas un être sexué normal ?

— Pas quand elle est mûre comme une tomate ! Elle est enceinte de trente semaines. De jumeaux, qui plus est. Ce serait irresponsable de ma part de…

— Cameron, tu as sûrement plus d'imagination que tu ne le laisses entendre. Il existe toutes sortes d'autres moyens de manifester son affection sans aller jusqu'au bout de l'acte sexuel. Ceci étant, je suis d'accord qu'il vaudrait mieux éviter la pénétration, bien qu'un accouchement prématuré ne soit pas à l'ordre du jour. Pas encore.

— Nous n'entretenons pas ce genre de relation. Du moins, pas en ce moment. Nous nous sommes mis d'accord pour nous installer ensemble afin que je puisse être là pour l'aider, que nous vivions cette grossesse en comptant l'un sur l'autre. Pas pour explorer les méthodes alternatives du plaisir… D'autant qu'un orgasme pourrait déclencher le travail.

— Tu devrais en discuter avec elle, argua Melinda. Tu as peur de la choquer ? N'est-ce pas toi le père de ces enfants ? Elle est bien placée pour savoir que tu disposes d'une libido solide, non ?

— Elle ne se doute pas à quel point. Franchement, je n'étais pas préparé à la trouver plus sexy que jamais. Elle n'arrive plus à se lever du canapé sans mon aide et chaque fois, je… Seigneur !

Melinda rit tout bas.

— Elle se trouve éléphantesque, je serais étonnée qu'elle se sente insultée d'apprendre qu'elle t'excite malgré tout. Tu saisis ce que je veux dire ? Vous y gagneriez probablement, côté communication.

Cependant, elle ne put s'en empêcher : elle pouffa avant de se couvrir la bouche avec la main.

— Pas la peine de te moquer de moi, ronchonna-t-il.

— Je te trouve adorable. Parles-en avec elle. Tu me dis que vous vous êtes rapprochés. Dévoile-lui tes sentiments. Tu n'as pas à avoir honte de tes émotions et si tu veux mon avis, un orgasme ou deux ne présentent aucun risque. Sur ce plan, vous devriez être tranquilles encore une ou deux semaines. Au contraire, que tu éprouves du désir pour elle est plutôt touchant… Jack n'avait pas ce problème. Il n'était pas gêné. Frustré, oui. Embarrassé ? Pas du tout.

— J'aurais peut-être dû m'adresser à lui.

Melinda s'assombrit brusquement.

— Là, je mets le holà. Tu ne peux pas faire ça. Jack pourrait trop parler – ce ne serait pas la première fois. Il n'est pas question que tu fantasmes sur moi en plein… Je suis ta chef, il me semble, trancha-t-elle en redressant le dos. Oui, je le suis. Tu es médecin mais nous sommes ici dans *mon* cabinet. Il n'est pas question que tu m'imagines en position compromettante, même dans le but d'améliorer ta minable vie sexuelle parce que je suis *ta* chef.

Le regard de Cameron s'illumina.

— Ma foi, Melinda… Hmmm…

En ce mois d'avril, les après-midi se réchauffaient et le temps était idéal pour monter à cheval. Muriel se promenait au bord de la rivière avec Vanessa et Shelby pendant que Walt surveillait Mattie. C'était son dernier jour à Virgin River et passer du temps avec les filles lui paraissait aussi important que d'être auprès de Walt. Le printemps dans les montagnes rendait le paysage magnifique, les feuillages vert tendre et les bords de l'eau parsemés de fleurs sauvages multicolores. Elles avançaient tranquillement en bavardant.

— Vous avez fixé une date pour le mariage ? demanda Muriel à Shelby.

— Pas encore. Nous hésitons pour la date, l'endroit. Deux des frères de Luke sont toujours au Moyen-Orient. Je suis d'avis qu'il faut attendre leur retour. Luke prétend que le temps presse.

— Pourquoi ?

— Nous voulons avoir un bébé.

Muriel fronça les sourcils.

— Shelby, tu es si jeune – tu as tout le temps.

— Moi, oui ! concéda-t-elle en riant. C'est Luke qui s'impatiente. Il aura trente-neuf ans le mois prochain. Il a peur qu'on le traite de papy quand il assistera aux matchs de football du lycée.

— Ah ! Mais tu n'as pas envie de profiter un peu de la vie avec lui d'abord ? Rien que vous deux ?

— Je serais d'accord mais je comprends son point de vue. Je suis si contente qu'il veuille fonder une famille !

— Et tes études ?

— Officiellement, les études d'infirmière démarrent en septembre mais je vais suivre des cours dès cet été. Une journée d'orientation est prévue en juin. J'y emmènerai Luke mais je me suis déjà renseignée. Ce cursus s'adresse aux hommes et aux femmes de tous âges – de dix-huit à cinquante ans. Tout ce dont j'ai dû m'assurer, c'était que Luke soit prêt à s'impliquer complètement en tant que père et à s'occuper de l'enfant pendant que je serai en cours.

— Résultat ?

Shelby rit aux éclats.

— Lui qui refusait obstinément d'envisager le mariage et la vie de famille, il trépigne. Si ça ne tenait qu'à lui, on se précipiterait chez le juge de paix. Sauf que sa mère le tuerait.

— Vous avez intérêt à m'avertir suffisamment tôt pour que je puisse être là.

— Vraiment ? Tu viendras ?

— Évidemment ! Il faudra simplement que je fasse preuve d'organisation et peut-être même de ruse si je suis encore en tournage.

— Muriel, tu es contente de retourner sur les plateaux de cinéma ? s'enquit Vanessa.

Muriel haussa les épaules.

— Plus ou moins. Parfois, l'ambiance est si bonne entre nous que l'on forme une sorte de famille. C'est rare mais c'est un peu comme si toutes les planètes étaient parfaitement alignées – le scénario, le casting, l'équipe, le réalisateur. Je suis persuadée que le fait de nous propulser dans le Montana pour les extérieurs aura un effet positif sur nous tous. Le Montana, l'été – merveilleux ! Beaucoup de gens viennent y passer leurs vacances en famille.

Elle se tut quelques instants.

— En fait, ils auraient tout aussi bien pu tourner ici, reprit-elle. Le site est aussi beau, le temps idéal.

— Le général va te manquer, devina Vanessa.

— Oh oui ! Je regrette qu'il ne vienne pas au moins me rendre visite dans le Montana. La production m'y a loué une petite maison.

— Tu le lui as proposé ?

— Oui. L'idée ne l'enchante pas, visiblement. Il me répond toujours « nous verrons ». Peut-être a-t-il peur de s'ennuyer car je serai relativement peu disponible. Là-dessus, j'ai été claire. Mais en vérité, je le soupçonne de penser qu'il ne saura pas s'intégrer dans mon univers.

— C'est sérieux, entre vous ?

Muriel lui jeta un drôle de regard et Vanessa s'empourpra.

— Enfin, je veux dire… tu n'es pas obligée de… c'est-à-dire que je me demandais si… Eh, merde ! Je n'ai qu'à me mêler de mes affaires !

— Qu'entends-tu par « sérieux » ? Est-ce l'homme le plus exceptionnel que j'aie jamais connu ? Oui. Je ne vais pas te citer la liste de ses qualités, elle est infinie. Avons-nous l'intention de nous marier ? Non. Cette relation délicieuse peut-elle durer ? Pourquoi pas ?

— Pardon de continuer à mettre les pieds dans le plat, insista Vanessa. Mais comment peux-tu être aussi sûre que vous ne vous marierez jamais ?

— Ma pauvre, j'ai eu cinq maris et un bon nombre de liaisons durables. À quoi bon retomber dans le piège ? J'aime à croire que si ça n'a pas marché, c'est de leur faute mais… et si c'était moi, la cause de ces échecs ? En quel honneur Walt tenterait-il sa chance avec une femme qui a eu autant de relations désastreuses ? Ce que nous vivons là est… parfait. Je n'ai aucune envie de gâcher cette idylle. D'autant que mon horloge biologique est arrêtée depuis longtemps.

— Mais tu n'as pas peur de…

Vanessa se tut.

— De quoi ?

— Eh bien… de vieillir seule ?

Muriel eut un petit rire.

— Tu es si jeune ! Non, je n'ai pas peur de vieillir seule. J'ai peur de vieillir *prisonnière*.

Un silence les enveloppa. Puis Shelby prit la parole.

— Eh bien ! Je n'y avais jamais réfléchi sous cet angle.

— Pourquoi le ferais-tu ? Ou Vanessa ? Vous êtes jeunes, toutes les deux, vous êtes amoureuses, vous avez l'avenir devant vous. Quant à moi, finir ma vie avec un homme comme Walt ne serait pas un sacrifice.

Elle porta son regard de Vanessa à Shelby, puis devant elle, sur les montagnes couvertes d'arbres.

— Ce que je redoute le plus, c'est que *lui* se sente pris au piège. Imaginons qu'on me propose un autre rôle, que je veuille tenter une nouvelle aventure cinématographique ? Je croyais être prête à prendre ma retraite, à lâcher le business et voilà qu'un rôle formidable m'est tombé dessus. Je n'ai pas pu résister à la tentation. Du coup, me voilà déchirée entre mon envie de jouer et ma réticence à quitter Walt et notre histoire fabuleuse... Il y avait des années que je n'avais pas vécu un tel dilemme, avoua-t-elle en riant. Sincèrement, je m'étais juré de ne plus jamais retomber amoureuse.

— Je peux me tromper, dit Vanessa, mais je n'ai pas la sensation que papa se sentirait prisonnier de toi ni de ta carrière.

Muriel se tut un long moment.

— Je n'en suis pas si sûre. Il n'a de cesse de me demander quand j'aurai enfin fini mais il refuse de venir passer un long week-end avec moi dans le Montana. J'aurais probablement mieux fait d'abandonner ma carrière d'actrice pour dresser des chevaux bien avant aujourd'hui.

À une époque, avant que Jack n'ait eu deux enfants, Vic les deux siens, Mike et Paul un chacun, avant que le logement jouxtant le bar n'ait été agrandi pour accueillir la famille de Vic, avant que les autres ne s'éparpillent à la lisière de la ville, ils avaient coutume de se retrouver pour dîner au bar-grill plusieurs fois par semaine. À présent, ils avaient du mal à tous se libérer le même soir.

On ne pouvait pas dire que Jack en souffrait – il voyait pratiquement tout le monde à un moment ou à un autre de la journée. Parfois, quarante-huit heures s'écoulaient sans que l'une des femmes ne passe lui dire bonjour mais les gars venaient boire une bière ou déjeuner. Toutefois, sa vieille équipe lui manquait. Il était temps d'organiser une réunion d'anciens marines. Il éprouvait le besoin de s'entourer de ses copains. Cette réflexion lui traversa l'esprit alors qu'il s'apprêtait à partir pour San Diego ramener Rick à la maison.

Rick n'y tenait pas. Il avait dit à Jack de rester chez lui et – si ça ne le dérangeait pas trop – de venir le chercher au car. Comme si Jack n'était qu'un voisin lambda qu'il ne voulait pas embêter ! Jack n'avait rien voulu entendre.

Mike entra par la porte du fond et surgit derrière le comptoir. Il aimait se servir sa bière lui-même. Il aimait aussi se tenir là avec Jack. À peine une minute plus tard, ils entendirent Paul taper des pieds sur le paillasson de l'entrée. Il vint s'asseoir et tapota le bar, signe qu'il boirait volontiers une chope.

Une autre minute passa.

— Tu es prêt ? s'enquit Paul.

Jack aurait dû se douter qu'ils viendraient le soutenir moralement. Ce drame les avait tous bouleversés mais Jack accusait le coup plus que quiconque.

— Oui. Je pars à 5 heures du matin, je me rends là-bas en voiture, je dors à l'hôtel, je récupère Rick et nous rentrons.

— Ce sera bon de le revoir, dit Mike.

— Il n'est plus comme avant, prévint Jack. Il a une jambe artificielle et il est en colère.

— Aucun d'entre nous n'est comme avant, du moins pendant un temps, intervint Paul. Rick est un môme. Il s'en sortira. Nous l'en sortirons.

— Melinda est à la recherche d'un psy. Pour la rééducation, j'ai tout organisé mais il va avoir besoin d'autre chose.

— Liz est au courant ?

— Oui. Parce que je lui ai annoncé la nouvelle. Rick n'a pas pris la peine de décrocher son portable quand elle lui a téléphoné ni de la rappeler. Ça va faire deux mois ! ajouta-t-il en grimaçant... Franchement, j'ai envie de l'étrangler mais je sais pourquoi il agit ainsi. Et je sais qu'il n'y peut rien.

— Il est complètement déboussolé, devina Paul.

— Il est loin d'imaginer ce qui l'attend quand il sera enfin prêt à revivre, s'il continue ainsi à s'isoler. Vous croyez que la perspective de rouler pendant dix heures avec lui me réjouit ?

— Il dormira peut-être.

— Vas-y doucement, Jack. Tu l'as dit toi-même – il ne le fait pas exprès.

— Ouais, ouais. Mais c'est trop dur. J'ai toujours été fasciné par sa force. Maintenant, il est... son verre *n'est pas* à moitié plein. Vous voyez ce que je veux dire ?

— Personne n'est parfait, riposta Mike.

— Je sais. Mais...

— Quoi ? demanda Paul.

— J'ai horreur que l'on s'apitoie sur son sort.

Mike ricana.

— Parce que ça ne t'est jamais arrivé ? Mon pote, moi, je me suis morfondu comme un malade, je suis tombé dans un trou si profond que…

— Tu es remonté, coupa Jack.

— Pas quand tu l'as voulu, Jack. Quand *je* l'ai voulu.

— Sois indulgent, conseilla Mike.

— Ouais, ouais.

— Et si j'y allais, moi ? proposa Mike. Jack, tu n'as jamais reçu une balle dans le corps. Tu n'as jamais sauté sur une mine.

— Non. Je ne le bousculerai pas, promit Jack.

Le lendemain matin, Jack empocha le portable qu'il n'emportait avec lui que lorsqu'il s'éloignait des montagnes et pouvait se connecter au réseau. Il jeta son sac fourre-tout à l'arrière du pick-up.

— Sois patient, Jack, lui recommanda Melinda. Avec Rick, tu as toujours placé la barre très haut. Il t'a manqué, tu veux le voir rebondir parce que tu l'aimes.

— Je sais. Et parce que je ne supporte pas qu'il souffre. Tout le monde est prêt à lui donner un coup de main mais il a érigé une muraille autour de lui. C'est affreux.

— Laisse-le parler. Ne cherche pas à lui expliquer ce qu'il devrait ressentir.

— Et s'il ne dit rien ?

— Fiche-lui la paix.

— Tout de même, il aurait pu au moins appeler Liz pour lui…

— Jack, c'est leur problème. À son retour, il va devoir y faire face parce qu'elle sera dans les parages. Il ne pourra pas l'expédier sur la boîte vocale alors qu'elle sera devant lui. Tu vois, c'est ta grande faiblesse. Toi qui as attendu d'avoir quarante ans avant de tomber amoureux, tu veux à tout prix réconcilier tout le monde.

Elle secoua la tête, se hissa sur la pointe des pieds pour l'embrasser.

— Tu as le cœur sur la main. Pense à garder la bouche fermée.

— Oui, madame.

— Et pour l'amour du ciel, sois prudent. J'ai besoin de toi.

9

Un petit patient attendait Cameron. Arrivée avant lui, Melinda avait ouvert le cabinet, reçu une jeune maman et son fils de dix-huit mois qui souffrait visiblement d'une otite. Il avait de la fièvre et se tapait sur les oreilles en hurlant. Melinda aurait pu s'en charger mais, sachant que Cameron n'allait pas tarder, elle avait préféré le confier au pédiatre.

En un rien de temps, la mère et le bébé repartirent avec une ordonnance. Puis Cameron alla trouver Melinda dans la cuisine.

— D'habitude, c'est moi qui suis là le premier, fit-il remarquer.

— Jack est parti pour San Diego ce matin. Il vit très mal la situation. Il a mal dormi et il était debout à 4 heures pour prendre la route. À la maison, c'était le chaos : les enfants se sont réveillés trop tôt et de mauvaise humeur. Je les ai laissés faire leur sieste matinale chez leur tante Brie. Nous sommes complètement perturbés.

Elle reprit son souffle.

— Jack s'inquiète tellement pour Rick ! Et quand Jack se ronge les sangs, il faut qu'il agisse. Il est si bon. Tout ce qu'il veut, c'est que ceux qu'il aime aillent bien.

— Il a de la chance.

— Pardon ?

— Tu n'imagines pas le bonheur que ce serait pour moi si la femme de ma vie parlait de moi en ces termes.

Melinda porta sa tasse de café à ses lèvres.

— Elle l'a peut-être fait, Cameron. Sinon, c'est parce qu'elle ne te connaît pas encore suffisamment. Tout va bien entre Abby et toi ?

— Elle ne m'a pas encore réexpédié dans la mezzanine, annonça-t-il avec un sourire.

— Tant mieux pour toi. C'est un bon début.

— Oui. Ceci étant, je n'ai pas encore abordé le sujet avec elle.

— Pourquoi ?

— Parce que j'ai peur qu'elle prenne ses jambes à son cou quand je lui avouerai mes sentiments.

Le téléphone mural sonna.

— J'y vais... Cabinet médical.

— Cameron, chuchota Abby. Il y a des biches dans le jardin !

— Vraiment ? Pourquoi chuchotes-tu ? Elles peuvent t'entendre ?

— Je ne veux pas les effrayer. Si seulement tu étais là ! Il y a un petit. Et deux biches qui semblent sur le point de mettre bas. Sauf qu'elles sont moins grosses que moi.

Il éclata de rire.

— Je te l'ai dit : tu es parfaite.

— Si tu étais resté une demi-heure de plus, tu les aurais vus.

— Tu aperçois un mâle ?

— Non. Que des mamans. Et un bébé.

— Un faon.
— On dirait qu'il vient de naître. Il titube. Quel dommage que tu ne sois pas là !
Cameron éloigna l'appareil de sa bouche.
— Melinda ? Je peux m'éclipser un moment ? Il y a des biches dans le jardin.
— Bien sûr. Nous n'avons aucun rendez-vous. Si on a besoin de toi, je te biperai… Vas-y !
— Je viens tout de suite, annonça-t-il à Abby. Je me garerai au bord de la route et je monterai à pied. Elles vont peut-être s'enfuir en sentant mon odeur mais je vais au moins tenter ma chance.
Il roula un peu plus vite que nécessaire parce qu'il était impatient de voir le visage d'Abby illuminé de bonheur. Lorsqu'il atteignit la clairière, les biches s'étaient éloignées vers le bois. Il effectua un large détour, gravit les marches du porche sur la pointe des pieds. L'une des bêtes leva la tête, aux aguets, mais aucune ne se mit à courir. Cameron en fut surpris. Les chasseurs étaient nombreux dans cette région, elles se méfiaient de l'homme.
Abby lui tenait la porte ouverte. Elle était écarlate, bouleversée. Heureuse.
— Tu les as vues ?
— Elles sont à moitié cachées derrière les arbres, mais oui, je les ai vues.
— Melinda m'avait dit que ce chalet était enchanté. Elle avait raison.
Abby se planta devant la fenêtre de la cuisine, se pencha autant que possible par-dessus l'évier pour scruter le jardin. Elle sentit Cameron s'approcher derrière elle, l'entourer des deux bras. Instinctivement, il posa les mains sur son ventre. Les bébés étaient enfin tranquilles. Forcément. Leurs parents étaient réveillés.

Il se blottit contre elle, inhala le parfum de ses cheveux. Abby s'autorisa à fermer les yeux.

— J'ai quelque chose à te dire, murmura-t-il. Non, non, ne bouge pas, ajouta-t-il lorsqu'elle voulut se tourner vers lui… Quelque chose que j'aurais dû te dire dès le début. Je n'ai pas cherché à te duper mais je craignais, en étant parfaitement honnête avec toi, que tu ne refuses ma proposition de colocation.

Elle retint son souffle. Il avait dormi toute la nuit auprès d'elle. Il l'avait caressée dans son sommeil. Elle avait compris qu'il ne s'en rendait pas compte mais elle avait savouré ces instants. Malheureusement, cela ne faisait pas partie du plan. Il allait lui expliquer que ce n'était pas ainsi qu'il avait envisagé leur relation.

— D'accord.

— La nuit, quand je suis près de toi, quand je te tiens tout contre moi…

Ne pleure pas. Ne pleure pas. Ce sera encore pire si tu pleures, s'ordonna-t-elle.

— J'ai… cette nuit, j'ai eu un moment d'égarement. Je te demande pardon. Ce n'était pas mon intention mais je te dois la vérité. Cette impulsion, cette… réaction, je ne l'ai pas uniquement quand je dors. Je l'ai même tout le temps. J'éprouve du désir pour toi.

— Ah !

— Seigneur ! J'ai si peur de te mettre en colère ou de t'offenser. Mais il faut que tu saches que… tu m'excites. Il suffit d'un regard, de l'effleurement le plus innocent… je perds la tête. Mes sentiments n'ont pas changé du tout depuis notre première rencontre. À la seconde où je t'ai touchée, j'ai eu l'impression d'exploser. Je t'ai dit que je voulais être ton ami. En fait, je veux bien davantage. Abby, j'avais une arrière-pensée. Je me suis dit que si je réussissais à te convaincre de vivre sous le même toit que moi, je réussirais aussi à te convaincre de tomber amoureuse de moi.

Elle resta silencieuse un long moment.

— Tu es décontenancé par la perspective de devenir papa. Avant même que nous nous embrassions, tu m'as dit que tu rêvais de fonder une famille.

— En effet. Depuis des années. J'ai rencontré de nombreuses femmes qui auraient pu porter mes bébés, qui se seraient portées candidates au poste. Mais jamais je n'ai ressenti une telle émotion. À Grants Pass, le lendemain matin, je ne voulais plus te lâcher. Plus jamais. Tu me rends fou. Ton rire, ton odeur, ton regard, tes mains, tes cheveux si soyeux… ta bouche. Quand je contemple ta bouche, je perds la tête.

Elle laissa échapper un petit rire.

— Tu es cinglé ?

— Un peu, oui. J'ai pensé que ce gros ventre contenant mes bébés me refroidirait. Ce n'est pas le cas, loin de là. Mais ne t'inquiète pas. J'apprendrai à vivre avec mes sentiments et la réciproque n'est pas obligatoire. Je te soutiendrai, je te protégerai comme promis. Je t'en donne ma parole, Abby. Je me maîtriserai… Je devrais sans doute remonter dans la mezzanine. Tu ne t'en es probablement pas rendu compte mais pendant la nuit, ma main s'est aventurée sous ton…

— Je m'en suis rendu compte.

— Vraiment ?

Elle sourit intérieurement.

— Je peux me retourner, maintenant ?

— Tu vas m'assommer ?

— Je devrais le faire ? riposta-t-elle en riant.

— Possible. Je t'ai molestée dans ton sommeil. Ou plutôt, dans le mien.

Pivotant lentement vers lui, elle fut frappée par son expression vulnérable.

— Tu n'es pas obligé de te réfugier là-haut.

Il mit quelques secondes à réaliser ce qu'elle venait de dire. Il déglutit, s'éclaircit la gorge, secoua légèrement la tête puis plongea son regard dans le sien.

— Abby, je t'aime. Je ne suis pas un vulgaire type qui partage sa couette avec une fille. Si ce n'était pas toi, nous n'en serions pas là. Mon Dieu, j'espère que je ne t'effraie pas trop.

— Est-ce envisageable ? L'amour ?

Il haussa les épaules.

— Je ne me suis pas posé la question : c'est arrivé malgré moi. Quand tu ne m'as pas recontacté après l'épisode de Grants Pass, quand je t'ai cherchée partout en vain, j'étais effondré. Je t'avais dit que je croyais en nous. Jamais de ma vie je n'ai rencontré quelqu'un envers qui j'ai éprouvé des sentiments aussi forts, aussi vite.

— Affirmer qu'il en fut de même pour moi serait malhonnête.

— Je comprends. J'espérais qu'au fil du temps…

— Mais tu me plaisais, interrompit-elle. Tu t'es montré doux et attentionné.

— Cela n'a exigé aucun effort de ma part, assura-t-il en lui caressant les cheveux. Tu étais mon paradis. Je n'en revenais pas de la chance que j'avais.

— J'ai pensé à toi après Grants Pass. Sans arrêt.

— Ah oui ?

— Mais je mourais de peur à l'idée de m'attacher une fois de plus et d'être déçue par la suite. Je me suis dit que le plus sage serait de ne jamais te revoir.

— Je le conçois. Peu importe la place que tu me réserveras dans ton existence – je ne t'abandonnerai jamais. Je vous entretiendrai, toi et les enfants, je serai un bon père, je…

— Tu ne m'as même pas envoyé paître quand je t'ai traité de donneur de sperme.

— Ce soir-là, tu étais très remontée. Rappelle-moi de ne jamais me disputer avec toi.

— Quand tu m'as invitée à m'installer ici avec toi, j'ai pensé que c'était uniquement pour les bébés. Pas pour moi.

— Ooohh, c'était pour toi, ma douce.

— Ces deux dernières semaines… jamais je n'ai été aussi heureuse.

— Sincèrement ? Si je pouvais m'élever juste au-dessus du rang de donneur de sperme…

— Pourquoi ? Tu es le champion. Cette nuit-là, je me rappelle avoir songé : « Si j'avais un peu plus de temps, si ma vie n'était pas aussi compliquée, je pourrais tomber amoureuse de cet homme. »

La respiration de Cameron devint saccadée.

— J'ai tout mon temps, murmura-t-il d'une voix rauque.

— Alors où est le problème ? Nous pourrions…

Il lui coupa la parole en prenant son visage dans ses mains et en capturant ses lèvres avec une passion à laquelle elle n'osait plus croire depuis des lustres. Il gémit et leurs langues s'unirent en un baiser brûlant, avide, délicieusement long.

— Voilà ce dont je me souviens, chuchota-t-elle.

Aussitôt, il recommença, la dévora, savourant toutes ses sensations qu'il avait ressenties une seule et unique nuit. Elle accrocha les bras autour de son cou et ils s'étreignirent avec ardeur jusqu'à ce que, tout à coup, il reçoive un petit coup de pied dans l'abdomen.

— J'ai la nette impression qu'ils vont mettre leur grain de sel un bon moment. Encore plus après leur naissance, soupira Cameron.

— Sans aucun doute. J'ai intérêt à me jeter sur mes manuels du bon parent au plus vite.

— Abby, souffla-t-il en laissant courir les doigts dans ses cheveux blond foncé, je suis pédiatre. Je peux t'aider.

— Cameron, je t'aime. Je veux que notre histoire dure. Je n'imagine pas me séparer de toi. Tu me combles de bonheur.

— Si seulement tu m'avais dit cela avant d'atteindre les trente semaines de terme !

— Tu as raison, nous ne devons pas prendre de risques, convint-elle à contrecœur. Je suis désolée, mon chéri. Remarque, je suis sidérée que tu puisses avoir envie de moi, vu mon allure.

— Je voudrais explorer chacune de tes courbes. Embrasser et goûter chaque centimètre de ta peau. Je rêve de choses qui me seront interdites tant que tu n'auras pas accouché et récupéré.

— Mais tu as le droit de me serrer dans tes bras, n'est-ce pas ?

— J'ai le droit de ne plus jamais te lâcher.

Leur unique nuit d'amour avait été enflammée, explosive. Cette fois, ce fut différent – doux et tendre, comme si Abby était une créature frêle et précieuse. De la cuisine, ils passèrent dans la chambre où ils s'allongèrent sur le lit, cramponnés l'un à l'autre, bouche contre bouche. Puis, inévitablement, ils se délestèrent de leurs vêtements. Cameron était décidé à garder son pantalon en guise de barrière de protection mais cette idée s'envola quand Abby entreprit de descendre la fermeture Éclair de sa braguette.

Lorsqu'ils furent déshabillés, ils se blottirent l'un contre l'autre. Il l'embrassa, la caressa, explora son corps avec ses mains et ses lèvres.

— Je vais devoir remonter dans la mezzanine.

— Je t'en voudrais terriblement. Tu n'imagines pas le plaisir que tu me donnes. C'est merveilleux.

— Nous ne pouvons pas aller plus loin. Et si nous continuons ainsi, nous risquons de nous laisser emporter.

— Mmm... Prends-moi, Cameron.

Il faillit perdre la tête en entendant ces mots.

— Les orgasmes peuvent provoquer des contractions.

— Même un seul ?

Il rit tout bas.

— Un seul, long et délectable ? suggéra-t-il tandis que ses doigts s'aventuraient entre ses cuisses, suscitant de la part d'Abby une plainte exquise. Mets-toi sur le dos et détends-toi. Nous serons très sages. Réservons les folies du corps pour plus tard.

— Mon Dieu, chuchota-t-elle. Que c'est bon !

Elle serra la main autour de son membre, le guida vers elle.

— Abby... ce n'est pas prudent.

— Tant pis.

— Mon ange, je ne tiendrai pas. Il y a si longtemps que je te désire.

Paupières closes, lèvres entrouvertes, elle murmura :

— As-tu l'impression que j'ignore ce qui va nous arriver ? À tous les deux ?

— Seigneur ! geignit-il.

Il titilla son clitoris, inséra un doigt dans les replis de sa chair, juste assez loin pour ressentir les contractions de son sexe quand elle atteindrait l'orgasme. Ce qui ne tarda pas. S'imaginant en elle, il jouit à son tour, jusqu'à ce qu'un grognement lui échappe. Il leva les yeux au ciel, heureux.

Ensuite, ils restèrent allongés côte à côte, main dans la main. Il se demanda s'il aurait pris plus de plaisir en la pénétrant mais ce moment d'intimité avec elle lui avait apporté une telle satisfaction physique et émotionnelle qu'il en doutait. Il déposa un baiser sur sa joue, dans son cou.

— Grossesse et sexe, plaisanta-t-il. Si tu n'étais pas enceinte de jumeaux, nous recommencerions tout de suite.

Elle gloussa, poussa un soupir et se pelotonna contre lui.

Au bout d'un moment, il se leva.

— Ne bouge pas. Je veux que tu te reposes. Je vais chercher une serviette.

Il ressurgit un instant plus tard en caleçon. À l'aide d'un gant de toilette tiède, il la nettoya. Puis il se recoucha auprès d'elle, la serra dans ses bras, remonta le drap. Elle s'assoupit peu après et il écouta sa respiration, paisible et régulière. Abby avait réussi à s'endormir, lui resta éveillé. Il l'observa, palpa son ventre en quête de contractions. Une heure plus tard, il constata que tout allait pour le mieux. L'utérus ne se contractait pas.

Il aurait volontiers passé la journée au lit avec elle, au gré de ses désirs mais ce n'était pas raisonnable. Pendant une semaine encore, ils pourraient se donner ainsi du plaisir si elle le souhaitait mais ensuite, ils devraient patienter. L'abstinence ne lui faisait pas peur – son bonheur était total. Elle l'aimait, elle avait envie de lui. Quant à lui, il ferait n'importe quoi pour elle.

À trente-six ans, Cameron avait collectionné les aventures et connu des ébats nettement plus créatifs que ce qu'il venait de vivre avec Abby. Mais jamais il ne s'était senti aussi comblé.

Il hésitait à la réveiller, toutefois il devait retourner en ville. Il s'était absenté du cabinet toute la matinée.

— Abby… mon chou…

Elle gémit, s'étira. Ouvrant les yeux, elle lui sourit.

— Tu te sens mieux ? s'enquit-il.

— Infiniment. Et toi ?

Il opina.

— Sache que… je veux t'épouser. Quand tu te sentiras prête. Cependant, ce n'est pas le plus important. Je suis déjà complètement engagé. Quoi que tu décides, je serai là pour toi. Je ne te quitterai jamais. Je t'aime.

Elle effleura sa joue.

— Merci, Cameron. Moi aussi, je t'aime.

— Dieu merci, ces biches se sont aventurées dans le jardin. Il se pourrait que ce soit le plus beau jour de ma vie.

Lorsqu'il regagna le cabinet, à l'heure du déjeuner, Melinda était dans la cuisine. Il savait qu'il arborait un sourire très spécial et une attitude décontractée. Impossible de cacher sa jubilation : enfin, sa vie prenait du sens. Il s'efforça de paraître nonchalant mais Melinda ne fut pas dupe.

— Ce devait être un véritable troupeau, le taquina-t-elle.

— Gigantesque. Abby était surexcitée.

Melinda eut un petit rire. Elle lui tapota l'épaule d'un geste amical.

— Cameron, parfois, Jack réunit quelques copains pour une partie de poker.

— Et alors ?

— Et alors, je te déconseille fortement d'y participer.

Quand Jack put enfin aller chercher Rick à la caserne, plus de vingt-quatre heures après son départ de Virgin River, il fut un peu déçu. Rick l'attendait dehors, tout seul avec son bagage… et son déambulateur. Jack ne s'était pas attendu à ce qu'il en ait encore besoin et il avait espéré le voir entouré de quelques camarades.

— Tu te sers toujours de ce machin ?

— C'est mieux que de me retrouver sur le cul, rétorqua Rick. Tu n'imagines pas à quel point se lever est difficile.

— Si, si.

— Tu veux bien prendre mon sac ?

Jack eut une légère hésitation avant de s'exécuter.

— Heureusement que tu n'as pas été obligé de prendre le car.

— Ce n'est pas le moment de jouer au plus malin, d'accord ?

Rick se dirigea vers le pick-up, ouvrit la portière et fixa le marchepied.

Jack jeta le fourre-tout à l'arrière et vint se planter devant Rick.

— Réglons le problème une fois pour toutes. Tu peux t'appuyer sur ta prothèse, n'est-ce pas ? Mets ta main gauche ici, attrape la portière avec la main droite, pose le pied gauche sur la marche et hisse-toi. Je me charge du déambulateur.

— Aide-moi, d'accord ?

— Je vais te surveiller. Si tu as un souci, je te rattraperai. Tente le coup.

— Et si je n'en ai pas envie ?

— Et si tu essayais ?

Rick grimaça, émit un grognement, suivit les instructions de Jack et grimpa dans la cabine. Du premier coup. Mais si Jack s'en réjouissait, Rick demeura de marbre.

— Eh bien, tu vois ?

Jack plaça le déambulateur à l'arrière mais il l'aurait volontiers envoyé valser le plus loin possible. Il était pressé de retrouver son Rick. Son attitude négative le désespérait.

Il aurait dû lui rendre visite régulièrement, ne fût-ce que pour lui apporter des hamburgers. Rick avait terriblement maigri. Ses muscles avaient fondu. Or il en avait besoin pour compenser l'absence de sa jambe. Les bons petits plats de Vic le remplumeraient assez vite mais il faudrait qu'il se muscle à nouveau et pour cela, la motivation était indispensable.

— Allons prendre un petit-déjeuner, proposa Jack.

— J'ai déjà pris le mien.

— Que dirais-tu de manger une deuxième fois ? Ce ne serait pas du luxe.

— Je n'ai pas faim. Je t'attendrai dans la camionnette.

Jack continua à rouler. Le voyage promettait d'être pénible.

Toutes les deux heures, il s'arrêtait – de préférence dans un endroit où l'on pouvait se restaurer – et obligeait Rick à descendre pour se dégourdir les membres.

— Allez ! Le kiné d'Eureka m'a dit que tu devais te remuer pour éviter… je ne me rappelle plus le terme qu'il a employé…

— Les contractures. Je me sens bien. Mais il faut que j'enlève la prothèse un moment.

— Dès qu'on repartira. Un petit effort, Rick. Regarde autour de toi, tu as le choix. Hamburger, sandwich, poulet / frites, qu'est-ce qui te ferait plaisir ?

— Je n'ai pas faim.

— Bon sang de bon sang, grommela Jack.

Il s'empara du déambulateur et le posa devant Rick.

— Fais le tour du véhicule au moins deux fois. Ensuite, on te débarrassera de ta jambe artificielle.

Sur ce, il traversa la rue et pénétra dans une sandwicherie dont il ressortit bientôt avec deux énormes casse-croûte. Il faillit sourire en constatant que le déambulateur était de nouveau à l'arrière du pick-up et Rick, dans la cabine. Il n'était donc pas si handicapé que cela quand il voulait en finir avec un exercice. Quant à la prothèse, Jack ignorait comment il s'y était pris, mais Rick l'avait posée sur la banquette arrière.

Jack lui tendit l'un des sandwichs, positionna deux grandes cannettes de soda dans les porte-gobelets et démarra.

Rick fixa la nourriture sur ses genoux.

— Mange ce que tu peux. Tu n'as rien avalé depuis des heures. À notre retour, j'irai chercher quelques-uns des poids de Vic. Tu devrais remuscler tes bras, tes épaules, ton torse.

— Dans quel but ?

Stupéfait, Jack secoua la tête.

— Vivre ? suggéra-t-il.

— Dans quel but ? répéta Rick.

Jack se ressaisit. Ce n'était pas le moment de le harceler. *Ferme-la et sois patient,* lui avaient dit Mike et Melinda. Jack se sermonna intérieurement. *D'accord, je ne suis pas le meilleur pour affronter cette situation. Je n'ai jamais été aussi gravement atteint, surtout pas à son âge. Mike a frôlé la mort. Il pourrait peut-être intervenir.* Comme promis, Melinda avait déniché un psy. Jack ne pouvait pas obliger Rick à suivre une thérapie, mais il pouvait l'y conduire et l'attendre dehors.

Pour finir, il craqua.

— Mange ce putain de sandwich. Je ne plaisante pas.

Quelques secondes plus tard, Rick le déballa et mordit dedans. Une fois. Deux fois.

Jack, en revanche, avait perdu l'appétit. Il était soulagé de voir Rick manger mais n'en éprouvait aucun sentiment de victoire. La volonté de s'en sortir devait venir de Rick, pas du tyran sur le siège conducteur.

Jack se força à engloutir la moitié de son casse-croûte et à poursuivre son chemin. Rassasié, Rick s'assoupit, le reste du sien entre les cuisses. Jack s'en empara et le mit de côté pour plus tard. La sieste de Rick lui donnait tout le loisir de réfléchir.

Il se rappela l'époque où Mike Valenzuela avait choisi de s'installer à Virgin River pour sa convalescence après avoir été gravement touché en service, à l'époque où il appartenait au LAPD – le département de police de Los Angeles. Il prétendait que sa famille et ses amis souhaitaient si fort sa guérison qu'il en suffoquait. Jack se rappela aussi qu'il aimait Rick comme son fils, autant que ses propres enfants, David et Emma. Parfois, cela l'incitait à agir sur un coup de tête, au risque de faire davantage de mal que de bien.

Rick fut réveillé deux bonnes heures plus tard par une crampe dans la cuisse. Il poussa un gémissement de douleur et se mit à frotter son moignon.

— Nous approchons d'une aire de repos. Tiens bon, dit Jack.

Rick continua à se masser, les dents serrées. Il recula sur son siège, souleva le bassin et extirpa un petit flacon de sa poche. Il goba un comprimé et but une gorgée de soda.

— Qu'est-ce que c'est ? voulut savoir Jack.

— Un anti-inflammatoire avec un soupçon de codéine. De quoi surmonter la douleur. Mais ça ne vaut pas la morphine.

— Prêt pour un arrêt pipi ?

— Oui, souffla Rick.

— Tu veux la prothèse ? s'enquit Jack en se garant sur un emplacement réservé aux invalides.

— Non, répliqua Rick en repliant le bas de son jean et en l'insérant dans la ceinture de son pantalon. Juste le déambulateur.

— Ne bouge pas.

Jack descendit, s'empara du déambulateur et, pour éviter à Rick une série de prouesses techniques, glissa un bras autour de sa taille jusqu'à ce que sa jambe touche le sol. Puis il le suivit jusqu'aux toilettes. Rick tourna la tête vers lui une seule fois.

— C'est bon.

— Je suis derrière toi.

Tête penchée, mains crispées sur l'engin, Rick s'avança jusqu'à un urinoir, se redressa, en équilibre précaire sur une jambe et se soulagea. Il chancelait, surtout lorsqu'il voulut remonter sa fermeture Éclair. Il se dirigea prudemment vers le lavabo et se lava les mains. Pressentant une catastrophe s'il mettait ses mains mouillées sur le déambulateur, Jack lui tendit des serviettes en papier alors qu'il était encore appuyé contre le comptoir. Quand Rick s'écarta du lavabo, son jean était trempé.

— Merde.

— Les leçons d'apprentissage sont nombreuses. Raison de plus pour t'entraîner avec ta jambe artificielle, non ?

— Un des gars m'a expliqué que c'était plus facile de réapprendre à faire l'amour que de prendre une douche.

— C'est bon à savoir, ricana Jack.

— Je doute que l'occasion se présente.

— De prendre une douche ou faire l'amour ? railla Jack.

Mais Rick n'était pas d'humeur à plaisanter. Ils reprirent en silence le chemin de la voiture.

Ils roulèrent encore une trentaine de minutes avant que Jack n'interroge Rick.

— La douleur s'est estompée ?

— À peu près.

— Nous n'en avons plus que pour deux heures. Désolé pour l'histoire du sandwich. Je me suis mal comporté. Je n'ai pas à te tyranniser. Je te présente mes excuses.

— Laisse tomber.

— Tu comprends, j'essaie seulement de t'aider à te remettre sur pied.

— Un pied, marmonna Rick. Tu essaies de m'aider à me remettre sur *mon* pied.

Jack serra les dents et tenta de se rassurer. *N'insiste pas, Rick finira par se radoucir*.

— J'aimerais aborder plusieurs sujets avec toi.

— Par exemple ?

— Déjà, la rééducation. Tu la suivras dans une clinique à Eureka. Il paraît qu'ils sont parfaitement équipés et je t'y emmènerai. Tous les vétérans du comté vont là-bas. En ce qui concerne la psychothérapie…

— Pas question.

— Lâche du lest, d'accord ? Tu t'entends parler ? Tu veux t'apitoyer sur ton sort jusqu'à la fin de tes jours ?

— J'ai suivi des séances de groupe à Balboa et j'ai perdu mon temps. Au lieu de me remonter le moral, ça me démolissait.

— Là, tu seras seul avec la personne.

— Avec un type qui a ses deux jambes ? grimaça Rick. Parce qu'un connard en un seul morceau prétend m'aider à gérer mon handicap ? Ça me fait doucement rigoler.

— Si ça se trouve, il a deux têtes, rétorqua Jack. Pardon. C'est la frustration. Je suis frustré.

— Pas possible ! lança Rick avec un rire jaune.

— Passons. J'aimerais que tu t'installes chez nous. Une fois l'obstacle du porche franchi, tu n'auras aucun escalier à gravir. Je te transporterai ici et là jusqu'à ce que tu puisses de nouveau conduire, c'est-à-dire dès que tu te sentiras prêt. Tu pourras passer tout le temps que tu veux avec ta grand-mère et j'irai même la chercher. Mais sa maison n'est pas adaptée et Lydie est trop âgée pour s'occuper de toi.

— On se débrouillera.

— Ricky, tâche d'être raisonnable. Melinda et moi pouvons t'accueillir et Lydie a déjà assez de mal comme ça sans…

— On se débrouillera, trancha-t-il.

— Es-tu absolument opposé à l'idée de faciliter les choses ? As-tu l'intention de te braquer contre toutes les propositions ?

— Je t'ai laissé me ramener, non ?

— Oui. Tu m'as offert un coin de paradis.

— Ensuite ?

— Liz.

— Rien à dire.

Ce fut au tour de Jack de rire jaune.

— Mon pote, cette fois, on va en discuter. Je sais que tu n'as pris aucun de ses coups de fil et que tu ne l'as jamais rappelée. Je n'en connais pas la raison mais tu vas être de retour en ville et elle travaille toutes les semaines à l'épicerie de sa tante Connie. Tu ne pourras pas l'éviter indéfiniment. Elle meurt de trouille.

— Elle a tort, assura Rick d'un ton plus calme.

Jack poussa un profond soupir.

— Elle n'y peut rien. Tu l'as ignorée. J'avoue que j'ai du mal à comprendre.

— Je sais. Ne te fais pas de souci. Je lui parlerai. Je serai aussi gentil que possible.

— Rick, où en es-tu avec cette histoire ?

Il aspira une grande bouffée d'air.

— Tout va s'arranger. Liz est jeune et belle. Elle est adorable et courageuse. Elle s'en remettra.

— Je pressens le pire.

— Mais non. Elle va peut-être avoir un peu de mal à l'accepter, voilà tout. Elle n'a pas besoin d'un boulet comme moi.

Jack dut redoubler de concentration pour rester sur la route.

— Quoi ? C'est à cause de la prothèse ?

— Non, encore que, soyons franc, ce ne soit pas un atout. Il s'agit d'un ensemble. Depuis que Liz m'a rencontré, sa vie est sens dessus dessous. Je lui porte la poisse. Elle mérite mieux.

— Elle ne sera pas d'accord sur ce point. Elle se battra jusqu'au bout.

— Pas trop, j'espère, parce que je ne céderai pas. Tu ne crois pas qu'elle a subi assez d'épreuves comme ça ?

— Je ne sais pas quoi te répondre.

Jack n'avait qu'une envie : secouer Rick jusqu'à ce que tous ses neurones se remettent enfin en place.

— Ne panique pas. Je serai gentil.

— Tout en la larguant ? Après tout ce qu'elle a enduré pour toi ? Tu n'as pas l'impression que si elle en avait assez, c'est *elle* qui t'aurait plaqué ?

— Point suivant ? À moins que nous ayons couvert l'ordre du jour ?

— Rick, je m'efforce de modérer mes propos.

— Point suivant ?

S'il continue, je l'étrangle ! songea Jack. Il secoua violemment la tête, essayant de se remémorer les paroles de Melinda car son instinct lui dictait de se garer sur le bas-côté et de hurler quelque chose du genre : « Espèce de salaud, cette fille t'a soutenu de toutes ses forces. Si tu ne l'aimes plus, assume, ça arrive. Mais tu n'as pas le droit de décréter que tu n'es pas suffisamment bien pour elle et autres conneries du genre. Et tu n'as perdu qu'une jambe ! »

Au lieu de quoi, il mesura ses paroles.

— Tu traverses une période difficile. Sur les plans physique, émotionnel et psychologique. Il vaudrait mieux ne rien précipiter. Quand tu auras surmonté le plus dur, quand tu auras ta prothèse définitive, si tu n'as pas changé d'avis… En clair, il serait imprudent de prendre de telles initiatives avant ta guérison complète, non ? Liz et toi êtes ensemble depuis longtemps. Tu veux l'écarter parce que ta cervelle est encore en morceaux. J'ai lu ça dans la brochure.

Il vit Rick serrer les mâchoires.

— Point suivant ?

— Seigneur !

— Je fais de mon mieux. Dans ma cervelle bouillie, je sens que ce serait une erreur de m'accrocher à Liz ou de la laisser s'accrocher à moi. C'est tout. J'ai eu des mois pour y réfléchir. Et maintenant, passons au putain de *point suivant* !

Vaincu, Jack reprit son souffle.

— Entendu. Vic a prévu un barbecue.

Pitié ! Son pire cauchemar. Tous les habitants de la ville réunis pour lui souhaiter la bienvenue. Il allait s'écrouler. Pleurnicher comme une fille. Il n'en avait pas la force.

— Tu le remercieras mais tu lui diras que j'ai trop mal. On se verra plus tard.

— Tu n'as pas trop mal.

— Si. Je refuse, Jack. Je. Ne. Peux. Pas.

Plus qu'une heure de route. Peut-être Rick changerait-il d'avis. Mais si Jack avait appris une chose au cours de cette journée, c'était que Rick avait une volonté de fer. Sauf pour se rétablir totalement.

— Très bien. À ta guise.

Quand Rick pénétra chez elle, Lydie fondit en larmes. Il sentit Jack juste derrière lui avec son bagage et sa prothèse, tandis qu'il étreignait d'un bras sa grand-mère secouée de sanglots tout en s'agrippant de l'autre à son déambulateur. Elle était si menue, si vieille, si fragile. Elle avait subi tant de drames dans son existence qu'il n'osait pas la repousser. L'espace d'un instant, Rick remercia le Seigneur de lui avoir permis de revenir, même blessé.

— Hé ! Hé ! murmura-t-il. Doucement, mamie. Tu vas me noyer, avec toutes ces larmes.

— Rick, si tu savais comme j'ai prié pour toi. Dieu soit loué, te voilà de retour.

— Oui, mamie. Je suis là. Tout va bien, mentit-il.

Pour rien au monde il ne lui avouerait son désespoir. Il la réconforta jusqu'à ce qu'elle s'essuie les yeux et s'écarte légèrement pour le dévisager. Jack retint son souffle.

— Je parie qu'il y a une fête chez Jack, ce soir.

— En effet mais je ne me sens pas d'attaque, répondit Rick. Le voyage a été long, j'ai mal à la jambe. Je préfère faire l'impasse.

— Tu en es sûr ? s'enquit-elle, le front plissé.

— Oui. Mais si tu as envie de rencontrer les voisins, je suis certaine que Jack t'y emmènera.

— Non, non. Nous resterons ici ensemble. Le problème, c'est que je n'ai rien préparé à manger. Je pensais qu'on dînerait chez Jack.

— Pas de souci. On va s'y mettre à deux. On a besoin de reprendre des forces, toi et moi.

Jack monta le fourre-tout de Rick dans sa chambre, celle dans laquelle il avait grandi et qu'il avait brièvement partagée avec Liz, presque jusqu'au terme de sa grossesse.

— Je vous rapporte un plat tout à l'heure, proposa-t-il. Tu ne vas pas te mettre aux fourneaux dès ton arrivée.

— Ce n'est pas la peine, Jack.

— Si, si, j'y tiens… Je transmettrai tes regrets et amitiés aux autres. Repose-toi.

Mû par un brusque élan d'humilité après s'être conduit comme un goujat toute la journée, Rick le remercia.

— J'apprécie ton offre, Jack. Beaucoup.

— C'est ça, répliqua Jack, visiblement excédé et déçu.

Rick surmonta aussitôt son sentiment de culpabilité. Jack, plus encore que les autres, se porterait mieux s'il n'avait pas été là pour lui créer autant de problèmes.

Il remit sa prothèse. Il partagea un repas tranquille avec sa grand-mère. Lydie prit son insuline pendant qu'il avalait un cachet. À 20 heures à peine, elle se mit à dodeliner de la tête et il l'envoya se coucher. Puis il éteignit toutes les lumières au cas où quelqu'un passerait devant la maison.

Il savait que de nombreuses personnes s'étaient réunies au bar-grill, juste au bout de la rue. Il percevait même des bruits étouffés de moteur et des éclats de voix. Les souvenirs du bon vieux temps ressurgirent, les fois où il était revenu en permission, les visites des copains de Jack qui le traitaient comme un petit frère. Remontant dans le passé, il se revit y travailler tout en poursuivant ses études au lycée. Il s'y était senti comme chez lui – discutant avec Vic et Jack, servant les clients, remplissant la réserve, se précipitant à Eureka pour acheter des provisions.

Pendant un temps, ce job avait été toute sa vie. Jack veillait toujours à ce qu'il fasse passer en priorité son travail scolaire et le sport – comme un père. Quand Liz était tombée enceinte, Jack et Vic s'étaient arrangés pour lui donner du boulot tout en lui laissant la liberté de s'occuper de sa bien-aimée, la future maman de son bébé. Aujourd'hui, il revenait dans un état pitoyable et ils étaient tous là pour lui, à le soutenir.

Les larmes lui montèrent aux yeux. Il avait vécu des moments heureux et d'autres, terribles – le jour où son bébé était mort-né, par exemple. Pourtant, Liz avait surmonté cette épreuve et continuait à l'aimer. Comment était-ce possible de se rappeler un événement aussi abominable avec une telle tendresse ?

Sa grand-mère laissait presque toujours la lumière du porche allumée mais Rick l'éteignit. Il s'assit sur le canapé dans le salon obscur et ressassa le passé, à la fois triste et soulagé de ne pas assister au barbecue.

Au fond de lui, il s'en voulait un peu. Vic avait dû lui préparer son plat préféré et les femmes, apporter leurs spécialités. Leurs intentions étaient bonnes et sincères.

À 22 heures, la fête était finie depuis longtemps. À la campagne, on se couchait tôt, on se levait aux aurores. Quand on frappa discrètement à la porte, Rick pensa que c'était Jack venu prendre de ses nouvelles, le materner – voire le border dans son lit.

Il alla lui ouvrir et se trouva nez à nez avec… Liz.

10

La première pensée qui traversa l'esprit de Rick fut *Comment peut-elle être encore plus belle qu'avant* ? Ses yeux étaient plus bleus, ses cheveux plus épais, plus soyeux et il avait une envie folle de les caresser. Elle ne ressemblait plus à une adolescente. Elle était canon, son corps enivrant. Sa deuxième pensée franchit la barrière de ses lèvres, malgré lui :

— Qu'est-ce que tu fabriques ici ?

— Eh bien, j'ai compris le message, Rick. Tu ne décrocheras pas ton téléphone, tu ne me rappelleras pas, tu ne me contacteras pas alors que tu es pile en face de l'épicerie où je travaille tous les week-ends.

Elle haussa les épaules.

— Alors c'est moi qui suis venue te voir. Parler avec toi. Pour essayer de comprendre où est le problème.

Il émit un rire cruel.

— Eh bien, voyons, marmotta-t-il en se grattant le menton. Le problème ? Quel problème ?

— Arrête, Rick. Tôt ou tard, il faudra que tu sois honnête avec moi. Ta jambe n'a rien à voir avec *nous*. Je me fiche complètement de la prothèse et tu le sais.

Il la dévisagea, sidéré. Ce n'était plus du tout la Liz qu'il avait quittée. Enfin, si, la métamorphose avait déjà débuté au cours des deux années précédentes. À cause de lui, elle avait subi des épreuves terribles et pourtant, loin de s'écrouler, elle s'était endurcie. Désormais, c'était une femme pleine d'assurance. Elle se tenait droite, la tête haute.

— Attendons un peu, d'accord ? Pas ce soir.

— Non, ça suffit, rétorqua-t-elle en tripotant son pendentif. Je suis la fille avec qui tu voulais *te marier*, te rappelles-tu ? Tu t'es comporté d'une manière abominable. Je comprends ce que tu traverses mais cela ne te donne pas le droit de me tourner le dos. Je ne te le permettrai pas. Moi aussi, j'ai souffert. Jusqu'ici, nous nous sommes toujours soutenus l'un l'autre.

— Cette fois, c'est impossible, grogna-t-il en commençant à refermer la porte.

Elle l'en empêcha.

— Allons faire un tour en voiture.

— Je ne peux pas. Mamie est couchée.

— Ah oui ? Écris-lui un mot : « Parti faire un tour avec Liz. » Elle ne va pas te punir.

— Je ne souhaite pas avoir cette conversation maintenant.

— Tu n'as pas le choix. On peut rester ici au risque de réveiller ta grand-mère ou s'installer dans ma voiture.

— Liz, je suis épuisé, j'ai mal. Et je n'ai aucune envie de…

— Parfait ! interrompit-elle en pénétrant dans la maison et en allant se caler dans le canapé. Dans ce cas, ce sera ici.

Il inspira profondément et secoua la tête. Clopinant jusqu'au comptoir de la cuisine, il arracha une feuille du bloc-notes et s'empara d'un stylo. Puis il se dirigea en boitant jusqu'à l'entrée, s'empara de son manteau.

— Tu as besoin de béquilles ?

— Non. On n'en a pas pour longtemps.

Il sortit, s'immobilisa en haut des trois marches du porche. Il se cramponna à la rampe en priant pour ne pas se retrouver à plat ventre dans l'allée – il ne maîtrisait pas encore bien son genou mécanique. Liz resta derrière lui, le laissant prendre tout son temps. Si elle lui avait agrippé le bras pour l'aider, il l'aurait repoussée mais elle était futée : elle patienta.

Puis, à la grande surprise de Rick, elle lui laissa le soin d'ouvrir lui-même la portière du côté passager. Lorsqu'elle fut derrière le volant, elle démarra.

— Je croyais qu'on allait juste s'asseoir ici.

— Oui, mais on va se garer quelque part où tu ne pourras ni me chasser ni me fuir.

— Tu n'as qu'à t'arrêter au coin de la rue. Au cas où tu ne l'aurais pas remarqué, je suis plutôt lent à la détente.

— Ce que j'ai remarqué, c'est que ce qui te tourmente n'a aucun rapport avec ta jambe. Très bien, vas-y, Rick. Vide ton sac.

— Tu ferais mieux de stopper la bagnole d'abord. Ne nous éloignons pas trop de la maison, s'il te plaît. Je ne mentais pas – je suis fatigué et j'ai mal.

— Nous n'irons pas loin, je te le promets. Pendant que je conduis, rends-moi un service. Essaie de te souvenir de moi. La fille qui a toujours été dans ton camp, quoi qu'il en soit. Hein ? La fille qui ferait n'importe quoi pour toi. Celle qui t'a soutenu à cent pour cent quand tu lui as annoncé que tu voulais intégrer le Corps des Marines.

— Tu n'aurais sans doute pas dû.

— Peu importe, rétorqua-t-elle en agitant une main. Je l'ai fait. Et je suis toujours là pour toi, même si tu feins le contraire.

Il regarda droit devant lui. Comment devait-il s'y prendre ? Une chose était sûre – quelle que soit la manière, elle accuserait le coup. Mais elle finirait par s'en remettre et ne s'en porterait que mieux. Le hic, c'était qu'elle sentait si bon… Derrière cette façade de dure à cuire se dissimulait une douceur si profonde, si désirable qu'il serait capable de s'y égarer un moment. Il en était troublé. Si elle n'avait pas été le sujet de tous ses rêves, peut-être aurait-il réussi à l'oublier.

Se calant sur l'appuie-tête, il ferma les yeux. Avec un minimum de tact et d'intelligence, il en finirait dès ce soir. Ensuite, ils pourraient avancer chacun de leur côté.

Liz quitta la route et gagna le bord de la rivière. Elle coupa le moteur, éteignit les phares et se tourna vers lui.

— Liz, je crois qu'on devrait se séparer, bredouilla-t-il en contemplant son genou.

Comme elle ne réagissait pas, il la dévisagea.

Elle le fixa.

— Pourquoi ?

— Parce que, depuis que nous nous connaissons, nous avons enchaîné les drames. Je suis presque certain que j'étais à l'origine de chacun d'entre eux. Ce n'est pas juste pour toi.

— Ah ! ironisa-t-elle. Parce que tu fais ça *pour moi* ?

— Je sais que ce n'est pas ce que tu veux. Tu ne comprends donc pas que cela ne fait qu'empirer la situation ? Ne m'approche plus. Vis ta vie, trouve-toi un type qui ne fichera pas tout en l'air chaque fois que tu tournes le dos. D'accord ? Lâche-moi les baskets, Liz. Laisse-moi partir, tu m'entends ?

Elle se contenta de le regarder. La lune n'était pas pleine, pourtant ses yeux étincelaient comme des étoiles. Elle secoua légèrement la tête.

— Tu vas surmonter cet obstacle. Tu souffres, tu es en colère mais ça passera. Et quand tu seras guéri, tu regretteras de ne plus m'avoir à tes côtés.

— Je te dis que…

— Non, chuchota-t-elle en effleurant sa joue d'une caresse… Non, Rick.

Son regard s'assombrit, il lui prit les mains et scruta son visage, sa petite bouche rose, inhala son parfum, fantasma… Avant même de se rendre compte de ce qu'il faisait, il saisit une poignée de ses cheveux et s'empara de ses lèvres en un baiser avide, dévorant. Ce goût… c'était celui qui avait hanté ses pensées. La tentation était trop forte, il craqua. Ses mains glissèrent jusqu'à sa chute de reins, sur sa poitrine, s'aventurèrent jusqu'à ses fesses, revinrent sur son bas-ventre.

— Seigneur ! Il ne faut pas… je ne peux pas…

Il dégrafa son soutien-gorge et enfouit la tête dans ses seins.

Liz changea de position pour lui faciliter la tâche. Pendant qu'il titillait ses mamelons avec le bout de sa langue, elle l'embrassa sur la tempe, sur le lobe de l'oreille, fit courir ses doigts dans sa chevelure, blottit sa tête dans son cou, savourant tout ce dont elle avait été privée trop longtemps, lui murmurant qu'elle avait besoin de lui, qu'elle l'aimait, qu'elle avait envie de lui. D'ordinaire, Rick était moins pressant, moins féroce. Elle s'en fichait – enfin il la touchait et pour elle, cela signifiait qu'il ne voulait pas vraiment rompre. Il avait beau estimer que c'était plus sage, il avait tort.

Il baissa la fermeture Éclair du jean de Liz. Un grognement rauque lui échappa tandis qu'il se redressait pour capturer de nouveau sa bouche.

— Que c'est bon… que c'est bon…

— Oh ! Rick, soupira-t-elle.

— Déshabille-toi.

— Dans la voiture ? Comme ça ?

— Ce ne sera pas la première fois, Liz. Déshabille-toi, ordonna-t-il. Il le faut. Allez !

Il tira sur son jean. Elle posa les mains sur les siennes pour l'arrêter, se noya un instant dans son regard, puis le laissa poursuivre. Elle se délesta de ses chaussures, leva les jambes et se débarrassa complètement du pantalon. Elle garda son slip – un string qui la couvrait à peine et ne risquait pas d'être une barrière. En effet… Elle retint son souffle, Rick gémit. Le plaisir si proche.

Puis il s'attaqua à sa propre braguette, détacha sa ceinture, déboutonna, se démena en position assise.

— Attends, chuchota-t-elle… Laisse-moi faire.

Libéré, il la saisit par les hanches et l'attira vers lui avant de se figer.

— Pardon… Ô mon Dieu ! Liz…

— Ne t'inquiète pas.

Guidé par ses sens et la voix rassurante de Liz, il écarta le string minuscule et la guida sur son membre.

— Ta jambe…

— C'est bon. Comme ça, ça va. Aaahhh !

Il actionna le bassin, de plus en plus vite, de plus en plus fort, l'embrassa avec ardeur avant d'exploser en elle avec un grognement étouffé. Il avait l'impression que ça ne s'arrêterait jamais, tant son orgasme fut long et désespéré. De son côté, Liz le laissa jouir à son rythme en le couvrant de baisers. Enfin, haletant, il se décontracta.

— Seigneur ! souffla-t-il... Pas de préservatif. *Génial*.

— Je prends la pilule depuis deux ans. Tu n'as rien à craindre, le rassura-t-elle en lissant une mèche de cheveux sur sa tempe.

— Je crois que j'ai perdu la tête... Tu n'as même pas joui, ajouta-t-il en la voyant esquisser un sourire.

— Tu semblais pressé.

— Je t'ai malmenée ?

— Peu importe, répondit-elle, ce qui revenait à une affirmation. En ce moment, tu es sens dessus dessous.

— Je t'ai fait mal ?

— Non.

Il serra ses fesses nues dans ses paumes.

— Tu vois, c'est exactement ce que je voulais éviter.

— Nous avons tant fait l'amour – pas exactement comme ça. Si ç'avait été la première fois, je n'aurais peut-être pas apprécié. Mais ce n'était pas notre première fois.

— Liz, mon bébé, il faut que tu m'entendes. Je n'ai rien à t'apporter.

— On va se battre.

Il soupira. Décidément, il avait tout loupé. Il avait accepté de la suivre parce qu'il voulait la convaincre de tourner la page et il n'avait rien trouvé de mieux à faire que de lui arracher ses vêtements.

— Allez, il faut se rhabiller et rentrer. Avant que je ne commette encore des bêtises.

— Rick...

— Je t'en prie, Liz, interrompit-il en remontant sa braguette et en l'aidant à remettre son jean.

Puis il prit son visage menu dans ses mains.

— Je ne veux plus te faire du mal. Sois raisonnable. J'ai besoin de prendre du recul par rapport à notre relation. Tu vois bien que je suis incapable de mener une vie de couple normale.

— Donne-toi le temps de…

— Non ! C'est fini ! Ça ne marchera jamais !

Pour la première fois depuis qu'elle s'était présentée chez la grand-mère de Rick, il vit ses yeux se remplir de larmes mais elle les retint.

— Il y a quelques minutes, ça marchait plutôt bien, Rick.

Il demeura silencieux un long moment.

— Allons-nous-en d'ici.

Quelques minutes plus tard, elle ralentit devant la maison de Lydie.

— Tu pourrais au moins accepter mon amitié, dit-elle, le regard fixé devant elle. Après tout ce que nous avons vécu ensemble.

Il contempla son profil.

— Non. Impossible. Je regrette, mais c'est terminé.

Elle se tourna vers lui.

— Tu es devenu fou. Je ne te reconnais pas. Consulte un thérapeute, Rick, avant d'avoir envoyé valser tous les aspects positifs de ton existence.

Il resta silencieux.

— Descends, ordonna-t-elle. Tu sais comment me joindre.

Liz démarra en trombe avant que Rick n'ait atteint les marches de la véranda. Elle fonça hors de la ville. On était vendredi soir. N'avait-elle pas précisé qu'elle travaillait à l'épicerie de sa tante tous les week-ends ?

Peut-être avait-il mal compris… Bref, elle avait disparu et c'était tant mieux. Il l'avait ignorée ostensiblement pendant deux mois sans parvenir à la décourager mais cette fois, le tour était joué.

Il pénétra dans la maison et aperçut le mot qu'il avait gribouillé sur la table de la cuisine. Il baissa son jean, détacha l'emboîture de sa prothèse, délaça la basket, extirpa la jambe artificielle du pantalon et l'appuya contre le canapé. Il remonta le jean et s'assit. Brusquement, il s'empara de la prothèse et la jeta à l'autre bout de la pièce où elle se fracassa sur le vieux piano de sa grand-mère. Puis il cacha son visage dans ses mains et sanglota.

Quelle mouche l'avait piqué ? Il avait préparé tout un discours dans lequel il allait expliquer son point de vue, encourager Liz à poursuivre ses études, à rencontrer un homme intelligent qui pourrait lui offrir la stabilité et le bonheur. Au lieu de quoi, il l'avait pratiquement violée ! Certes, elle n'avait pas cherché à l'arrêter. N'empêche qu'il s'était montré agressif et désespéré. Si elle l'avait repoussé, aurait-il su se maîtriser ?

— Rick ?

Levant la tête, il distingua sa grand-mère sous l'arche du salon, agrippant les pans de son peignoir de chenille.

— J'ai entendu un drôle de bruit.

Dieu merci, elle ne voyait pas assez clair pour remarquer ses joues maculées de larmes.

— Désolé, mamie. Ma prothèse m'a échappé. Elle est très lourde. Pardon de t'avoir réveillée.

— On dirait que tu as attrapé un rhume.

— Possible, marmonna-t-il en reniflant. Retourne te coucher.

— Tu as besoin de ton déambulateur ?

— Il n'est pas loin.

— Je peux t'apporter quelque chose ?

— Merci, mamie, mais je vais bien.

Non, je ne vais pas bien, songea-t-il. *Je suis complètement désaxé. Quel monstre suis-je devenu ? Envers moi-même et tous les autres ? Je suis poursuivi par le mauvais sort !*

En une seule journée, il avait blessé deux des personnes qui comptaient le plus pour lui. Il avait été odieux avec Jack et ensuite, avec Liz... Il était minable. Pourtant, c'était la seule solution. Mieux valait les dégoûter, les tenir éloignés.

Et ce n'était que le début. D'autres gens s'efforceraient de l'arracher à son isolement, de l'aider et il les enverrait paître... Vic. Melinda. Les camarades d'escadron de Jack. Connie et Ron. Il ne voulait pas de leur générosité. En ce qui le concernait, tout ce à quoi il touchait lui sautait à la figure. Comme cette putain de grenade en Irak.

Subitement, une pensée lui traversa l'esprit : il avait honte de ce qui lui était arrivé. C'était absurde et pourtant... En thérapie de groupe, plusieurs de ses compagnons d'infortune avaient évoqué ce sentiment d'humiliation qui les rongeait à la perspective d'infliger à leurs proches les affres d'un vétéran infirme. Il avait trouvé cela ridicule.

Cependant, il était là, sur le sofa fleuri de sa grand-mère, conscient que tout aurait été différent s'il était revenu sur ses deux jambes à Virgin River. Comment y remédier ?

Il dormit mal mais lorsqu'il se leva – très tôt – il commença par s'armer de son déambulateur pour se rendre sur la véranda scruter la maison de Connie, juste en face, jouxtant l'épicerie. La voiture de Liz était là, couverte de rosée – donc depuis un bon moment. Où Liz s'était-elle réfugiée après l'avoir déposé chez lui ? De toute évidence, elle n'était pas rentrée chez sa mère à Eureka. S'était-elle enfuie dans les bois ou au bord de la rivière pour pleurer ?

Quel monstre il était !

Il se cacha toute la journée. Il aurait pu s'aventurer jusqu'au bar-grill mais après avoir refusé d'assister à la fête organisée en son honneur, il préférait jouer le marine blessé. Ce fut donc Jack qui vint à lui.

— Je fais juste un saut pour prendre de tes nouvelles, annonça-t-il. Et je vous ai apporté un plat de Vic pour votre dîner.

— Merci, répondit Rick en lui prenant le sac des mains. Vic est furieux contre moi ?

— Vic ne se met quasiment jamais en colère. Toutefois, un petit conseil, évite-le pour le moment. Alors… tu te sens mieux aujourd'hui ?

— Ça va. Je me repose.

— Tant mieux. Je veux que tu te présentes au bar à 9 heures lundi matin. Nous avons une séance de rééducation à Eureka.

— Nous ?

— Je t'y emmène. Rééducation physique les lundis, mercredis et vendredis. Psychothérapie les mardis et les jeudis. Toujours le matin.

— Tu n'es pas obligé de…

Jack haussa un sourcil.

— Tu préfères commander un taxi ? Ou peut-être y aller avec quelqu'un d'autre afin de ne pas avoir à me parler ?

Rick baissa le nez, enragé par sa propre attitude.

— D'accord, merci, murmura-t-il. Le coup du psy ne m'enchante pas. Je te l'ai dit.

— Je t'ai entendu. Pour info, Melinda y tient beaucoup et elle t'a déniché un spécialiste. Vas-y, toi qui es si malin, téléphone-lui, explique-lui qu'elle a tort.

— Et si je n'y allais pas, tout simplement ?

— Ce serait stupide. Bien sûr, tu pourras toujours t'entêter et garder le silence d'un bout à l'autre de la séance, laisser la parole au médecin. Avec un peu de chance, tu en tireras profit. À propos, que s'est-il passé entre Liz et toi ?

Rick écarquilla les yeux.

— Pourquoi cette question ?

— Elle m'a raconté qu'elle t'avait vu hier soir et elle n'a pas l'air dans son assiette. Elle n'a pas voulu me dire ce qui la tracassait.

Quand bien même il en aurait eu envie, Rick ne pouvait pas avouer à Jack la manière dont il l'avait traitée. Il ne supporterait pas son regard de reproche. Car Jack avait une opinion très ferme quant à la façon dont un homme devait se comporter envers une femme – avec respect et attention. S'il lui relatait l'épisode, Jack ne l'abandonnerait pas pour autant mais il le mépriserait. Le jeu n'en valait pas la chandelle. Rick se sentait déjà assez coupable comme ça.

— Sans commentaire.

Jack demeura silencieux un instant.

— Tu en parleras avec le psy.

Dans tes rêves ! songea Rick.

Le mardi matin, Jack déposa Rick devant un modeste pavillon de Grace Valley et lui annonça qu'il l'attendrait au café. Rick resta immobile une minute ou deux sur le trottoir mais Jack démarra, l'abandonnant à son triste sort. Pour finir, il s'avança jusqu'à la porte d'un garage réhabilité à côté de laquelle était fixée une plaque. *Dr Jerry Powell, psychiatre.*

Il pénétra dans une petite salle d'attente – Dieu merci, elle était vide. Bientôt, un homme grand et dégingandé au nez aquilin et aux cheveux épars apparut sur le seuil de la pièce adjacente. Il lui sourit.

— Vous devez être Rick.

— Et vous, le psy.

— Suivez-moi, invita Jerry en riant.

D'un geste, il indiqua à Rick l'un des deux fauteuils qui se faisaient face puis il ferma la porte.

— Je n'attends pas d'autres patients mais on ne sait jamais, quelqu'un pourrait arriver. Cette pièce est insonorisée.

Rick s'assit. Sur la table basse entre les sièges trônait une boîte de mouchoirs en papier. Pour le cas où il craquerait et pleurnicherait comme une fille.

Avant de s'asseoir à son tour, Jerry lui tendit la main.

— Jerry Powell. Heureux de vous rencontrer, Rick. Vous en avez sûrement assez qu'on vous le dise mais merci des services que vous avez rendus à notre patrie. Non seulement j'apprécie votre dévouement, j'en suis touché et profondément reconnaissant.

Surpris, Rick inclina la tête. À vrai dire, personne ne lui avait jamais dit ça. S'il avait daigné assister à la fête le jour de son retour, peut-être aurait-il reçu ce genre de compliment.

— Je préfère vous prévenir : je suis ici contre mon gré.

Jerry arbora un sourire.

— Ce qui vous range dans la majorité. Je reçois un certain nombre d'élèves de collège ou de lycée en difficulté qui optent pour la thérapie plutôt que l'expulsion. Croyez-moi, ils viennent en traînant les pieds.

— Ce que j'ai subi n'a aucun rapport.

Jerry redevint grave.

— J'en suis conscient… Si vous permettez, il me semble important de vous préciser que je n'ai encore jamais suivi un invalide de guerre. J'ai reçu des anciens militaires, des amputés, toutes sortes de personnes souffrant de toutes sortes de handicaps mais jamais un homme qui essaie de se réadapter à la vie civile après avoir été touché sur le front.

— Vous ne saurez peut-être pas comment vous y prendre.

— Ou peut-être avons-nous des choses à apprendre l'un de l'autre, riposta-t-il, en rien intimidé par l'hostilité de Rick. Je tâcherai d'être à la hauteur. Par où souhaitez-vous commencer ?

— Vous n'avez pas compris : je n'ai aucune envie d'entamer une thérapie.

— Très bien, dans ce cas, c'est moi qui vais commencer. Je vis à Grace Valley depuis une dizaine d'années. Une rumeur court, selon laquelle j'aurais fait un petit tour dans l'espace à bord d'un vaisseau extraterrestre. C'est la vérité. Je vous le jure. Peu importe ce que l'on en pense, j'ai vécu cette aventure. Voici ce que je vous propose – vous m'expliquez ce qui vous tourmente et en échange, je vous raconterai mon aventure.

Rick le fixa, bouche bée. Complètement ahuri. Quand il referma enfin la bouche, il la rouvrit aussitôt :

— C'est une blague !

— Pas du tout.

— Vous êtes cinglé ? Et vous vous imaginez que vous allez pouvoir m'aider ?

— J'ai surmonté une expérience traumatisante. J'ai dû accepter l'aide d'un professionnel alors que je l'étais déjà moi-même. Quant à nous, vous et moi, le secret médical nous protège : je ne révélerai jamais la moindre de vos confidences. D'ailleurs, je ne dévoile pas davantage l'identité de mes patients. Ce que vous direz lors de nos séances dépendra de vous mais je ne mentionnerai jamais le fait que vous m'avez consulté. Je ne prends pas de notes. Alors... Si vous saisissiez cette occasion de vous exprimer ? En dessert, vous aurez droit à une anecdote de l'espace.

Rick secoua la tête. Incroyable ! Surréaliste ! Ce type censé lui remettre le cerveau à l'endroit croyait avoir été kidnappé par des extraterrestres !

— Seigneur ! marmonna-t-il.

Jerry haussa les sourcils et patienta.

— Bon, alors voilà, attaqua enfin Rick. J'attire les ennuis – sur moi et tous ceux qui m'entourent. Ça a débuté quand j'avais deux ans. Mes parents sont morts dans un accident de la route. Je parie que si on vérifiait, on découvrirait que ma mère avait failli crever en me mettant au monde...

— C'est un fait ? Vous portez malheur ?

— Exactement. J'ai la guigne.

— Vous en êtes absolument convaincu ?

— Forcément. La liste est longue...

D'une voix monocorde, Rick la lui détailla. Au bout d'une demi-heure, Jerry intervint :

— Parlez-moi de votre petite amie.

— J'ai rompu avec elle. Pour son bien.

— J'aimerais que vous me la décriviez, afin que je comprenne avec qui vous avez rompu et comment vous le vivez.

Rick inspira profondément. C'est là, s'il s'effondrait, que les mouchoirs en papier seraient utiles.

— Elle est épatante, murmura-t-il. Quand nous avons fait l'amour pour la première fois, j'avais seize ans et elle, quatorze. C'est arrivé si vite qu'on n'a rien vu venir. Une seule fois. Elle est tombée enceinte. Elle était terrifiée, elle était si jeune ! Mais elle voulait ce bébé et elle me voulait. Sa mère et sa tante Connie l'encourageaient à abandonner l'enfant mais à la fin, c'est moi qui n'ai pas supporté cette idée.

— Qu'avez-vous ressenti en apprenant la nouvelle de sa grossesse ?

— Vous rigolez ? J'ai eu envie de disparaître. De prendre mes jambes à mon cou.

— Et...

— Je ne pouvais pas lui infliger ça. Je devais la protéger. J'ai tout de suite su que j'aimais Liz. Pour un garçon de mon âge, ça pouvait paraître bizarre mais c'était le cas. Nous avons décidé de garder l'enfant. Ma grand-mère et Jack étaient là pour nous soutenir. J'étais prêt à tout. N'importe quoi, même à cumuler dix jobs en même temps ou à... J'aurais dû me douter tout de suite que je n'étais qu'un boulet. Et comme pour le confirmer, son bébé est mort-né.

Jerry s'éclaircit la gorge.

— Si j'ai bien suivi votre histoire, Rick, c'était aussi *votre* bébé, non ?

— Oui, mais c'est à cause de moi que Liz a tant souffert. Elle a pris bien soin de lui et il est mort-né.

Sa voix se brisa.

— Une rude épreuve pour vous deux, convint Jerry. Affreusement douloureuse. Vous avez dû avoir beaucoup de chagrin.

— Oui, grommela Rick avec un mélange de tristesse et de dégoût de soi. Ma façon de résoudre le problème a été de l'abandonner. Je lui ai expliqué que j'avais besoin de faire le vide dans ma tête et je me suis engagé dans le Corps des Marines. Elle était paniquée, d'autant que j'allais m'absenter un bon moment et qu'elle avait *besoin* de moi. Une guerre était en cours et je savais que je finirais par être envoyé sur le front. Et cette fille, encore lycéenne, m'a déclaré que si c'était la solution pour moi, elle tiendrait bon. Elle m'attendrait. Elle serait fidèle et m'écrirait tous les jours. Vous en connaissez, des filles de quinze ans qui survivent à tout ça ? Je lui ai dit qu'elle n'était pas obligée de tenir parole mais elle n'en démordait pas.

Jerry demeura silencieux. Rick aussi, pendant quelques minutes.

— Pendant que j'essayais de devenir un homme, elle est restée seule à la maison. Elle est si belle ! Si douce ! Mais elle n'est plus une gamine. Elle est devenue forte. À cause de moi, ajouta-t-il avec un rire sans humour. Elle a refusé toutes les invitations, tous les bals du lycée parce qu'elle ne voulait pas que les garçons la croient disponible. Elle préférait s'enfermer chez elle et m'écrire. Quand j'ai eu mon accident, elle est venue me voir à l'hôpital en Allemagne. Elle n'avait jamais pris l'avion auparavant et elle a traversé la moitié de la planète pour s'assurer que j'étais bien vivant. Et moi, je l'ai traitée comme une merde.

— Ce doit être une fille épatante, déclara Jerry après réflexion. Dévouée. De votre côté, à l'hôpital, vous aviez le moral au plus bas. Je me trompe ?

— Elle ne méritait pas ça, vous comprenez ?

— Elle a fait ses choix, Rick. Comme vous.

— Ouais… Les miens ont tous été dictés par mon égocentrisme. Les siens, par sa générosité. Tout pour moi.

— Si vous lui posiez la question, je parie qu'elle vous répondrait que ses décisions servaient aussi *ses* besoins. Elle voulait certainement faire partie de votre vie.

— Quitte à endurer tous ces calvaires ?

— Êtes-vous sûr qu'elle en pâtit ? Parfois, être la partenaire de l'être aimé suffit à vous combler.

— Ça m'étonnerait, Jerry. Plus maintenant.

— Hmmm ?

— En Allemagne, je lui ai dit qu'elle devait aller de l'avant, que je serais trop accaparé par ma rééducation. Elle a téléphoné, elle m'a envoyé des colis mais je l'ai ignorée en espérant qu'elle se lasserait. Mais bon sang, qu'est-ce qu'elle est obstinée ! Elle n'a jamais renoncé. À mon retour à Virgin River l'autre soir, elle est passée me voir chez ma grand-mère et m'a proposé d'aller faire un tour pour discuter. J'ai accepté, j'ai essayé de lui parler mais tout à coup, alors qu'on s'était garés au bord de la rivière, je lui ai sauté dessus. Comme un malade. Je lui ai arraché ses vêtements et je l'ai prise – comme ça. Pas de mamours. J'ai quasiment violé celle qui a toujours été à mes côtés, en toutes circonstances. Ensuite, je lui ai dit qu'on ne pouvait pas continuer, qu'elle devait me lâcher.

Cette fois, le silence de Jerry se prolongea.

— Que pensez-vous de moi, à présent ? s'enquit enfin Rick.

— J'aimerais vous poser deux ou trois questions, si cela ne vous ennuie pas.

— Allez-y. Je n'ai plus de secrets à vous dévoiler.

— L'avez-vous frappée ?

— Bien sûr que non ! Jamais je ne taperais sur Liz !

— L'avez-vous maintenue de force ?

— Bien sûr que non. Je l'ai guidée sur moi. Sans ma jambe, c'est compliqué.

— S'est-elle débattue ? A-t-elle tenté de s'échapper ?

— Non.

— Vous a-t-elle supplié de la laisser tranquille ?

— Non. Elle ferait n'importe quoi pour moi. Mais ce n'est pas une excuse.

— A-t-elle protesté ?

— Je vous répète que non. C'est encore pire !

— Ensuite, vous a-t-elle reproché de lui avoir fait mal ?

— Non. Elle a dit que je semblais pressé. Et que si elle n'avait pas joui, ce n'était pas grave.

— A-t-elle pleuré, s'est-elle plainte de…

— Je vous l'ai dit. Elle a joué le jeu. J'étais déchaîné et je ne pensais qu'à moi. Je me suis *soulagé*. J'avais perdu la tête. C'est injuste pour elle. Liz est une personne adorable, elle a le cœur sur la main. Je ne veux pas qu'elle se soumette ainsi à une brute comme moi.

Jerry ébaucha un sourire indulgent tandis que Rick se frottait les yeux, refusant de céder aux larmes.

— Il me semble que vos relations sexuelles pourraient s'améliorer si vous vous attachiez à vos besoins et désirs réciproques. Dans les affres de la passion, on a parfois tendance à ne songer qu'à soi. Au bout du compte, si les deux partenaires s'aiment, ce n'est satisfaisant ni pour l'un ni pour l'autre. Je soupçonne que vous n'avez pas vraiment goûté votre plaisir.

Rick étrécit les yeux.

— J'ai joui. Pas elle.

— Dans un couple, il est normal aussi que de temps en temps, l'un profite davantage qu'il ne donne. Si l'un est spécialement…

— Qu'est-ce que vous êtes ringard !

— Vous allez devoir faire preuve d'un peu plus d'imagination, riposta Jerry, hilare. J'ai encaissé des insultes nettement plus offensantes. Et j'assume mon côté ringard…

— Vous n'avez pas entendu ce que je viens de vous raconter ?

— Rick, vous ne l'avez pas violée. Même pas « quasiment ». Je vous connais depuis cinquante minutes à peine, pourtant je suis persuadé que, si elle vous l'avait demandé, vous vous seriez contrôlé.

— J'en doute.

— Parce que vous n'avez pas été confronté à la situation. D'ordinaire, je suis contraint d'expliquer ce qu'est le viol à de jeunes individus qui affirment ne jamais avoir commis un tel acte alors que tout indique le contraire. Ignorer le « non ». Maintenir la fille de force. Si votre version des faits est exacte, vous ne l'avez pas agressée… Là où vous avez dû la heurter, c'est après, quand vous lui avez décrété que vous ne vouliez plus d'elle. J'aimerais que vous réfléchissiez à cette décision afin de m'éclairer quant à vos motivations. Nous en discuterons jeudi. J'aimerais aussi que vous recensiez les bonheurs que vous avez connus au cours de votre vie. Ne vous fatiguez pas trop – cinq suffiront. Peut-être devriez-vous les considérer davantage comme des « chances ». Mais la séance est terminée pour aujourd'hui.

— Une seconde ! protesta Rick. Vous deviez me parler de votre putain d'escapade dans l'espace !

— Votre chauffeur vous attend ?

— Il a tout son temps.

— Très bien. Je campais avec quelques amis. Nous étions en Arizona, au beau milieu de nulle part, en plein désert. Quand ils se sont levés le matin, j'avais disparu. Je me suis réveillé – j'ignore à quel moment – dans un vaisseau spatial. Je n'avais aucun souvenir d'avoir été kidnappé. L'intérieur était tout en verre argenté. Les gens – les extraterrestres – étaient couverts de la tête aux pieds et respiraient comme Darth Vader. Moi, j'étais nu, allongé sur une table en miroir. Ils m'auscultaient en émettant des sortes de cris perçants. Comme le chant des dauphins... Mes amis ont lancé des recherches en Arizona mais au bout de deux semaines, ils ont laissé tomber. Ils supposaient que je m'étais égaré, que j'étais mort de faim et de soif. Cependant, tout à coup, je me suis retrouvé en plein désert de l'Arizona – seul. Un garde forestier m'a trouvé et ramené en ville. On m'a expliqué que je m'étais éloigné du campement et que j'avais eu des hallucinations dues à la déshydratation mais il n'en est rien.

— C'est pourtant plausible.

— Je n'étais pas déshydraté. Et après toutes ces semaines à errer dans la nature, mes vêtements étaient impeccables.

Il consulta sa montre.

— J'ai effectué des recherches. Je ne suis pas le seul dans mon cas. Si cela vous intéresse, je vous fournirai volontiers d'autres détails à la fin de notre prochain rendez-vous.

Figé dans son fauteuil, Rick le dévisagea.

— Cette histoire de vaisseau spatial marche à tous les coups ?

Jerry sourit.

— À tous les coups.

Jack ne l'interrogea pas sur la séance. Il ne daigna même pas lui poser des questions du genre : « Alors, c'était aussi nul que prévu ? » Ils n'échangèrent pas un mot pendant tout le parcours.

— Demain matin, rééducation, déclara-t-il à leur retour au bar. Je t'attends à 9 heures.

— Tu vas vite te lasser.

— J'en ai déjà assez. Bien entendu, ce serait moins pénible pour moi si tu ne m'en voulais pas tant pour je ne sais quelle raison.

— Je ne suis pas fâché contre toi, Jack, mais contre ma situation.

— C'est bon à savoir. Demain, 9 heures.

— En fait, je vais entrer avec toi. J'ai à parler avec Vic.

— Je t'en prie ! répliqua Jack tout en se demandant pourquoi diable il ne pouvait pas parler avec *lui* ?

Vic était en cuisine. Paige s'était installée à un poste de travail, Dana – neuf mois – dans les bras.

— Rick ! Te voilà enfin ! s'exclama-t-elle avec un grand sourire... Comment te sens-tu ?

Machinalement, Rick caressa la tête du bébé.

— Pas trop mal, Paige. Je tenais à vous présenter mes excuses pour l'autre soir. À toi et à Vic.

Ce dernier haussa les épaules.

— Pas de souci, mon pote. Jack nous a dit que tu étais éreinté et que tu avais mal à la jambe.

— Je vous dois une double excuse. C'était un mensonge. Simplement, je n'avais pas le courage d'affronter tout le monde en même temps. J'avais peur de mal me comporter.

— Ah ?

— Comment t'expliquer ? Ça ne s'explique pas. Je n'arrive pas toujours à me maîtriser. Je deviens méchant, ingrat. Et parfois, je craque, ce qui est très humiliant.

— Compris. Tu es encore fragile. Je suis passé par là.

— Hein ?

— Jack ne t'a jamais raconté la fois où j'ai été blessé en Irak ? J'ai pleuré comme un bébé en appelant ma maman au secours… J'étais totalement à côté de mes pompes et pourtant, je n'étais pas gravement atteint.

— Tu l'étais suffisamment pour que je sois obligé de te porter sur mon épaule sur des kilomètres, intervint Jack.

— Je n'ai même pas eu à séjourner à l'hôpital. Bref, je connais le meilleur moyen de remédier à ton mal. Les marines qui reviennent de la guerre sont toujours les bienvenus ici. Évidemment, tu le serais même si tu n'étais pas allé sur le front mais dans la mesure où tu y es allé, tu bois et tu manges aux frais de la princesse, comme les flics, les médecins et les pompiers. On a toujours agi ainsi. Tu sers la ville, la patrie, Jack et Vic te servent. Tu dois en avoir par-dessus la tête de rester cloîtré chez ta grand-mère. Fais un saut, histoire de dire bonjour. Reprends contact petit à petit.

— Mouais… Je te préviens, je ne suis pas d'une compagnie très agréable. Demande à Jack.

Ils se tournèrent tous vers celui-ci.

— J'espère que ça va s'améliorer. Avec le temps. Que dirais-tu de faire un tour à la rivière ?

Jack souriait mais il fronçait les sourcils d'un air menaçant, comme s'il envisageait de noyer Rick plutôt que de pêcher.

Rick faillit sourire. Jack était un type bien mais il supportait mal qu'on le malmène et Rick ne s'en était pas privé.

— Vous voyez ? s'exclama-t-il en pivotant vers Vic et Paige.

— Essaie donc ceci, riposta-t-elle en lui mettant le bébé dans les bras. Dana met tout le monde de bonne humeur.

— Vraiment ? Où est le petit bonhomme ?

— Christopher est à l'école. Il est en CP.

— Mince ! Déjà !

Rick embrassa le bébé dans le cou et lui caressa la joue. Vic échangea un regard satisfait avec son épouse.

— Tu veux un sandwich ? Je suis en train de préparer le déjeuner. Il faut absolument que tu visites le nouveau logement que Paul nous a construit derrière le bar – une merveille ! Il a réussi à transformer un minuscule appartement en un véritable palais.

— Avec plaisir.

Un rire lui échappa tandis que Dana pressait son front contre le sien en gazouillant.

Jack s'éclipsa mais il était soulagé. Le moindre signe positif lui redonnait espoir.

11

On était vendredi après-midi et Jerry Powell était assis à son bureau. S'il ne prenait jamais de notes pendant les séances, il en rédigeait systématiquement un résumé pour ses archives. En entendant la porte extérieure s'ouvrir et se refermer, il claqua précipitamment le dossier sur lequel il travaillait. Puis il sourit en voyant Liz franchir le seuil.

— Bonjour !

— Bonjour, répondit-elle en s'installant dans un fauteuil.

Liz avait consulté Jerry après son dramatique accouchement. Elle était revenue le voir en apprenant que Rick avait été blessé en Irak. Il avait su l'aider la première fois, être là maintenant s'était imposé comme une évidence.

Si Rick et Liz en discutaient, ils découvriraient qu'ils s'adressaient au même thérapeute mais ce n'était pas Powell qui le leur annoncerait. Les informations qu'il glanerait chez l'un ou chez l'autre n'auraient aucune incidence sur son travail bien qu'il lui fût presque impossible de ne pas en tenir compte. Et dès lors, d'être encore plus à l'écoute.

S'il se sentait plus proche de Liz, s'il la connaissait mieux, il ne s'était pas moins attaché à Rick. Tous deux avaient connu et survécu à l'enfer. Ils avaient beau s'aimer, ils risquaient de ne pas surmonter cette nouvelle épreuve ensemble. Ils s'étaient déjà éloignés l'un de l'autre. Jerry ne pouvait pas répondre à tous leurs questionnements au risque d'enfreindre le secret médical. Le plus sage aurait été d'encourager l'un des deux à consulter un confrère. S'ils avaient été mariés, en quête d'une aide individuelle et non d'une thérapie de couple, il y aurait été forcé pour éviter tout conflit d'intérêt.

Cependant, ils avaient besoin de lui et Jerry était convaincu de pouvoir les assister sans leur porter préjudice.

Quittant son fauteuil, il vint prendre place dans le siège en face de Liz. Depuis bientôt deux mois, elle venait le voir tous les vendredis après les cours et avant de prendre son service à l'épicerie.

— Comment s'est déroulée votre semaine ?

Elle haussa les épaules.

— Pas géniale. J'ai l'impression que je régresse.

— Racontez-moi tout, Liz.

— Je croyais m'être blindée. Comme je vous l'ai expliqué, je me suis concentrée sur mes cours pour que Rick puisse être fier de moi. Et puis, j'ai pris goût aux études. À voir mes efforts récompensés. L'université régionale a accepté ma candidature et je m'en suis réjouie. Je me suis accrochée, même si Rick refusait de communiquer avec moi. Pour finir, je l'ai vu vendredi soir dernier. J'ai dû prendre l'initiative, bien sûr, alors qu'il savait où me trouver. Il n'a pas mâché ses mots : il veut que nous rompions. Il ne veut plus de moi. Ces jours-ci, j'ai été incapable de me concentrer. Or les examens approchent.

Elle s'éclaircit la gorge comme si elle ravalait ses larmes.

— Tout à coup, je n'ai plus envie.

— De quoi ?

— De rien.

— En d'autres termes, ce n'est pas uniquement votre travail scolaire qui s'en trouve affecté ?

— Voici ce qui me tourmente, Jerry. Je savais que ce serait dur. Rick prétend me quitter pour mon bien. Il me l'a dit.

— En ces termes ?

— Il affirme qu'avec lui, les catastrophes s'enchaînent et toujours par sa faute. C'est absurde. Mais d'après tous les documents que j'ai consultés, il semble que ce soit un argument assez courant chez les militaires blessés. Ils se sentent coupables. On dirait qu'ils s'interdisent d'être aimés. Je n'y comprends rien. Et moi ? Ne suis-je pas responsable d'une partie de nos malheurs ?

Jerry ébaucha un sourire et inclina la tête.

— Nous en avons déjà parlé.

— Ah oui ?... C'est vrai, vous avez raison, concéda-t-elle en se redressant. Je m'en suis beaucoup voulu. J'ai cru que le bébé était mort à cause de moi. J'étais persuadée d'avoir commis des erreurs, mal mangé ou dormi sur le dos plutôt que sur le côté, des bêtises de ce genre... Oui, je m'en souviens à présent. Mais je n'ai pas rompu avec Rick sous prétexte qu'il méritait mieux.

— Ça aussi, nous en avons discuté. Chaque individu a sa propre façon de réagir à une crise, au chagrin. Je ne dis pas cela pour vous influencer, Liz, mais il ne faut pas l'oublier. Rick doit se réadapter à la vie quotidienne. Vous ne comprendrez pas forcément ses sautes d'humeur. L'important, c'est que vous vous compreniez, *vous*.

Elle baissa le nez.

— J'ai du mal.

— Hmmm ?

— Après notre conversation, j'ai quitté la ville, je me suis garée dans le bois et j'ai pleuré. Mais très vite, j'ai éprouvé de la colère. Ce sentiment de rage me ronge. Au lieu de me concentrer sur mes révisions, je passe mon temps à me disputer mentalement avec Rick.

— Pouvez-vous me donner un exemple ?

— Dans ma tête, je lui crie dessus : « Pour qui te prends-tu ? » « Tu crois être le seul à te sentir seul et terrifié ? » « Qui a ressenti le vide ? » « Figure-toi que j'aurais donné mes deux jambes si cela avait pu sauver la vie de notre bébé ! » Des trucs du genre. Après l'accouchement, j'ai traversé une période épouvantable, vous savez.

— Je sais. Vous a-t-il soutenue à l'époque ?

Elle marqua un silence.

— Complètement. Il s'est plié en quatre pour m'aider. Il était pourtant aussi effondré que moi. Quand il m'a serrée dans ses bras avec le bébé, il caressait ses minuscules mains en sanglotant. Il m'a rendu visite à Eureka presque quotidiennement. Il m'a téléphoné pour prendre de mes nouvelles deux fois par jour. Mais aujourd'hui… il m'empêche de lui rendre la pareille. Il veut s'en sortir tout seul. Sauf qu'il en est incapable.

— Ah bon ?

— Quand on s'est vus l'autre soir, on a parlé et fait l'amour… pas comme avant, bien sûr. Il était déchaîné. J'ai tenté de le calmer en lui chuchotant des mots doux, en l'embrassant, mais il était ailleurs.

C'est ce qui me perturbe le plus – d'un côté, il veut qu'on se sépare mais de l'autre, il continue à me désirer. Avez-vous une explication ?

Jerry éluda la question.

— Vous a-t-il agressée, Liz ?

— Physiquement ? Absolument pas. Il s'est même confondu en excuses pendant qu'il me déshabillait. Comme s'il s'en voulait d'être aussi… désespéré.

— Vous n'avez pas cherché à modérer ses ardeurs ?

— Non, je m'en fichais. Il était absent depuis longtemps, il avait souffert le martyre et il m'avait manqué. J'avais envie de lui. Le problème n'était pas là. Le problème est venu après. J'étais sidérée. Je n'en revenais pas puisque j'avais pleinement consenti à cette relation. J'ai lu toute la doc, je comprends ce qu'il ressent. Il me repousse. Mais en même temps, je ne le comprends pas du tout.

— Et maintenant ?

— Maintenant, rien. En ce qui me concerne, en tout cas.

— Soyez plus précise.

— Je l'ai déposé chez sa grand-mère et je lui ai dit de descendre de la voiture. Je lui ai rappelé qu'il savait où me joindre. J'ai passé des mois à lui tendre la main. Insister ne serait bon ni pour lui ni pour moi.

— Pensez-vous pouvoir vous tenir à cette résolution ?

Elle fit la moue, son regard se voila et elle posa une main sur sa poitrine tandis qu'une grosse larme roulait sur sa joue.

— Mon cœur a mal. Tellement mal, chuchota-t-elle. Je… je ne veux pas qu'il me voie pleurer.

Elle eut un hoquet, cligna des paupières. Jerry ne lui présenta pas la boîte de mouchoirs en papier : elle savait où elle était. Elle en avait déjà vidé plusieurs.

— Si je ne l'aimais pas autant, je le haïrais… Mon cœur a si mal, répéta-t-elle.

Le mois de mai battait son plein, les après-midi étaient tièdes et ensoleillés. Sortis de leurs cachettes, les animaux de la forêt se promenaient – souvent avec leurs petits – dans les prés et au bord de la rivière, à l'aube et au crépuscule. Les fleurs sauvages s'épanouissaient le long des routes et sur le flanc des montagnes. Virgin River rayonnait.

Dan Brady se félicitait d'être venu là. Il avait longuement pesé le pour et le contre – il en avait eu tout le temps pendant qu'il croupissait à la prison de Folsom.

La décision lui avait paru logique. Virgin River était une ville paisible, agréable. Il y connaissait vaguement des gens qu'il respectait – Jack et Melinda, entre autres. Vic était un original mais il était bon et généreux. Paul Haggerty était un patron honnête. Certes, Dan ne s'était pas attendu à des miracles mais au final, on l'avait accueilli à peu près chaleureusement. Quant à ce boulot chez Haggerty Construction… quelle aubaine ! S'il avait été à la place du boss, il ne se serait jamais embauché. Cependant, tout se passait à merveille. Il collectionnait les heures supplémentaires, Haggerty le payait rubis sur l'ongle. Ses compagnons étaient des ouvriers qualifiés, Haggerty étant très exigeant quant à la qualité du travail fourni par ses employés.

Il disposait de peu de temps libre mais qu'en aurait-il fait ? Il avait toujours été un solitaire, surtout à l'époque où il avait sa plantation de cannabis.

Peu à peu, il s'efforçait de se sociabiliser. Ses nouveaux concitoyens se méfiaient peut-être mais pas lui. Ils étaient transparents, tous – pas compliqués, menant des vies saines, veillant sur leurs proches, protégeant leur famille, leur ville. Peu à peu, il s'intégrait dans leur univers. Tous les matins aux alentours de six heures, il passait au bar-grill chercher le pique-nique que Vic lui avait préparé la veille. Deux fois par semaine, il y dînait et y buvait une bière, histoire de se tenir au courant des dernières nouvelles locales et de suivre les informations nationales à la télévision. Sinon, soit il travaillait, soit il rénovait la maison de Cheryl.

En ce domaine, son père lui avait appris un truc infaillible : s'attaquer d'abord à ce qui se voit. Dan avait donc commencé par remplacer la vitre brisée et réparer la véranda. Ces tâches l'avaient occupé pendant une journée et demie. Puis il avait embauché quelques-uns des gars de Haggerty pour l'aider à repeindre l'extérieur. N'étant pas propriétaire, il rechignait à se lancer dans la réfection du toit mais il l'avait fait réparer afin d'être sûr de ne pas se noyer lors de la prochaine averse.

Ensuite, il s'était concentré sur le jardin. Il avait déraciné les mauvaises herbes, labouré les plates-bandes, arraché les pavés fendus de l'allée à l'aide d'un levier et d'une pelle pour les remplacer par des dalles neuves, planté des fleurs le long de la façade.

Trois semaines plus tard, il s'était attelé à l'intérieur : il avait récuré, replâtré, poncé et repeint les murs du salon et de la salle à manger, emprunté à Paul une ponceuse à parquet industrielle. En moins de dix jours, il avait réussi à métamorphoser le décor. Après quoi, il avait nettoyé et retapissé la chambre – une tâche qui ne l'avait accaparé que quelques soirées. En guise de meubles, il ne possédait qu'un lit et une petite table avec ses deux chaises assorties qu'il avait laissées dans la salle de séjour, le temps de rénover la cuisine.

Il était à Virgin River depuis six semaines, dans cette maison depuis un mois et il était satisfait du résultat obtenu. La réfection de la cuisine serait plus longue et plus coûteuse mais il gagnait bien sa vie et avait décidé de prendre son temps. Il y travaillait un dimanche après-midi quand on frappa à la porte d'entrée.

Son rouleau de peintre à la main, il alla ouvrir.

— Tiens ! Tiens ! Ma logeuse ! C'est drôle, je me demandais justement si je vous reverrais un jour.

Elle le dévisagea, la bouche ouverte et les yeux écarquillés.

— Mon Dieu ! C'est incroyable !

— Ça vous plaît ?

Elle secoua la tête et l'espace d'un instant, il eut peur de sa réaction.

— Jamais je n'avais imaginé une telle transformation. C'est superbe ! Quand je me suis garée, j'ai cru m'être trompée d'adresse.

Il lui sourit.

— Je devrais peut-être freiner mes ardeurs. Si j'en fais trop, vous allez vouloir y emménager et je serai obligé de camper de nouveau dans mon pick-up aménagé.

— Ne vous inquiétez pas pour ça. Je ne vivrai plus jamais ici.

— J'ai demandé à Jack s'il pensait que vous reviendriez un de ces jours mais il n'en avait aucune idée. Il m'a dit que vous abandonneriez peut-être la propriété. Personnellement, j'ai du mal à comprendre mais...

— Normal. Mettez ça sur le compte des mauvais souvenirs.

Il la contempla. Elle paraissait en forme. La dernière fois qu'il l'avait vue, elle était maculée de saleté après avoir débarrassé les lieux de tous les détritus. Il lui donna environ trente ans. Un mètre soixante-six, mince sans être maigre, jambes fines, hanches féminines. Une allure simple – cheveux mi-longs, maquillage discret.

— Je vous dois de l'argent, dit-il en extirpant son portefeuille de la poche de son pantalon.

L'ignorant, elle fonça dans la cuisine.

— Nom d'un chien ! s'exclama-t-elle. Vous avez tout démoli !

— Euh... oui. J'en ai pour un moment à cause du prix des matériaux. Deux mois au moins, tout dépend du temps que je pourrai y consacrer. J'ai attaqué le sol et les murs. Ensuite, je m'occuperai des comptoirs et des placards et enfin, des appareils ménagers. Un à la fois. J'espère que vous n'allez pas augmenter mon loyer tout de suite.

— Non.

— En ce qui concerne la salle de bains, je m'interroge. La pièce est vaste mais cette douche est un véritable cauchemar. Le hic, c'est que j'en serai privé pendant que je fais les travaux. Après avoir campé dans mon pick-up, j'avoue que j'étais content d'en profiter.

À court de mots, elle continuait de regarder autour d'elle.

— L'idéal serait de poser une baignoire et une cabine de douche. Et une cuvette de W-C neuve, ajouta-t-il.

Silence.

— Je ne m'attaquerai pas à la pièce annexe avant au moins un an. À vrai dire, le mieux serait de la démolir et d'en reconstruire une autre... Dites, on est sur la même planète, tous les deux ?

— Oh, pardon. Je... euh... comment vous appelez-vous, déjà ?

Il poussa un soupir.

— Dan Brady.

— Excusez-moi, Dan. Je suis sidérée par ce que vous avez accompli. En à peine quelques semaines, en plus. Vous devez être épuisé.

— Non, non. Je m'y mets après le boulot et un peu pendant le week-end... Je vous dois un mois et demi de loyer. Les espèces, ça vous convient ?

— Bien sûr.

— La prochaine fois, je vous déposerai le montant à Eureka, si vous voulez bien me donner votre adresse. J'y vais au moins une fois par mois. On pourrait peut-être manger un morceau. Je vous soumettrais mes projets pour la maison, on apprendrait à se connaître et...

— Vous ne savez rien de moi, n'est-ce pas ? interrompit-elle.

— Vous... vous avez habité ici. Votre mère est décédée et votre père vit avec son frère. C'est bien cela ? Vous travaillez à Eureka ?

— Je suis alcoolique, lâcha-t-elle en se redressant, presque avec fierté.

— Ah ! Et ?

— Je suis sobre depuis plus de sept mois. Je peux vous donner le compte exact des jours. Des heures.

— Bravo ! Donc, si cela ne vous effraie pas de me donner vos coordonnées et de vous restaurer à mes frais...

— Je n'entretiens pas de relations avec les hommes.

L'espace d'un éclair, il parut accablé.

— Pardonnez-moi, Cheryl. Je ne voulais pas vous… je n'essayais pas de vous draguer. Je me disais simplement que…

Elle se mit à rire tout bas en secouant la tête.

— Je suis parano, avoua-t-elle. Ça va de pair avec ma situation. Écoutez, Dan… je n'étais pas une alcoolique banale. J'étais une buveuse invétérée. J'ai commis de grosses bêtises et je le regrette. C'est la raison pour laquelle je fuis cet endroit où tout a débuté, où je me suis si mal conduite. Posez la question à n'importe qui en ville – tout le monde peut vous raconter les frasques de Cheryl, l'ivrogne de la ville. Dîner avec moi ? Je ne vous le conseille pas.

Esquissant un sourire, il lui tendit la main.

— Cheryl, je me présente : Dan – ancien détenu.

Ignorant son geste, elle haussa les épaules.

— Pour ?

— Culture de marijuana.

— Aïe ! Vous êtes toxico ?

— Pas du tout, je faisais cela pour l'argent. J'étais en difficulté, un membre de ma famille avait besoin d'aide. Je n'avais pas d'autre idée et j'avais rencontré un type autrefois qui connaissait quelqu'un qui pouvait me filer un coup de main pour me remplir les poches très vite. On m'a inculpé et j'ai purgé une peine de prison… Posez la question à n'importe qui en ville – tout le monde peut vous raconter les frasques de Dan Brady, le cultivateur de marijuana, ajouta-t-il avec un sourire.

— Que faites-vous ici ? À Virgin River ? À bricoler un taudis comme celui-ci ?

— Je me remets sur le droit chemin. Et vous ?

— D'accord, d'accord. Touché.

Elle plongea une main dans son sac, en ressortit un bout de papier et un stylo.

— Voici mon numéro de téléphone. Appelez-moi une semaine à l'avance pour que l'on convienne d'un rendez-vous. Quant au repas – je vais y réfléchir.

— Entendu. De mon côté, je vais poursuivre ce que j'ai entrepris. Voici trois cents dollars. J'espère que vous n'allez pas me réclamer un dépôt de garantie vu toutes ces améliorations.

— Vous êtes toujours aussi placide ?

— Maintenant, oui.

Cameron avait attendu aussi longtemps que possible avant d'appeler ses parents. Malgré ses trente-six ans, il demeurait très sensible à ce qu'ils pensaient de lui. Après un dîner léger au chalet avec Abby, il lui annonça qu'il allait téléphoner à sa mère. Elle laissa échapper un grognement et se blottit contre lui.

— Ne t'inquiète pas, la rassura-t-il en déposant un baiser sur son front. Tout va bien se passer. Mais je ne leur mentirai pas en leur racontant que je viens de tomber amoureux d'une fille enceinte.

— Je sais, murmura-t-elle, paniquée. Je vais dans la chambre.

Elle n'imaginait pas combien elle le réjouissait en disant « la » chambre plutôt que « ma » chambre. Car nuit après nuit, ils s'y couchaient ensemble, s'embrassaient, se touchaient, se cajolaient, se donnaient du plaisir sans pour autant faire l'amour. Vu son état, le sexe ne figurait pas parmi les priorités d'Abby. L'affection, la tendresse, la proximité lui suffisaient amplement. Pour Cameron, c'était différent : il continuait à la désirer avec fougue. Il ne pouvait pas le cacher à Abby et ne s'y efforçait pas. Au contraire.

— Laisse-moi faire, chuchotait-elle en le caressant. Je ne veux pas que tu sois frustré.

— Je t'attends. Après la naissance, quand tu seras complètement rétablie, nous ferons trembler le chalet.

Jamais il n'avait été aussi heureux.

Il décrocha le téléphone.

— Allô ? Maman ? Comment vas-tu ?

— Très bien, Cameron. Et toi ?

— Impeccable. Maman, verse-toi un verre de vin. J'ai une nouvelle importante à t'annoncer.

— Je t'écoute.

— Ordre du médecin, un verre de vin… Allez ! J'ai une bonne surprise.

— D'accord, d'accord ! répondit-elle en riant. J'espère que tu as rencontré une femme merveilleuse dans ta ville paumée…

Il marqua une pause en priant pour qu'elle ait suivi son conseil.

— Eh bien, justement…

— Non ! Qui est-ce ?

— À vrai dire, nous nous sommes connus l'an dernier. Durant l'automne, à Grants Pass.

— Tu ne m'en as jamais parlé.

— Je n'avais pas grand-chose à en dire. Je suis tombé fou amoureux d'elle mais elle avait de gros problèmes. Elle était en cours de divorce et… Bref, à mon grand désarroi, nous avons perdu le contact un moment. Nous nous sommes revus en janvier. Elle s'appelle Abby, maman. Elle est merveilleuse. Belle, douce, parfaite.

— Cameron ! Je suis si heureuse pour toi ! Pourquoi avoir attendu si longtemps pour nous l'annoncer ?

— Entre autres raisons, parce que je voulais passer du temps avec elle d'abord. Bien sûr, ayant déjà été mariée, elle n'était pas pressée. Tu comprends, n'est-ce pas ?

— Je suppose que oui. Où habite-t-elle ? Quand puis-je la voir ?

— Elle vit ici à présent. Avec moi. Et tu feras sa connaissance bientôt mais ce n'est pas tout. Durant ce bref interlude à Grants Pass, nous avons accompli... euh... un petit miracle. Oui, c'est ça. Un miracle. Et même deux. À venir bientôt.

Silence de plomb.

— Abby est tombée des nues et j'avoue que j'ai été moi-même assez surpris mais nous sommes enchantés. Enchantés et surexcités.

— ...

— Maman ? Nous allons avoir des jumeaux. L'un d'entre eux est un garçon mais l'autre se cache.

— ...

Puis, sa mère poussa un hurlement.

— Edward ! Viens ici ! Cameron a mis une fille enceinte !

— Maman ! Je t'en supplie, bois une goutte de vin !

— Je vais avoir besoin d'un alcool plus fort. Des *jumeaux* ?

Malgré lui, il rit aux éclats.

— Maman, du calme, je t'en prie. Abby n'est pas une *fille*, elle a trente et un ans et...

— Cameron, comment as-tu pu ?

— Je n'ai rien à t'expliquer, maman. Fais-moi confiance. Voici ce qu'il en est : l'accouchement est prévu pour le 2 juillet mais les bébés vont sûrement naître avant le terme. Abby souhaite que sa mère vienne aussitôt après la naissance. Je compte donc sur toi pour faire preuve d'un minimum de patience. Des jumeaux, c'est…

— Cameron ! Vous êtes *mariés* ?

— Pas encore, maman. Bien que nous assumions complètement cette grossesse, nous n'avons pas eu le temps de songer à officialiser notre union. Ça viendra plus tard. Inutile de précipiter les choses. D'autant que personne ne serait dupe, ni les arrière-grand-mères ni l'arrière-grand-tante Jeanne. Ils vont arriver d'un jour à l'autre.

— Doux Jésus ! s'écria sa mère tandis qu'au loin, son père l'impatientait.

— Quoi ? Quoi ? Quoi ?

— Je vous préviendrai dès la minute où ils seront nés. Demain, quand je serai au cabinet, je demanderai à Melinda de nous prendre en photo, Abby et moi, et je vous enverrai le cliché par mail. D'ici là, tu auras recouvré tes esprits.

— Mais, Cameron, je n'ai pas eu le temps de tricoter la layette !

De nouveau, il rit.

— Tu vas devoir t'y mettre tout de suite. Abby n'en peut plus. Elle doit tenir encore deux semaines pour accoucher en toute sécurité.

— Dieu du ciel ! Pourquoi ne pas m'avoir avertie plus tôt ?

— Nous avions des choses à régler. C'est ainsi et je te prie d'être gentille avec Abby. Elle est sous pression.

— Évidemment que je serai gentille avec elle ! Mais j'ai une question et je te demande d'y répondre en toute franchise. Quand tu mens, je le devine toujours. Est-ce que tu aimes cette fem… Abby ?

— Maman, je l'ai aimée dès la seconde où j'ai posé le regard sur elle. Et je l'aime de plus en plus chaque jour.

Sa mère poussa un soupir de soulagement.

— Va vite t'occuper de papa avant qu'il ne saute au plafond. Je vous envoie une photo demain. Félicitations, grand-mère. Je t'aime.

Après avoir raccroché, il alla chercher une bière dans le réfrigérateur. Il décapsula la bouteille et se rendit dans la chambre, où il s'appuya contre le chambranle de la porte. Abby était assise en tailleur sur le lit, les écouteurs de son iPod dans les oreilles, paupières closes. Il l'observa avec tendresse.

Sentant sa présence, elle ouvrit les yeux et enleva les oreillettes.

— Alors ?

— Elle était très étonnée. Et un peu contrariée que je ne lui aie pas laissé davantage de temps pour tricoter la layette.

— Ouf ! Tu lui as dit que c'était un accident ?

— Non, je lui ai dit que c'était un miracle. Et la meilleure chose qui me soit jamais arrivée.

Dan Brady n'avait pas imaginé qu'au bout de deux mois à peine à Virgin River, il pourrait pénétrer dans le petit bar en toute quiétude. On ne l'accueillait pas à grand renfort de « hourras ! » – d'ailleurs cela ne lui aurait pas plu. Non… ce qui lui plaisait, c'était de pouvoir s'installer au comptoir et discuter avec les uns ou les autres comme s'il était un simple voisin – ce qu'il était. Autrefois, avant de s'installer dans cette ville, il n'avait fréquenté les bars qu'à la mi-journée quand ils étaient pratiquement déserts.

— Salut ! lui lança Vic. Une Heineken ?

Dan sourit sans manifester le plaisir qu'il éprouvait à recevoir un accueil aussi chaleureux.

— Volontiers. C'est toi qui tiens la boutique ce soir ?

— Juste pour quelques heures. Jack est allé au cabinet aider Melinda à installer les enfants dans la voiture pour qu'elle puisse les ramener à la maison. Il ne va pas tarder. Paige surveille les fourneaux pendant que Dana est tranquille dans sa chaise haute. Quant à Christopher, ajouta-t-il en inclinant la tête vers le fond de la salle… il fait ses devoirs.

Dan fronça les sourcils.

— Des devoirs ? En CP ?

— C'est dingue, n'est-ce pas ? Dieu merci, je ne suis jamais allé à cette école. J'ai dû supporter les bonnes sœurs et j'ai trouvé ça dur… Bon, d'accord, il n'en est pas encore à résoudre des problèmes de trigonométrie. Juste à dessiner des lettres ou des chiffres mais tout de même…

— Tout de même, compatit Dan.

— Excuse-moi. Je vais voir où il en est.

Un instant plus tard, Jack apparut, tenant la porte pour Hope McCrea. Elle entra au pas de charge, chaussée de baskets boueuses et d'un survêtement lavande maculé aux genoux. Dan avait passé pas mal de temps à discuter avec Hope. Ou plutôt, à l'écouter. Pour elle, c'était la saison du jardinage. Elle entretenait un potager gigantesque. Comme elle vivait seule, elle donnait une grande partie de ce qu'elle produisait. Elle pestait régulièrement contre les ravages provoqués par les biches et les lapins.

Elle s'installa aux côtés de Dan tandis que Jack contournait le bar et lui versait d'office un Jack Daniel's. Puis elle sortit un paquet de cigarettes. Elle en alluma une après s'être raclé la gorge.

— J'ai une grande nouvelle, annonça-t-elle à qui voulait bien l'entendre. J'ai acheté l'église.

— Pardon ? s'enquit Jack.

— L'église. Les Luthériens ne nous envoient plus de pasteur – Virgin River est trop petit à leur goût. Je leur ai soumis des offres régulièrement depuis six ans mais ils voulaient à tout prix céder le bâtiment à une autre confession. Sauf qu'ils ont fini par reconnaître la triste vérité – personne n'en veut. Du coup, j'ai baissé mon offre. Bande d'idiots ! Je l'ai eue pour une bouchée de pain.

— Mazette, Hope ! Vous êtes si riche que ça ? s'étonna Jack.

— J'ai quelques lingots et rien d'autre à faire que d'acheter ou de vendre des trucs. Donc, je vais remettre l'église sur le marché.

Elle but une gorgée d'alcool, aspira une bouffée de fumée.

— Mais Hope… personne n'en veut.

— Les religieux, non. Je vais la mettre sur eBay.

Au bout d'une minute d'un silence ahuri, Jack, Dan et Vic explosèrent de rire.

— Allez-y, rigolez ! Vous verrez. Quelqu'un en voudra. C'est une belle bâtisse. Plus ou moins en ruine mais une fois retapée…

Jack se pencha vers elle.

— Laissez-moi deviner : vous avez des photos anciennes de cette église, n'est-ce pas ? Du temps où elle était belle ? Et vous allez piéger un pauvre bougre comme vous avez dupé Melinda.

— Melinda ne s'en plaint plus depuis des années, ronchonna Hope.

— Melinda ? interrogea Dan.

Jack donna un coup de torchon sur le comptoir.

— Melinda a accepté un emploi ici en se fiant à une série de photos que Hope avait mises en ligne d'une petite ville charmante et d'un chalet dans les bois dont elle pourrait disposer gratuitement pendant un an. Le chalet paraissait flambant neuf, la ville, florissante. Or en fait, le chalet était encore plus délabré que le pavillon Creighton que tu es en train de rénover, Dan. Quant à la ville… tu la connais, maintenant. Melinda était folle de rage.

— Elle a la langue bien pendue, celle-là ! glapit Hope.

Jack ne s'offusqua pas, au contraire.

— Dites-moi, Hope, et si vous tombez sur une secte de satanistes ?

— Bonne chance à eux ! rétorqua-t-elle en haussant les épaules. Ils comprendront vite leur malheur. Je mettrai des photos d'hier et d'aujourd'hui afin que les gens sachent de quoi il retourne.

— Qui voudrait d'une église ? intervint Dan.

— Quelqu'un qui veut prêcher la bonne parole. Ou des satanistes, que Jack et Vic s'empresseront de chasser à coups de botte dans le derrière.

Hope écrasa son mégot dans le cendrier.

— Vous allez bientôt avoir une cargaison de gibier à entreposer dans votre cuisine, Jack. Si ces fichues biches reviennent ravager mon jardin, je décroche mon fusil.

— Je n'ai pas le droit d'accepter, Hope. Vous me faites le coup tous les printemps. Pourquoi ne pas ériger une clôture ?

— J'en ai une ! Elles sautent par-dessus ! Et les lapins creusent par-dessous. Les salauds !

— Voyons, Hope, est-ce une façon de parler quand on est propriétaire d'une église ?

— Je la possède, Jack. Mais la religion, ce n'est pas mon truc.

— Pas possible ?

— Remarquez, un peu de religion dans cette ville, ce ne serait pas du luxe.

— Pourquoi ?

— Autrefois, cette église était toujours pleine à craquer. Sauf qu'elle était pleine de pauvres et comme il n'y avait pas de presbytère, le pasteur a dû se délocaliser. Il pouvait à peine se nourrir avec les oboles de ses ouailles misérables. Depuis, la situation s'est améliorée. Beaucoup de fermiers, d'éleveurs et (elle fixa Dan d'un air accusateur) d'ouvriers du bâtiment se sont installés dans le coin. Ils ont de quoi remplir le panier à offrandes. Il est temps de retenter le coup.

Elle tapota l'épaule de Dan et quitta le bar en traînant les pieds. Dan dévisagea Jack.

— Quelle femme étrange.

— Oh oui ! Mais elle est très dévouée. Je serais curieux de jeter un coup d'œil sur son testament. Elle est rusée et je la soupçonne d'avoir une tonne de fric. Comme elle n'a pas de famille… Tu cherches une épouse ? Une femme d'âge mur à grosses lunettes noires et de la terre sur les genoux ?

— Bof, sans façon. Mais merci pour le tuyau.

— Les travaux avancent ?

— La logeuse est passée aujourd'hui. Voilà une femme intéressante.

— En effet.

— Il paraît qu'elle a été l'ivrogne de la ville.

— Exact. Elle a suivi une cure de désintoxication et semble bien s'en sortir. Elle a changé du tout au tout.

— Comment était-elle, avant ?

Jack leva les yeux vers le plafond pour réfléchir.

— Tu sais quoi ? Je n'ai pas envie d'en parler. Cheryl est une femme bien qui a beaucoup souffert de son alcoolisme. Pour être franc, je ne croyais guère en sa guérison. Je m'imaginais que, même sobre, elle serait un peu lente, démotivée. Endommagée. Apparemment, je me suis trompé parce qu'elle est… formidable. Je souhaite qu'elle réussisse dans ses projets.

— Elle est sur la bonne voie, convint Dan. C'est élégant de ta part de ne pas évoquer ses frasques d'autrefois. Ce ne devait pas être joli, joli.

— Mon pote, on a tous traversé des périodes difficiles qu'on préfère oublier.

Comme par hasard, Rick choisit précisément cet instant pour pousser la porte et entrer en s'appuyant sur une canne. Dan nota que Jack avait froncé les sourcils avant de lui sourire.

— Comment ça va, fiston ?

— Mieux. Je m'habitue à la canne. Je me suis bougé les fesses aujourd'hui.

Il se percha sur un tabouret et Dan se tourna vers lui.

— Dan Brady. On s'est rencontrés une fois, il y a des lustres. Tu ne t'en souviens peut-être pas.

— C'est vrai ! s'exclama Jack. La nuit où Paige a été kidnappée ! Tu te rappelles, Rick ?

— Oui, répondit-il en tendant la main à Dan. C'est vous qui avez assommé le méchant avec une lampe torche.

— Désolé pour ta jambe. Tu t'habitues à la prothèse ?

— Non, elle me fait encore mal.

— Tu surveilles la plaie ? Si elle cicatrise mal, ça peut ralentir le processus.

— Vous vous y connaissez ?

— Un peu. Alors ?

— Non seulement je la surveille mais j'ai trois séances de rééducation par semaine et tout le monde a l'œil rivé dessus. Pour l'heure, tout ce que je veux, c'est marcher sans souffrir.

— Ça viendra. Ensuite ?

— Aucune idée. Jack, qu'en penses-tu ? Est-ce que je mérite une bière et un repas ?

— À deux conditions. Tu rentres à pied et on rapporte de quoi manger à ta grand-mère.

— OK... Qu'est-ce que vous fabriquez dans le coin ? demanda Rick à Dan.

— Je travaille pour Paul Haggerty. Et toi ? Tu as sans doute le choix.

— Je vous l'ai dit, aucune idée. Mon objectif, c'est de récupérer une jambe. De pouvoir me déplacer avec. Après, je pourrai peut-être réfléchir à l'avenir.

— Tu pourrais reprendre tes études, intervint Jack en posant une chope devant lui. Le GI Bill est une aubaine pour les jeunes dans ta situation.

Rick but une gorgée de sa bière.

— J'y songe.

Dan comprit tout de suite que Rick était encore déprimé et traumatisé par la guerre et par sa blessure.

— Tu as de la chance d'être dans une ville comme celle-ci, Rick. Moi, je viens de la côte. Sebastopol. Près de la baie de Bodega. Tu as grandi ici ?

Il opina.

— Quand as-tu intégré le Corps des Marines ?

— Si ça ne vous ennuie pas, je n'ai pas très envie de bavarder.

— Pas de souci, répondit Dan. Jack, si Vic est prêt pour le dîner, je le suis aussi.

— Tout de suite.

Pendant que Rick chipotait avec son repas, quelques personnes arrivèrent, vinrent le saluer, lui taper dans le dos. Elles fronçaient les sourcils comme si elles avaient pitié de lui. *Une erreur*, pensa Dan. Rick ressentait peut-être le besoin de se faire choyer mais cela ne durerait pas. Il était fort et courageux. La compassion des autres ne lui serait pas d'une grande utilité.

Dan ne vit pas entrer le groupe suivant, un couple et une jeune fille. Le trio s'installa autour d'une table près de la fenêtre. Quand Rick tourna la tête, Dan suivit la direction de son regard et vit la jeune fille accrocher celui de Rick. Elle était ravissante. Si belle et si triste que Dan en éprouva un petit sentiment de jalousie ; lui aussi aurait voulu faire chavirer le cœur d'une femme. Elle ouvrit la bouche, la referma, se pencha vers la dame rousse d'une cinquantaine d'années à sa droite, lui chuchota quelques mots à l'oreille et s'enfuit du bar.

Rick se tourna vers le comptoir.

— Intéressant, commenta Dan après un silence.

— C'était ma nana.

— Avant la jambe ?

— Oui.

— Elle a du mal à supporter ?

— De quoi je me mêle, mec ? rétorqua Rick.

— Dan, je m'appelle Dan. Simple curiosité. Elle m'a semblé abattue mais pas dégoûtée. Enfin ! Ce doit être mon imagination.

— Elle n'est pas dégoûtée mais ça ne peut plus marcher entre nous. Ça vous convient, comme explication ? Foutez-moi la paix, maintenant.

— Si c'est ce que tu veux.

— C'est ce que je veux.

Et vlan ! se dit Dan. *Ce garçon était très, très en colère.*

Dix minutes plus tard, le couple abordait Rick. La rousse lui tapota l'épaule.

— Comment vas-tu, Rick ?

— Pas trop mal, Connie. Merci. Vous restez dîner ?

— Non, non... Sache que je pense à toi tout le temps. Je prie pour que tu te rétablisses et que tu t'adaptes.

— Merci, murmura Rick. Euh... Liz ? Comment va-t-elle ?

— Elle s'accroche, Rick. Elle est plus forte qu'elle n'en a l'air. Elle s'accroche.

— Tant mieux.

— Prends soin de toi !

Ce garçon est carrément en train d'imploser, songea Dan.

12

Walt Booth dînait chez sa fille au moins deux fois par semaine. En l'absence de Muriel, Vanessa mettait un point d'honneur à l'inviter régulièrement. Elle cuisinait si bien qu'il acceptait volontiers. Et puis, il n'était pas seul, bienheureux même, en famille. Après le repas, il emportait son café dans la salle de séjour où il berçait parfois le petit Mattie avant qu'on ne le couche. Paul l'y rejoignait de temps en temps et ils suivaient ensemble les informations télévisées mais la plupart du temps, son gendre se réfugiait dans le garage travailler sur les placards sur mesure qu'il comptait installer dans leur maison.

Au cours d'une de ces soirées, Vanessa remplit la tasse de son père alors qu'il tenait le bébé dans ses bras.

— Tu es bien silencieux.

— Je n'ai rien de particulier à dire.

— Mon œil ! riposta-t-elle en souriant. Donne-moi donc des nouvelles de Muriel.

Aussitôt, il baissa le nez.

— Aïe ! s'exclama-t-elle. Vous vous êtes disputés ?

Walt releva la tête.

— Pas exactement mais elle m'en veut.

— Pourquoi ?

Il haussa les épaules.

— Elle ne peut pas s'échapper du tournage. Elle souhaite que je mette les chiens en garde, que je confie les chevaux à Shelby et que je la rejoigne au moins un long week-end dans le Montana.

Vanessa s'installa dans le canapé avec sa propre tasse.

— Où est le problème ?

— Je n'ai pas spécialement envie d'y aller.

— Ah ! Voilà qui doit lui faire très plaisir.

— Je n'ai pas ma place sur son lieu de travail, grogna-t-il.

— Si elle craignait que tu la gênes, elle ne t'inviterait pas. Je pense même que ta présence lui remonterait le moral. À ta place, j'aurais sauté à bord du premier avion. J'adorerais visiter un plateau de cinéma.

— Justement, Vanessa. Cet univers n'est pas le mien. Je ne connais rien au métier et je suis sûr que j'y serais mal à l'aise.

— N'importe quoi ! Ce serait amusant, papa ! Non seulement tu découvrirais les coulisses de sa profession mais en plus, vous vous verriez le matin et le soir.

— Je ne suis pas certain d'y prendre plaisir…

— Papa ? Que lui as-tu dit ?

Il grimaça.

— C'est plutôt ce qu'elle m'a dit qui me tracasse. Je lui ai expliqué ma réticence et elle a dessiné un trait dans la terre, comme une barrière entre nous. Cela ne lui ressemble guère, et pourtant, c'est ce qu'elle a fait.

— Pourrais-tu être un peu plus explicite ? s'enquit Vanessa, vaguement exaspérée. Que se passe-t-il ?

— Quand je lui ai exposé les raisons pour lesquelles j'hésitais, elle... (il s'éclaircit la gorge)... Elle m'a répliqué que c'était ridicule, qu'un tournage, ce n'était qu'une équipe de gens qui travaillaient, perchistes, menuisiers et *tutti quanti*. J'ai dû rechercher le terme « perchistes » sur l'Internet – c'est te dire à quel point je suis ignorant. Elle a ajouté que si je ne faisais pas l'effort, elle en conclurait que je ne tenais pas assez à elle pour ravaler mon malaise afin que nous puissions passer du temps ensemble.

Vanessa eut un sourire.

— Quel culot.

— Depuis, elle n'a pas téléphoné. Et tous mes appels sont directement redirigés sur sa boîte vocale.

— Ça fait longtemps ?

— Une semaine. Avant, on se parlait chaque jour.

— Apparemment, tu ne lui as pas laissé le message qu'elle espérait.

— Apparemment.

Vanessa dévisagea son père un long moment, jusqu'à ce qu'il s'énerve.

— Quoi ?

Elle se leva, s'approcha du manteau de la cheminée, s'empara d'une photo encadrée. Elle la lui tendit et il l'accepta de sa main libre, son petit-fils endormi dans l'autre bras.

— Tu te souviens de ceci ?

C'était un des clichés préférés de Vanessa. Walt y posait en grand uniforme, l'équivalent du smoking pour les militaires, et Peggy était vêtue d'un ravissant fourreau noir accessoirisé d'un rang de perles qui appartenait désormais à Vanessa. Walt esquissa un sourire.

— Ta maman était si belle. Je n'ai jamais été assez bien pour elle. Tu lui ressembles, tu sais.

— Je sais. Te rappelles-tu la date à laquelle a été prise cette photo ?

Il haussa les épaules.

— Nous avons assisté à tant de manifestations officielles. Ta mère a arboré cette tenue des dizaines de fois.

Vanessa se rassit sur le canapé et se pencha vers lui, les coudes en appui sur ses genoux, les mains croisées.

— Vous vous apprêtiez à vous rendre à une réception à la Maison-Blanche. Pas un de ces cocktails où le couple présidentiel daigne apparaître cinq minutes mais un véritable dîner assis. Douze couples étaient conviés – que des généraux et leurs épouses. Maman allait rencontrer la première dame des États-Unis, visiter les appartements privés de la famille, prendre le dessert avec elle. Elle était très angoissée. Elle craignait de ne pas se sentir à sa place – elle qui aimait monter à cheval, piloter des avions privés, jardiner, tirer au pigeon d'argile. Mais pour toi, c'était très important. Elle était fière de toi, elle aurait fait n'importe quoi pour prouver combien elle se félicitait de t'avoir choisi comme partenaire.

L'émotion de Walt était palpable. Il fixa le portrait en songeant à quel point Peggy lui manquait encore.

Et Muriel.

— Bien, reprit Vanessa. Je pense que tu sais ce qu'il te reste à dire dans ton prochain message à Muriel. Tu as intérêt à lui signaler l'heure d'atterrissage de ton vol, sans quoi tu risques de perdre la plus belle chose qui te soit arrivée depuis au moins cinq ans. Maman n'a pas hésité à surmonter ses craintes pour te faire plaisir. À toi d'en faire autant pour la femme que tu aimes aujourd'hui. Si tu y renonces, elle te quittera. Ce serait absurde.

Walt la dévisagea.

— Nous nous occuperons des chiens et des chevaux, acheva-t-elle.

Melinda Sheridan accepta avec bonheur de prendre quelques photos numériques d'Abby et de Cameron pour qu'ils puissent les envoyer par mail à leurs mères respectives. Contre toute attente, Abby et Cameron se prêtèrent volontiers au jeu, ce qui enchanta Melinda. Elle avait une passion pour les corps de femmes enceintes, les couples à l'aube d'une naissance et prenait grand plaisir à conserver ces images pour la postérité.

Elle commença par les immortaliser sur la véranda du chalet – Abby appuyée contre la balustrade près d'un pot de géraniums, Cameron à ses côtés. Puis, Cameron derrière elle, les lèvres dans son cou. Cameron embrassant son ventre tandis qu'Abby riait aux éclats, la tête renversée. Pendant tout ce temps, Cameron chuchotait à Abby des mots doux, et en réponse, elle lui caressait le visage, déposait des baisers sur sa tête. Puis Melinda les persuada de se dévêtir. Ce ne fut pas très difficile. Bientôt, ils furent tous deux presque nus, les mains de Cameron stratégiquement placées sur les seins d'Abby, leurs silhouettes mouchetées par la lumière du soleil filtrant à travers les feuillages. À un moment, Melinda réussit même à les saisir sur le vif alors qu'une biche émergeait de la forêt.

Ils formaient un couple magnifique et le résultat était superbe. Melinda passa la matinée à télécharger les photos sur son ordinateur puis à les graver sur un disque. Cameron et Abby en sélectionnèrent une, sobre et discrète, pour leurs mères mais Abby emporta le disque chez Vanessa pour lui montrer l'ensemble.

— Waouh ! s'exclama Vanessa. Elles sont sublimes ! Laquelle avez-vous envoyée aux futures grand-mères ?

— Celle-ci, répondit Abby en indiquant une vue de face où ils étaient habillés. Les autres sont pour notre collection privée.

À les voir ainsi, si visiblement amoureux l'un de l'autre, un flot d'émotion submergea Vanessa.

— J'aimerais organiser une fête pour toi. Le plus vite possible. Samedi après-midi…

— Bof !

— Pourquoi pas ? Tu continues à dissimuler ta grossesse ?

— Euh, non mais…

— Sans blague ! pouffa Vanessa. Laisse tomber, Abby. Personne ne connaît les détails de votre histoire mais tout le monde sait que vous avez fait ces bébés ensemble. Dieu du ciel ! Vous vivez sous le même toit, Cameron t'accompagne à toutes tes consultations chez l'obstétricien. Je préparerai un buffet simple et je ne convierai que des couples plus ou moins au courant des dessous de l'affaire. Tu n'as rien à dire. Contente-toi de venir et d'en profiter.

— Il faut que j'en discute avec Cameron mais…

— Cameron ? Celui qui t'a suppliée de devenir sa colocataire pour pouvoir se dévouer complètement à toi ? Celui qui ne peut pas s'empêcher de te tenir la main en public ? Décidément, tu es incroyable. Les femmes enceintes vivent dans une bulle.

— Je comprends ton point de vue mais…

— Et pendant que j'y serai, je convierai vos mères.

— Une seconde ! protesta Abby en plaquant les mains sur son ventre comme s'il risquait de s'envoler.

— Ne t'inquiète pas. Elles sont toutes les deux prêtes à se précipiter à Virgin River à la seconde où les bébés naîtront, n'est-ce pas ? Elles ne viendront pas avant. Ce serait ridicule.

Abby secouait la tête mais elle avait déjà décroché le téléphone pour contacter Cameron au cabinet et lui soumettre la proposition de Vanessa.

— Bien sûr, pourquoi pas ? L'idée me paraît excellente. D'ailleurs, Vanessa a raison – nos mères ne vont pas nous envahir dès maintenant.

Abby contacta donc sa mère et Cameron, la sienne. Et des deux côtés, les parents entreprirent aussitôt de faire leurs valises.

— Au secours ! soupira Abby en se vautrant sur le canapé de Vanessa.

— Pas question de te désister. De toute façon, un jour où l'autre, il faudra bien que vos parents se rencontrent. Non seulement je suis certaine que tout se passera à merveille mais en plus, je suis convaincue qu'ils s'apprécieront.

Cameron serrait Abby contre lui dans leur lit.

— Surtout ne t'inquiète pas. Nous allons passer un bon week-end.

— Moi qui voulais faire profil bas, c'est loupé, chuchota-t-elle. Une fête pour présenter nos parents, tu te rends compte ?

— Question profil bas, en effet, c'est loupé, convint-il en laissant courir les mains sur son ventre.

— Je suis très proche de ma mère. Elle est comme ma meilleure amie. Cependant, même si j'ai plus de trente ans, je n'ai jamais pu me résoudre à lui raconter précisément comment j'en étais arrivée là. Je lui avais signalé que j'avais rencontré quelqu'un mais qu'à cause du divorce, nous avions décidé de ne plus nous voir. Elle m'en voulait de ne pas avoir cherché à te contacter mais en même temps, j'ai l'impression qu'elle le craignait… au cas où…

— Au cas où j'aurais été un salaud comme ton premier mari, devina-t-il. Que lui as-tu dit à propos de nous ? De ce que nous sommes en train de vivre ?

— Que j'avais fait la connaissance d'un homme merveilleux qui tenait à moi et aux bébés.

— Mais pas que je suis le père ?

— Euh, non. Pas encore.

— Tu n'as plus le choix. Sans quoi, c'est ma mère qui s'en chargera.

Abby ravala sa salive.

— Tu me promets de ne pas me quitter d'une semelle du début à la fin du week-end ?

— Tu peux compter sur moi pour te protéger de nos mères. La mienne est adorable bien que terriblement curieuse ; et elle a tendance à se mêler de tout ce qui ne la concerne pas.

Elle sourit.

— La mienne est tout aussi adorable bien que terriblement autoritaire et intrigante.

— Mais nos deux pères jouent au golf. De quoi les occuper largement à évoquer tous les parcours, toutes les victoires qu'ils ont remportées et j'en passe.

— À ton avis, de quoi vont discuter ces dames ?

Il l'embrassa.

— Je veillerai sur toi.

Brie appela Abby le jeudi précédant la fête.

— J'ai un cadeau de naissance pour vous. J'ai reçu un coup de téléphone fort courtois de Ross Crawford en personne. Nous avons discuté brièvement. Il se demandait pourquoi vous refusiez toute pension alimentaire et voulait savoir si vous vous étiez remariée.

— Que lui avez-vous répondu ?

— Tout simplement que vous aviez eu besoin de la pension le temps de régler ses dettes comme l'avait ordonné le tribunal, et qu'une fois ce problème surmonté, vous préfériez reprendre votre indépendance. Bien entendu, j'ai ajouté que vous ne vous étiez pas remariée. En revanche, je n'ai pas pu m'empêcher de remuer le couteau dans la plaie. Je lui ai décrété que dans la mesure où vous n'aviez jamais eu en main ses cartes de crédit, jamais rien acheté dessus, jamais reçu les récépissés, il me semblait aberrant que le juge vous ait condamnée au remboursement de ces sommes. Toutefois, le passé étant le passé, je lui ai expliqué que vous souhaitiez désormais aller de l'avant – sans rancune. Cet idiot a eu le culot de me demander de quelles dettes il s'agissait ! Je lui ai conseillé de consulter son avocat et de relire le jugement de divorce qu'il avait signé. Il m'a assuré qu'il le ferait, qu'en ce qui le concernait, l'affaire était close et qu'il vous transmettait ses amitiés.

— Ses amitiés ? Comme c'est gentil.

— J'ai exigé qu'il rédige de sa main une lettre stipulant qu'il ne vous demanderait plus rien. Il me l'a envoyée, Abby. Je ne voulais pas vous en parler avant d'avoir le document sous les yeux. C'est fini. Vous êtes libre. J'en garderai une copie et je vous enverrai l'original pour vos dossiers. Il ne vous poursuivra pas. Alors ? Que ressentez-vous ?

— J'aimerais pouvoir vous dire que je me sens plus légère de cinq kilos. Je suis très soulagée. Merci infiniment… J'aurais dû faire appel à vos services dès mon arrivée à Virgin River. Je n'imaginais pas pouvoir me débarrasser de ce poids aussi facilement.

— Ça n'a pas été un jeu d'enfant. Désormais, vous et Cameron pouvez songer à l'avenir. Vous vous portez bien ?

— Je n'ai pas vu mes pieds depuis si longtemps que je ne suis plus certaine d'en posséder. Mon dos me fait un mal de chien et je souffre d'une nouvelle douleur mystérieuse chaque jour. Cerise sur le gâteau, j'ignore si la rumeur s'est déjà répandue mais nos parents seront là pour la fête ce week-end. Ils vont se rencontrer.

— Cela vous inquiète ?

— Ce qui m'effraie, ce sont les questions auxquelles je n'ai aucune envie de répondre. Vous savez bien, celles du genre : « Comment est-ce arrivé et pourquoi ne vous mariez-vous pas ? »

— Dites-leur que votre avocate vous interdit de répondre pour le moment. Vous avez d'autres préoccupations : survivre à cette sympathique réunion avant que le travail ne commence, par exemple. Quel est le diagnostic de Melinda ?

— Vous voulez dire de Melinda, John et Cameron, mon trio d'accoucheurs ? Nous venons d'apprendre que le rêve de Cameron s'est réalisé. Bébé numéro deux est une fille. Le choix du roi. Tant mieux car je ne suis pas près de remettre ça.

— En tout cas, tout a l'air d'aller pour le mieux entre vous et Cameron. Vous formez une belle équipe.

— Personne n'est dupe : nous nous aimons follement. Le coup de foudre. La famille instantanée.

— Quel bonheur, Abby ! Je connais Cameron depuis peu mais il me semble un être formidable.

Maintenant que vous êtes débarrassée de tous vos problèmes judiciaires, vous allez pouvoir profiter pleinement de votre nouvelle vie.

— J'ai d'autres soucis plus immédiats. Brie, quand vous en étiez au même terme que moi, aviez-vous sans arrêt des contractions ?

— Je ne portais pas des jumeaux mais les deux derniers mois, j'en ai eu tous les jours. Croyez-moi, quand le moment viendra, vous le saurez.

— J'ai un petit dilemme. J'ai trop de chefs dans ma cuisine. John et Cameron veulent tous les deux provoquer la naissance à trente-sept semaines si je tiens jusque-là. Melinda préfère improviser si ma santé le permet. Tout le monde est d'accord sur une chose : les bébés sont à point. Les hommes semblent opter pour la technologie alors que Melinda pencherait plutôt pour le naturel. Entre les deux, mon cœur balance.

— Où accouchez-vous ?

— À l'hôpital. Par précaution. Melinda n'y voit aucun inconvénient – elle a exercé dans un grand établissement pendant des années avant de s'installer ici. Mais les médecins veulent tout contrôler tandis qu'elle préconise une expérience aussi pure que possible.

— Ne vous tracassez pas trop. D'ailleurs, il est possible que la décision vous échappe. Vous n'avez pas encore atteint les trente-sept semaines.

— Je n'en suis plus très loin. Le col est légèrement effacé.

— Dans ce cas, croisez les jambes – j'ai promis à Vanessa de l'aider à préparer le buffet de la fête !

Les McCall et les Michaels seniors arrivèrent à Virgin River vers l'heure du dîner le vendredi soir, veille de la fête. Cameron s'était arrangé pour les loger dans deux des bungalows du complexe hôtelier des

Riordan, au bord de la rivière. Abby et Cameron les y retrouvèrent et firent les présentations. Comme l'avait prédit Cameron, ils se montrèrent d'une courtoisie exemplaire.

Susan McCall était une petite femme rondelette aux cheveux blonds coupés court. Elle avait élevé sa fille unique tout en se consacrant à une multitude d'activités communautaires, de l'association des parents d'élèves aux œuvres de charité. Ces fonctions bénévoles l'avaient occupée à plein temps. Beth Michaels avait élevé ses trois enfants, dont Cameron était l'aîné, tout en poursuivant son métier d'hygiéniste dentaire. Grande et mince, la chevelure foncée, elle était tout l'opposé de Susan. Toutes deux étaient vives, volontaires, énergiques, proches de la soixantaine. Prêtes à devenir grand-mères.

Au cours du repas, organisé au bar-grill, Beth Michaels lança le débat :

— Êtes-vous prêts à nous raconter comment vous vous êtes rencontrés et…

— Nous nous sommes connus par hasard à Grants Pass, coupa Cameron. Abby assistait à un mariage et je dînais au même endroit avec des confrères.

— Et ensuite ? insista Beth.

— J'ai eu le coup de foudre et, après lui avoir mis un peu la pression, Abby est tombée amoureuse de moi.

— Cameron, lui reprocha sa mère, ton histoire est bien pauvre en détails.

— Hmmm, marmonna-t-il en buvant une gorgée d'eau. Comme c'est curieux.

— Quand prévoyez-vous de vous marier ? s'enquit Susan McCall.

— Tu seras la première prévenue, maman, rétorqua Abby.

Les mères échangèrent un regard tandis qu'Abby et Cameron se prenaient par la main et se souriaient. En tant que front uni, ils étaient invincibles.

Abby et Cameron leur firent visiter le cabinet et le chalet où ils s'étaient installés. Avant que les parents ne s'émeuvent de l'étroitesse et de la rusticité des lieux, Cameron leur assura qu'ils chercheraient une maison plus grande dès que les bébés seraient nés et qu'ils auraient repris un rythme à peu près normal.

Vanessa, Brie et Paige avaient organisé la fête chez le général, le jardin et la terrasse de Paul et de Vanessa n'étant pas encore achevés. Les hommes pourraient fumer le cigare sur la véranda pendant qu'à l'intérieur, les femmes buvaient, mangeaient, découvraient les cadeaux et faisaient connaissance.

Cameron suivit Abby tout du long. Il lui apporta une assiette, remplit régulièrement son verre d'eau, s'esbaudit devant les présents au fur et à mesure qu'elle les ouvrait – vêtements, accessoires de puériculture et autres gadgets « indispensables ».

Vic et Jack avaient fermé le bar pendant quelques heures dans l'après-midi mais ils durent abandonner leurs épouses pour ouvrir le restaurant le soir. Tout le monde avait passé un bon moment, le soleil disparaissait à l'horizon et les invités commençaient à se disperser. Cameron chargeait son SUV quand tout à coup, Abby s'approcha de lui.

— Cameron, où sont nos mères ?

— Aucune idée, répondit-il en scrutant les alentours. Pose la question à ton père.

Ed Michaels ne put la renseigner davantage. Pas plus que Chuck McCall. Apparemment, ces dames s'étaient volatilisées.

— Vous et moi devrions avoir une conversation sans nos enfants ni nos maris, avait décrété Beth Michaels à Susan McCall.

— Bien sûr ! Mais dans tout ce brouhaha, ce n'est pas facile. On pourrait s'éclipser dans les écuries ?

— Laissez tomber. Venez avec moi.

— On devrait peut-être prévenir quelqu'un qu'on s'absente ? avait suggéré Susan.

— Non, filons à l'anglaise. Cinq minutes leur suffiront pour fouiller la ville. Pas d'inquiétude. Nous allons au *bar*.

Susan avait affiché un sourire.

— J'aime bien votre façon de penser.

— Mouais. Si nos enfants s'entendent si bien, c'est pour une bonne raison.

Dix minutes plus tard, elles se garaient devant l'établissement de Jack. Il était derrière le comptoir et Beth ne put s'empêcher de rire aux éclats en voyant son expression de stupéfaction.

Repérant un espace libre au bout du bar, Beth entraîna Susan et toutes deux se hissèrent sur les tabourets. Aussitôt, Jack fut en face d'elles.

— Mesdames ?

— Deux martinis ? proposa Beth.

Susan opina.

— Secs, précisa Beth.

— Entendu.

Jack se détourna.

— Bien, décréta Beth. Je m'interroge. Il y a encore quelques jours, j'ignorais que Cameron avait quelqu'un dans sa vie mais de toute évidence, il adore Abby. Il l'aime profondément. Et vous, que savez-vous ?

— Pas grand-chose de plus. Abby m'a expliqué qu'elle avait rencontré un pédiatre merveilleux à

Virgin River et qu'il était le père des jumeaux. Je n'avais jamais entendu parler de lui auparavant. Mais vous avez raison – ils s'aiment.

Jack posa les verres devant elles et s'attarda une seconde. Constatant qu'elles ne s'exprimeraient pas en sa présence, il s'éloigna.

Susan relata à Beth le triste épisode du mariage d'Abby avec une star du rock et du contrat prénuptial qui l'avait incitée à se cacher... les dettes qu'elle avait dû rembourser...

— Il l'a plaquée au bout de deux mois seulement ? s'exclama Beth, effarée.

— Oui. Et juste avant la finalisation du divorce – ou peut-être juste après – elle a rencontré Cameron, expliqua Susan. À l'époque, elle a omis de me préciser qu'il était le père des jumeaux. J'avoue que je m'en fichais un peu tant que ma fille était sereine. Elle s'était fixé pour objectif de payer ce qu'elle devait et de reprendre une vie normale. Mais voilà qu'elle et Cameron se sont revus quelques mois plus tard. Elle était déjà visiblement enceinte.

Beth sirota son cocktail en hochant la tête.

— Mon Dieu ! Le hasard fait parfois bien les choses. Vous vous rendez compte ? S'ils ne s'étaient pas croisés de nouveau, Cameron ne serait même pas au courant pour les bébés ! Je ne connaîtrais pas Abby.

— Ni moi, Cameron, renchérit Susan. Je n'avais pas imaginé une seconde qu'elle était avec un homme aussi épatant que Cameron. Beth, nos enfants sont un peu siphonnés.

— Ce ne sont plus des enfants. Et ils vont bientôt avoir deux bébés.

— Absolument ! gloussa Susan.

— Les problèmes sont-ils résolus, à présent ? Le divorce et tout le reste ?

— Le divorce, oui, depuis un bon moment. Quant au reste, peu importe.

Susan fit signe à Jack de leur apporter deux autres martinis.

— Chuck et moi voulions lui avancer l'argent mais Abby est très orgueilleuse. Et têtue. Quand elle était jeune, ses camarades la taquinaient souvent, la traitaient de « pourrie gâtée » sous prétexte qu'elle était fille unique. Elle a appris très tôt à gérer elle-même ses problèmes. Comme si cette histoire de dette ne suffisait pas, elle a dépensé toutes ses économies en honoraires d'avocat. Ce type, l'ex-mari, s'est montré odieux. Pourtant, la fois où je l'ai rencontré, il m'avait paru inoffensif. Je me suis trompée. Quand je pense à tout ce qu'il lui a fait subir !

Jack les servit, haussa un sourcil, sourit et s'éclipsa. Les deux futures grand-mères étaient en pleine conspiration.

— Ainsi, nous avons deux enfants qui en attendent deux et qui s'aiment visiblement. Qu'allons-nous faire ?

— Vous, je ne sais pas mais moi, je ne connaîtrai pas le repos tant qu'ils ne seront pas mariés, affirma Susan.

Beth renversa la tête en éclatant d'un rire tonitruant qui lui valut un coup d'œil de la part de Jack.

— Dites, j'ai une faveur à vous demander.

— Je vous écoute.

— Je sais que vous vous précipiterez ici dès la seconde où ces bébés seront nés et je sais que la maman de la maman a droit à certains privilèges. Laissez-moi venir très vite, s'il vous plaît. Je vous promets de ne pas envahir le chalet et d'accomplir toutes les corvées ingrates sans me mettre dans vos pattes.

Susan réfléchit en contemplant le plafond. Puis elle dévisagea Beth.

— Accordez-nous trois jours. Ensuite, je partagerai les câlins et les corvées ingrates avec vous.

Beth posa une main sur son bras.

— Vous êtes quelqu'un de bien. Moi, j'ai obligé ma belle-mère à patienter une semaine.

— Y a-t-il une chance pour qu'ils se marient avant la naissance, d'après vous ? demanda Beth.

— Mystère. Ils semblent avoir pris un certain nombre de décisions bien qu'ils les gardent pour eux. Quant à Abby, lorsqu'elle a une idée en tête, elle n'en démord pas.

— Elle me semble parfaite pour Cameron. Tout le monde a le droit de commettre une erreur par-ci, par-là.

— Peut-être, si on s'y mettait ensemble…

La porte s'ouvrit, cédant le passage à Ed Michaels, Chuck McCall, Abby et Cameron. Plantés sur le seuil du restaurant, ils fixèrent Susan et Beth et les quatre verres vides devant elles.

— À quoi jouez-vous, toutes les deux ? lança Cameron.

Elles lui adressèrent un large sourire.

— On fait connaissance, répliqua Beth.

Abby tira sur la manche de Cameron et lui chuchota à l'oreille :

— Je n'ai jamais songé que ce pourrait être encore pire si elles s'appréciaient, avoua-t-elle. Elles vont nous causer un paquet d'ennuis.

Il déposa un baiser sur ses lèvres.

— Rien que nous ne puissions surmonter, mon amour. Cramponne-toi à moi.

Dan Brady ne perdit pas de temps et appela Cheryl sans perdre de temps. Non pas parce qu'il avait la sensation d'avoir rencontré la femme parfaite – aussi perturbée que lui – mais parce qu'elle était jolie, intéressante et déployait des efforts surhumains pour rester dans le droit chemin, une qualité qu'ils semblaient partager. Trouver l'âme sœur était rare, autant saisir sa chance.

— Vous ne me devez pas de loyer, s'étonna-t-elle.

— Je sais. Je suis venu à Eureka commander un revêtement de sol. J'ai pensé qu'on pourrait boire un café. Ou déjeuner ensemble. Ou même dîner ? On pourrait manger un morceau chez *Denny* ?

— Ne vous ai-je pas demandé d'y aller en douceur ? Ne vous ai-je pas dit que je n'étais pas sûre de vouloir aller plus loin avec vous ?

— Si. J'ai pensé qu'il serait plus prudent de m'inscrire sur votre carnet de bal avant qu'il ne soit complet.

— Que voulez-vous, au juste ?

— Pas grand-chose. Un hamburger-frites. Et vous ?

Elle rit malgré elle. *Ouf !* pensa Dan.

— De quoi parlerions-nous ? demanda-t-elle d'un ton nettement plus aimable.

— Vous pourrez me raconter ce que vous voudrez. Moi, je deviserai sans doute construction et rénovation de maisons à Virgin River puisque c'est mon métier. Ou alors, si cela vous intéresse, j'ai un peu d'expérience en matière d'agriculture…

De nouveau, elle rit.

— Bref, vous n'aurez qu'à m'expliquer ce que vous faites dans la vie.

— Justement, le hic c'est que je suis serveuse dans un restaurant. C'est pourquoi l'idée d'un repas chez *Denny* ne m'enchante guère. Vous comprenez.

— Absolument. Au fond, c'est tant mieux. Si j'apportais deux énormes sandwichs, des sachets de chips et du thé glacé ? On pourrait se retrouver au parc ?

— Quand ?

— Je suis en congé le samedi après-midi et le dimanche toute la journée. Cela vous conviendrait ?

— Le dimanche, je commence à 5 heures et je finis à 14 heures. Le temps de me doucher, on pourrait se donner rendez-vous vers 15 heures ? Il y a une place dans la vieille ville…

— Je la connais. Je me charge des victuailles.

Dan n'avait pas eu le moindre rendez-vous galant depuis six, voire huit ans. Il avait abordé une jeune femme dans un bar à une ou deux reprises mais cela n'avait mené nulle part parce qu'il n'en avait pas envie. Alors pourquoi Cheryl l'attirait-elle autant ? Avant même qu'elle ne lui dévoile ses déboires, il avait été frappé par son côté stable. Comme si elle avait un lourd bagage derrière elle et ne risquait pas de tituber sous une rafale émotionnelle. Il rit intérieurement. Qu'avait-il appris ensuite ? Qu'elle luttait de toutes ses forces pour se remettre dans le droit chemin et qu'elle était peut-être encore plus vulnérable que lui. Bon, d'accord, là, il exagérait. Question fragilité, il était champion du monde.

Ils se retrouvèrent comme convenu le dimanche dans le centre-ville d'Eureka. Arrivée avant lui, elle avait pris place sur un banc, les jambes allongées devant elle, le visage offert au soleil, paupières closes. Il se planta devant elle et elle ouvrit les yeux. Elle ne lui sourit pas. Lui, oui. Il s'assit et posa le sac de provisions entre eux.

— Vous n'êtes pas sûre que ce soit une bonne idée, devina-t-il… Vous aimez la charcuterie, j'espère ?

Elle accepta d'abord le thé glacé.

— Désolée. J'ai du mal à faire confiance aux autres.

— Vous avez croisé beaucoup de gens qui vous ont déçue ?

— Même pas. C'est moi qui déçois les autres. Je n'ai pas encore la sensation d'avoir dominé complètement mon addiction. Je suis sans cesse aux aguets, j'ai peur de craquer et d'accepter un verre d'alcool. Si je cède, ne serait-ce qu'une fois, je pourrais en mourir… C'est gentil à vous d'avoir insisté. Cependant, j'ai du mal à comprendre pourquoi et du coup, je suis un peu tendue.

— Cheryl, je suis divorcé depuis plus de six ans. J'ai traversé des périodes terribles. J'ai planté du cannabis et purgé une peine de prison. Je n'ai presque pas d'amis. Je commence tout juste à m'en faire à Virgin River. Je suis clean mais vu mon passé… Je ne m'étonne pas que les gens…

— Et vous vous imaginez que vous allez trouver grâce à leurs yeux en vous acoquinant avec l'ivrogne du coin ?

Elle mordit dans son sandwich.

— Premièrement, vous ne l'êtes plus. Depuis un bon moment. Ensuite, la première fois que je vous ai proposé que l'on mange ensemble, j'ignorais tout de vous. Vous me plaisiez, point final. Ce qui m'a surtout attiré chez vous, c'est votre côté solide, pragmatique. Vous doutez encore de vous, j'en suis conscient mais vous n'en avez pas l'air. J'ai eu envie de saisir ma chance. Plus jeune, avant toutes mes embrouilles, j'avais de nombreux amis. J'aimerais en avoir de nouveaux. Me fixer des buts.

— Par exemple ?

— Je suis décidé à transformer votre baraque en un cocon charmant. J'en suis capable.

— Est-ce un objectif suffisant ?

— Pour l'instant, oui.

— Très bien, parlons franc. Quelle mouche vous a piqué de cultiver de la marijuana ?

— Ma foi, par où commencer ?

— J'ai tout mon temps. Ce sandwich est énorme. Vous avez dû me trouver trop maigre.

— Pas du tout, protesta-t-il. C'est compliqué. Je vais tâcher de vous donner une version raccourcie de mon histoire. Après avoir travaillé dans le bâtiment pour mon père – un tyran mais un sacré professionnel –, je me suis engagé dans les marines, pour le changement et les avantages en nature... J'étais convaincu que cette existence me conviendrait. J'ai épousé une fille plus jeune que moi – j'avais vingt-sept ans, elle, dix-huit. Si j'avais eu un soupçon de bon sens, je me serais rendu compte de la folie de mon acte. Pour ne rien arranger, je l'ai mise enceinte presque tout de suite. Puis on m'a envoyé en Irak où j'ai été blessé et mis prématurément à la retraite. Le temps que je me rétablisse, elle s'était envolée du nid.

— Vous avez des enfants ?

— Nous avons eu un fils. À l'âge de quatre ans, on lui a diagnostiqué un problème cardiaque – il était sur la liste pour une transplantation. Ma femme en était déjà à son second divorce et sur une impulsion débile et désespérée, j'ai cherché un moyen de gagner rapidement de l'argent afin de pouvoir payer un nouveau cœur à notre gosse. Je n'étais pas dans mon état normal. J'ai carrément exploité plusieurs sites en même temps et engagé du personnel. J'ai empoché un bon paquet, malheureusement, je n'ai pas pu venir en aide à mon petit garçon.

— Je suis désolée.

— Merci… Bref, les flics m'ont serré. J'ai négocié. Pendant deux ans, j'ai filé des tuyaux à la police locale concernant les planteurs que je connaissais. À propos, si vous racontez ça par ici, ça pourrait m'attirer des ennuis.

— Je saurai peut-être garder le secret. Peut-être.

— C'est sympa. Donc, grâce à moi, on a pu arrêter des gros bonnets mais je savais depuis le début que je n'échapperais pas à une peine de prison. J'ai tenté de fuir à la dernière minute – trop tard. De toute façon, j'aurais été un fugitif minable et ce n'était pas ce que je voulais. Mon but était de mener une vie normale : un salaire, des copains avec qui boire une bière le vendredi soir, jouer au ballon avec mon môme, me coucher auprès de ma femme et même, lui offrir des fleurs juste pour le plaisir. Je voulais réussir encore mieux que mon vieux mais par-dessus tout, je voulais être un meilleur mari et un meilleur père. Seulement, pendant un moment, j'ai perdu pied et je me suis comporté comme un salaud.

Il froissa l'emballage de son sandwich.

Cheryl demeura silencieuse quelques instants, rangea le reste de son casse-croûte dans le sac.

— Une histoire passionnante, commenta-t-elle. Vous avez dû mettre des mois à la peaufiner.

— Et si vous me relatiez la vôtre ?

— Non.

— Vous croyez que je vous mène en bateau ? Que je me sers de mon séjour derrière les barreaux pour coucher avec vous ?

— Plus rien ne me surprend, avoua-t-elle en haussant les épaules.

Dan se leva.

— On m'a inculpé ici même, à Eureka. Téléphonez au bureau du shérif et demandez le sergent Delaney à la brigade des stupéfiants. Interrogez-le. Vous savez où j'habite.

Il tourna les talons et regagna sa camionnette.

Dan avait subi assez d'épreuves ces dernières années pour ne pas s'apitoyer trop longtemps sur son sort. Dès son retour d'Irak, il s'était rendu compte que rien ne serait simple. Après avoir franchi les limites et commis des délits graves, il ne s'attendait guère à ce qu'on se précipite pour lui taper dans le dos. Il n'en voulait pas à Cheryl. Il ne l'embêterait plus. Il l'appellerait pour la prévenir qu'il allait lui déposer l'argent de son loyer mais sinon, il la laisserait tranquille.

Le mardi soir, alors qu'il travaillait à la rénovation de la cuisine, le téléphone sonna. Il contempla l'appareil un long moment. Trois possibilités lui traversèrent l'esprit : un, une erreur de numéro ; deux, la personne ignorait que les Creighton avaient déménagé ; trois, c'était Cheryl.

— Allô ?

— Ce dimanche, c'est moi qui apporte les sandwichs, annonça-t-elle.

— Le sergent Delaney a dû me démolir, riposta-t-il, hilare. Sans quoi, je n'aurais jamais eu de vos nouvelles.

— Si je pouvais me fier à mes instincts, je les suivrais. J'ai l'impression que nous sommes deux paumés, pas forcément bons l'un pour l'autre. On ferait mieux de laisser tomber.

— À votre guise.

— Vous pourriez au moins débattre sur ce thème, non ?

— Non. Je sais où j'en suis. À vous de prendre vos propres décisions. Vos problèmes ne m'inquiètent pas vraiment. D'ailleurs, ce sont les vôtres. Je travaille sur les miens depuis des années et je me sens plutôt bien. Pique-nique ou pas pique-nique… Cheryl, reprit-il comme elle ne réagissait pas, je n'attends rien de rien. Simplement, il est temps pour moi d'aller de l'avant. J'émerge enfin du tunnel.

— D'accord, soupira-t-elle enfin. 15 heures ? Même banc ?

— J'y serai.

13

Walt paya son billet d'avion une fortune mais il n'avait que deux solutions – patienter deux semaines pour profiter d'un tarif plus avantageux ou se précipiter dans le Montana où Muriel l'attendait, quel que soit le prix. Il lui avait laissé un message pour lui annoncer son arrivée en concluant : *J'ai besoin d'être avec toi*. Après avoir ignoré ses appels pendant une semaine, Muriel s'était ruée sur son téléphone :

— Et moi, j'ai besoin que tu en aies besoin ! Dépêche-toi !

Elle lui avait dicté les coordonnées de la maison dans laquelle elle séjournait. Ayant atterri à Missoula à 15 heures, il loua une voiture et arriva à 16 heures dans la petite ville située à mi-chemin entre Butte et Missoula. Il s'arrêta pour acheter des provisions et atteignit enfin sa destination à 17 heures. La bâtisse de deux étages au toit surmonté de lucarnes était nichée dans un quartier tranquille. Des enfants roulaient à bicyclette dans la rue, une vieille dame agenouillée dans son jardin désherbait une plate-bande. Un papy prenait l'air sur sa véranda juste en face et, machinalement, Walt agita la main dans sa direction. L'autre lui répondit comme s'ils étaient de vieux amis.

Décidément, je suis parano, songea Walt. Il secoua la tête. Le lieu correspondait *exactement* à ce que lui avait décrit Muriel – un charmant pavillon dans un secteur calme. Pourtant, il avait imaginé quelque chose de beaucoup plus clinquant. Oubliant qui elle était, il s'était morfondu sur son triste sort sous prétexte qu'elle l'avait abandonné pour tourner un film. Il s'était comporté comme un goujat en refusant de l'écouter, de l'entendre. En affirmant qu'il ne connaissait rien au milieu du cinéma, il ignorait à quel point il avait raison.

Comme promis, la clé était sous le paillasson. Deux rocking-chairs meublaient la véranda et Walt fut tenté un instant de s'y installer pour contempler les va-et-vient des voisins. Il avait grandi dans une maison un peu comme celle-ci, même si la sienne était dépourvue de porche. Quand Muriel s'y posait avec un verre de vin, les femmes devaient accourir pour l'interroger sur le tournage qui se déroulait juste à la lisière de la ville, au pied de ces impressionnantes montagnes.

Il entra avec les sacs de provisions et faillit éclater de rire. L'ensemble était propre mais vieillot et usé. Rien à voir avec ses nombreux préjugés sur la star hollywoodienne. La salle à manger était petite et un peu plus loin, le salon, juste assez grand pour accueillir une cheminée, un canapé, deux fauteuils rembourrés et deux guéridons. Les sièges étaient garnis d'un imprimé floral délavé d'un goût…

Les placards de la cuisine étaient peints en rose pâle. L'évier était de la même couleur, les appareils ménagers, antédiluviens et blancs. Lorsqu'il ouvrit le réfrigérateur pour y ranger ses victuailles, il y découvrit des boîtes en plastique contenant bâtonnets de carottes et de céleri, du fromage, des escalopes de dinde et houmous. Exactement ce qu'ils avaient mangé lors de leur premier rendez-vous, un repas signé Muriel. Walt ébaucha un sourire en déballant salade, loup de mer, riz, haricots verts frais, baguette, beurre, vin blanc et une bouteille de whisky.

Puis il alla chercher sa valise dans le coffre de la voiture et la déposa dans la chambre, au pied du lit. Il se versa à boire et prit place dans l'un des rocking-chairs de la véranda pour attendre Muriel.

Elle ne tarda pas à arriver à bord d'un véhicule de location qu'elle mit à l'abri dans le garage situé à l'arrière. Walt la dévora littéralement du regard. Elle arborait la même tenue qu'à Virgin River : jean, tee-shirt, chemise ouverte aux manches remontées jusqu'aux coudes, bottes et chapeau de cow-boy. Elle vint vers lui et il descendit les marches pour l'enlacer.

— J'ai acheté de quoi manger. Je vais te préparer un bon repas.

— Génial. J'aurais pu me doucher là-bas mais j'étais trop impatiente de te voir. La journée a été longue et rude. Je pue la transpiration et le cheval. Je file me laver et je te rejoins pour l'apéritif.

— Parfait. Essaie de ne pas être trop longue.

— Je n'en ai que pour quelques minutes, promit-elle.

Elle pénétra dans la maison, Walt sur ses talons. Elle accrocha son chapeau à la patère dans l'entrée, s'assit pour enlever ses bottes et se rendit dans la chambre. Il entendit une porte se fermer puis les protestations fracassantes d'une tuyauterie préhistorique tandis qu'elle ouvrait les robinets. Walt avait déjà jeté un coup d'œil à la salle de bains. Aussi démodée que le reste, elle était équipée d'une baignoire en fonte sur pattes avec un rideau de douche.

À son tour, il se déchaussa, puis il longea le couloir jusqu'à la chambre, enleva sa chemise et la posa sur le dossier de l'unique chaise. Soudain, malgré les toussotements de la plomberie, il perçut une sorte de plainte, comme si Muriel chantait – faux.

Sur un coup de tête, il acheva de se déshabiller, décidé à la rejoindre, qu'elle le veuille ou non. Il frappa, entra. Tirant le rideau de douche, il constata qu'elle avait le visage enfoui dans un gant de toilette.

— Fais-moi de la place. Je vais te laver le dos. Pour commencer.

Muriel se détourna et il comprit tout de suite que quelque chose n'allait pas. Il la prit par les épaules et la tourna vers lui. Il écarta la lavette de sa figure. Difficile d'en être sûr avec toute cette eau qui dégoulinait sur elle pourtant, il eut l'impression qu'elle pleurait. Or Muriel ne pleurait jamais. Sauf quand un réalisateur lui en donnait l'ordre.

Il effleura sa joue avec le pouce.

— Qu'as-tu ? murmura-t-il.

— C'est idiot. Ce doit être la fatigue.

— Mon cœur, je t'ai vue éreintée après une journée de travaux dans ta maison. Tu ne vas tout de même pas me dire que le boulot d'actrice est encore plus dur ?

Elle le dévisagea, lui caressa le front.

— J'ai cru que tu ne viendrais pas.

— Nous en avons discuté. Tu savais que je venais aujourd'hui.

— Je veux dire « jamais ». J'ai pensé que si je ne faisais pas le premier pas, tu laisserais des jours, des semaines, voire des mois nous séparer sous prétexte que j'avais envie de travailler. Je me suis dit que je n'étais pour toi qu'une commodité. J'étais persuadée que tu refuserais tout compromis.

Il lui sourit, glissa les bras autour de sa taille et la serra contre lui. Soulevant son menton avec un doigt, il l'embrassa avec tendresse.

— J'ai été bête, admit-il. Je ne sais pas ce qui m'a pris. Ta célébrité m'intimidait. Cela ne se reproduira plus, Muriel. La prochaine fois qu'une situation comme celle-ci se présentera, nous nous organiserons pour nous voir tous les week-ends. Je suis si heureux que tu m'aies laissé cette seconde chance. Je savais que tu m'en voulais.

Il haussa les épaules.

— Et puis, tu n'as rien d'une commodité. Au contraire.

— Sans toi, j'étais perdue, souffla-t-elle. Je craignais que tu ne fasses pas cet effort. Juste pour moi.

— *Juste* pour toi ? Pour l'amour du ciel, Muriel, je t'aime !

— Je l'espérais. Mais tu étais devenu si distant. Comment savoir si tu boudais dans ton coin ou si tu cherchais, mine de rien, à me larguer ?

— Je vais être franc avec toi – je ne voulais pas que tu acceptes ce contrat. En un rien de temps, je m'étais habitué à ce que tu me dorlotes.

Il réclama ses lèvres, caressa son sein d'une main pendant que l'autre massait ses fesses.

— Je ne suis qu'un pourri gâté, je voulais que rien ne change.

— Mais tu m'as encouragée à satisfaire mes ambitions. Tu m'as dit que tu me soutiendrais jusqu'au bout.

— J'étais sincère. Seulement, après ton départ, je me suis senti délaissé.

— Je n'aurais jamais renoncé au bonheur que je vivais avec toi si ce projet n'avait pas été aussi important.

— J'en suis conscient, Muriel. À propos, c'est là que tu me dis que tu m'aimes, toi aussi.

— Je ne veux pas nous porter la guigne, marmonna-t-elle avec un petit hoquet. Qui plus est, je me languis de mes bêtes.

Il secoua la tête avant de se pencher pour embrasser son mamelon. Se redressant, il plongea son regard dans le sien.

— Je veux te l'entendre dire.

— Je jure devant Dieu que je n'ai jamais pleuré pour mes trois précédents maris.

— Es-tu obligée de les évoquer systématiquement ?

Elle lui sourit pendant que sa main partait en exploration.

— Peut-être devrais-je souligner le fait que chaque fois que j'en parle, tu deviens dur comme une batte de base-ball.

— Tu as fini de prendre ta douche ? J'ai beau bander comme un jeune de vingt ans, si je batifole dans la baignoire, je risque de briser mon dos de vieux de soixante-deux ans. Dès lors, je ne te serai plus d'aucune utilité.

— En effet, ce serait dommage, répliqua-t-elle en riant. D'autant qu'en toute honnêteté, ce n'est pas l'érection d'un jeune de vingt ans. Du moins d'après mes souvenirs. Va pour celle d'un quadragénaire.

— Tu exagères, protesta-t-il en lui prenant la main pour la poser sur son membre.

— Walt, je t'aime. J'ai l'impression d'être amoureuse pour la première fois. Je ne veux pas que cela cesse. Je déteste être ici alors que tu es là-bas. Je ne supporte plus les séparations aussi longues. Je suis heureuse avec toi.

— Je te le répète, cela ne se reproduira plus. Pour rien au monde je ne t'abandonnerais. Et si un de ces cracks du cinéma ose flirter avec toi, je le descendrai.

— Oh, Walt ! Tu m'excites quand tu parles ainsi.

— Plus de larmes, ma douce. J'adore ton sourire. J'adore tes impertinences, ton rire, ta façon de ne rien me passer. Allons, séchons-nous l'un l'autre. Ensuite, nous ferons l'amour comme des fous.

— Avec plaisir.

Walt était là seulement pour le week-end. Après le dîner, ils se recouchèrent. Muriel glissa un DVD dans son ordinateur portable et ils regardèrent la moitié d'un film avant de reprendre leurs câlins enfiévrés. Dans la nuit, elle le réveilla pour une troisième séance. Au petit matin, il la désirait toujours autant et s'empressa de le lui signifier.

Le samedi, Muriel l'emmena visiter le site du tournage. Elle le présenta à quelques personnes de l'équipe, lui montra sa caravane.

— On pourrait facilement y vivre ! s'exclama-t-il, impressionné. Quel luxe !

— En effet. D'ailleurs, certains soirs quand nous travaillons très tard, je dors ici. Mais je me repose mieux loin de tout ce tohu-bohu. J'aime beaucoup cette petite maison.

— Tous les autres comédiens sont-ils logés comme toi ?

— Non. Chacun a ses propres besoins. Deux ou trois d'entre eux restent sur le site, d'autres sont à l'hôtel à Butte ou à Missoula. Une bonne partie de l'équipe technique a investi le motel au bout de la ville. Quelques-uns sont venus avec leur famille dans leur camping-car.

— Tout dans la simplicité, constata-t-il. Je m'attendais à plus de faste.

— Détrompe-toi. Les producteurs ont misé une fortune sur ce projet – tout le monde met du sien pour le mener au bout et dans les délais impartis. Chaque jour que nous passons ici coûte des dizaines de milliers de dollars.

Ils passèrent l'après-midi à se promener en voiture dans la région, s'arrêtant chez tous les antiquaires – le péché mignon de Muriel. Ils se restaurèrent dans une ville pas plus grande que Virgin River, firent quelques courses pour le dîner et le petit-déjeuner du lendemain. À leur retour, ils s'installèrent sur la véranda avec un verre de vin et tous les passants les saluèrent.

Le dimanche, ils se rendirent dans un haras local et louèrent deux chevaux dociles pour une balade en montagne. Ils se promenèrent le long de la rivière, main dans la main. Ils enchaînèrent des conversations interminables sur tous ceux de leur entourage.

Puis, à leur grand désespoir, ce fut lundi matin. Muriel devait se présenter sur le plateau et Walt, regagner Missoula pour prendre son avion. Comme elle partait plus tôt que lui, il l'accompagna dehors pour lui dire au revoir.

— Ces quarante-huit heures sont passées à toute allure, commenta-t-il.

— Je t'appellerai ce soir mais probablement assez tard. Ce fut un bonheur de t'avoir ici, même si c'était trop court… Jamais de ma vie je n'avais autant fait l'amour.

Il haussa un sourcil.

— Vraiment ? Même quand tu étais plus jeune ?

— Même.

— Je dois m'améliorer avec l'âge. Je reviendrai pour un deuxième round.

— C'est vrai ?

— Oui. Dès que je serai rentré, je réserverai mon billet. Je serai de retour dans deux semaines. Tu as intérêt à l'inscrire sur ton calendrier. Et je débarquerai régulièrement jusqu'à ce que ce fichu maudit film soit terminé.

— Tais-toi, tu vas me porter la poisse et l'Oscar me filera sous le nez.

— J'espère simplement que ton prochain tournage n'aura pas lieu au beau milieu d'un désert moyen-oriental. J'en ai vu assez comme ça.

— Mon *prochain* tournage ?

— Si tu décides de te retirer pour de bon après celui-ci, je survivrai, rétorqua-t-il avec un sourire. Avons-nous abordé tous les sujets ? Oui ? Bon... tous, sauf un, qui va de pair avec mon amour pour toi. Si tu as envie qu'on se marie, je suis partant.

— Je ne sais pas si...

— Sinon, ce n'est pas grave. Tant que je pourrai serrer ton corps nu contre le mien le plus souvent possible, je tiendrai le coup. La décision te revient, Muriel.

— Pourquoi, Walt ?

— J'ai aimé être marié. En ce qui me concerne, je n'ai rien à reprocher à cette institution. Peu importe ce que tu en penses, je te veux pour moi. N'essaie pas de te dérober.

— Je n'ai aucune intention de me dérober. Tu me plais.

— Tu m'aimes, rectifia-t-il. Passionnément. Désespérément. Insatiablement.

— Oui, convint-elle en riant.

— Tu me rajeunis de quarante ans. Je t'assure. Et quand nous n'arriverons plus à suivre côté sexe, tu seras la meilleure amie que j'aie eue depuis longtemps. Tu n'es pas une commodité, Muriel. Je marcherais pieds nus sur un tapis de verre brisé rien que pour te tenir la main et bavarder pendant une heure. Tu es tout pour moi.

Le regard humide, elle poussa un profond soupir.

— Je ferais mieux d'y aller avant de renoncer à l'unique Oscar de ma carrière pour jouer au papa et à la maman avec toi.

— Dis-moi que je suis tout pour toi.

— Tu l'es. Et maintenant, embrasse-moi car je vais devoir patienter deux semaines avant notre prochain baiser.

— Je t'ai prise de court, n'est-ce pas ? la taquina-t-il. Avoue-le, tu n'imaginais pas que nous en arriverions là.

— Walt, à la seconde où je t'ai vu rougir quand tu m'as demandé si j'étais mariée, j'ai su que j'avais envie de toi.

Son visage se fendit d'un large sourire.

— Tu es pourtant restée impassible.

— Je n'avais pas désiré un homme avec une telle intensité depuis un long, long moment.

Elle se hissa sur la pointe des pieds, réclama ses lèvres, l'étreignit de toutes ses forces.

— Je t'adore. Je vais compter les secondes jusqu'à ton retour.

Cheryl apporta le pique-nique le dimanche suivant et Dan, celui d'après. Il ne leur fallut pas longtemps pour partager leurs passés tourmentés. Quand Cheryl voulut lui raconter comment elle s'était mise à boire dès l'adolescence, il intervint :

— Vous n'êtes pas obligée de me dévoiler tous vos secrets.

— Ça vous ennuie ?

— Pas du tout. Mais ce n'est pas une obligation. Pour moi, cela ne change rien. Je prends plaisir à déjeuner avec celle que vous êtes aujourd'hui.

— J'ai si souvent récité mon histoire que je pourrais le faire en dormant. C'est le propre des réunions des Alcooliques Anonymes – chacun confie son parcours aux autres. Le plus incroyable, c'est que l'on continue à y puiser des enseignements même au bout de plusieurs mois. Voire des années.

Il l'écouta attentivement. Elle avait commencé à sombrer au lycée. La situation avait empiré au point où, vers l'âge de vingt-cinq ans, elle était soûle du matin au soir. Un beau matin, Melinda Sheridan était venue la chercher, lui proposant une place dans un centre de désintoxication d'Eureka. Elle avait accepté.

— Cette femme est exceptionnelle, murmura Dan. Quant à son bonhomme, c'est un drôle de type.

— Jack ? J'en pinçais drôlement pour lui, du temps où je buvais. Je l'aurais suivi *n'importe où*.

Dan lui prit la main.

— Vous en êtes remise ?

Elle arbora une expression étrange.

— Dan, je me sens incapable de vivre une relation autre qu'amicale...

— Du calme, Cheryl. Je n'envisage rien de compliqué. Ces repas du dimanche en compagnie d'une femme charmante me suffisent. Au fil du temps, nous nous rapprocherons peut-être mais pour l'heure, contentons-nous de rester deux amis qui partagent un sandwich et un thé glacé le week-end. Qu'en pensez-vous ?

— Mouais, marmonna-t-elle, dubitative.

Dan était décidé à ne pas précipiter les choses. Une attitude mûrement réfléchie. Il ne contactait pas Cheryl durant la semaine sinon pour confirmer leur rendez-vous du dimanche. Il était aussi nerveux qu'elle et tenait à prendre toutes ses précautions. Il n'avait aucune envie de s'emballer. Tout à coup, après tout ce qu'il avait dû endurer, il redoutait de mettre en péril une tranquillité d'esprit si péniblement acquise.

Car la route de la guérison s'était avérée longue et douloureuse. Il était rentré d'Irak blessé et traumatisé, comme Rick à présent. Il sortait à peine du tunnel, il n'allait pas commettre l'erreur de se jeter dans les bras d'une femme elle aussi en voie de rétablissement.

Cependant, il appréciait beaucoup Cheryl. C'était une chouette fille et elle n'en avait même pas conscience. Lorsqu'elle parvenait à oublier ses frasques, ils discutaient de leurs jeunesses respectives et de leurs rêves d'enfants. Dan avait toujours aimé construire mais il s'était imaginé concevoir des voitures de course. Passionnée par les animaux, Cheryl avait espéré devenir vétérinaire mais elle avait eu du mal à finir le lycée. Pour l'heure, ils se contentaient d'un boulot alimentaire, lui dans le bâtiment, elle comme serveuse et ces moments ensemble les aidaient à passer le temps. Ils parlaient de leurs collègues et de leurs amis. Cheryl s'était constitué tout un réseau de copains par le biais des AA, Dan avait trouvé sa place au sein de la communauté de Virgin River.

Il lui donna des nouvelles de Rick, que Cheryl avait connu tout bébé.

— Il souffre énormément et s'empêtre dans ses problèmes. Je suis constamment à l'affût d'une occasion pour lui proposer d'en discuter. Après tout, je suis passé par là. Mais il me maintient à distance. Il ne veut se confier à personne. Jack en est terriblement affecté.

Bientôt, leurs éclats de rire devinrent aussi naturels que le fait d'échanger leurs souvenirs, leur vie au quotidien, les potins.

Plus le temps passait, plus Dan attendait avec impatience ces rencontres du dimanche. Il ne le montrait pas mais il s'attachait de plus en plus à Cheryl. Il la sentait si vulnérable qu'il voulait lui offrir toutes les opportunités possibles de se rapprocher de lui. Toutefois, il se gardait de la presser au risque de la voir prendre ses jambes à son cou.

Le samedi matin, Dan devait se présenter aux aurores sur le chantier – Paul avait des délais de livraison à respecter et Dan s'efforçait de l'aider – mais, malgré ça, il avait du mal à résister aux dîners du vendredi soir chez Jack.

Était-ce le souvenir de l'époque à laquelle il retrouvait ses camarades ouvriers après une dure journée de labeur ? Celui de la vie en collectivité avec les marines ? Toujours est-il qu'il ratait rarement un repas du vendredi au bar-grill. Avant de passer à table, il avait pris l'habitude de boire une bière fraîche au bar, le plus souvent en compagnie de Jack et de Paul. Hope faisait toujours une apparition, l'air renfrogné. Rick aussi s'amenait. Après cinq jours de rééducation et de thérapie, Il éprouvait le besoin de se défouler et Jack l'autorisait désormais à boire une bière. Une seule.

Toutes les semaines, Liz déboulait aux alentours de 17 heures commander son soda XL à emporter à l'épicerie.

Or Rick était toujours là. Liz le savait forcément.

Liz fixait un point droit devant elle en attendant sa boisson, Rick l'observait subrepticement sans la saluer, sans daigner la reconnaître. Elle ne le regardait pas davantage. Lorsqu'elle récupérait son gobelet, elle adressait un sourire éclatant à Jack, déposait son argent sur le comptoir et tournait les talons en ignorant ostensiblement Rick.

Ce soir-là, Rick était assis à deux tabourets de Paul et de Dan qui parlaient d'un de leurs chantiers en cours.

— Tu pourrais au moins me dire bonjour, non ? grommela soudain Rick.

Liz se tourna lentement vers lui.

— À toi ? riposta-t-elle d'un ton glacial. Pas tant que tu te comporteras comme un gamin.

Sur ce, elle sortit.

Un silence de plomb s'abattit sur la salle tandis que Rick se concentrait sur sa chope. Au bout de quelques instants, il la repoussa et se leva. Il se servait encore d'une canne bien qu'il n'en eût plus vraiment besoin.

— Je te raccompagne chez toi, proposa Jack.

— C'est bon ! Je n'ai pas besoin de toi ! aboya Rick.

Jack se figea derrière le comptoir.

— Merci, trop aimable, grogna Jack dans le dos de Rick.

— Un vrai baril de poudre, commenta Dan au bout d'une longue minute.

— Sans blague ! railla Jack.

— Tu as constaté une amélioration dans son comportement ? Il gère un peu mieux son mal-être ?

— Absolument pas. Pourtant, il a sa prothèse définitive. Il pourrait aller beaucoup mieux. C'est son attitude qui retarde ses progrès. Il est fou de rage.

— De toute évidence, convint Dan. Et la fille…

— Il a décidé qu'elle méritait mieux et l'a plaquée. Au début, je me suis davantage inquiété pour elle. J'ai cru qu'elle ne s'en remettrait pas. À présent, la situation a changé. Elle en a par-dessus la tête de sa conduite. Il l'a virée alors qu'il a besoin d'elle et inversement. Résultat, on se retrouve avec deux jeunes en colère et en souffrance.

— Je guette le bon moment, dit Dan. Je pourrais peut-être avoir une conversation avec lui. J'ai pris des éclats d'obus dans la jambe et le Corps des Marines m'a mis en retraite pour raisons médicales. J'ai subi une rééducation pénible et ne serai jamais complètement rétabli.

Jack fronça les sourcils.

— Il me semblait bien t'avoir vu boiter.

— De temps en temps, confirma Dan. Je ne monte plus sur les toits et ne grimpe plus aux échelles, comme j'en ai informé mon patron ici présent, ajouta-t-il en haussant un sourcil en direction de Paul. Une minute je suis debout, celle d'après, sur le cul. On apprend à vivre avec. Mais je me rappelle avoir mis du temps avant de l'accepter.

— Quel a été le déclic ? s'enquit Jack. Si ce n'est pas trop indiscret.

— À vrai dire, je n'en ai aucune idée. Je crois qu'après un certain temps, j'en ai tout simplement eu marre de la spirale infernale.

— J'ai une question. Elle est très personnelle mais je te la pose pour une bonne raison.

— Je t'écoute.

— Es-tu suicidaire ?

— À ma connaissance, non. Après avoir longtemps gémi j'ai tout à coup éprouvé la fureur de vivre. Sauf que je n'ai pas emprunté le chemin le plus licite pour me battre. J'ai fait un mauvais choix, tant pis pour moi. Tu crains qu'il veuille mettre fin à ses jours ?

— Rien de ce qu'il m'a dit me porte à le croire. Mais bon sang de bon sang, il ne m'a pratiquement rien dit. Ce garçon est impossible à cerner.

— Pose-lui la question, suggéra Dan.

— Comment ?

— Facile : « Hé, Rick, je ne peux pas m'empêcher de constater que tu es dans un état pitoyable. Songes-tu parfois à mettre fin à tes jours ? J'ai besoin de le savoir. » Le plus souvent, quand on pose une question directe, on a une réponse directe.

Jack réfléchit un long moment.

— Brady, tu n'as de cesse de me surprendre. Je l'avoue, jamais je ne me serais attendu à avoir une conversation comme celle-ci avec toi. Aussi franche et émotionnelle.

Dan afficha un grand sourire.

— Moi aussi, je t'aime, Jack.

Pour rien au monde Rick n'aurait admis que les séances de thérapie qu'on le forçait à suivre avaient sur lui un effet positif. C'était d'ailleurs incompréhensible. Jerry Powell était fou à lier. Et Rick n'avait aucune envie d'étaler ses états d'âme. Pour couronner le tout, il redoutait chacun de ces rendez-vous et en ressortait épuisé – essoré et tremblant.

Pourtant, environ deux heures après chaque entretien, il se sentait étrangement apaisé. Une fois qu'il s'était résolu à exprimer ses sentiments, l'exercice était devenu plus facile. Chaque fois qu'il franchissait le seuil du cabinet de Jerry Powell, il se promettait de ne rien lui révéler d'ordre personnel. Et chaque fois, ce cinglé mettait le doigt là où ça faisait mal.

— Est-ce que vous dormez bien ?

— Pas trop.

— Qu'est-ce qui trouble vos nuits ?

— Toutes sortes de choses. L'Irak. La douleur. Des trucs.

— Commençons par le commencement. Nous avons déjà parlé de l'Irak – voulez-vous revenir là-dessus ? En rapport avec vos troubles du sommeil ?

— Que voulez-vous dire ?

— Faites-vous des cauchemars ? Ressentez-vous des symptômes de stress post-traumatique – des images qui vous hantent et que vous ne parvenez pas à chasser de votre esprit ? En quoi cela vous affecte-t-il ?

— Des cauchemars, j'en fais parfois, oui. Je suppose que j'en ferai toujours.

— Racontez-moi.

— Et si je n'en ai pas envie ?

— C'est votre prérogative mais voici comment fonctionne la psychothérapie. Si vous parvenez à formuler vos rêves, à vous y intéresser, parfois votre cerveau vous aide à les reconsidérer d'une manière rationnelle. Au fil du temps, les cauchemars s'estompent. Donc, je reformule ma question : que voyez-vous ? L'Irak en tant que pays ? Un incident en particulier ? Votre accident ?

Rick secoua la tête dans l'espoir d'éluder le problème. En vain. Lorsqu'il posa le regard sur Powell, il vit que celui-ci attendait une réponse.

— Il y a eu un épisode dont je n'arrive pas à me débarrasser. L'escadron devant nous a sauté. Onze morts, un survivant. Parfois, je rêve que je suis le survivant. Mais plutôt mourir que d'être l'unique survivant. Vous comprenez ce que je veux dire ?

— Vous avez assisté au drame ?

— Ils ont explosé juste devant nous. C'était atroce.

Rick vit Jerry tressaillir et en éprouva un plaisir pervers.

— Est-ce ce que vous vous voyez dans vos cauchemars ?

— Parfois.

— Quoi d'autre ?

— J'ai tué un type en Irak. En fait, j'étais trop éloigné pour que ce soit possible, pourtant je vous jure que… C'était comme s'il me regardait l'abattre.

— Cela vous angoisse-t-il ? Avez-vous des remords ? Que se passe-t-il dans votre tête ?

Rick réfléchit un instant.

— Je ne rumine pas. Je n'éprouve aucun regret. Mais je me demande pourquoi je ne suis pas tombé à sa place. On se visait l'un l'autre, j'ai eu plus de chance que lui, point final. On n'a jamais retrouvé son cadavre – il a peut-être survécu. Remarquez, ça m'étonnerait.

— Et l'incident au cours duquel vous avez été vous-même blessé ?

— Aucun souvenir.

— C'est peut-être une chance, concéda Jeremy. À moins que cela ne vous tienne en éveil, comme si l'événement voulait refaire surface dans votre mémoire.

— Pas du tout. C'est le trou noir. Une minute je marchais dans la rue, celle d'après, je me réveillais en Allemagne.

— Et la douleur ? Vous devriez pouvoir la maîtriser maintenant. Vous prenez toujours vos médicaments ?

— Petit à petit, ça s'arrange.
— Parfait. Passons aux « trucs ».
— Hein ?
— Vous avez dit : « L'Irak. La douleur. Des trucs. »
Rick sourit malgré lui.
— Pour quelqu'un qui ne prend jamais de notes, vous avez une mémoire redoutable.
— Quelles sortes de trucs ? insista Powell.
— Eh bien... je pense beaucoup à mon ex-petite amie.
— Comment ça ?
— C'est compliqué.
— Je suis plutôt futé. Je pense pouvoir comprendre.
— Elle me donne du fil à retordre.
— Ah ?
— Elle me déteste.
Jerry attendit patiemment la suite, ce qui agaça Rick.
— Je savais qu'elle le prendrait mal quand je lui ai dit qu'on ne pouvait plus rester ensemble. Je me suis dit qu'elle allait pleurer mais qu'elle finirait par s'en remettre. Qu'elle trouverait bientôt quelqu'un d'autre.
— Et alors ?
— Figurez-vous que ce n'est pas facile pour moi non plus. L'ignorer, c'est dur. Mais c'est mieux comme ça.
Jerry se pencha en avant.
— Je ne suis pas sûr de vous suivre. Nous avons déjà parlé d'elle. D'après ce que vous m'avez raconté, vous lui avez expliqué que vous ne pouviez plus être son copain et elle en a été bouleversée. C'est bien cela ?
— Oui.
— Et maintenant, elle est en colère ?

— Pfff ! s'exclama Rick en hochant la tête. Tous les vendredis en fin d'après-midi, je passe une heure ou deux chez Jack. Après une semaine de rééducation et de séances avec *vous*, je suis fourbu. Jack m'autorise à boire une bière et me sert à dîner. Elle vient chaque fois, sachant pertinemment que je serai là et elle refuse de me regarder. Même par inadvertance. Elle ne m'adresse pas la parole. Elle offre des sourires à tout le monde mais moi, c'est comme si j'étais transparent.

— Vous avez rompu avec elle.

— Je n'avais pas le choix. Pour son bien à elle. Croyez-moi.

— Très bien, résumons : vous lui avez dit que vous ne pouviez plus être ensemble. On dirait qu'elle vous a cru sur parole. Vous attendiez-vous à plus de magnanimité de sa part ?

Rick étrécit les yeux.

— Vous êtes odieux !

— Excusez-moi, ce n'était pas du tout mon intention. J'essaie de comprendre ce qui cloche. En quoi cela affecte-t-il votre sommeil ?

— Elle pourrait au moins me dire bonjour ! glapit Rick.

— Est-il possible qu'elle vous en veuille de l'avoir plaquée ?

— Sans blague ! Elle m'a accusé de me comporter comme un gamin ! Comme si je passais mon temps à pleurnicher sur mon sort.

— Elle vous a dit cela en ces termes ?

— Non, mais c'est ce qu'elle sous-entendait.

— En êtes-vous certain ?

— Bien sûr que j'en suis *certain* !

— Vous a-t-elle expliqué pourquoi elle vous traitait de gamin ?

— Écoutez-moi, à la fin ! Elle n'en a pas eu besoin !

— Je crois saisir le problème. Donc, sa colère apparente à votre égard vous rend insomniaque ?

Rick baissa le nez.

— C'est atroce, murmura-t-il, momentanément vaincu. On dirait qu'elle ne comprend pas que j'en souffre, moi aussi. Je ne supporte pas d'être séparé d'elle. Pendant quatre ans, Liz a été toute ma vie. Sans mentir. Je lui ai toujours été fidèle, même lorsque j'étais loin. Et elle m'est restée fidèle. Elle était vierge avant que nous... vous comprenez. Elle me répétait souvent que malgré tous nos malheurs, elle était heureuse que j'aie été son premier amant et voulait que je sois le seul et unique. Longtemps, c'est ce que j'ai voulu, moi aussi... Elle me manque, vous savez. Tout me manque.

— Tout ?

— La vie que j'avais – tout. Jack et Vic, les bons moments, la chasse, la pêche, les éclats de rire pour des bêtises. Jack qui se chamaillait avec sa femme, elle qui lui passait un savon et lui qui faisait aussitôt marche arrière... Quand on allait à la pêche, si j'accrochais un poisson, il ne pouvait pas s'en empêcher – il se ruait sur moi, m'expliquait comment faire, comme si j'étais un débutant. Un jour, il s'est mêlé des affaires de Vic en lui déconseillant d'avoir une relation avec une nana...

Rick rit tout bas.

— Vic l'a assommé ! Pourtant, Jack est rapide et puissant. Mais Vic l'a carrément aplati. J'ai vu le cocard de Jack – impressionnant. Et pour finir, Vic s'est marié avec Paige, la nana en question.

Tous deux restèrent silencieux un moment.

— J'étais l'un des leurs. Aujourd'hui, c'est fini.

— Vous sentez-vous abandonné par vos amis ?

— C'est moi qui les ai repoussés. Je leur porte la poisse.

— Quelqu'un vous l'a-t-il reproché ?

— Ils me disent que c'est faux mais apparemment, c'est moi qui ai raison… non ?

— Hmmm ?

Rick poussa un profond soupir.

— On a déjà ressassé ça des dizaines de fois. Tous les gens dont je me rapproche connaissent des catastrophes. Je vous l'ai expliqué en long et en large.

— Parlez-moi plutôt de cette colère qui vous ronge.

Rick prit la mouche, comme si la question de Jerry était absurde.

— Foutez-moi la paix, Powell.

— Vous ne souhaitez pas vous exprimer sur ce sujet ?

— Je suis fou de rage. Première nouvelle ! railla Rick.

— Croyez-moi, j'en suis conscient. Si vous acceptiez d'en discuter, peut-être vous rendriez-vous compte que votre attitude vis-à-vis de ceux que vous aimez résulte de votre fureur. Elle n'est pas raisonnée. Je me demande si ce ressenti relatif à votre expérience sur le front et à votre blessure ne brouille pas votre jugement. Peut-être êtes-vous furieux au point de vouloir vous faire encore plus de mal ?

— C'est un reproche ? s'enquit Rick, les yeux brillants de larmes qui ne couleraient pas.

— Rick, votre réaction est parfaitement normale. Toutefois, c'est à vous de choisir si vous voulez canaliser cette colère ou vous laisser dominer par elle.

— Qu'est-ce que c'est que ce charabia ?

— Votre rage est parfaitement légitime. Mais qui en est l'objet ? Jack ? Votre petite amie ?

— Je ne leur en veux pas. Ce qui m'énerve, c'est qu'ils veulent que tout aille pour le mieux alors que c'est impossible.

— Je vois. Quel pourcentage de cette colère dirigez-vous contre vous-même ?

— Quelle idée !

Jerry haussa les épaules.

— Quelle idée, en effet ?

— Je ne suis pas fâché contre moi. Je fais ce que je dois faire.

— Ah ! À savoir ?

— Écoutez, espèce d'abruti, je dois libérer Liz avant qu'elle ne gâche toute son existence pour moi. Elle en serait capable, elle est ainsi. Jusqu'ici, je ne lui ai pas apporté grand-chose de positif.

— Rick, avez-vous du respect pour quelqu'un ?

Il se raidit.

— Que voulez-vous dire ?

— Éprouvez-vous du respect envers Liz, par exemple ?

— Évidemment ! Sinon, je ne...

— Si c'était le cas, vous en déduiriez sans doute qu'elle est assez grande pour prendre ses propres décisions. Il me semble vous avoir déjà suggéré cette notion.

— Vous n'écoutez donc rien de ce que je vous raconte ?

— Au contraire. Vous faites ce que vous pensez devoir faire.

— Exactement !

— N'empêche que... si vous étiez tout bêtement furieux contre les événements qui se sont déroulés en

Irak ? Si vous vous punissiez encore plus que les autres ?

— N'importe quoi ! cracha Rick en s'essuyant les yeux d'un geste impatient.

— Cette vie que vous regrettez tant… elle est là où vous l'avez laissée. Mais vous avez trop peur d'être déçu pour y revenir.

— Ce serait stupide. Je ne suis pas un imbécile et je ne crains pas une petite déception ou deux.

— Il ne s'agit pas d'une « petite » déception, fit remarquer Jerry. Dans votre cas, je dirais même qu'elle est colossale.

Rick serra les dents. *D'accord, et si c'était vrai ?*

— Décidément, vous êtes agaçant.

— J'ai un sale métier, convint Jerry en haussant les épaules. Nous arrivons au bout de notre séance. J'aimerais que vous réfléchissiez à tout cela d'ici notre prochain rendez-vous. Votre fureur et votre peur sont compréhensibles mais aussi potentiellement destructives. Si nous pouvions explorer les cibles de…

— Je les connais, les putains de cibles ! explosa Rick. Je suis remonté contre tout ce que j'ai subi ces vingt dernières années ! Mes parents, ma petite amie, mon bébé, ma guerre !

Jerry lui accorda une seconde avant de conclure :

— Vous-même.

— Non ! Non !

Jerry ne consulta pas sa montre ni la pendule.

— Les avez-vous tous désappointés, Rick ? En revenant amputé d'une jambe ?

Rick fixa divers points dans la pièce, contempla le plafond.

— Si vous n'aviez pas subi ce drame, reprit Jerry, auriez-vous pu reprendre votre existence comme avant avec vos amis, votre copine ?

— Vous êtes complètement dingue, grogna Rick mais cette fois, les larmes débordaient.

— Cette colère… elle vous porte ou elle vous anéantit ?

— C'est ridicule, marmonna Rick, d'un ton moins agressif.

Puis il cacha son visage dans ses mains pendant une longue minute avant de se redresser et de fixer Jerry.

— Soyons clairs. Si je n'avais pas été blessé, la situation serait tout autre. C'est la goutte d'eau qui a fait déborder le vase. Je n'aurais jamais pris conscience que tout est de ma faute, que je suis celui qui…

De nouveau, il se couvrit la figure. Jerry se garda d'intervenir. Rick craquait mais pour rien au monde il ne le montrerait. Il ne saisirait même pas un mouchoir en papier au risque de se trahir. Son corps était secoué de spasmes mais il ravalait ses sanglots. Quand Rick lui parut calmé, Powell intervint :

— Vous allez devoir accepter une fois pour toutes que vous n'êtes pour rien dans certains événements. Vos parents sont décédés à cause d'un chauffard en état d'ivresse. Un spermatozoïde particulièrement énergique et un œuf déterminé ont fait que vous avez conçu un bébé dès votre première relation sexuelle avec Liz. Dans la plupart des cas, les naissances de bébés mort-nés restent inexpliquées. C'est tragique mais néanmoins vérifié. Quant à cette grenade qui vous a atteint, quelqu'un l'a lancée sur vous. Tout aurait pu être différent mais vous n'auriez rien pu faire pour modifier le cours des choses.

— Qu'êtes-vous en train de me dire ?

— Vous blâmer ne vous mènera nulle part. Vous vous mordrez la queue parce que vous n'êtes coupable de rien. Vous avez vécu des drames mais vous avez aussi eu beaucoup de chance.

— Ah oui ? Par exemple ?

Jerry le regarda droit dans les yeux.

— Voyons… Vous avez une grand-mère, une femme épatante selon vos propres termes, qui s'est entièrement dévouée à vous. Deux mentors qui ont pris la place de votre père pour vous soutenir, vous transmettre leur savoir. Une petite amie qui vous aime profondément. Certes, vous avez essuyé quelques…

— Je les ai tous déçus.

— Pardon ?

— J'ai cru que je pourrais réussir dans les marines.

— Et s'ils n'étaient pas d'accord avec vous ? Si les marines vous avaient apporté des enseignements précieux, que vous avez du mal à déceler dans votre état actuel ?

— Vous ne comprenez pas, protesta Rick sans grande conviction. Ces choses-là ne doivent pas arriver. Nous sommes formés, au taquet. Il ne s'agit pas que d'une paire d'yeux mais d'une unité. C'est comme ça que nous sommes devenus la force la plus puissante du monde libre.

— On ne peut pas toujours tout prévoir.

— Ce n'était pas un accident, poursuivit Rick. C'était un geste d'hostilité et notre boulot était d'éviter les gestes d'hostilité. J'ai fini premier de mon groupe dans toutes les matières pendant la formation. Premier…

— On n'est pas toujours maître de tout. C'est comme une voiture qui perd une roue alors que tous les boulons étaient serrés. Ou encore…

— Jerry, interrompit Rick, j'ai perdu *toutes* mes roues.

Powell se pencha en avant.

— Concentrez-vous une seconde. Écoutez-moi. Je suis conseiller de crise. Savez-vous ce que cela signifie ? Quand une catastrophe se produit dans la vie d'une personne parfaitement normale, mon rôle consiste à la prendre par la main et la guider jusqu'à un endroit où elle pourra redevenir une personne parfaitement normale ayant surmonté un traumatisme. C'est ce que nous faisons ici, Rick. Vous et moi. Nous allons surmonter le vôtre.

Rick resta silencieux un long moment avant de souffler :

— Je n'y crois pas.

Jerry se cala dans son fauteuil, décontracté.

— Vous y croirez un jour.

14

Brie Valenzuela n'attendait pas de clients et n'avait pas prévu de se rendre chez le procureur où elle travaillait comme consultante. Elle n'avait pas non plus à plaider au tribunal. En jean et tee-shirt, elle profitait de cette journée de liberté pour rattraper la paperasserie en retard. Elle était assise dans le bureau jouxtant son domicile, la petite Ness endormie dans sa nacelle, quand on frappa à la porte.

Elle sut tout de suite qu'il s'agissait d'une visite professionnelle et non d'une amie qui passait à l'improviste. La maison était dotée d'une entrée principale et d'une autre arborant sa plaque : *Brie Valenzuela, Avocate* – toujours verrouillée lorsque Brie était seule. Elle s'en approcha et colla son œil sur le judas. De l'autre côté se tenait un homme d'environ trente-cinq ans. Il n'avait pas l'air particulièrement menaçant mais Brie ne se fiait jamais aux apparences.

— Une minute, je vous prie.

Elle ramassa la nacelle pour la transporter dans la cuisine. Ayant exercé le métier de procureur et après avoir été victime d'une agression violente, Brie restait toujours sur ses gardes, même à Virgin River. Elle glissa son Glock dans la ceinture de son pantalon et alla ouvrir.

— Oui ?

— Êtes-vous Brie Valenzuela ?

— Oui.

Il lui tendit la main.

— Ross Crawford. Comment allez-vous ?

— Quelle surprise ! s'exclama-t-elle en acceptant son geste. En quoi puis-je vous aider ? ajouta-t-elle sans toutefois l'inviter à entrer.

— Je suis à la recherche d'Abby. Elle a déménagé et ses parents refusent de me communiquer ses coordonnées ou de lui transmettre un message de ma part. La compagnie aérienne m'a simplement expliqué qu'elle avait pris un congé prolongé.

— Je lui transmettrai volontiers votre message.

— Il faut absolument que je lui parle.

Brie inspira profondément.

— Monsieur Crawford, répondit-elle d'un ton courtois tout en se disant qu'il ne ressemblait en rien à une star du rock. Vous comprendrez, j'en suis sûre, qu'à partir de maintenant c'est à vos représentants juridiques d'intervenir. Votre divorce est officiel depuis un bon moment, tout a été réglé.

— Il ne s'agit pas de cela.

Crawford portait un jean de marque, une chemise d'une blancheur éclatante aux manches remontées et une paire de bottes d'un chausseur italien. Ses cheveux un peu trop longs se recourbaient sur son col et il était rasé de près.

— C'est personnel, ajouta-t-il.

— Peu importe, monsieur Crawford.

— Appelez-moi Ross. Je comprends que vous ne vouliez pas me révéler son adresse mais si vous pouviez la contacter et lui expliquer que j'aimerais discuter quelques minutes avec elle…

— Bien entendu, répliqua Brie. À qui voulez-vous que j'adresse sa réponse ? À votre manager à Los Angeles ?

— Non, non. Pourriez-vous l'appeler maintenant, s'il vous plaît ? Je suppose que vous avez son numéro. Je patienterai.

— Monsieur… Ross, à votre place, je ne serais pas trop optimiste. Pour être franche, je lui suggérerai de décliner l'invitation. Je vous le répète, toute conversation devrait désormais…

— Les avocats, je sais, coupa-t-il. Comment croyez-vous qu'on en soit arrivés là ? Ce que j'ai à lui dire n'a rien à voir avec le divorce – enfin, si, un peu. Je suis ici pour faire amende honorable, madame Valenzuela. C'est l'une des étapes obligatoires. Je suis un programme de réhabilitation.

Brie croisa les bras. Elle n'allait pas se laisser embobiner par un toxico beau parleur.

— Encore un ?

— Le troisième, concéda-t-il en avançant le menton. Si vous pouviez la joindre et lui demander de m'accorder un quart d'heure… ensuite, je ne l'ennuierai plus jamais. C'est délicat et j'en suis conscient. La règle consiste à tenter de réparer nos torts envers les personnes concernées à condition que cela ne risque pas de leur nuire encore plus. Ma liste est longue. Terriblement longue. Si Abby le préfère, on pourrait se donner rendez-vous dans un lieu neutre. Vous pourriez y assister. Ça ne modifiera en rien ce que j'ai à lui expliquer.

— Vous voulez bien attendre dans votre voiture ?

— Bien sûr. Surtout, précisez-lui que je ne cherche en aucune manière à bouleverser son existence.

Je jure de la laisser tranquille après. Rappelez-lui que je suis un idiot, un crétin, un drogué et un imbécile mais que j'ai toujours été gentil quand j'étais clean. Elle en conviendra.

— Monsieur Crawford, soyez préparé : il est possible qu'elle refuse. Auquel cas vous devrez poursuivre votre démarche sans son aide.

Il baissa la tête.

— J'espère qu'elle voudra bien me rencontrer. Ne serait-ce que quelques instants. Ce serait bien que nous puissions tous deux tirer un trait sur le passé pour mieux aller de l'avant.

— Je ne manquerai pas de le lui signaler. Excusez-moi.

Brie le renvoya à son véhicule. Après avoir jeté un coup d'œil sur Ness, elle téléphona au chalet.

— Je ne suis pas sûre que ce soit raisonnable, Abby, bien que j'encourage volontiers mes clients à surmonter et enterrer leurs problèmes conjugaux en présence d'un médiateur. Je peux jouer ce rôle, officieusement. Libre à vous de refuser. Dans ce cas, je lui répondrai que vous voulez réfléchir quitte à revenir sur votre décision dans quelques mois.

— Savez-vous qu'il n'a jamais daigné décrocher son téléphone quand j'ai voulu parler avec lui des exigences de ses avocats ? Si seulement j'étais moins curieuse ! Le fait est que son initiative m'intrigue.

— Vous êtes sur le point d'accoucher. Imaginez qu'il veuille de nouveau vous traîner devant les tribunaux sous un prétexte fallacieux.

— Nous avons une lettre stipulant que le dossier est clos, non ? J'accepte, à condition que vous assistiez à l'entretien.

— Je suis seule chez moi avec le bébé et il m'est impossible de joindre mon mari pour qu'il prenne le relais. Voulez-vous amener Cameron ? Sinon, je passe un coup de fil à Jack. Histoire de nous prémunir contre une éventuelle réaction que ni vous, ni moi, ni la petite Ness ne pourraient maîtriser.

— Cameron ne raterait cela pour rien au monde. Mais s'il est retenu par ses patients, j'irai au bar solliciter l'assistance de Jack ou de Vic.

Brie prit le temps de préparer du café, de changer le bébé et de lui réchauffer un biberon. Après un bon quart d'heure, ayant rangé son Glock et calé Ness sur sa hanche, elle rouvrit la porte et fit signe à Ross.

— Abby arrive, annonça-t-elle tandis qu'il remontait l'allée.

— Ah ! Elle est donc bien ici, à Virgin River.

Brie inclina la tête.

— Avec toutes les ressources dont vous disposez, je m'étonne que vous ne l'ayez pas découvert plus tôt.

— J'en ai assez de tous ces gens qui s'affairent dans mon dos. Je peux m'asseoir ? s'enquit-il en indiquant le canapé et le fauteuil dans un coin de la pièce.

— Bien sûr… Tous ces gens qui s'affairent dans votre dos ? répéta-t-elle.

— Mon manager avait recruté des gars pour me protéger des fans cinglés. Il y en a qui me harcèlent parfois. Abby n'est pas folle. C'est juste une gentille fille qui s'est entichée du mauvais type.

— Apparemment, nous sommes d'accord sur un point au moins, murmura Brie en allant s'installer derrière son bureau.

Elle donna son biberon au bébé tandis que Ross ouvrait un épais cahier à spirales, sortait un stylo et se mettait à écrire. Quelques instants plus tard, il se redressa.

— Quel âge a-t-elle ?

— Six mois.

— Vous réussissez à élever votre fille tout en continuant votre métier ?

— La ville est petite. Je suis rarement débordée. Cela me convient.

— Comment avez-vous connu Abby ?

— Je lui ai été recommandée.

— Je croyais qu'elle avait déjà un avocat ?

— Ah bon ? rétorqua Brie alors qu'elle était au courant.

De son avis, ledit avocat ne lui avait pas été d'un grand secours. Ou alors, il avait voulu empocher un maximum.

— Vous rédigez un compte-rendu de cet entretien ?

Il rit en tapotant sur le cahier avec son stylo.

— Non. C'est la compilation de mes crimes et péchés. Pas facile de se les remémorer tous, tellement j'étais shooté.

Il se remit à écrire.

Brie entendit un bruit de moteur dehors. Elle posa Ness dans sa nacelle et alla ouvrir la porte à Abby et Cameron. Ross posa ses affaires et se leva.

— Waouh ! *Abby !* s'écria-t-il en se frappant la poitrine, les yeux écarquillés de stupéfaction. Mon Dieu ! Pourquoi ne m'avez-vous pas prévenu qu'elle était enceinte ? lança-t-il à l'intention de Brie.

— Ce n'était pas à moi de vous l'annoncer. Ça n'a aucun rapport avec le but de votre visite.

Il s'avança vers Abby, lui tendit les bras.

— Doux Jésus ! Viens t'asseoir.

Elle eut un mouvement de recul. Derrière elle, Cameron la récupéra en lui prenant le haut des bras.

— Laissez-la, ordonna-t-il d'un ton posé mais ferme.

— Mince ! souffla Ross en se frottant le crâne. Désolé… Euh… Ross Crawford.

Cameron se contenta de le saluer d'un bref signe de tête.

— Dr Michaels.

— Vous êtes son médecin ?

— Mon fiancé, intervint Abby.

— Non ! s'esclaffa Ross. Ça alors, je n'en reviens pas ! Sans vouloir te vexer, Abby, tu aurais besoin d'un peu plus que d'un simple fiancé, vu ton état.

— Tu me vexes… Alors, qu'avais-tu de si important à me dire ?

— Donne-moi une seconde… Ouf ! Je suis navré mais tu es sacrément enceinte. Ça m'a pris de court.

— Ressaisis-toi et passons aux choses sérieuses. Tu as mal choisi ton moment.

— Oui, j'en ai l'impression. Désolé. Euh… on peut s'asseoir ? Mazette !

Une fois qu'ils eurent tous pris place, Ross fixa Abby. Cameron posa un bras sur ses épaules.

— Pouvons-nous presser le mouvement ? J'ai des patients qui m'attendent au cabinet.

— Hein ? Oh, pardon, docteur. Abby, j'ignorais totalement ce que tu subissais dans cette histoire de divorce. Je planais.

— Il s'agissait pourtant bien de vos avocats, monsieur Crawford ? riposta Cameron.

— Oui, plus ou moins. Bon… Je suis ici pour faire amende honorable mais c'est compliqué. Je dois le faire sans me chercher des excuses. Je vais donc m'y efforcer. Après notre mariage, je suis reparti en tournée et au bout d'une semaine à peine, je suis retombé dans la drogue. J'ai rencontré une femme dans une soirée et je lui ai confié un poste de manager adjointe. Les autres ont tout de suite compris qu'elle allait nous causer des problèmes mais je les ai ignorés. J'ai couché avec elle et je l'ai laissée s'occuper de mes affaires. Elle a exigé des cartes de crédit – soi-disant pour régler les frais professionnels et je n'ai pas vérifié... Je ne m'en suis souvenu que lorsque maître Valenzuela me l'a rappelé, Abby. Bref, elle a joué les intermédiaires avec mes juristes et j'ai signé aveuglément tout ce qu'elle me présentait. Je crois même que c'est elle qui les avait dégotés. J'en étais incapable. Depuis dix-huit mois, soit je suis défoncé, soit je suis en cure. La dernière fois, je suis resté enfermé six mois dans un établissement au Mexique. Ce n'est qu'en discutant avec maître Valenzuela que j'ai appris cette histoire de remboursement de dettes. Moi non plus, je n'ai jamais utilisé ces cartes.

— Tu n'étais jamais sobre assez longtemps pour lire la paperasse que tu signais ? s'enquit Abby.

— Non. J'étais complètement dans le coltard. Parfois, c'était encore pire en cure. J'étais clean depuis environ deux mois quand j'ai reçu la lettre de maître Valenzuela déclarant que tu avais épongé mes dettes et que tu ne voulais plus de ta pension alimentaire. Mon cerveau recommençait à fonctionner à peu près, donc j'ai décroché mon téléphone. Abby, je suis consterné. Jamais je ne t'aurais demandé de payer mes factures. Encore moins les *siennes*. Tes représentants n'auraient pas dû le permettre.

— Ross, je n'avais qu'un seul avocat, le meilleur que je puisse m'offrir après avoir vendu mon logement mais toi, tu en avais *quatre*. Au bout du compte, je me suis dit que j'avais eu de la chance de m'en sortir.

— Ces types n'étaient que des minables figurants au sein du cabinet – je ne les ai jamais engagés. Tu dois me haïr.

— En effet, admit-elle en croisant les mains sur son ventre.

Il lui sourit.

— Excuse-moi, ce n'est pas drôle. Mais tu es tellement mignonne ! Énorme ! Tu es sur le point d'accoucher, ou quoi ?

— C'est tout ce que tu avais à me dire ?

— Presque. Donc, cette femme – elle s'appelait Automne – a été virée il y a longtemps. Ayant entendu parler de ce nouveau centre, les copains m'ont mis les points sur les *i* : *si* je suivais le traitement pendant six mois et *si* j'étais toujours nickel au bout d'un an, ils *envisageraient* de me reprendre dans le groupe. Sinon, tant pis pour moi. Ils ont envoyé paître Automne et j'ai entamé ma troisième cure. J'aimerais pouvoir mettre mon problème de drogue sur le dos de quelqu'un mais la vérité, c'est que je suis le seul responsable. J'ai pris la grosse tête et la première fois que j'ai sniffé, j'ai plongé… J'adorais ça. J'ai été presque constamment shooté pendant dix ans. Je me sentais invincible… jusqu'au jour où ça n'a plus marché. J'essaie d'adopter un comportement plus sain mais parfois, c'est dur.

Abby se leva péniblement avec l'aide de Cameron.

— Nous espérons que cette fois sera la bonne, Ross. Quand tu as les pieds sur terre, tu n'es pas un mauvais gars. Dommage qu'on n'ose plus compter sur toi pour rester ainsi.

Ross se mit debout à son tour.

— Abby, tu n'as jamais rien exigé. Ce divorce aurait dû se dérouler tout simplement, sans te coûter un cent. Tu n'aurais même pas dû avoir à faire appel à un avocat. Et tu étais censée recevoir une allocation pour toute la durée de notre séparation. Apparemment, ça aussi, c'est parti dans le porte-monnaie d'Automne.

— Est-ce qu'on peut oublier tout ça une bonne fois pour toutes ? demanda Abby. J'ai besoin de reprendre ma vie en main.

— Je vois ça, marmonna-t-il avec un sourire.

Elle grimaça et se pencha légèrement.

— Ça va, mon chou ? s'inquiéta Cameron.

— Je n'en peux plus.

— Nous devons nous en aller, à présent, monsieur Crawford. Abby a besoin de repos.

— Bien sûr, bien sûr, je me dépêche. J'ai viré mon avocat. Je passe maintenant par la firme de Greg, le leader du groupe – tu t'en souviens ? Il est droit comme un I et emploie des gens fiables. Je lui ai confié la mission de calculer ce que l'autre escroc t'a piqué et je tiens à te restituer ce…

— Laisse tomber. J'ai payé les factures des cartes de crédit avec ta pension et je ne veux pas de ton argent. Je veux en finir une fois pour toutes.

— Ne t'inquiète pas, je ne t'embêterai plus jamais après…

— N'as-tu pas dépensé assez de fric comme ça en drogue, cures, avocats, managers filous et autres arnaqueurs ?

— J'ai surtout perdu beaucoup de blé par ma stupidité. Il m'en reste un peu. J'aimerais m'en servir de manière responsable, pour changer. Voyons, quarante-sept mille dollars de…

— Ross ! Assez ! J'ai transgressé le contrat prénuptial !

Elle plaqua une main sur sa bouche, porta son regard de Brie à Cameron.

— Merde.

Mais Ross était hilare.

— Pas possible ! Tu veux dire que pendant que je couchais avec Automne – et qu'elle me ruinait – tu avais une relation avec ce docteur ?

— Pas avant le week-end précédant la signature des documents. Garde ton argent et fiche-moi la paix.

Ross secoua la tête, presque tristement.

— Tu es restée seule pendant neuf mois ? Ma pauvre Abby, je me suis plié à cette formalité de contrat prénuptial parce qu'on me le conseillait fortement mais je ne t'aurais jamais reproché de me tromper alors que j'en faisais autant de mon côté. Je suis un crétin mais pas un monstre... Enfin, j'ai commis mon lot d'erreurs. Je suis heureux que tu aies trouvé quelqu'un de bien pour t'accompagner dans la vie et que tu fondes une famille comme tu en as toujours rêvé. Je ne suis pas près de me lancer dans une relation sérieuse, sauf peut-être avec un sponsor.

Il extirpa une enveloppe de la poche arrière de son pantalon. Elle était pliée en deux.

— Ross, je ne plaisante pas – je ne veux rien. Cameron et moi avons effacé l'ardoise afin de...

— Ce n'est pas tant pour toi que pour moi. Tu es l'une des meilleures personnes que je connaisse. Tu m'as donné une chance, Abby. Tu as cru en moi et en guise de remerciement, j'ai tout fichu en l'air. Si tu n'en veux pas, donne-le à une œuvre de charité. Mets-le de côté pour les études universitaires de ton gosse. Ce que tu veux. C'est important pour moi – pour ma guérison.

Elle prit l'enveloppe, jeta un coup d'œil à l'intérieur, poussa un cri et la froissa dans son poing.

— Ross, tu es complètement fou ! Cent vingt-cinq mille dollars !

— Je te le répète, fais-en ce que tu veux. Donne à manger aux affamés. Une éducation à des enfants pauvres… Vous, enchaîna-t-il en s'adressant à Cameron, tâchez de la raisonner. J'apprécie son honnêteté mais cette somme lui appartient. Ce n'est pas un don, c'est ce que lui ont coûté les conneries de mon manager et de mon avocat. Et les miennes.

— Nous en discuterons, promit Cameron en prenant l'enveloppe des mains d'Abby.

— Profitez-en un peu. Abby a dû vendre son logement, vider son compte épargne à cause de moi… Je suis heureux pour toi, tu sais. Sincèrement.

Abby pivota vers Cameron, les yeux brillants de larmes.

— On en a terminé ?

— Je crois que oui, mon ange. Ça va ?

— Non. Le travail a commencé.

— Seigneur ! Pourquoi ne pas l'avoir dit plus tôt ?

— Je n'étais pas certaine. Maintenant, je le suis.

— Assieds-toi, ordonna-t-il en la poussant doucement vers le canapé. Vérifions ce qu'il en est avant d'appeler Melinda et John.

— Les contractions se succèdent. Douloureuses. Longues. De plus en plus fortes.

Brie se précipita vers elle.

— Vous avez une idée de leur espacement ?

— Non. J'écoutais Ross. Mais elles sont de plus en plus rapprochées. Elles ont démarré quand vous m'avez téléphoné mais je voulais en finir avec cette affaire avant de mettre mes bébés au monde et je… Cameron ? J'ai peur. Est-ce que ça va aller ? J'ai dépassé le seuil des trente-six semaines, n'est-ce pas ?

— Oui, mon ange. Calme-toi. Tout va très bien se passer.

— Tu crois qu'ils vont naître trop tôt ?

— Je vais demander à Melinda de passer nous chercher avec le Hummer, au cas où. Brie ? Vous pouvez l'appeler ?

— Bien sûr, répondit celle-ci en se ruant sur l'appareil.

Lorsqu'elle se retourna, elle vit Ross sortir à reculons, le regard rivé sur Abby et Cameron.

— Je t'aime tant, murmurait-elle en lui caressant la joue. Je regrette qu'on ne se soit pas mariés quand tu me l'as proposé. Je veux qu'ils aient un papa.

— Ils en ont un, mon amour. Nous remédierons à la situation dès que tu seras rétablie.

— On mettra ton nom sur les actes de naissance.

— On fera ce que tu voudras. Pour l'heure, parons au plus pressé.

— J'ai tenu suffisamment longtemps pour qu'ils soient en bonne santé, n'est-ce pas ? Je t'en supplie, rassure-moi.

— Ils seront parfaits, Abby. Fais-moi confiance.

Brie observa Ross. Avec une expression mélancolique, il leva une main pour la saluer. L'espace d'un éclair, elle demeura figée, puis elle lui répondit. Abby et Ross n'auraient pas le temps de se dire au revoir et c'était sans doute mieux. Elle se promit de récupérer et de protéger le chèque dans l'enveloppe que Cameron avait jetée sur la table.

Brie décrocha le téléphone tandis que la porte se refermait. La page « Ross » était bel et bien tournée.

— Melinda ? Cameron et Abby sont dans mon bureau. Le travail a commencé. Les contractions sont très rapprochées et d'après Abby, elles sont longues et puissantes. Cameron souhaiterait que tu viennes avec le Hummer pour la transporter à l'hôpital… Entendu, à tout de suite.

Elle raccrocha.

— Elle court confier les enfants à Jack et elle arrive, annonça Brie… Ma foi, quelle journée excitante ! Vive la paperasserie.

Melinda consacra quelques minutes à interroger Abby sur ses contractions.

— Cameron, monte à l'arrière avec elle, je prends le volant. Elle n'a pas encore perdu les eaux. Je pense que nous avons un peu de temps devant nous. Préviens-moi si je dois me garer sur le bas-côté et changer de place avec toi.

Pendant qu'elle conduisait, Melinda écouta Cameron encourager Abby à respirer. Il la réconforta, lui murmura des mots doux, lui frotta le dos. Toutefois, lorsqu'ils atteignirent l'hôpital de Grace Valley quarante-cinq minutes plus tard, Abby s'énerva.

— Je me porte comme un charme ! Tu peux cesser de me *tripoter* comme ça ?

Melinda sourit intérieurement et elle accéléra jusqu'à l'entrée des urgences. Elle contourna le véhicule et ouvrit le hayon.

— Je veux que vous vous allongiez sur la civière, Abby. Cameron, donne-moi un coup de main.

— Je peux marcher ! protesta Abby.

— Non, vous allez suivre mes consignes, rétorqua Melinda d'un ton ferme.

À l'étage de la maternité, ils étaient attendus.

— Le Dr Stone est-il là ?

— Pas encore mais il ne devrait pas tarder.

— Si vous parvenez à le joindre d'ici là, signalez-lui que la parturiente est en phase de transition.

— Compris, répondit l'infirmière.

Cameron ne réalisait pas. *Ses bébés*…

Dans la salle d'accouchement, on avait préparé deux berceaux en plexiglas, deux couveuses stockées de couches si minuscules qu'elles tiendraient dans la paume de sa main, des moniteurs et des pieds à sérum. Melinda enleva les chaussures d'Abby.

— Cameron va vous aider à revêtir votre blouse, Abby, pendant que je vais me préparer. Ensuite, je vous examinerai. D'accord ?

— D'accord, marmonna Abby en se roulant sur le côté pour s'asseoir.

— Oh !

— Qu'y a-t-il, mon chou ? s'enquit Cameron.

— J'ai perdu les eaux ! Je nage dedans !

— Dépêchons-nous de nous changer, dit Melinda en jetant son sac et sa trousse dans un coin de la pièce avant de se précipiter au vestiaire.

En chemin, elle interpella l'une des infirmières :

— Ça va plus vite que prévu. Avertissez la puéricultrice. Je vais avoir besoin de renfort en attendant le Dr Stone.

— Je suis là, entendit-elle derrière elle.

Elle se tourna vers lui en souriant.

— Quel *timing* ! La poche vient de se rompre et je n'ai pas eu le temps d'ausculter notre patiente.

— Où en est-elle ?

— Neuf ou dix centimètres. Elle a eu un joli mouvement d'humeur à notre arrivée.

— J'y vais tout de suite.

Il se tourna vers l'infirmière en chef.

— Je me fie complètement à l'instinct de madame. Rassemblez votre équipe.

La salle fut en effervescence avant même que Cameron ait fini d'habiller Abby. John Stone enfila un gant en latex. Une armée de spécialistes déboula – deux puéricultrices, deux infirmières sages-femmes, le pédiatre… Quand Melinda ressurgit, Abby avait les jambes repliées et John Stone contrôlait l'ouverture du col.

— Que ressentez-vous, Abby ?

— J'ai mal !

— Mais encore ?

— Une forte pression dans le bas-ventre. J'ai envie de faire pipi. Et j'ai horriblement mal, dit-elle le visage crispé par la douleur.

John retira son gant.

— Trop tard, Abby. Mesdemoiselles, au boulot. Abby, le col est presque totalement dilaté. Vous êtes prête à pousser ?

— Je peux essayer.

— D'ici une seconde ou deux, vous n'aurez pas le choix.

À peine avait-il prononcé ces paroles qu'elle se soulevait spontanément et poussait.

— Et voilà ! proclama-t-il avec un large sourire. Melinda, tu accueilles le premier ?

— Avec plaisir.

Les infirmières abaissèrent la moitié basse de la table d'accouchement et avancèrent une table sur laquelle étaient disposés tous les instruments nécessaires, sous une bâche stérile. Melinda se percha sur un tabouret.

— Allez, Abby, on pousse, on pousse, on pousse… Très bien, reposez-vous un instant.

— Moi qui voulais une péridurale, souffla Abby après la contraction.

— Eh oui, c'est loupé ! confirma Melinda en riant. On recommence, Abby ? Courage !

Abby se releva légèrement, Cameron lui soutenait les épaules. Elle sentait son ventre et son dos transpercés de part en part mais, malgré la douleur, savait d'instinct comment se positionner, quand pousser. Elle aidait les bébés à avancer dans son bassin et à se diriger vers la sortie. À peine un quart d'heure plus tard, Melinda s'écria :

— Une petite dernière !

Le bébé glissa dans ses mains et cria presque instantanément. Tout en le maintenant sur ses genoux, elle pinça et coupa le cordon.

— Tiens ! Tiens ! Les dames d'abord, constata-t-elle avant de se déplacer pour laisser John Stone prendre le relais.

Elle posa le nouveau-né sur la poitrine d'Abby.

— Excellent. Bravo, Abby. Accordez-vous un instant de répit pour faire connaissance avec votre fille. Ensuite, il va falloir remettre ça. Cameron, tu veux l'essuyer ? proposa-t-elle en lui tendant une serviette-éponge.

— Elle est assez grosse ? Cameron ? Elle me paraît minuscule, s'inquiéta Abby, les larmes aux yeux.

Cameron oscillait entre son professionnalisme et une émotion toute nouvelle. Il était *papa*. Cette petite chose venait en un instant d'accaparer tout son amour. Il se ressaisit.

— Je dirais deux kilos cinq. Melinda, qu'en penses-tu ?

— Je pense qu'elle est superbe. Regardez-moi ces bras qui s'agitent, écoutez-moi cette voix. Mes amis, vous n'allez pas vous ennuyer. Abby, un bisou avant que je la mette dans la couveuse et qu'on s'occupe de son frère.

— Je ne veux pas la lâcher.

— On vous la rendra aussitôt après. Il faut la nettoyer, la réchauffer, lui mettre une couche et l'emmailloter. D'ici là, vous serez en train de compter les doigts de votre fils.

— Oh, Cameron ! Elle est si petite ! Comment vais-je pouvoir m'en occuper ?

— On pourrait engager une puéricultrice.

— Pourquoi ne t'ai-je pas épousé quand l'occasion se présentait ?

Il se pencha sur elle, l'embrassa puis déposa un baiser sur la tête du nourrisson.

— Je ne vais nulle part, mon chou.

Abby et Cameron s'émerveillaient depuis moins de deux minutes sur leur fille quand Abby laissa échapper un grognement. Aussitôt, la puéricultrice fut à ses côtés pour lui retirer le bébé et procéder à sa toilette, la peser, la mesurer et la confier au pédiatre.

— Courage, Abby. Dès que vous vous sentirez prête, poussez.

Quelques minutes plus tard, Abby tenait le jumeau dans ses bras. Pendant que Cameron et Melinda l'essuyaient, Abby se répandait en murmures attendris, le caressait, l'embrassait. Elle ne se rendit même pas compte de l'expulsion de son placenta. Puis on la nettoya et on réassembla le lit ; elle était toujours sur son petit nuage. Au bout d'un quart d'heure, Abby put tenir leur fille tandis que Cameron berçait leur fils.

— Deux kilos quatre pour la demoiselle, deux six pour le jeune homme. Beau boulot, Abby. Vous pourrez repartir à la maison avec eux. Ils sont magnifiques, décréta Melinda.

Abby leva les yeux vers Cameron et lui sourit.

— Désormais, nous formons une famille.

Il s'inclina vers elle pour l'embrasser.

— Oui, mon amour. Merci.

15

Hope causa un véritable brouhaha dans le bar, le jour où elle arriva en annonçant à Jack, Paul et Dan que sa troisième tentative de vente de l'église sur eBay était en passe de réussir.

— Vous plaisantez ! s'exclama Jack, stupéfait. Savez-vous qui l'a achetée ?

— Plusieurs personnes m'ont contactée pour avoir davantage de détails. Un pasteur qui enseigne depuis quelques années et souhaite remonter en chaire et un artiste qui souhaite transformer la bâtisse en logement et boutique proposant vitraux et bougies décoratives. Et un troisième individu dont j'ignore l'identité. Verdict mercredi prochain à minuit.

— Vic surveille l'évolution des enchères, je crois. Quant à moi, je n'ai toujours rien compris au fonctionnement de ce site, avoua Jack.

— C'est pourtant facile, intervint Dan. Si vous voulez, je peux venir chez vous vous l'expliquer.

— Je ne suis pas certain de vouloir vous révéler où j'habite, répliqua Jack en essuyant le comptoir.

Dan sourit. Que Jack l'envoie ainsi promener était plutôt bon signe. Entre copains, on se rudoyait et un type qui vous aimait beaucoup n'hésitait pas à frapper sous la ceinture de temps en temps.

— Votre épouse pourrait peut-être vous inscrire. Histoire de faire monter la mise pour Hope.

— C'est ça, et se retrouver avec une église sur les bras.

Paul leva sa chope.

— J'espère que l'acheteur aura besoin d'un bon entrepreneur pour les rénovations.

Rick écoutait tout cela d'une oreille distraite. Il ne participait guère à ces discussions. Chaque semaine, il s'installait un peu plus loin afin de ne pas avoir à y mettre son grain de sel. *L'arroseur arrosé*, songea-t-il. Plus personne n'osait l'aborder. Jack lui servait sa bière puis, avant qu'il en ait bu la moitié, lui apportait son plat.

Il avait mis tout le monde au pas. On ne le harcelait plus de questions sur sa santé ou son moral.

Puis, comme tous les vendredis soir à 17 heures précises, Liz arriva. Il ignorait si elle venait à d'autres moments puisque lui s'en gardait bien. Bien entendu, il aurait pu modifier son emploi du temps pour l'éviter. Mais il ne s'y résolvait pas.

Qu'elle était belle ! Dix-huit ans à peine. Elle paraissait si pure, si innocente... Difficile d'imaginer qu'elle avait eu des relations sexuelles dès l'âge de quatorze ans – avec lui !

— Liz ! lança Jack. Tu ne devineras jamais la nouvelle. Hope a plusieurs enchérisseurs sur eBay pour l'église.

— Sans blague !

Liz fonça directement vers le bar et se planta entre Dan et Hope, les coudes sur le comptoir.

— Et si ! confirma Hope en remontant ses lunettes. Je ne ferai sans doute pas fortune mais au moins ce bâtiment aura de nouveau une raison d'être.

Secrètement, Rick admettait qu'il choisissait désormais cette place pour ne pas avoir à tourner la tête vers Liz lorsqu'elle entrait. Ou qu'elle repartait. Il voulait être sûr qu'elle ne scrutait pas la salle pour le repérer. Elle n'en faisait rien. C'était comme s'il était devenu invisible.

— Vous avez une proposition d'un pasteur ? s'enquit Liz.

— Oui. Avec un peu de chance, c'est lui qui l'emportera. Mais à bien y réfléchir, le plus important est de redonner vie à ce bâtiment… Alors, Liz ? Cette cérémonie de remise de diplôme ?

— Formidable. J'ai eu une mention. Un miracle.

— Tu as fait la fête ? demanda Paul.

— Plus ou moins, marmonna-t-elle en haussant les épaules. Il y avait un bal au lycée et plusieurs fêtes en ville. J'y ai fait une apparition. Avec quelques copines, on a organisé une soirée filles.

— Avec des *copines* ? s'insurgea Dan. Mince, que devient le monde ? De mon temps, on festoyait toute la nuit, filles et garçons.

— J'ai préféré les copines.

— Félicitations, décréta Jack en extirpant une enveloppe coincée sous la caisse. Tiens ! Melinda et moi sommes fiers de toi.

— Oh, Jack ! Qu'est-ce que c'est ? Il ne fallait pas !

— Liz, ma belle, tu t'es battue comme un beau diable. Tu mérites une récompense. Je parie que tu es soulagée que le plus dur soit passé.

— Pour l'instant. Je vais bosser à plein temps tout l'été. En septembre, j'entamerai mon cursus à Redwoods College.

— Où travailleras-tu ?

— Au supermarché Albertson, du dimanche au jeudi – toujours en soirée bien sûr puisque je suis nouvelle. Et chez Connie les vendredis et samedis.

— C'est plus qu'un temps plein, fit remarquer Paul. Quand vas-tu t'amuser ?

— Le matin, je suppose, répliqua-t-elle avec un sourire.

Elle décacheta l'enveloppe pour lire la carte de Jack et de Melinda. Un billet de cent dollars en tomba.

— Jack, murmura-t-elle. Après tout ce que Melinda et toi avez fait pour moi... tu n'aurais pas dû.

Il eut un mouvement des épaules. Liz posa la carte et fourra le billet dans la poche de son jean avant de se hisser sur la pointe des pieds et de s'accrocher à son cou pour l'embrasser sur la joue.

— Merci. C'est vraiment gentil. Je remercierai Melinda plus tard.

Rick était à l'agonie. Naturellement, il n'avait pas daigné assister à sa remise de diplôme, encore moins la féliciter ou lui adresser une carte. Il aurait tant voulu qu'elle s'accroche à *son* cou ! Mais il n'avait que ce qu'il méritait.

Jack lui prépara son soda XL à emporter.

— C'est la maison qui offre, Liz. Nous sommes tous très fiers de toi.

— Santé ! proclama Paul en levant sa chope.

Hope leva son verre de Jack Daniel's, Dan, sa bouteille de Heineken et Jack, sa tasse de café.

— Merci, cela me touche énormément. À présent, je file à l'épicerie.

Les yeux brûlants, la tête résonnant comme un tambour, Rick la regarda s'en aller. Il s'attarda sur son adorable popotin, ses longues jambes, sa chevelure soyeuse et se remémora chaque centimètre de sa chair sous ses mains. Il la sentait, la goûtait encore. Cette fille était l'amour de sa vie, celle avec laquelle il avait prévu de se marier jusqu'à ce que la vie leur mette des bâtons dans les roues. Il s'empara de sa canne et la suivit. Comme il avançait lentement, elle avait déjà presque atteint le magasin de sa tante quand il émergea dehors.

— Hé !

Elle se tourna vers lui, sourcils froncés.

Lentement, maladroitement, il descendit les marches et se dirigea vers elle en boitant plus que de coutume.

Dan s'était posté juste à l'extérieur du bar, bras croisés, aux aguets.

— Tu le fais exprès ? glapit Rick. Juste pour me punir ?

— Qu'est-ce que tu racontes ?

Il se rapprocha.

— Tu te comportes comme si je n'existais pas. Tu ne me regardes même plus. Je te dégoûte à ce point ?

— Tais-toi, Rick. Tu te conduis comme un goujat.

— Moi, un goujat ? Parce que je te demande pourquoi tu refuses de me *regarder* ?

— C'était pourtant ce que tu souhaitais, non ? Tu ne veux plus entendre parler de nous. N'est-ce pas ?

— Pas exactement.

— Bien sûr que si. Tu ne voulais même pas qu'on reste amis. Un petit conseil : fiche-moi la paix. Tu as tout ce que tu voulais.

Jack avait perçu les éclats de voix et, pressentant un drame, rejoignit Dan. Il s'apprêtait à poursuivre Rick avant que la situation ne dégénère mais Dan le retint.

— Laisse-les.

— Je tiens à Liz. Rick n'a pas le droit de la…

— Laisse-les. Elle se défend très bien.

— Je ne sais pas, souffla Jack en secouant la tête.

— C'est leur problème.

Jack resta donc cloué sur place. Paul apparut un instant plus tard.

— Tu sais bien que ce n'est pas ce que je veux. Que je n'ai pas le choix ! aboya Rick.

— Pourquoi ? Tu ne me l'as jamais expliqué.

— Tu sais pourquoi – et je te l'ai expliqué. Parce que tu réussiras mieux ta vie sans moi, voilà pourquoi !

Liz eut un sourire cruel.

— Ça, c'est vrai ! Mais pourquoi ? À cause de ta prothèse ou parce que tu traites tes meilleurs amis comme de la merde ?

— Désolé de ne pas être un boute-en-train, Liz ! s'époumona-t-il en s'appuyant sur sa canne. Figure-toi que j'ai quelques préoccupations.

— Je sais. Toi. Tu ne penses qu'à toi et tu te complais dans ta misère. Parce qu'il n'y a que toi qui souffres, bien sûr.

— Regarde autour de toi ! Combien d'amputés de la jambe vois-tu ? Hein ? Tu pourrais me lâcher les baskets.

— Je ne fais que ça, Rick, et j'en ai assez. Rien ne trouve grâce à tes yeux. Tu veux que je m'éclipse et ensuite, tu veux que je te dorlote comme une vieille amie ? Ou peut-être veux-tu que je m'apitoie sur ton sort sous prétexte que tu es *infirme* ? Tu délires complètement, mon pauvre. Va te faire… Oh et puis zut !

Comme elle se détournait, Rick la saisit par le poignet. Elle lâcha son gobelet de soda et la carte.

De nouveau, Jack voulut intercéder. Dan et Paul l'en empêchèrent.

— Ne t'en mêle pas, Jack, insista Dan.

— Qu'est-ce que tu me veux, à la fin ? hurla Liz en s'arrachant à l'étreinte de Rick. Que je te contemple d'un air accablé ? Que je te supplie de me reprendre ?

— Je veux que tu me regardes. Que tu me dises bonjour. Que tu me traites comme un être humain.

— Ah oui ? C'est ce que je voulais de toi. Seulement voilà, tu estimes être le seul à mériter la gentillesse et le respect. On ne reçoit que ce que l'on donne, Rick. Un point c'est tout.

— Navré si je ne suis pas assez généreux à ton goût, Liz ! Je donnerais n'importe quoi pour que tout redevienne comme avant.

— Moi aussi ! Je renoncerais à mes deux jambes, à mes deux bras rien que pour te voir serrer un fils *vivant* contre ton cœur. J'offrirais mes yeux pour que tu ne boites plus.

— Tais-toi !

— C'est la vérité. Et pas pour moi – pour *toi* ! Que tu boites, que tu te déplaces en fauteuil roulant – je m'en fiche. Ce n'est pas ta jambe que j'aime. J'ai prié pendant tout le voyage jusqu'en Allemagne. J'ai juré à Dieu que si tu étais mort à mon arrivée, je mourrais aussi. Mais tu n'étais pas mort. Et tu m'as chassée. Comme si je n'existais plus. Par moments, je préférerais crever.

— Ne dis pas ça !

— Je disparaîtrais volontiers de cette terre si cela pouvait te redonner le goût du bonheur. Je…

— Tais-toi ! tonna-t-il en la bousculant.

Elle trébucha. Jack s'élança mais Dan s'interposa.

— Laisse-les, Jack, répéta-t-il. C'est leur combat.

— Je veux les arrêter avant que…

Dan jeta un coup d'œil derrière lui juste à temps pour voir Liz se mettre à courir vers le magasin. Cependant, au lieu d'y entrer, elle sauta dans sa voiture et démarra en trombe. Dan dévisagea Jack.

— Toi. Ne bouge pas. Tu es beaucoup trop impliqué dans cette histoire.

Dan descendit les marches et rejoignit Rick.

— J'ai rêvé ou tu viens de *pousser* cette jeune fille ?

— Mêlez-vous de vos affaires.

— Pas question. Là d'où je viens, on ne reste pas à se tourner les pouces quand un type malmène une femme. Tu veux te battre ?

— Dégagez !

Dan donna un coup de pied dans la canne de Rick et elle vola sur le trottoir. Puis il le bouscula, comme il venait de le faire avec Liz. Rick se retrouva sur les fesses.

— Hé ! Qu'est-ce qui vous prend ?

— Si tu te battais avec quelqu'un qui n'a pas peur des coups ? Hein ?

— Bizarre, grogna Rick. J'ai l'impression que vous avez l'avantage.

— Vraiment ? riposta Dan avec un sourire.

Il se pencha et entreprit de délacer sa chaussure. Il l'enleva, se redressa, détacha sa ceinture et baissa son pantalon à mi-cuisse. Sous l'ourlet de son caleçon apparut l'emboîture en silicone d'une prothèse.

Dan s'assit lentement, prudemment, puis libéra son moignon du manchon. La cheville de sa prothèse étant fixe, il dut tirer l'ensemble vers le haut pour la sortir et la poser sur le trottoir. À l'aide de ses mains, il se hissa sur sa jambe valide, chercha son équilibre. Il remonta son jean, sa braguette et rattacha sa ceinture. Il plia le tissu et l'inséra dans sa poche avant.

— Doux Jésus ! marmonna Jack.

— Je me demandais ce qu'il en était, lui confia Paul. Cette « jambe qui déconne » dont il se plaint parfois n'est pas la sienne.

Dan était maintenant parfaitement stable. Après des années de pratique, il était devenu très habile.

— Ça te convient ? Parce que l'autre, je ne peux pas l'enlever.

— Nom d'un chien, souffla Rick.

— Voici ce que je te propose. Tu gardes la tienne et on effectue quelques rounds. Je ne suis pas une mauviette. Je suis un boiteux comme toi. Qu'en dis-tu ?

— Je ne me battrai pas contre vous.

— Tu devrais avoir honte de ton attitude envers cette fille. Qu'est-ce qui t'a pris ? Non content de lui crier dessus, tu l'as agressée physiquement. Méchamment, en plus.

— Mêlez-vous de vos oignons, répéta Rick mais sa voix n'était plus empreinte d'hostilité.

— Je croyais m'être expliqué là-dessus. Pas question pour moi de détourner la tête quand un type brutalise une femme. Tu n'es qu'un pleutre.

— Comment faites-vous pour rester debout ?

— Je me suis entraîné.

— Combien de temps ?

— Plusieurs années. Comme toi, j'ai été blessé en Irak. Et quand je suis rentré, j'étais aussi paumé que toi. Il est temps de te ressaisir, mon garçon. Tu as assez gémi comme ça.

— Vous ne vacillez même pas, constata Rick, épaté.

— Un petit truc que j'aurais préféré ne jamais avoir à apprendre… Sais-tu où trouver Liz ? s'enquit Dan en fouillant dans sa poche.

Rick opina et Dan lui lança son trousseau de clés.

— Fonce. Supplie-la de te pardonner, espèce de couard. C'est ça, ou quelques rounds contre moi.

— Hé ! Je ne peux pas conduire.

— Pourquoi pas ? Tu vas te faire transporter jusqu'à la fin de tes jours ! Bouge-toi. C'est le pick-up Ford aménagé.

— C'est ma jambe *droite* !

— Dans ce cas, tu n'as qu'à accélérer et freiner avec la gauche ! Tu es encore dans le coma, ou quoi ? Pense un peu à ton avenir.

Dan lui tendit la main. Rick l'accepta et se releva.

— Et pour l'amour du ciel, sois prudent. C'est mon unique véhicule. Quand tu verras Liz, ne t'étonne pas trop si elle te brise l'autre jambe. À sa place, c'est ce que je ferais.

Rick le dévisagea, ahuri.

— Je sais que vous essayez de me remettre d'aplomb, de me donner une leçon mais si je suis dans cet état, ce n'est pas exprès.

— En effet, fiston. En revanche, tu peux faire exprès de remonter la pente. Si tu veux en discuter avec quelqu'un qui est passé par là, n'hésite pas. Mais pas maintenant. Pour l'heure, occupe-toi de cette fille.

— Qu'est-ce que je peux lui dire ? Vous savez comme moi que je ne suis pas assez bien pour elle.

— Dans ce cas, après l'avoir suppliée de te pardonner, je te conseille de la remercier. Parce qu'elle est juste assez folle pour croire le contraire. Bon, ce n'est pas le tout, ma bière est en train de tiédir. On en a fini avec ce cirque ?

Rick balança les clés d'une main à l'autre. Puis il tourna les talons et alla récupérer sa canne.

Dan demeura où il était jusqu'à ce que Rick ait quitté l'emplacement où était garé le pick-up, accélérant par à-coups, freinant trop fort, frôlant la voiture d'à côté. Dan grimaça. Sa camionnette avait reçu son lot de coups et de bosses mais si Rick quittait la route et tombait dans un ravin, il s'en voudrait jusqu'à la fin de ses jours.

Il ramassa sa prothèse et sa chaussure et regagna le bar à cloche-pied. Très vite, Jack vint vers lui pour le soutenir.

— Quel acrobate ! s'exclama-t-il. Tu es sacrément doué.

— Je passe la moitié de ma vie à m'exercer.

— Où as-tu envoyé Rick ?

— Chercher Liz pour lui présenter ses excuses.

— Et s'ils se disputent de nouveau ?

— Ne t'inquiète pas. Elle est aguerrie. À présent, j'ai besoin d'une salle de bains ou d'une pièce tranquille pour me déshabiller et remettre ce fichu machin. Je ne tiens pas à ce que Hope me voie en caleçon.

En affirmant qu'il savait où trouver Liz, Rick n'avait pas menti – des dizaines d'endroits lui venaient à l'esprit, entre autres sa maison à Eureka. Toutefois, une fois sorti de la ville, il se dit qu'il n'était pas prêt à s'élancer sur une autoroute, pas plus que sur les routes tortueuses de ces montagnes où il avait grandi. Il roula très lentement, ralentissant avant chaque virage, oubliant presque qu'il était à la recherche de Liz, entièrement concentré sur sa tâche : réapprendre à conduire.

Contre toute attente et après quelques maladresses, il se rendit compte qu'il ne se débrouillait pas si mal. Vingt minutes plus tard, il décida qu'il était prêt à partir à la recherche de Liz – et pas parce que Dan le lui avait conseillé. Dès l'instant où elle s'était enfuie, il avait compris que rien ne se passait comme prévu. Soit il se réconciliait avec sa jambe artificielle et sa nouvelle vie, soit il devrait se réfugier quelque part où il resterait seul pour toujours, où personne ne pourrait lui rappeler ses malheurs. La perspective de rectifier le tir avec Liz lui arrachait des larmes, mais celle de la solitude absolue lui étreignait la gorge au point de lui couper la respiration. Ça y est, il était prêt. Prêt à revivre.

Il se rendit dans la clairière où Liz et lui s'étaient donné rendez-vous autrefois. L'endroit était désert. Il traversa plusieurs vignobles dans la vallée, doubla deux camions sur une route à double voie – un défi pour un conducteur unijambiste. Le soleil commençait à disparaître derrière les montagnes. Il allait devoir rendre le Ford d'ici peu. Ce type était fou de lui avoir prêté sa camionnette. Et si Rick décidait de s'enfuir pour toujours ?

Il poursuivit son chemin encore un moment, sans but précis et ruminait tout bas. Personne n'avait deviné que Dan était un amputé. En tout cas, pas Rick. Mais le fait de conduire, de renouer avec cette liberté, l'incitait à réfléchir. Par exemple… avait-il imaginé que Jack l'emmènerait partout jusqu'à la fin de ses jours ? Dès le début de sa rééducation, on lui avait conseillé d'installer une barre à laquelle il pourrait s'accrocher dans sa salle de bains. Il était grand temps d'y songer : il était déjà tombé à deux reprises et se lavait le plus souvent perché sur le bord de la baignoire.

Il ne s'attendait pas à trouver Liz. Il irait à l'épicerie plus tard dans la soirée ou le lendemain pour lui parler. Sinon, il demanderait à Jack de le trimballer jusqu'à Eureka ou de lui prêter son pick-up. Il n'avait aucune idée de ce qu'il dirait à Liz mais…

Chercherait-il un travail ? Reprendrait-il ses études ? Irait-il chasser ? Pêcher ?

Les paroles de Liz l'avaient anéanti : comment pouvait-elle souhaiter *crever* ?

Inconsciemment, il prit la direction de la rivière et une fois parvenu au bord de l'eau, il aperçut sa voiture. Il hocha la tête. Il aurait dû s'en douter. C'était l'endroit où ils s'étaient vus pour la dernière fois avant son départ pour l'Irak. Il se gara, ravala sa terreur et descendit. S'appuyant sur sa canne, évitant trous et cailloux, il s'aventura jusqu'à la berge. Elle était adossée contre un énorme rocher, accroupie.

— Liz.

Elle tourna la tête.

— Va-t'en.

Il se rapprocha.

— Liz, je te demande pardon.

Elle contempla le cours d'eau.

— Dégage. Je refuse de me disputer avec toi. Et je cours plus vite que toi.

Il ne put s'empêcher de rire tout bas.

— Sans blague ! Liz, je te demande pardon. Je n'aurais jamais dû. Je suis complètement perturbé.

— J'ai remarqué.

Elle renifla en s'écartant légèrement pour essuyer ses joues ruisselantes de larmes.

— Je ne veux pas que ça se passe comme ça. Entre nous.

Elle le dévisagea.

— Rick, pour être tout à fait franche, j'ignore ce que tu veux. Tu m'as chassée et j'ai essayé de me plier à ton désir. Tu m'as clairement dit que tu ne m'aimais plus… Tous ces coups de fil… j'ai pensé que peut-être…

Elle marqua une pause.

— Que ?

Elle baissa le nez, inspira profondément.

— Qu'avec un minimum de recul, tu redeviendrais toi-même. Je n'ai jamais renoncé à toi. Je t'aime, quoi qu'il en soit.

— J'en ai conscience et je suis fier de toi, Liz. Je me disais simplement qu'avec un type comme moi, tu allais gâcher ta vie.

— À cause de cette putain de prothèse ?

— Pas uniquement. J'étais convaincu que je portais la poisse. Toi et moi, on a eu notre lot d'épreuves. Tu comprends ?

Elle émit un petit rire entre deux sanglots.

— Quoi ?

— J'étais persuadée que c'était *moi*, la responsable de tous nos malheurs.

— Liz...

— Je suis tombée enceinte du premier coup. Je venais à peine d'être réglée. Ensuite, j'ai laissé mourir notre bébé. Tu étais tellement bouleversé que tu t'es engagé dans les marines et...

Il la prit par la taille et la serra contre lui.

— Seigneur ! Comment as-tu pu imaginer des choses pareilles ? Tu n'y étais pour rien.

Elle se cramponna à lui, posa la tête sur son épaule.

— Pas plus que toi.

— Décidément, nous sommes aussi bêtes l'un que l'autre... Hé ! Hé ! murmura-t-il en lui caressant les cheveux. Ne pleure pas, mon cœur. Pardon. Je suis désolé.

Pourquoi n'avait-il pas réagi ainsi trois mois plus tôt ?

— Tu n'imagines pas combien de temps j'ai attendu que tu me tiennes dans tes bras… Qu'allons-nous devenir, Rick ?

Il la repoussa légèrement, lui sourit, l'embrassa sur chaque joue.

— Nous allons rester ensemble. Tant pis si nous attirons la guigne. À nous de nous appuyer sur quelqu'un qui pourra nous aider à la surmonter. Tu es si forte, Liz. J'aimerais l'être autant que toi. Mais il faut que tu comprennes – je ne serai plus jamais comme avant.

— Parce que tu crois que je n'ai pas eu l'impression d'avoir sauté sur une grenade, moi aussi ? Jack dit que quand un soldat est blessé, tous ceux qui l'aiment le sont aussi.

— Jack… Aïe ! Aïe ! Aïe ! Jack !

— Quoi ?

— Si je t'ai maltraitée, j'ai été encore plus odieux envers Jack. Je me demande comment je vais réparer les dégâts.

— Commence par moi, décréta-t-elle avec une fermeté qui le surprit.

— Pardon ? Je viens de le faire, non ?

— Ce n'est pas parce que tu t'en veux de m'avoir crié dessus que tout est résolu. Nous avons de gros problèmes, toi et moi. Je veux qu'on les résolve pour mener une existence aussi normale que possible. Après la naissance du bébé, la conseillère d'orientation du lycée m'a indiqué un psychothérapeute. Grâce à lui, j'ai réussi à exprimer ma douleur sans colère, sans larmes. C'est ce que je veux pour nous, Rick. Je ne veux pas vivre dans la terreur que tu me quittes d'une seconde à l'autre.

— Nous travaillerons là-dessus. Nous discuterons. Mais je dois…

— J'ai repris les séances avec ce monsieur. J'aimerais que tu m'y accompagnes.

Il haussa les épaules. Un psy de plus, un de moins...

— Bien sûr, si tu y tiens.

— Il est gentil et efficace, un peu farfelu mais je l'aime bien. Peu importe ce que tu penseras de lui, essaie de jouer le jeu. Le but, c'est que nous nous retrouvions.

— C'est lui qui t'a conseillé de m'amener avec toi ?

— Oui, et je pense qu'il a raison. Sans lui, je n'aurais jamais survécu à ces derniers mois. Si ça n'avait pas marché la première fois, je n'insisterais pas mais j'ai confiance en lui.

— D'accord.

— Promets-moi de ne pas te moquer de lui. Oublie son côté excentrique et crache tout ce que tu as sur le cœur.

— Entendu. Qu'est-ce qu'il a de si étrange ?

— Pour commencer, il a un drôle de physique. Immense et maigre avec de grandes oreilles et un nez crochu. Et il est persuadé d'avoir été kidnappé par des extraterrestres.

Rick s'écarta vivement, en état de choc, avant de rire aux éclats.

— Sans blague ! Jerry Powell ? Liz, c'est lui que je consulte.

— Pas possible !

— Si ! C'est grâce à lui que j'ai progressé. Je te le jure, par moments, je le hais. Mais je suis obligé d'admettre qu'il m'a aidé... Oui, je veux bien rencontrer l'aventurier de l'espace avec toi. Est-ce qu'on pourrait grouper nos rendez-vous pour que je n'aie pas à le subir trois ou quatre fois par semaine ?

— Je n'en reviens pas qu'il ne m'ait rien dit.

— C'est la règle, Liz. Le secret médical.

Rick était hilare. Quelle drôle de sensation après tout ce temps, lui qui gloussait autrefois pour un oui ou pour un non !

— C'est incroyable ! Mais maintenant, il faut que je rende le pick-up.

— Le pick-up ?

— Oui. Ce type, au bar – Dan – m'a prêté le sien.

— Tu as conduit ?

— Comment suis-je arrivé jusqu'ici, à ton avis ?

— Je pensais que Jack t'attendait au bord de la route.

— Non. Dan m'a provoqué. Il m'a reproché la manière dont je t'avais traitée et il avait raison. En plus de ça, il a enlevé sa jambe artificielle devant moi. Je n'avais pas imaginé une seconde qu'il était amputé. Ça m'a scotché… Depuis des mois, les gens ont essayé de m'ouvrir les yeux mais aujourd'hui, j'ai eu un déclic. J'y réfléchirai après avoir présenté mes excuses à Jack et rendu son pick-up à Dan.

Mais Rick savait que ce déblocage était le résultat de plusieurs facteurs. Jerry avait réussi à lui faire comprendre qu'il ne pourrait jamais tourner complètement le dos à sa vie d'avant. Liz s'était battue, lui infligeant tous les coups qu'il méritait. Dan lui avait prouvé, exemple à l'appui, que l'on pouvait tenir debout sur une seule jambe. Puis il avait tenu Liz dans ses bras avec tendresse et amour. Tout rentrait dans l'ordre. Ce n'était pas trop tôt.

Rick suivit Liz jusqu'en ville, l'embrassa une dernière fois et l'invita à le rejoindre chez sa grand-mère un peu plus tard. Puis il s'arma de tout son courage et pénétra dans le bar-grill. Il reconnut Dan, de dos, qui avait remis sa prothèse. On était vendredi soir et les clients affluaient mais il restait un tabouret de libre.

Rick se hissa dessus et déposa les clés à côté du café de Dan.

— Désolé. J'ai mis plus de temps que prévu… Vous n'étiez pas obligé d'attendre ici. Je vous aurais rendu le pick-up d'une façon ou d'une autre.

— Je n'ai pas attendu. J'ai dîné et je suis à deux pas de chez moi.

— Vous maîtrisez drôlement bien votre handicap.

— C'est comme quand on perd une dent : on apprend à mâcher de l'autre côté. Ça n'a pas été simple. J'ai opté pour le chemin le plus difficile. Tu n'y es pas obligé. Tu es très entouré.

— Euh, justement, à ce propos, bredouilla Rick en voyant Jack s'approcher… Aïe !

Jack s'empara d'un torchon et d'un verre. Il se planta en face de Rick en le fusillant des yeux.

— Liz va bien ?

— Oui. Je l'ai trouvée au bord de la rivière et nous avons eu une conversation. Aimable et apaisée. Je lui ai demandé pardon. Pour tout.

— Si je te revois la malmener de cette manière, je t'étrangle.

— Je suis désolé, Jack. Je me suis mal comporté et j'en suis conscient.

— Mon avis, c'est que tu devrais multiplier les séances de thérapie. Si tu es incapable de t'adapter à la situation, tu apprendras peut-être au moins à te contrôler.

— Figure-toi que c'est déjà prévu. Liz refuse qu'on se remette ensemble à moins de consulter tous les deux un psy.

Dan tourna vivement la tête vers Rick.

— Tu es sûr qu'elle n'a que dix-huit ans ?

— Elle est très mûre pour son âge. Jack, je te dois des excuses. Je viendrai demain matin après le petit-déjeuner et nous parlerons. Qu'en dis-tu ?

— Si je comprends bien, tu as franchi une étape ?

— Je pense que oui. Un peu comme si une bombe avait explosé dans ma tête... Enfin, façon de parler, ajouta-t-il en grimaçant.

Jack se pencha vers lui.

— Tu veux dire qu'il a suffi que cet illuminé retire sa jambe artificielle devant toi pour te guérir ?

— Oui et non. Il m'a surtout ouvert les yeux sur la manière dont je traitais Liz. J'aime cette fille et j'ai été ignoble avec elle pendant des mois. À cause de moi, elle a eu très mal. Mais quand elle m'a dit qu'elle donnerait sa vie pour moi... Ouf ! Tout à coup, j'ai touché le fond, j'ai vu quelle sorte d'homme j'allais devenir si je ne me ressaisissais pas. Il m'a aussi fait remarquer que j'étais probablement plus fâché contre moi-même que contre les autres. Je crois que j'étais déjà en train de retrouver ma santé mentale mais quand ce dingue a ôté sa prothèse devant moi... Je n'ai jamais vu quelqu'un tenir aussi bien sur une seule jambe.

Rick adressa un sourire à Dan.

— C'est fantastique ! On dirait que vous avez étudié avec un maître du karaté ou un truc du genre. Je vais apprendre, moi aussi. Mais d'abord, je vais installer une barre dans ma salle de bains.

— Excellente initiative, fiston, approuva Dan.

— Je peux avoir un coca, Jack ?

Ce dernier était sidéré. Sans voix.

— Je... euh... je vais chercher des verres.

Il s'enfuit dans la cuisine. Jack n'était pas naïf : Rick n'était pas complètement rétabli, mais c'était la première fois depuis quatre mois qu'il reconnaissait son garçon, celui qu'il aimait comme un fils, celui qu'il était allé chercher en Allemagne quitte à devoir le ramener dans un cercueil.

Il s'appuya quelques secondes sur le plan de travail de Vic, la respiration haletante. Son cœur battait à toute allure, l'émotion lui nouait la gorge. Pendant un moment, il s'était dit que ça n'arriverait jamais, que la colère et la méchanceté rongeraient Rick jusqu'à la fin de ses jours, ce petit garçon qui lui avait apporté tant de lumière et de joie.

— Jack ? s'enquit Vic… Quoi ? Tu t'es encore touché la figure après avoir nettoyé l'évier avec ce produit désinfectant ? Décidément, tu es têtu comme une mule. Viens par ici, je vais te rincer les yeux.

— Ils sont rincés. Laisse tomber.

— Fais attention, mon vieux ! Tu risques de devenir aveugle.

— Compris. J'ai besoin de verres propres.

— J'en ai apporté un casier il y a moins de cinq minutes.

Jack serra les dents. Intérieurement, il avait la sensation de renaître. Il n'en laissa rien paraître.

— Donne-moi un putain de casier, d'accord ?

— Tout de suite. Tu devrais avaler une dose d'eau de Javel, ça te calmerait.

16

À la fin du mois de juin, Rick et Liz avaient rencontré « l'aventurier de l'espace », Jerry Powell, plusieurs fois. Tous deux avaient vécu des semaines particulièrement chargées. Rick poursuivait sa rééducation à raison de deux séances par semaine mais désormais, il s'y rendait tout seul à bord de la camionnette Toyota à double cabine qu'il avait achetée d'occasion grâce à son allocation mensuelle d'invalidité. Liz, qui assumait ses deux emplois simultanément, n'était libre que les matinées, les vendredis et samedis soir. Ils ne passaient guère de temps ensemble mais ces moments leur étaient précieux.

Grandir avec son compagnon, avancer ensemble en tâtonnant avait ses avantages. Son camarade de chambrée à San Diego avait raison – quand Rick et Liz faisaient l'amour, la prothèse restait appuyée contre le mur. Leurs ébats étaient tendres, parfois un peu tumultueux et toujours satisfaisants.

— Tu es sûre que cela te suffit, Liz ? Un type avec une seule jambe ?

— Je ne constate aucune différence. Je ne m'en rends compte que lorsque tu te plains de douleurs au moignon. La vérité, c'est que je te trouve plus solide. Plus courageux. Plus intelligent. Je dirais volontiers que je t'aime encore plus qu'avant mais c'est impossible.

Après leur rendez-vous du vendredi après-midi avec Jerry, Rick suivait Liz jusqu'à Virgin River. Ils s'arrêtaient au bar. Liz commandait son soda XL et l'emportait avec elle à l'épicerie. Rick s'attardait, bavardait avec les uns et les autres, dînait puis la retrouvait sur la véranda de sa grand-mère après la fermeture du commerce.

Leur existence s'était métamorphosée presque du jour au lendemain. Rick n'était plus le jeune homme renfermé et morose qui maintenait voisins et amis à distance. Au contraire, il faisait de plus en plus souvent un saut chez Jack, juste pour le plaisir. Loin de dissimuler son état, il portait des bermudas et des bottines à lacets. Et si sa démarche était encore un peu lente et parfois chancelante, il ne se servait plus de sa canne.

Un de ces vendredis après-midi, Rick et Liz entrèrent main dans la main. Ils se hissèrent sur des tabourets et Jack les accueillit chaleureusement.

— Salut, les mômes, quoi de neuf ?

— Un coca XL à emporter, répondit Liz.

— Ça marche ! Rick ?...

— Comme d'hab ! Une pression bien fraîche.

Jack posa la chope devant lui.

— Tu t'es mis à la musculation ?

Rick but une gorgée de son breuvage et, drapant un bras sur les épaules de Liz, l'étreignit.

— Un peu – que des poids légers. Mais j'ai pris cinq kilos depuis mon retour.

— Je file chez Connie. À plus tard ! claironna Lise en déposant un baiser sur sa joue.

— À plus, bébé.

Dès qu'elle eut disparu, Jack haussa un sourcil.

— On dirait que ça s'arrange entre vous.

— De mieux en mieux. J'ai des projets pour le reste de l'été. D'abord, je vais travailler à mi-temps pour Paul. J'en ai discuté avec lui. Nous ignorons en quoi je pourrai lui être utile mais je pense pouvoir tenir debout et manipuler un pinceau. Il m'a dit qu'il chargerait sans doute Dan de me coacher.

— Brady, murmura Jack en hochant la tête. Qui l'eût cru ?

— Il m'a promis de me montrer quelques trucs d'unijambiste quand j'aurai repris confiance en moi. D'autre part, je me suis inscrit à Redwoods College. Je reprendrai mes études à l'automne. Avec Liz.

Jack retint son souffle.

— Tu n'imagines pas combien je suis heureux de te voir envisager l'avenir.

— Je mets peut-être la charrue avant les bœufs, mais je serai sans doute obligé de quitter la région après mon premier cycle.

— Ah ?

— Je reviendrai, bien sûr. Pour te voir, pour voir ma grand-mère. Et qui sait ? Je m'intéresse à l'architecture. Le hic, c'est qu'il n'existe aucune école dans les parages.

— L'architecture ? Première nouvelle.

— Liz et moi avons épluché ensemble tous les catalogues des facultés alentour. J'ai rencontré un conseiller d'orientation et j'en ai parlé avec plusieurs personnes. Je suis bon en maths, j'aime dessiner et construire. D'après Paul, mes penchants et mes capacités semblent me diriger vers les métiers d'architecte ou d'ingénieur. Je vise l'université de l'Oregon, à Eugene.

Jack baissa le nez et se mit à essuyer frénétiquement le comptoir.

— Tu vas me faire tout un fromage parce que je m'en vais ?

— Rick, si j'ai pu t'envoyer chez les marines sans ciller, je pense pouvoir supporter que tu t'éloignes pour poursuivre tes études. D'ailleurs, j'ai mis un peu d'argent de côté dans ce but. J'aimerais t'aider.

— Jack, tu n'es pas obligé…

— C'est une somme modeste, Rick. Tu auras ta pension d'invalide de guerre mais elle ne te suffira pas pour vivre.

— Je m'incruste jusqu'à la fin de l'été. Pour bosser, j'essaie d'apprendre quelque chose de Paul et de Dan et je continue à voir Jerry l'aventurier de l'espace. Ce type est un malin. Au premier coup d'œil, il paraît tellement ringard ! Juste avant la rentrée, Liz et moi chercherons un appartement à Eureka. Elle ne veut pas lâcher son boulot au supermarché Albertson et espère pouvoir mener de front ce job et les cours. Ce sera dur mais tu sais quoi ? Elle s'aperçoit qu'elle est beaucoup plus intelligente qu'elle ne l'imaginait.

— Vous voulez vous installer ensemble ? s'enquit Jack, dubitatif.

— Oui. Nous voulons aller de l'avant. Vivre séparément ne nous convient plus. Reconnais qu'on a été patients. Nous ne sommes plus des adolescents.

— Liz n'est pas encore majeure.

— Elle a jusqu'à la fin du mois d'août pour changer d'avis.

— Rick, fiston, c'est Liz qui t'a persuadé de prendre toutes ces initiatives ? Je sais qu'elle a toujours eu envie de…

— Non, Jack, l'idée vient de moi. Et je veux la concrétiser avec Liz. On franchira les étapes au fur et à mesure. Une année ensemble à Redwoods et l'été d'après, on se marie.

— Holà !

— Nous avons besoin l'un de l'autre. J'ai toujours pu compter sur Liz. Sur toi aussi, mais tu es moins câlin. Après tout, nous ne sommes pas si jeunes que ça. En années, peut-être, pas en expérience.

Jack demeura silencieux quelques instants.

— Une seule chose m'inquiète, Rick. Liz et toi avez pris l'habitude de vous soutenir à chaque épreuve. Et si elles ne se présentent plus ? Votre couple ne risque-t-il pas de chanceler, l'ennui de prendre le dessus ?

— Décidément, tu vois toujours tout en noir ! rétorqua Rick en riant.

Jack se détourna et donna un coup de poing dans le mur. Vic émergea aussitôt de la cuisine, l'air perplexe.

— Quoi ? grogna-t-il.

Jack remplissait déjà deux chopes de bière.

— Rick a des projets. Vas-y, fiston, raconte.

Rick exposa à Vic une version condensée de ses intentions. Contrairement à Jack, celui-ci lui tendit la main.

— Bravo, Rick. Félicitations. Vous méritez un peu de répit, tous les deux.

— Buvons à votre bonheur, proposa Jack. Je suis très heureux pour vous.

— Merci, les gars. Sans vous, je ne m'en serais jamais sorti.

— Et réciproquement, répliqua Jack. Je répète : je suis très heureux pour vous. Et sacrément fier de toi, mon garçon.

Dan Brady retrouvait Cheryl dans le parc tous les dimanches depuis deux mois. Il attendait toujours avec impatience ces après-midi. Après une longue semaine d'attente. Il prenait énormément de plaisir à être auprès d'elle, à lui raconter tout ce qui s'était passé à Virgin River en quelques jours. Et si, au début, ces rencontres n'avaient duré qu'une heure environ, au fil du temps elles s'étaient considérablement rallongées.

Dan ne doutait plus de ses sentiments envers elle. Cheryl ne manifestait plus aucune méfiance concernant ses motivations.

Il posa un bras sur le dossier du banc.

— Rick a proposé à Paul Haggerty de l'engager comme apprenti et le patron m'a confié la tâche de le former – et de le surveiller au cas où il voudrait trop en faire d'un coup. Si Rick savait que Paul s'inquiétait comme ça pour lui, il serait furieux. Il a beaucoup progressé mais il est terriblement orgueilleux.

— Comment ça se passe sur le chantier ?

— Il ne nous a rejoints que depuis quelques jours mais il tient plutôt bien le coup. Je lui apprends à poser des cloisons sèches à plâtrer. La peinture, c'est à la portée de tous.

— Sauf moi, riposta-t-elle en riant. Il doit y avoir un truc. J'ai voulu remettre ma chambre à neuf. On dirait que j'ai attaqué les murs au tampon à récurer et à la peinture sale.

— Vraiment ? Et si je t'arrangeais ça ?

— Non, merci. En revanche, je veux bien que tu me révèles tes secrets.

— Ce n'est pas sorcier. Il faut de bons pinceaux, de bons produits et une sous-couche. Je peux te montrer comment te servir de ruban de masquage pour créer des lignes droites. Si on s'y mettait ensemble ? proposa-t-il en lui caressant la joue. Je te montrerais ce que je sais et tu n'aurais plus jamais à faire appel à mes services.

— Tu essaies de m'amadouer pour que je t'accorde plus de place dans ma vie, rétorqua-t-elle d'un ton taquin.

— Pas du tout. Je cherche un prétexte pour entrer dans ta chambre.

— J'ai quatre colocataires. Si tu y mets les pieds un jour, ce sera uniquement pour y travailler.

— Ça te poserait un problème ?

— Tu risques gros. De nous cinq, une seule a eu un homme dans sa vie au cours du dernier millénaire. Et ce n'était pas moi.

— Cheryl, sans vouloir t'effaroucher, j'ai l'impression que tu as un homme dans ta vie en ce moment. Simplement, tu n'as pas fait l'amour depuis des lustres. À ma connaissance, ajouta-t-il en haussant les épaules.

— Quelle mouche m'a piquée de te fréquenter ?

— C'est agréable, avoue-le, murmura-t-il en se penchant vers elle et en effleurant ses lèvres d'un baiser.

— C'est vrai, concéda-t-elle. Mais tu sais que je refuse toute complication.

— Oh, pardon, Cheryl ! Je suis désolé. Je ne voulais pas t'induire en erreur. Moi aussi, je déteste les complications.

— Tu me l'as déjà dit, admit-elle en lui effleurant la joue. Nous sommes des gens tordus, toi et moi. Nous avons eu d'énormes problèmes dans le passé.

Imagine que nous nous mettions ensemble et que nous retombions dans la spirale infernale ?

Il réfléchit puis plongea son regard dans le sien.

— Je ne replongerai plus jamais. Tu ne pourras pas m'y forcer. Et pour l'amour du ciel, je n'ai aucune envie de te faire du mal. Alors ?

— Que cherches-tu, au juste ?

— Aujourd'hui ? Un vrai baiser, pressés l'un contre l'autre, et qui dure plus d'une demi-seconde. Ensuite, je pense que je te téléphonerai mercredi soir, juste pour te demander comment s'est passée ta journée.

— J'ai une réunion AA mercredi soir.

— Tu n'auras qu'à me préciser l'heure à laquelle tu veux que je t'appelle. Je suis très souple.

— Et après ?

— Un de ces jours, j'aimerais t'emmener dîner dans un bon restaurant. Rien de clinquant. Un endroit calme où l'on mange bien et où l'on peut bavarder sans risquer de recevoir une fiente de pigeon sur la tête.

— J'ai deux jours de congé cette semaine. Il suffirait que j'assiste à la première réunion de l'après-midi. Du coup, on pourrait se retrouver à l'heure du dîner.

— Tu ne m'envoies pas balader, observa-t-il.

— Jusqu'ici, tu n'as rien suggéré qui éveille ma suspicion.

— Cheryl, tu es jolie, intelligente et j'aime être avec toi. Si cela te convient, on peut continuer ainsi. Si tu en as assez, tu n'auras qu'à le dire.

— Si j'avais rencontré quelqu'un comme toi autrefois… Non, laisse tomber, ça n'a aucun rapport.

— Quoi ?

— C'est un piège par lequel les alcooliques se laissent parfois tenter. Du genre « si ma vie avait été meilleure, je n'aurais jamais sombré ». La vérité, c'est que mes problèmes n'étaient dus ni à la malchance, ni à la stupidité, ni à l'absence d'un homme merveilleux mais à mon addiction.

— Si je comprends bien, je pourrais être cet homme.

— Jusqu'ici, ça n'a pas trop mal marché.

— D'ici deux semaines, je vais installer les appareils ménagers. Ta vieille bicoque commence à avoir de la gueule. Tu veux la visiter ?

— Je suis désolée, Dan. Je sais que tu as travaillé fort et dépensé beaucoup d'argent pour ces rénovations. Je t'en suis reconnaissante. Mais cette maison… je déteste la personne que j'étais quand j'y habitais. Le seul fait d'en franchir le seuil me ramène en arrière et je ne le supporte pas. Cela me serait égal de ne plus jamais y remettre les pieds. Pardonne-moi si je t'offense.

— Non. Aucun problème. D'ailleurs, si je presse le mouvement, tu pourrais la mettre en vente et en être débarrassée pour toujours. Tiens ! Je vais prendre quelques photos.

— Mais si je la vends, où logeras-tu ?

— Ne t'inquiète pas pour moi, je trouverai une solution… Je pourrais peut-être me rapprocher un peu de toi ? proposa-t-il avec un sourire mutin.

— Je ne comprends pas pourquoi tu fais cela pour moi.

— Tu es une femme remarquable. Je regrette que tu aies vécu si longtemps sans en avoir conscience. Je suis fier du chemin que tu as parcouru. En plus, tu me plais. Navré mais c'est la vérité. Ne t'inquiète pas, je gère. Cheryl, tu es charmante, tu as le cœur sur la main, tu es belle, attentionnée…

Des larmes scintillèrent dans ses yeux.

— Non, ne pleure pas, mon lapin. Je ne veux surtout pas te mettre la pression.

— On ne m'a jamais parlé aussi gentiment, renifla-t-elle avant de grimacer. Dan Brady, si c'est un vulgaire stratagème pour coucher avec moi, je te tue.

— D'accord, Cheryl. Si tu découvres que je ne suis qu'un de ces loosers en quête d'une partie de jambes en l'air, tu pourras me tuer. Mais si tu as un soupçon de bon sens, tu attendras que ton horrible salle de bains soit complètement retapée. Seigneur ! Quel cauchemar.

Elle se blottit contre lui.

— Ne me déçois pas, chuchota-t-elle.

— Promis. Alors ? Je te passe un coup de fil mercredi soir et on essaie de se mettre d'accord sur une date pour un dîner ?

— Excellent.

— Viens plus près. Colle-toi contre moi ici, sur ce banc. Embrasse-moi comme il faut. Je veux savoir si ça vaut le coup que je prenne la peine de t'appeler mercredi soir.

Elle ne se fit pas prier. Dan entremêla dans ses doigts ses cheveux satinés, inclina sa tête en arrière et s'empara de ses lèvres en un baiser langoureux – exquis. Tous deux laissèrent échapper un gémissement et s'abandonnèrent à leur étreinte. Ils prirent tout leur temps et, lorsque enfin ils s'écartèrent, Dan souriait.

— Finalement, je n'attendrai pas mercredi. Je t'appellerai mardi. À moins d'être fou, il me semble que tu es prête.

— Je ne veux pas aller plus loin.

— Tant mieux. J'adore essayer de te convaincre.

— Simple curiosité, est-ce que tu fais l'amour avec ta prothèse ?

— Non, ma douce. Je fais l'amour avec ma bouche, mes mains et une autre partie de mon anatomie. Ça fait longtemps mais je pense qu'une fois lancé... Tu es inquiète ?

— Tu vas me laisser du temps, n'est-ce pas ?

— Tu peux compter sur moi.

Walt Booth était adossé contre sa camionnette dans le petit parking de l'aéroport de Garberville. La piste était juste de l'autre côté de la clôture. Muriel l'avait appelé depuis l'avion juste après le décollage pour lui préciser l'heure de son arrivée. Le Lear de la production la déposait au nord de la Californie avant de poursuivre son chemin jusqu'à Los Angeles avec le réalisateur et un autre acteur. Bientôt, l'appareil surgit à l'horizon. Après un atterrissage impeccable, le jet roula jusqu'à la zone de débarquement. La porte s'ouvrit, on déploya l'escalier et Muriel émergea seule de la carlingue.

Malgré la chaleur de juillet, elle restait fidèle à elle-même, en jean, bottes, blouson en daim et chapeau de cow-boy. Un steward en uniforme apparut derrière elle pour lui tendre son sac de voyage. Cependant, contrairement à la fois précédente, elle avait beaucoup plus de bagages, qu'il fallait sortir de la soute.

Walt lui avait expliqué où il l'attendrait. Il repoussa son chapeau vers l'arrière de son crâne, croisa les jambes et patienta. Lorsqu'elle émergea enfin du bâtiment, il admira ses jambes, longues et fines. Elle s'arrêta à deux mètres de lui et lui sourit.

— Comment vas-tu, ma douce ?

— On a presque fini.

— Presque ?

— Je vais devoir effectuer quelques déplacements pour la promotion quand le film sortira. Sans compter les événements du genre festival de Cannes, remise des Oscars, des Golden Globes… J'aurai droit à des séances de manucure, de pédicure, de coiffure et d'essayages. Et il faudra que tu me laisses t'habiller pour ces occasions.

— Muriel, tu sais bien que les mondanités…

— Tu ne vas pas te dérober, j'espère ? Je veux que tu m'accompagnes. Je veux t'avoir à mes côtés et que tu laisses ta fourche à la maison.

— Si je suis là, tu ne pourras pas fricoter avec ton coach personnel.

— Mon coach personnel s'appelle Helga et la plupart du temps, je la déteste ! Au moins, tu n'auras plus à faire la navette entre ici et le Montana tous les quinze jours, tu devrais t'en féliciter.

— Le Montana me manque déjà. Nous y avons été heureux.

— Je vais faire en sorte qu'il ne te manque pas trop, promit-elle.

— Je suis tellement heureux que tu sois de retour. Je pourrai te voir chaque jour.

Abandonnant ses valises derrière elle, elle se planta devant lui et posa les mains sur ses épaules. Il la prit par la taille.

— Tu as perdu du poids, constata-t-il. Tu n'es pas trop fatiguée ?

— Éreintée, avoua-t-elle. Impatiente de dormir dans tes bras. Avons-nous des obligations ce soir ?

— Non. J'ai dit à Vanessa que tu revenais cet après-midi et que nous serions invisibles pendant vingt-quatre heures. Nous verrons tout le monde pendant le week-end.

Il la serra contre lui, la débarrassa de son chapeau et posa les lèvres sur son front. À cet instant précis, une succession de cliquetis retentit.

— Non mais je rêve ! s'exclama Walt.

— Ça n'a aucun sens, marmonna-t-elle en repérant un photographe muni d'un appareil sophistiqué qui s'était dissimulé derrière une voiture… Pourquoi voudrait-on une photo de moi ?

— Peut-être est-ce moi qui intéresse les journaux, répondit Walt en haussant les épaules. Faisons en sorte d'effacer tous les doutes sur la question.

Sur ce, il l'étreignit avec ferveur tandis que les déclics s'enchaînaient – comme il l'avait secrètement espéré. Enfin, il la repoussa légèrement et éclata d'un rire tonitruant.

— Voilà qui devrait satisfaire les curieux.

— Je te trouve bizarre.

— Muriel, je suis fou amoureux de toi et enchanté de pouvoir le montrer au monde entier.

— Donc, tu accepteras de mettre un smoking pour m'accompagner lors de la campagne de promotion ?

— Peut-être.

— Moi aussi, je suis folle amoureuse de toi. Et si contente d'être enfin rentrée. J'espère ne plus avoir à repartir avant longtemps… Allons-nous-en d'ici. J'ai besoin de repos et de silence.

— À Virgin River ? Tu plaisantes ? Ma chère, dans cette petite ville, les rebondissements affluent, plus nombreux que sur ton plateau de cinéma.

Découvrez les prochaines nouveautés des différentes collections J'ai lu pour elle

AVENTURES & PASSIONS

Le 5 décembre

Inédit ***Le club des Gentlemen* - 3 -**

Three nights with a scoundrel **Tessa Dare**

Fils illégitime d'un lord, Julian Bellamy passait son temps à ruiner les aristocrates et à séduire les femmes. C'est Leo Chatwick, le fondateur du Stud Club, qui lui a ouvert les portes d'une vie nouvelle. Or, depuis l'assassinat de son meilleur ami, Julian n'a de cesse de traquer le meurtrier. Par vengeance. Par amour aussi. Pour Lily, la sœur de Leo…

Inédit ***Il était une fois* - 1 -**

Au douzième coup de minuit **Eloisa James**

Reléguée au rang de simple servante depuis la mort de son père, Kate Daltry vit sous le joug de Marianna dont la fille, Victoria, doit faire son entrée dans le monde. Or, souffrante, Victoria ne peut se rendre au fameux bal où est convié le prince Gabriel. Il faut à tout prix trouver une demoiselle qui ira à sa place ! Qu'elle le veuille ou non, ce sera Kate…

Compromise **Judith McNaught**

À dix-huit ans, Elisabeth Cameron fait une entrée retentissante dans le monde. Alors que son frère aîné va accepter l'offre la plus flatteuse, Elisabeth est compromise par Charles Thornton, au passé et aux origines obscures. Quand il apprend qu'elle est déjà fiancée, il l'abandonne et Elisabeth fuit à la campagne.

Deux ans plus tard, elle revoit Charles. Riche et héritier d'un duché…

Les trois princes - 3 - Le dernier duel ☙ **Elizabeth Hoyt**
Au détour d'un chemin, Lucinda trébuche sur ce qu'elle croit être un cadavre. Le bel Apollon se révèle pourtant bien vivant. Sans doute a-t-il été attaqué par des brigands. Qui est-il, en fait ? Un vagabond ou une canaille, comme le redoute le père de Lucinda, craignant pour la vertu de sa fille depuis l'arrivée de l'inconnu sous son toit…

Le clan des MacLaren ☙ **Susan King**
Écosse, 1170. Alors qu'elle chasse le gibier, Alainna MacLaren voir surgir au loin un groupe de cavaliers. Des Normands... L'un d'eux possède un bouclier décoré d'une flèche blanche sur fond d'azur. Ce blason, Alainna l'a vu en rêve, sur un mystérieux guerrier aux cheveux d'or. Son cœur s'emballe. Cet homme est le messager du destin...

Le 5 décembre

PROMESSES

Inédit **_Coup de chaud en Alaska_** ❧ **Addison Fox**

Sloan McKinley se demande ce qui lui a pris de quitter New York pour Indigo. Venue expressément dans cette petite ville d'Alaska à la demande de sa meilleure amie, la voilà inscrite à une compétition locale des plus atypiques… un concours de prétendantes ! Parmi les célibataires tant convoités, le beau Walker Montgomery...

Inédit **_Un Nœl à Virgin River_** ❧ **Robyn Carr**

À Noël dernier, Marcie Sullivan perdait son mari Bobby, grièvement blessé après avoir servi en Irak. Pleine de vie et d'espoir, elle part direction Virgin River. Pourquoi cette bourgade perdue dans les montagnes de Californie ? Pour partir à la recherche de Ian Buchanan, un ancien marine et ami de Bobby…

Le 5 décembre

CRÉPUSCULE

Inédit **_Le cercle des Immortels - Dark-Hunters - 13 - Le silence des ténèbres_** ☙ **Sherrilyn Kenyon**
Dévoré par la soif de vengeance, Stryker, le chef d'une armée de démons, libère le redoutable War, qui a le pouvoir d'anéantir les dieux de l'Olympe. Alors qu'il s'apprête à livrer bataille, un vieil ennemi surgit de son passé. Zephyra, son ex-femme. Stryker enrage. Car l'attirance qu'il éprouve pour elle risquerait bien de ruiner ses projets.

Chasseuses d'aliens - 2 - Eden en enfer
☙ **Gena Showalter**
Eden Black n'a besoin de personne pour sauver le monde. Certes, sa dernière mission a été un fiasco. Elle a failli y laisser sa peau et n'a pas su localiser les portails qu'utilisent les aliens pour envahir la planète. Mais de là à lui coller Lucius Adaire comme coéquipier, cet humain arrogant, prétentieux. Et terriblement séduisant.

Le 5 décembre

Passion intense

Des romans légers et coquins

Inédit **Protections rapprochées - 3 -**

Charisme fatal ◆ **Lisa Marie Rice**

Ancien marine, spécialiste des arts martiaux, Mike Keillor a fondé une société de surveillance florissante. Doué en affaires, Mike peut venir à bout de tout danger. Sauf un : les femmes. Et il y en a une qui est loin de le laisser indifférent. Chloe Mason, disparue depuis des années, aujourd'hui poursuivie par la mafia russe…

Plus fort que le désir ◆ **Cheryl Holt**

Philip Paxton a toujours vécu dans l'ombre de son père. Aussi, quand ce dernier reçoit sa future épouse lady Olivia Hopkins, Philip met au point sa revanche. Lui, le libertin décrié, va s'amuser avec cette belle ingénue qu'il devine intrépide sous ses airs innocents. De fait, Olivia ne résiste pas longtemps à son charme. Et Philip est bien vite pris à son propre jeu.